[长篇反腐小说]

中堂

高和 著

线装书局

目 录

副局长之间的关系不和谐，这也是正常现象，民政局也一样，副手之间的竞争关系是天然的，要想让竞争者之间保持和谐友好，如同想让发情期的雄性哺乳动物和平共处一样艰难。

一位哲人说过，一个商场，一个官场，人要活出本色来，比活着本身更难。老百姓享受不了当领导的待遇，当领导的也适应不了老百姓的生活。不得不承认，一个人当了领导，就绝对不是本质的原来的他了。

副局长就一定比一个管车夫的队长本事大吗？不见得。别忘了人家车上坐的人现在是干什么的。别人卖力地帮忙干活，并不是看在请客吃饭上，看中的是那层关系。

当官最重要的就是别丢了乌纱帽，有机会能把帽子换得越大越好，乌纱帽丢了就啥也没了，乌纱帽在就啥都有了。

起因

1

车轱辘是铜州市民政局车副局长的绰号，他的本名叫车福禄，“福禄”与“轱辘”语音相近，于是不知不觉间在人们的口中车福禄就变成了车轱辘。然而，车轱辘这个绰号不仅跟谐音有关，还因他的一个癖好而生，这个癖好就是飙车。作为一个正地级城市的副局级领导，车轱辘属于先天下之乐而乐的阶层。全国人民还在为奔小康累得屁滚尿流时，他那个阶层已经率先进入“大康”，过上了让人民群众艳羡到牙根痒痒的幸福生活。他跟绝大多数他那个级别和那个级别以上的官员一样，除了身份待遇带来的种种好处之外，还拥有一部由纳税人供养的专车，那是一部本田雅阁，任他怎么飙都有国家和人民替他埋单。俗话说，撑死的都是贪吃的，淹死的都是会水的，什么事情过于热衷，浸淫其中，往往就会在这上面栽跟头。车轱辘经常飙车，终于飙出了让他魂不守舍、惶惶不可终日的大祸。

市政管理局局长魏奎杨在组织眼里是一个勤政廉洁的好干部，生活俭朴，工作勤奋，从来不到酒楼歌厅鬼混，也从来没有任何绯闻传说。不但廉洁勤政，就是在日常生活中，魏奎杨也是一个谨小慎微的人，比如坐车，他从来都坐在司机后面的座位上，据说那个座位最安全。因为，遇到险情，司机的动物求生本能会支配他采取下意识的动作，把自己这边避让开，留着乘客那边去挨撞。坐在司机后面，既能保证司机遇到险情本能避险时不至于把自己送到虎口，又有司机在前面挡着，等于车内除了防撞气囊，还加装了防撞肉囊，安全系数比司机自己还要高。不但座位是固定的，魏奎杨对车速也有严格的限制。组织上给他配了一台时速高达二百多公里的奥迪，他的车时速却从来没有超过八十公里，他说得有道理，再高级的车，车速过了一百就没安全可言，行车安全不能靠车，要靠人。即便是行驶在高速公路上，车速超过八十公里，魏奎杨也会发火。虽然如此谨小慎微，魏奎杨还是没有逃脱厄运，他遇上了爱飙车的勾死鬼车轱辘。

车轱辘和魏奎杨生活的这座城市叫铜州市，前几任市领导趁改革开放之初浑水摸鱼，跑到上面不知道靠什么手段忽悠成功，把铜州市由原来的县级市鼓捣成了地级市，所有的干部睡了一夜第二天早上爬起来都升官了，股级变成了科级，科级变成了处级，市委书记和市长自己也由县级变成了地级。铜州市的干部弹冠相庆，喜笑颜开，倒霉的是老百姓。因为，城市级别升格了，老百姓的级别并没有升格，谁也没见过正地级老百姓，正地级城市的老百姓比县级城市的老百姓既不能少流一滴汗，也不会多拿一分钱。反而，行政级别上去了，需要供养的官员也就更多了，官员级别上去了，需要提供的待遇也就更高了，工资要涨，住房要扩大，配车要增加，配车的档次要提高等，这一系列待遇提升自然都得老百姓埋单。

魏奎杨、车轱辘之类的局级、副局级干部对照国家行政级别实际上是处级、副处级，然而，既然称之为局长、副局长，就要“比照”局级干部享受待遇，国家也没有什么级别可以配专车，什么级别不可以配专车的硬性规定，即便有硬性规定，官员们也会“变通”，于是各单位纷纷给这些局长、副局长们配车。魏奎杨、车轱辘之类的局长、副局长们有了专车，上趟厕所都恨不得坐车去，就像刚刚买了新鞋的孩子，晚上睡觉都恨不得穿着鞋。从铜州市到省城不过二百来公里，要安全有铁路，快车、慢车、软卧、硬卧、旅游列车，应有尽有；要便捷有高速公路和国道，豪华大巴、商务大巴，比中央首长下来视察坐的那种旅行车还要舒服快捷；要快有飞机，从铜州市到省城连起飞带降落不过一个小时。然而，铜州市配了车的领导们来往于省城之间，决然没有尝试别种交通工具的念头。凡是有配车的领导，到省城公干私干一律乘坐专车，既是为了到省城后行动方便，也是为了显示自己的行政级别。有没有专车，这是官员身份发生质变的标志，有了专车就如同毛毛虫羽化成了蝴蝶。

现在正是年中，也正是会议高峰时期，各级组织、各个单位都要总结上半年的经验，安排部署下半年的工作，尽管天气炎热，高温酷暑，通往省城的公路上仍然熙熙攘攘，前往省城参加各种会议的官员座驾在高速公路上穿梭往来。省民政局也要召开上半年工作会议，总结工作，安排部署下半年的工作，要求各县市的民政局局长都要到会。

现在的官员们进化成了候鸟，没事不会在一个地方待着，喜欢在旅游中愉快地生活。铜州市民政局的领导们也是这样，局长何茂泰到美国考察殡葬管理，顺便到拉斯维加斯的赌城见证资本主义社会的腐朽堕落。第三副局长李有禄到欧洲学习老龄工作，就便体验一下老牌资本主义国家的社会福利。第四副局长兼纪检组组长郭小梅到香港参加民生建设研讨会，顺便考察迪斯尼乐园的游乐设施。第五副局长周锐添到俄罗斯学习养老保险管理，捎带着到莫斯科看看红场，接受革命传统教育。车轱辘是常务副局长，二把手，上半年已经考察了新马泰，年底前还计划到欧洲看看老牌资本主义的腐朽生活，所以这一阵儿没有理由再混着出国，只好看家。他是唯一一个留在家里没有出去的局长，于是到省城参加工作会议的重任就历史性地落到了他的身上。

车轱辘的司机外号叫葫芦，对车轱辘的习性知之甚详，把车开出市区之后，将车停靠在路边，车轱辘从边座下来，两个人换位，于是车轱辘把车开上高速公路，开始了他的飙车运动。本田雅阁的动力充沛，车轱辘的驾驶技术娴熟，他把油门踩到底，车像一匹受惊的烈马，吼叫着疯跑起来。葫芦对车轱辘的驾驶技术很有信心，系好安全带，漫不经心地看着路边的景致刮风一样朝后方掠去，一辆辆汽车被他们甩到了身后。车轱辘难以容忍有车挡在自己的前面，只要前方有车，他就非得超过去才过瘾。这种心态是官场上副手渴望当上一把手的精神发泄和心理体验。车轱辘把高速公路上前方的车都当成了一把手，看到一台台车纷纷被自己扔到了身后，他享受到了官场上无法得到的竞争、超越、成功的虚幻快感。

一辆挂着北京牌照的普桑千里迢迢地不知道怎么跑到了这里，开车的也不是善茬儿，看到车轱辘的车开得疯狂，居然跟他摽上了，两台车依赖着日本和德国的工业科技在中国的高速公路上展开了疯狂大比拼。追逐了一阵儿之后，不知道是普桑体力不支，还是驾驶普桑的司机精力有限，普桑终于放弃了这场竞赛，自动弃权，降低了车速，并且把车靠到了慢车道，给疯狂的中国司机日本车让道。车轱辘却有了猫戏老鼠的兴致，他也相应地降低了速度，咬在普桑的后面，人家加速他也加速，超过了却又减速，等人家过去了他又加速，再把人家超过去。这样闹了两三个来回，那台普桑真的生气了，加了油门抢到了车轱辘的前头，准备好好治治他的毛病。车轱辘看到这台外地老普桑居然还不服气，玩到这个程度了，还敢逞能，于是狠狠地把油门一踩到底，本田像出膛的炮弹，笔直地朝那台老普桑射去，两车的距离越来越近，车轱辘正想变道超越，前面那台老普桑却突然来了个急刹车，尾巴上的两颗刹车灯犹如充血的狼眼，车轮下冒起了缕缕青烟，刺耳的刹车声穿透密闭的车窗钻进了车轱辘的耳朵。车轱辘吓坏了，本能地踩下了刹车，高速运行中的汽车顿时像喝醉了的小丑东扭西歪地打起转来，然后冲向了高速公路的护栏。车轱辘已经无法控制车辆，只会本能地狠狠踩住刹车，车辆狠狠地撞到了护栏上，安全气囊像一颗爆裂的炸弹从方向盘里蹦出，车轱辘的脑袋被气囊裹起来的同时听到了葫芦的惊叫："妈呀……"

2

车轱辘跟那台普桑斗气的时候，市政管理局局长魏奎杨的座车就在前面慢慢晃悠，魏奎杨缩在司机后面的座位上，昏昏欲睡，他是到省城参加收取城市停车年费研讨会的。国家对公路乱收费抓得很紧，现在已经不太有人敢明目张胆地戴个红袖标就到公路上收买路钱了。但是，许多地方政府又玩出了新花样，纷纷发布红头文件，说是要进行城市停车收费改革，把过去停一次交一次的停车费改成年费。所谓年费，就是不管你是不是停车了，只要你是本市的车就得按车的座位、吨位按年缴费，少则数百元，多则数千元。不缴纳年费不但不准停车，还不给年检。铜州市率先推行停车年费，每年财政收入增加将近一个亿，市长万鲁生乐得直冒鼻涕泡，把市政管理局和魏奎杨狠狠地表扬了一番。

这种政府出头的乱收费虽然让老百姓叫苦连天、骂声载道，暂时却还没有惊动党中央国务院，各地政府被收取停车年费得到的丰厚油水馋得垂涎三尺，相互学习、相互借鉴，纷纷开始发红头文件掏老百姓的腰包。省上召开这次会议，就是要论证政府发文件收年费的合法性、正当性和利益分配原则。魏奎杨是铜州市征收停车年费的具体策划者，也是省内开创新的政府创收项目的先行者，论公论私他都是这种政策的既得利益者，所以他也必然是这种政策的积极拥护者和勇敢捍卫者。在这次会议上他要作中心发言，他觉得秘书写的稿子有些问题，论述得还不够透彻，有些论据阐述得还不够充足，他认为在这次会议上应该进一步大声疾呼，从理论到实践上都要为城市停车费的改革大声叫好才行。

魏奎杨半躺在汽车的后座上，在心里盘算着怎么样能把铜州市收取停车年费的事论证得更加圆满一些。司机偷觑了他一眼，见他垂首闭目好像睡着了，鬼鬼祟祟地踩下了油门，车速由八十迈提升到了九十迈，马上就要超过一百了，让一台性能优良的奥迪车在高速公路上以八十公里以下的时速行驶，犹如勒住马嚼子却又扬鞭策马，骑马的人难受，马也难受。所以司机想趁魏奎杨入睡的时候，偷偷快马加鞭，痛痛快快地跑一阵儿。没想到魏奎杨警惕性极高，车速稍微加快，马上就察觉了，睁开眼睛干预司机："那么快干吗？欲速则不达，安全第一。"

司机只好又把车速降了下来。就在这时候，一辆老普桑风驰电掣地从身边掠过，魏奎杨嘟囔了一句："那么快干吗？抢着投胎去啊！"心里对这辆外地车在本地高速路上耀武扬威很不以为然。话音未落，又一辆本田吼叫着飓风一样从身边刮过，把魏奎杨的司机吓了一跳，注目一看，是铜州车，从牌号来看应该是哪个政府机关的，还没来得及看清，就见那辆车像一个陀螺一样原地兜起了圈子，紧接着摇摇晃晃地撞向路边的护栏，护栏质量很好，没有撞烂，车蹭着护栏滑行了一段之后，像一个疲劳的乞丐就地侧身躺了下来，挡在前面的路面上。魏奎杨的司机大惊失色，狠狠踩下刹车，汽车痛苦地颤抖着朝前继续滑行，眼看就要碰到那辆倾翻的本田了，魏奎杨的司机吓得闭上双眼惨叫起来："完了……"

片刻之后，车子停了下来，司机睁开眼睛，第一个念头就是：还好，没完。庆幸之余看看前面，又惊出了一身冷汗，自己的车和那台侧身躺在地上休息的本田相差不到两米。惊魂未定的司机回头谢谢魏奎杨不准他开快车，刚刚说了一句："多亏领导让我减速……"透过后面的车窗就看到一座大山挟带着乌黑的阴影兜头罩了下来，紧接着就是轰隆隆的巨响和玻璃尖锐的破裂声。司机本能地抱住脑袋钻进了仪表盘下面那狭小的空间里。高贵的奥迪此时像一个柔软的肉包子，被狠狠踩了一脚，铜州市市政管理局局长魏奎杨成了包子里的肉馅儿。

司机不知道发生了什么事情，挣扎着企图从车里逃逸，车门早已经扭曲变形，根本打不开，司机只好从破碎的窗口挣扎着朝外面挤，与此同时，他看到前面那台本田车上也有一个人正在四脚着地地从车里往外爬，两车离得很近，司机看得非常清楚，爬出来的是民政局副局长车轱辘，魏奎杨的司机有气无力地喊了一声："救命啊……"连惊带吓，刚刚喊出这一声，便精神衰竭昏晕过去。

原来，魏奎杨的车后面跟着一台二十吨级的集装箱车，他的车遇到险情紧急刹车，由于车速不快，在即将与前车相撞的千钧一发之际停了下来，而后面的集装箱车车身庞大，重量逾万斤，哪里能像小轿车那么轻松地停下来，司机踩下刹车之后汽车依然受惯性的作用朝前冲去，庞大的集装箱车就像发情期的公驴把魏奎杨的奥迪当成母驴一样以排山倒海之势骑了上去，车子的左前轮正好压在后座的魏奎杨身上，把一贯谨慎小心专门躲在司机后面保安全的魏奎杨搞得血肉模糊。

本田车里的两个人已经自己爬了出来，所幸有高效能的安全气囊保护，两个人虽然撞得鼻青脸肿，但是都还处于清醒状态，躲在车祸现场的一边嘀嘀咕咕地商量着什么，活像两个盗贼正在策划抢银行。

魏奎杨的司机一半身体耷拉在车窗外面，一半身体夹在车窗里面，活像从踩扁了的汉堡包中挤出来的一条酸黄瓜，几个过路的司机连忙奔过去，连拉带扯地把他营救出来。魏奎杨的司机其实伤的不重，他的昏迷主要还是吓的。拖出车子他马上醒了过来，号叫着呼喊大家救人，可是没人再靠近车子去救魏奎杨了，司机挣扎着回到已经压扁的汽车跟前，还想抢救魏奎杨，可是一看到魏奎杨变成了一摊血淋淋的烂肉，就恶心得呕吐起来。

交通警察的现场勘验车、公路施救车和120救护车呼啸着先后赶到，看到变成一团肉酱的魏奎杨，交通警察也忍不住呕了起来。120嫌恶心，也怕拉死人没人埋单，声称只救活人不管死人，死人的事情由殡仪馆管，说完便倒车掉头，拉响号丧一样的警笛，一路上欢唱着“完了，完了，完了，完了……”扬长而去。交通警察呕吐够了，先把吓成泪人儿的大货车司机扣了，然后追到引发事故的罪魁祸首本田轿车跟前，查问谁是驾驶员，葫芦脸色苍白哆哆嗦嗦地掏出了驾驶证双手捧给了警察：“是我开的车。”交警照例二话不说先把他的驾驶执照收了，然后才开始询问事故经过。

魏奎杨的司机站在一旁看到这种情况目瞪口呆，因为他在爬出汽车昏迷之前，看到从倾翻的本田轿车里驾驶员一侧爬出来的是车轱辘而不是葫芦。他傻乎乎地还想纠正这个错误：“你、你……不、不……”

交通警察厌烦地打断了他：“没问你，有什么事到队里再说。”他的车上死了人，而且是局长级的人，属于特大交通事故，所以警察要把他带回队里进行调查。魏奎杨的司机可怜兮兮地闭嘴躲到了一边。

3

铜州市分管民政局的王副市长、民政局办公室主任卫骏闻讯赶到了事故现场。骄阳似火，高速公路上无遮无盖，晒得人冒油，在这种环境处理公务谁都心烦意乱，看到车轱辘和他的司机还活着，王副市长气哼哼地问："没事不好好在家待着跑这干吗来了？"

车轱辘连忙解释："我们是到省里开会去。"

王副市长又问："魏奎杨干吗来了？"

车轱辘摇头："不知道。"

王副市长便吩咐交警："打个电话通知一下市政管理局，让他们来个人处理后事。"

交警提醒他："王市长，魏奎杨的尸体已经运回去了。"

王副市长便说："那就通知他们到殡仪馆去处理后事。"

民政局办公室主任卫骏在车轱辘身边围前围后地张罗照料，殷勤周到："车局长，是不是先给家里通知一声，报个平安？"

车轱辘烦躁地说："不用，一告诉，她们闹哄哄地跑过来烦人，反正我很快就回去了。"

看着经受一场大难却仍然活生生的车轱辘，卫骏心里不由得有些失落，他是局领导班子的后备干部，目前牢牢靠靠地在第二梯队中排名第一，如果这一次车轱辘玩完了，只要没有特殊人物加塞儿，他将会依次递进，成为名正言顺的副局长。卫骏是局长何茂泰从原单位带过来的人，对车轱辘谈不上什么感情，出了这么大的车祸，车轱辘仍然活蹦乱跳，卫骏内心的遗憾在酷日的烧烤下蒸发成烦躁、恼火。所以当现场勘察完毕，警察向车轱辘、葫芦询问完毕，大家可以撤离的时候，他却笑眯眯地说要留着处理善后事宜，不能跟他们一起回去。他来的时候带着自己的专车，尽管他仅仅是局办公室主任，还不是正式的副局级干部，但是因为他是局党组成员，局里也就为他配了一台专车。反正现在配车也没有什么规矩，即便有规矩谁也不会遵守规矩，国家富裕了，官员待遇首先就要提高，这用不着谁提醒，更用不着投票表决，官员自己就可以决定自己的待遇。

卫骏有自己的专车，带了自己的专车来处理后事，却不愿意让刚刚出了车祸的车轱辘坐他的车，嫌他晦气，笑眯眯地信手拈了一个借口就把车轱辘给晾在那儿了。王副市长不讲究这些，不能眼瞅着车轱辘他们被扔在高速公路上当烤肉，只好让车轱辘和葫芦上了他的车。他们前脚走卫骏后脚就上了车，吩咐司机："走国道，回家。"

1

中午下班时分，市委书记洪钟华从机关大楼走了出来，还没出大门，滚滚热浪便迎面扑来。最近一段时间受副热带高压的控制，本市及周边地区一直保持着 33℃～36℃的高温。门外沿着台阶停满了等着接领导下班的轿车和供普通干部乘坐的通勤大巴。车子的发动机都轰隆隆运转着，一大堆汽车空调运转时产生的噪音震耳欲聋，烘出的热气活像沸腾的开水朝人扑头盖脸地泼洒过来。洪钟华的车停靠在最方便上下的位置上，政府大院里的司机都认识这台车，所以谁也不敢跟这台车争先恐后。洪钟华钻进车里，一股沁人肺腑的冷风让他禁不住打了个寒战："冷风开得太足了，没必要。"司机连忙把空调开到了弱挡，然后起步，汽车平稳地朝市府大院的大门开去。

洪钟华问司机："你们每天都这样早早地把汽车发动着，冷气开开等领导吗？"

洪钟华的司机叫司马达，原来是省武警总队政委的司机，车开得好，又有全省武警系统散打比赛第三名的头衔，复原的时候总队政委把他当做礼物送给了洪钟华。司马达人很老实，话极少，从铜州市到省城有二百多公里，一路上如果洪钟华不说话，他也能沉默一路，这样的人最适合给领导当司机。

听到洪钟华问，司马达说："现在天热，一般要提前半个小时左右就把车发动着，空调打开，这是车队统一要求的，说现在天气热，不能让领导上了车身上出汗。"

洪钟华嘟囔了一声："老百姓的血汗全都变成汽油也不够烧。"

司马达没听明白，连忙追问："洪书记，您说什么？"

这种近似于发牢骚又带着无奈情绪的话洪钟华当然不会再给司马达重复一遍，况且说了也没用，因为坐车的并不仅仅是他洪钟华一个。洪钟华含糊其辞地回答："我说开慢点，注意安全。"

司马达奇怪地扫视了洪钟华一眼，因为不用洪钟华说，车也快不了。正是下班时间，政府大院临街的道路上车辆如过江之鲫，鱼贯而行，政府机关的公车从大门里蜂拥而出，就像山洪暴发的污泥浊水冲入河床，顿时搅乱了正常的交通秩序，原本正常行驶的车辆有的争道抢行，有的避让停车，交通开始混乱起来，交通警察狼狈不堪地指挥着没法指挥的车辆。司机们根本看不懂手忙脚乱的警察张牙舞爪是什么意思，各种车辆在政府大院门前挤成了一团。洪钟华的司机小心翼翼地驾驶着车辆，在乱成一团的钢铁洪流中慢慢爬行，既要防止撞到别人，又怕别人撞到自己，精神高度集中，腮帮子咬出了两个硬核桃。

市府机关大院斜对面有一个公交车站，市民李桂香牵着她十岁的女儿在这儿等车，遮阳篷是玻璃钢的，在这样的酷暑烈日下，篷下面成了正在被蒸烤的笼屉，闷热得让人透不过气来。李桂香是一个下岗女工，今天到劳务市场找工作，招工单位倒是不少，可是人家都嫌她年纪大、文化低，没人肯聘用她。其实她才三十五岁，由于长年在生产岗位上倒班，繁重的劳动损害了她的容颜，让她看上去足有四十五岁。拿出身份证给人家看，谁也不相信她才三十五岁，有的招工单位甚至问她这身份证是不是真的。在劳务市场奔波了一个上午，结果是一无所获，李桂香就到学校接了女儿，也算是今天上午没有白出来一趟。

市府门前的道路此时活像堤岸崩塌的河床，各种车辆挤成一团，小心翼翼地朝前磨蹭，比小脚老太婆走得还艰难。体格庞大的公交车被堵在远处根本动弹不得，等车的市民眼睁睁看着公交车已经来了，却无法过站，焦急和烦躁憋闷在心里，人们的脸就像刚刚浆洗过的床单，呆板、紧绷，上面还挂满了汗珠。

李桂香紧紧牵着女儿的手，耐心地等待着交通混乱的场面能够好转，耐心地等待着公交车能够来到，生活已经教会了她忍耐，她也习惯了在无尽的忍耐中生活。她已经想好了，今天不回家做饭了，咬咬牙领着女儿奢侈一回，娘俩买盒饭吃，吃盒饭还可以喝到免费的萝卜汤，那是消暑解渴的佳品。女儿扯扯她的手说："妈，我难受得很，想吐。"她看看女儿，女儿的脸色蜡黄，连忙摸摸女儿的额头，女儿的额头冰冷，满脸冷汗。她把女儿揽到怀里，安慰着："是不是早上吃什么不干净的东西了？没关系，等车来了妈直接带你去医院，先检查检查，然后再吃饭。"

可是女儿已经等不及去医院了，突然像脱骨肉似的在她怀里软软地朝下脱落，眼睛也闭了起来，牙关紧咬，嘴角溢出了白沫，随即昏迷过去。李桂香吓坏了，大声呼喊着女儿，一起等车的人们纷纷围拢过来，有懂得急救知识的人就开始忙碌，让李桂香把女儿平放在地上，然后就开始掐人中，做人工呼吸。一位老者翻开李桂香女儿的眼皮看了看，又摸了摸她的脉搏，对李桂香说："中暑，得赶紧送医院，不然很危险。"

这时候就有好心人赶紧打电话叫120急救车，也有人提醒叫急救车也没用，现在塞车这么严重，急救车根本过不来。李桂香看着昏迷不醒的女儿，焦急万端，恨不得给满大街的汽车跪下，求他们给自己的女儿让出一条活路。公交车站等车的人们乱成一堆，有帮忙抢救的，有给

110、120打电话的，有在一旁怒火中烧骂政府、骂官员的……时间分分秒秒地过去，李桂香再也控制不住，焦急地喊着女儿的名字痛哭起来。

2

洪钟华的车费尽力气蹭到了公交车站不远处，见公交车站前面的马路上人们挤成了一团，哭的喊的好像出了什么事，洪钟华吩咐司马达："怎么了？你去看一下。"

司马达下车挤进人丛，看到李桂香抚着昏迷不醒的女儿失声痛哭，问问旁边的人，旁边的人告诉他，这个女人带着孩子等公交车，天气太热，可能孩子中暑晕倒了，叫了120，路上塞车，120过不来。司马达是个热血青年，听到这个情况，看着躺在地上昏迷不醒的女孩和痛哭失声的母亲，顾不上多想，俯身抱起女孩对李桂香说："大姐，别急，我拉她去医院。"然后就抱着李桂香的女儿来到了洪钟华的车上，洪钟华看到司马达抱了一个人回来，知道肯定不是碰上伤员就是碰上病号了，连忙帮他把李桂香的女儿接进车里，李桂香也钻进车里搂着女儿，不断叫着女儿的名字。司马达顾不上解释，发动着车就要出发，可是路已经塞死了，有车也没用。正在徒劳地指挥交通的警察一扭脸见到市委书记的座车被堵在车流中间动弹不得，大惊失色，跑过来小心翼翼地敲开车窗，连连敬礼，语无伦次地解释汇报："洪书记，您好……对不起，我正在执勤，我是交警直属中队……"

洪钟华拦住了他："别说了，求你一件事，我的车上有个孩子病了，得马上送到医院救治，你能不能帮我疏通一下道路？"

交警连忙敬礼："是，请问洪书记还有什么指示？"

洪钟华说："没指示，请你快一点儿，救人要紧。"

交警扭头就跑，片刻便招来了同伙，开来了警用摩托车，亮起了警灯，拉响了警笛，开始给洪钟华的汽车开道。同伙警察则把吃奶拉屎的劲都使了出来，拼了老命想把其他车辆拦住，好给市委书记的专车让路。

车里冷气充足，衣着单薄的李桂香从酷热的室外突然进到车里，冻得哆哆嗦嗦，把孩子紧紧搂在怀里，孩子依然昏睡不醒，李桂香急得泪流满面。司马达一狠心，就着警察刚刚扒拉开的缝隙把车开上了人行道，然后又插进了辅道，再从辅道转回人行道，哪儿有空隙朝哪儿钻，车子七扭八拐地总算冲出车流朝医院奔去。交警忙活半会儿，一回头市委书记的车没了，瞠目结舌愣在马路当中，成了名副其实的马路橛子。

到了市第一医院，洪钟华和司马达帮着李桂香把孩子抱到了急救室。现如今像洪钟华一类的地方官员都是当地电视台、报纸的明星级人物，天天露脸，百姓没有不认识的，医生护士们看到市委书记亲自送来病人，惊讶之余不遗余力地马上开始急救。值班医生经过对病人的认真检查，犯难地对洪钟华汇报：“洪书记，这个病人的情况很特殊，既有中暑的症状，又有感冒并发炎症的症状，情况挺不好，需要马上转到重症监护室去。”

洪钟华说：“那就转啊，你是医生，我们都听你的。”

医生和护士们就手忙脚乱地把李桂香的女儿转送到了重症监护室。由于是市委书记亲自送来的病人，无论是医生还是护士，都没敢张口谈钱的问题。洪钟华摆脱了千恩万谢几次要下跪的李桂香，钻进汽车打道回府。

路上，司马达沉默片刻忽然说：“洪书记，对不起，我向您检讨，刚才我心急没有事先征得您的同意就把病人接到了车上……”

洪钟华学了一次雷锋，做了一次好事，尽管回家吃饭的时间耽搁了一个多小时，心中却仍然充盈着跟当市委书记截然不同的成就感，听到一向沉默寡言的司马达突然说出这样一句话，心中一怔：“你做得对啊，我没说你做得不对啊，你这种助人为乐的精神值得表扬。是不是我没表扬你，你就以为我不高兴了？”

司马达“嘿嘿”一笑说：“那倒不是，嗯，嗯……”

洪钟华说：“有什么话你就直接说，跟我这么长时间了，怎么还认生啊？”

司马达又吭哧一阵儿才说：“洪书记，还有一件事，我觉得那个孩子病情加重可能跟坐我们的车有关系。我小的时候在家里跟着大人打场，天热中暑了，有人要拿凉水浇到我身上降温，我爷爷拎起扬场的木叉打人家，说人家想害我。后来听爷爷解释我们才明白，人中暑，就是天气太热，火气慢慢在体内积累起来，散发不出来就会头晕、恶心、血压下降，严重的还会造成呼吸衰竭等。如果这个时候突然让病人用凉水、空调强迫降温，弄不好把内火裹在心里会要人命的。中暑首先好像应该把病人放在阴凉通风的地方，慢慢恢复，送到医院当然更好……可是……可是……”

洪钟华催促他：“你别可是了，有什么就说什么。”

司马达这才吞吞吐吐地接着说：“可是刚才我们车里空调的温度太低了，当时我光一门心思想着救人，没有想到空调的问题，医生说她既中暑又感冒，会不会是因为我们突然把她从高温下转到了低温环境里，造成了并发症，中医说，这种情况就是外寒裹内火，对人的损伤严重得很，唉，都怪我……”

洪钟华听到司马达这么说，内心也暗暗后悔，如果真的是因为他们的车内空调开得太足，温度太低，想救人家反而害了人家，那真是好心办坏事的典型。想到这些，刚刚因为做了好事而产生的满足感、成就感顿时烟消云散，既是安慰司马达也是安慰自己的说：“不要紧吧？现在在医院里，即便有点什么并发症，医生也会救治的。今天下午上班你把我扔到办公室以后，再到医院看看，如果真的是因为我们加重了人家的病情，一切后果我负责。对了，你就给医院说，他们是我的亲属。”

洪钟华之所以要给医院说病人是他的亲属，是怕医院草率应付李桂香娘俩，如果因为医院的疏忽把人家的病给拖大发了，麻烦事就多了。他知道，只要说那娘俩是自己的亲属，医院绝对会全力以赴地进行救治。

洪钟华到了家门口，下车后刚要进门，电话响了，市委秘书长气喘吁吁地在电话里报告：“洪书记，不好了，民政局副局长车福禄出车祸了，市政管理局局长魏奎杨死了。”

洪钟华让他说得直犯晕：“车福禄出车祸魏奎杨怎么死了？到底是怎么回事儿？你慢慢说。”

“他们俩在高速公路上同时出的车祸，车福禄没死，轻伤，魏奎杨死了，两台车都报废了。”

洪钟华问道：“市领导谁到现场去了？”

秘书长说：“万市长让王副市长去了，根据王副市长回馈的信息，责任不在车轱辘，也不在魏奎杨，好像是有一台汽车突然刹车，造成了这次重大的交通事故。”

洪钟华追问：“他们干吗去了？怎么同时在高速路上。”

秘书长说：“他们都是到省城开会的，应该算公伤吧。”

钟华暗暗叹息，现在公车配备基本上已经失控，副局级以上干部基本上都配了专车，连下面很多乡镇长也有了事实上的专车。这既有好处也有坏处，好处是大家都舒服了，办事也方便了，坏处就是不但公车经费支出像洪水一样猛涨，出车祸的概率也大大增加。洪钟华告诉秘书长：“这样吧，你先代表市委到魏局长家里慰问一下，其他问题等交管部门结论出来以后再说。”

3

车轱辘和葫芦是乘坐王副市长带去的车回来的，那台撞烂了的本田轿车被一台公路施救车拖在后面，活像刚刚用拖网捞上岸的死鱼。王副市长是个话多的人，坐在前座上扭过头来不断唠叨：“你们真是命大，看看老魏，好好的一个人，昨天下午还跟我在一起开会来着，这阵儿成啥了？惨不忍睹，惨不忍睹啊！”魏奎杨是被殡仪馆的冷藏车拉走的，他的司机也被交警带走了。那台奥迪已经稀巴烂成了一堆废铁，车上又死了人鲜血淋漓的，交通警察嫌它堵在路中间影响交通，也不吉利，勘察完现场就叫来大吊车给扔到了高速路外面，通知市市政管理局抽空过来运走。

车轱辘惊魂未定，心中有鬼，不敢多说话，王副市长说什么他都连连点头。这种场合没有葫芦说话的份儿，他也不敢说话。事故发生后，车轱辘跟他商定，让他一口咬定车当时是由他驾驶的，这样一来，车轱辘没有任何责任，司机的责任也就相应地减轻了，事故的性质只不过是一桩因超速造成的普通的交通事故而已。如果实事求是地说车是车轱辘驾驶的，虽然车轱辘有驾照，那他们俩也违反了市纪委的文件，除了承担交通肇事责任以外，还要受纪律处分。葫芦代人受过，有口难言，现在他只好老老实实地听王副市长训斥：“你这个司机也真是的，根据交警的测量，你的车速已经超过了一百五十迈，干吗？找死啊？你找死别害别人啊，现在你活得好好的，把人家魏局长变成了火葬场的烧烤，多亏魏局长家里没什么人，如果人家家属在这儿，今天不得扒你一层皮才怪。这场车祸也够贵的了，两台车报废，五六十万一眨眼没了，三个人受伤，一个局级干部死亡，损失惨重啊！”

“这就叫豪华车祸。”司机毛毛雨冷笑着说了一句，话里话外透着让人心寒的幸灾乐祸。给王副市长开车的司机绰号毛毛雨，过去是给主管财政的副市长开车的，那位副市长到站退休之后，他也被打入冷宫，成了值班司机。领导一般不喜欢用原任领导身边的旧人，再加上他话多唾沫星子也多，毛毛雨的绰号就是根据这一生理特征起的，就更没人爱用，整天在司机值班室坐冷板凳，心里自然觉得憋屈，一有机会就想发泄。

王副市长狠狠瞪了毛毛雨一眼，毛毛雨不敢吭声了。这辆车不是王副市长的专车，王市长的专车是一台最新版的奥迪 V6，他小姨子到铜州市看望姐姐、姐夫，明天要回去，今天王副市长的老婆陪妹妹逛铜州市著名的风景区龙山植物园，捎带着逛街，奥迪 V6 让老婆带走了。中午快下班的时候，王副市长接到市政府值班室转过来的市长万鲁生的电话，车轱辘、魏奎杨出了车祸，命他赶到现场处理善后，他只好坐这台值班车。

这台值班车是桑塔纳 2000，这种车市级领导早就没人坐了，王副市长的座驾如果不是派给了老婆，他也不会坐这台车。值班车都是领导们配了新车之后退下来的旧车，司机也大都是原任领导退休之后剩下来的，这些司机就像过季的服装，窝在市府车队里守着跟他们一样受到冷落的旧车，一起体会被打入冷宫的感觉。现在的领导用司机一般都要用体己人，遇到同级调动、提升上任，很多人还会带原来用惯了的司机一起走，有点像清朝时候达官贵人到哪儿都要带着家奴。不同的是，家奴靠东家养活，司机由国家养活。司机如果能成为领导的专车司机都会满心欢喜，让领导甩下便会丧魂落魄。因为，给领导当专职司机和当值班司机身份、待遇差别太大了。给领导当专职司机，在别人眼里就有了领导身边人儿的身份特征，时不时还会有人送点小礼、请喝小酒、求办小事儿。领导如果有一些小小不然或是自己看不上眼的小福利也会随手甩给司机当做小恩小惠，如果遇到了提工资、发奖金、工勤代干这种好事儿，跟固定领导时间长了的司机往往都会受到特殊关照。而那些没有固定领导可伺候的司机则像没娘的孩子，一切工资待遇生活福利都是公事公办，额外好处想都别想。

毛毛雨嘴上不敢说话了，心里却愤愤然，王副市长那恐吓、鄙视的眼神更是让他恼恨到了脑子里：他妈的，都撞死了才好，死一个老百姓少养活一个，一个个人五人六的，坐好车、吃海鲜、喝茅台、唱小曲、抱小妞，还都免费不花钱，什么东西，凭啥？都撞死、都撞死……毛毛雨在心里诅咒着，却忽略了一个现实问题：中国缺能源却不缺官员，死了这一个自有后来人。

毛毛雨心里郁闷肚里骂人，王副市长继续唠叨："这个魏奎杨啊，还真是个好人，平时省吃俭用，就一个儿子还跑到了美国，老婆死了别人给他介绍对象，他连看都不看，整天一个人守着一百五十多平方米的大房子，日子过得凄惶啊！"

毛毛雨又冷哼了一声，王副市长此时烦透了毛毛雨，跟着冷哼了一声："你要说啥？好，我不说了，你说。"

毛毛雨连忙道歉："王市长，对不起啊，我没想说啥，我就是有点感冒，嗓子痛。"

王副市长呲他："感冒了就在家休息，还跑什么车？你不要命别人还要命呢！"

毛毛雨不敢再吭声，在心里骂：王八蛋，都是王八蛋。

4

车子进了铜州市区，车轱辘说："王副市长，实在对不起，今天这件事情太麻烦您了，害得您中午饭都没吃，这样吧，咱们一起到海天随便吃一口。”当然，他说的“随便吃一口”绝对不是“随便吃一口”，海天大酒店是铜州市的五星级宾馆，在那种地方“随便吃一口”，每人不当一次二百五别想出门。

王副市长很为今天的事情恼火，这场车祸虽然死的是一个局长，说到底也不过就是死了一个人，又不是多人伤亡灾害性事故，值得他一个副市长冒着酷暑为此奔忙整整半天吗？他生气的就是市长万鲁生仅仅比他高那么半级，就可以对他发号施令。万鲁生是空降部队，稀里糊涂从外省调过来就当了市长，所以本地干部对他或多或少都有些不服气。可是没办法，不管人家是通过什么手段当上市长的，那也终究是市长，比他这个副市长高了半级，就因为差了这半级，心里再恼火，再不愿意，还得去。处理车祸是什么好事？血肉模糊的尸体，废铁一样的汽车，靠近了都嫌晦气，可是不去又不行，就是因为他比人家低了半级。

鼓了这一肚子气，王副市长哪有心情跟车轱辘去“随便吃一口”，再说他也根本不缺“那一口”，板着脸说：“你们去吃吧，屁股后面一摊子事情我哪有时间陪你吃吃喝喝，碰上你们这一档子事，浪费我半天时间。你赶紧吃一口回家报个平安吧，别让你老婆以为你已经因公殉职了呢！”

王副市长话说得难听，车轱辘也不敢硬拽人家，只好让毛毛雨先把王副市长送回了家，然后带了毛毛雨和葫芦到海天大酒店花了七百五十多块钱“随便吃了一口”。吃饱喝足了，毛毛雨请示车轱辘用不用把他们送回家，车轱辘老婆在中行当工会主席，每天都有免费的午餐，从来不回家吃午饭，儿子寄存在奶奶家，回家了也就他一个人。今天死里逃生，又惊又吓，身心疲惫，懒得回家，再加上还有些事情要跟葫芦商量，就说不回去了，在酒店开个房间休息一下，下午还得到局里安排个人代替他到省里开会，他自己是绝对不会再去了，出门不顺，不能再勉强，这一次会议得换个人了。

打发走了毛毛雨，车轱辘让葫芦埋单开房。葫芦干这一套早就熟了，结了账，开了发票，回去让车轱辘签字报销。然后又开了一个标准间，车轱辘跟葫芦钻进房间就开始继续商量善后事宜，车轱辘又把事情朝实里砸了砸："葫芦，这么些年我待你不薄，今天的事情你一定要一口咬死，不然你跟我都没法交代。"

葫芦的特征就是光头，不是剃光，而是根本就没有毛发，包括眉毛、胡须，那颗肥脑袋就是一个装上了五官的皮球。好在他长得慈眉善目，活像弥勒佛，所以虽然没有毛，倒也不难看，有人说他有福气，他也自认为有福气，不然怎么会给领导开专车呢？今天这件事情让他更认准了自己有福气，发生那么严重的车祸，自己车上一个人没死，甚至连伤都没伤，虽然车轱辘擦破了点油皮，相对于这么严重的翻车事故，根本算不上受伤，这就是福气。听到车轱辘叮嘱，葫芦信誓旦旦地说："车局长您放心，这件事情说出去我自己倒霉，我明白，这是为我好，不是为别人，打死我我也不会说，关键是您别自己说出去就好。"

他说得诚恳，而且也是实情，如果这件事情穿帮，葫芦自己也得跟着倒霉，车轱辘也就彻底放了心："那就好，过后我们再申请一台好车，这回不要日本车了，要德国的，还是你给我开。"

葫芦满心欢喜地连连答应，赶紧给车轱辘放水洗澡，车轱辘洗过澡爬到床上倒头便睡，片刻就发出了震耳欲聋的鼾声。

葫芦没有睡，自己也洗了个澡，然后在卫生间里吭哧吭哧地给车轱辘和自己洗衣服。夏天衣服单薄，估计赶车轱辘起床的时候衣服就干透了，尽管这样，葫芦仍然不敢掉以轻心，生怕车轱辘起床后衣服未干，晾好衣服又打开卫生间的换气扇风干。做好这一切，又给车轱辘冲茶水，他知道，车轱辘有个习惯，每天午睡起来必须喝一杯浓茶，每次出差，这杯午茶都由葫芦冲。伺候好了车轱辘，葫芦坐在一旁的沙发上打盹儿，刚刚睡着，却做起了噩梦，魏奎杨满脸血污，身子却是一条蠕动的蛇，挣扎着想从一堵坍塌的墙壁下面钻出来，嘴里还发出嘿咻嘿咻的声音……葫芦吓坏了，虽然在睡梦中，他却也清清楚楚地知道魏奎杨已经死了，见到他这副血肉模糊苦苦挣扎的样子，还以为自己跟着魏奎杨一块到了地狱，忍不住惊叫起来……葫芦被吓醒了，转脸看去车轱辘躺在床上睡得正香，呼噜不知道什么时候停歇了，改成了粗重的喘息，梦中“嘿咻嘿咻”的声音正是他发出来的。

即便是小事，也得打招呼

1

洪钟华下午上班的时候遇到了障碍，一群老弱妇孺堵住了市委市政府的大门，手里还举着粗陋的布条、纸张，上面写着“还我土地，我要生存”、“土地你们抢走了，我们靠什么活下去？”之类的示威标语。洪钟华看到政府信访办的人正带了一帮换上便衣的武警和警察在围追堵截，不让这些人冲进市府大楼，上访的人群和堵截的官员、警察面对面僵持着，把市府大院的门塞了个结实。

司马达连忙掉转车头，把车从政府大院的后门开了进去。近几年铜州市和中国所有城市一样，GDP 增长率作为亮给上级最有效的政绩广告成为任何一座城市的市委市政府疯狂追求的目标。城市疯狂无序扩张，征地保地、拆迁补偿、集体上访、逃避群众围攻已经成了政府和市民之间没完没了的猫逗老鼠的游戏。洪钟华对此已经习以为常，只要不闹出人命，只要这些人不往北京跑，就没事。市委、市政府信访办、门卫和武警对付这些上访者已经练就了一整套炉火纯青的柔性弹压技巧。

今天下午洪钟华脑子里安排了两件事，一大一小，大事是省委张书记过几天要到铜州市考察，还要把接待方面的事情再落实一下。接待省委书记已经不是第一次，这种事情自有一套固定的程序，安全保卫、日程安排、汇报工作、听取指示、日常食宿等只要按照正常程序走不会有什么问题。尽管这样，洪钟华还是不敢掉以轻心，省委书记是可以决定他们这一级干部政治命运的人物，每次遇到这种重要的接待活动，他还是要拉着市长万鲁生亲自听取一下各有关部门的汇报。

小事就是让司马达到医院去看看中午送到医院的那个小女孩情况怎么样。本来把她送到医院就可以了，可是医生和司马达的话让洪钟华有些放不下心，如果真的是因为自己的车空调太冷反而加重了人家的病情，那可就真成了极大的讽刺，虽然性质是好心办坏事，可是根据民法通则，好心办了坏事也要承担责任，洪钟华不是一个逃避责任的人。

做事要先易后难，先简后繁，洪钟华先办简易的事情，下车以后告诉司马达："下午我不用车了，你到医院看看那母女俩，有什么事及时告诉我一声，有什么问题也别瞒我，没什么问题你就回来。"司马达答应一声然后开车去了。

洪钟华走进办公室，秘书长急忙赶过来汇报："洪书记，上午的车祸初步查清楚了，民政局的车副局长到省城开会，路上遇到前面有车紧急刹车，他们怕追尾，也紧急刹车，车速有点快，失控造成了事故。刚好市政管理局的魏局长到省城开会，车跟在他们的后面，他们的车停下了，魏局长的车也停下了，本来到此为止虽然车副局长的车翻了却不会造成人员伤亡，没想到魏局长后面还跟了一台集装箱车，那台车没有刹住，骑到了魏局长的车上。如果魏局长坐在司机旁边也就不会死了，结果他刚好坐在后座上，就让那台集装箱车给压死了。"洪钟华问："这么说车副局长他们没有什么责任了？"

秘书长说："责任倒也有一些，他们的车经过现场勘察，超速，对于魏局长的死亡来说，可能、也许会有一些间接责任，最终的责任认定还得等交管部门决定。"

洪钟华说："噢，那就等交管部门拿最终意见吧。现在的关键是做好魏局长家属的抚恤、善后工作，你安排一下，我抽时间到魏局长家里去看看，魏局长的告别仪式搞得隆重一些，市委市政府的主要领导都参加一下，不管怎么说，魏局长是因公死亡。还有，你通知万市长，看看他下午有没有时间，如果有时间，我请他跟我一起召集市委市政府有关部门的同志落实一下接待省委张书记的准备工作。"

秘书长说："我正要向您汇报呢，万市长刚刚打来电话，说他已经安排了，下午四点在政府小会议室专门开会落实接待张书记的事，问你能不能参加。"

洪钟华听到万鲁生已经安排了，心里微微不快。他对政府那边非常尊重，安排会议之前要先落实市长的时间，一般情况下，会议就市长的日程安排。万鲁生却对他连招呼都不打就已经把会议安排好了，万一他有别的事情，要参加这个会就得改变日程安排，这虽然是一件小事，却反映出市长万鲁生对市委和对他洪钟华不够尊重。洪钟华忍下了这口气，接待好省委张书记是大事，在这个时候跟万鲁生认真没那个必要。于是他对秘书说："我没问题，到时候我准时参加。"

2

按照洪钟华的吩咐，司马达来到了第一医院，医院门口就有卖探望病人用的各类礼品的，从传统的罐头到最时髦的鲜花都有。司马达买了一些食品去探望李桂香母女。让他惊讶的是，李桂香母女俩都躺在病床上，而且都在输液。明明是李桂香的女儿中暑了，送到医院两个人却都成了病人，而且看上去都还病得不轻。母女俩都入睡了，司马达不敢叫醒她们，连忙到医生值班室询问病情。医生告诉他，小女孩正在中暑的时候突然被转移到空调车内急速降温，人体机能很难适应这种突然的温差变化，结果引发了感冒、发烧、咳嗽，俗称空调病。小孩子抵抗力差，就更容易引起肺炎甚至严重的休克以及全身性症状。至于李桂香，则是明显的感冒，可能也跟突然从高温下进入冷气充足的汽车有关。

听了医生的介绍，司马达紧张了，连连追问会不会有生命危险或者造成严重的后遗症，如果出现那些后果，不论是经济上还是道义上，沉重的负担他都难以承受。医生的话让他松了一口气："这倒不会，不过也得在医院住院治疗几天，以防万一嘛。这是洪书记的亲属，我们当然会认真对待的，请你放心。"

司马达见医生们已经主观地把李桂香母女当做了洪书记的亲属，也不多作解释，默认了。然后他给医生留了电话说："这是我的电话，单位和手机都在上面，如果有什么问题请你们随时跟我联系。"

回到病房，李桂香已经醒了，见到司马达便连连道谢："太谢谢你和洪书记了，我听医生说了，如果不是你和洪书记我们真不知道该怎么办了。"

司马达说："没关系大姐，这是我们应该做的。洪书记是个热心人，最爱助人为乐，你安心休息，不要急着出院，把病彻底治好了再说。"想起来又问："你跟孩子都住院了，你爱人还不知道吧？需不需要我通知一声？"

李桂香凄然一笑说："不用了，没关系。"

司马达看出了她笑容里隐藏的凄凉，估计可能有什么难言之隐，也不好深问，只好又说了些"安心养病，不用担心费用"等安慰话便起身告辞了。回到市委，问了问秘书，知道洪钟华到政府小会议室开会去了，便也回到车队待命。

3

市府车队归机关事务处管，属于科级单位，队长是前任市委书记的司机，前任市委书记调任省委副书记之前，突击提干，硬是给自己的司机安排了车队队长的位置，不管怎么样也算是科级干部了，前任书记既落了个安心，也落了个对下属够意思的好名声。车队的级别虽然不高，管的车却不少，市委市政府领导一共二十多人，每个人有一台专车，还有二十多台毛毛雨那种司机开的值班车、通勤车，再加上十多台接待用的豪华大巴、中巴和面包车，一共有六七十台车，如果司机都在，车队那间大教室一样的休息室都坐不下。要是按直接管的人头定级别，车队队长的级别在市府大院里是最高的。

这会儿正是用车高峰时间，大部分司机都不在，在的都是一些像司马达这种领导正在开会的专车司机和通勤车司机。司机们有的在电脑前打游戏、玩牌、斗地主，有的在下象棋，有的在泡茶胡侃。队长人送外号“惊叹号”，这个外号是根据他的生理特征确定的。惊叹号的两根眉毛又黑又粗，别人的眉毛是横着长，他的眉毛竖着长，眉毛下面的眼睛又小又圆活像两颗玻璃球，跟眉毛的距离又特近，看上去像极了鼻梁上一边挂着一根惊叹号。仿佛是为了印证惊叹号这个称呼的有效性跟合理性，平常不管别人说什么，他的口头语都是感叹式：“我靠！”

毛毛雨上半天出车了，下半天就没给他安排任务，此时正在声情并茂地口述中午的车祸情景：“真他妈惨啊，那个魏奎杨整个成了一团肉酱，血流遍地，那台车都变成了红色的。老魏年纪也不小了吧？”

旁边有了解魏奎杨的人就介绍：“有五十六七了。”

毛毛雨接着提出了下一个问题：“五十六七了怎么还有那么多血？”这个问题没有人能够回答，因为在座的没有医学专家，谁也说不清五十六七的人应该有多少血。

惊叹号手里拿着一台车用影碟机，用电吹风吹里头的灰尘，嘴里接连不断地发出“我靠”的惊叹声。惊叹号有个好处，手闲不着，过去给市委书记开车的时候就是这样儿，经常爱帮别人维修一些不值得专门送到修车厂又自认为可以轻松修好的小零件。经过他手的那些小零件其结果大都是好东西整坏，坏东西报废，最终还得换新的。所以队里的司机都特爱请他帮忙修东西，修坏了可以名正言顺换新的。

司马达给自己泡了杯茶，然后也凑过去听毛毛雨白话：“你们说怪不怪？魏局长的车停得好好的，硬是让后面追上来的集装箱给压成了肉饼，他的司机居然只受了一点儿皮外伤。民政局那个车轱辘更邪门，他的车翻了七八个跟头，车轱辘和司机居然只擦破了点油皮……”

惊叹号又惊叹了：“我靠！”

别的司机就纷纷发表议论：“没办法，这就是命，命中注定该谁死谁就得死。”“这就叫生死有命，富贵在天……”

毛毛雨恶狠狠地说：“这就是叫报应，那个魏肉酱缺德事干得太多了。”

有人问：“那人不是听说挺好的吗？干吗了？”

毛毛雨：“收城市停车年费的缺德办法不就是他想出来的吗？千方百计刮老百姓油水的人，肯定要遭天报应。”

惊叹号忽然又“我靠”了，原来他光顾了听毛毛雨白话，用电吹风把人家车用影碟机的塑料外壳吹成了面包。车用影碟机是常务副市长专车上的，司机扑将过来抓过影碟机伤心地号叫起来：“我的天妈啊，这可是原装飞利浦啊，你弄成这个样子领导要听音乐我怎么办？”

惊叹号非常不好意思，伸过手把影碟机抢过来用力又掰又压，还想把严重变形的机壳再恢复原状，结果不但没有恢复原状，外壳在他手底下一阵痛苦地呻吟之后，彻底碎裂成了几片，漏出了里头杂七杂八的内脏。

影碟机的主人又号叫起来："这下完了，彻底完了，队长啊，你这是坑我啊，我对你也没意见啊，你害我干吗？领导要听音乐我怎么办？"

毛毛雨正在为自己成为注意中心而沾沾自喜，这边一闹腾，大家的注意力都转移了方向，他便非常不爽，骂骂咧咧地说："真他妈没见过你们这帮人这么没劲，不就是一个破影碟机吗？旧的不去新的不来，换啊，打个电话，人家就会送上门来，用得着你们那么如丧考妣吗？"毛毛雨平时爱看一些闲书，所以说话时不时地会带上一两句成语。

车队里的人都知道他心情不顺，随时随地准备跟别人干架，所以也没人答理他，只有惊叹号说："我靠！那就打个电话换一台吧。"

刚才还在喋喋不休抱怨惊叹号的司机，像正在哭泣的孩子拿到了阿姨手里的苹果，马上不再吭声了。于是惊叹号开始给市府车队定点维修厂的人打电话，让他们马上拿一台车用影碟机过来。

"要最好的，原装的啊。"影碟机的主人在一旁冲着电话吼着。

毛毛雨趁机也想给自己的车换一台DVD碟机，对惊叹号说："队长，我那台车的音响早就不成了，现在还是单碟国产的，车稍微一颠簸，不管谁正在唱都得变成磕巴，我也换一台吧。"

惊叹号说："我靠！我的车也该换了，等到时候咱俩一起换。"

惊叹号是队长，不当班，没有顶车，自己要用车了现抓，他这么说等于啥也没说。毛毛雨让队长就地涮了一把，却也不敢胡说八道，县官不如现管，队长是顶头上司，如果要跟他杠上了，肯定没有好果子吃。

正在这个时候，值班电话响了，惊叹号拿起电话问明白人家要找谁，转向司马达："我靠，司马，你的电话，市第一医院来的，说洪书记的亲戚找不着了，医院吓得要死，问你知不知道她们的去处。"

司马达连忙接过电话，电话是值班护士来的，护士告诉他说，李桂香母女俩打完吊瓶以后，就不知道上哪儿去了，他们到处找也找不到，问是不是他给接走了。司马达莫名其妙："没有哇，我没接啊。"

护士又问："是不是洪书记给接走了？"

司马达没办法告诉人家说这俩人根本不是洪书记的亲属，所以洪书记根本不可能把她们接走。如果她们的病已经好了，走也就走了，如果病情严重，自己走了，那问题就严重了。于是问道："她们的病怎么样了？"

护士说："病倒没什么大问题了，做了血常规检验，孩子是中暑又感冒，大人血沉有点高，可能也就是感冒引起来的，打了针吃了药现在基本上没什么大问题了。可是，按照医嘱明天还要对他们进行彻底检查，CT单子都开好了，她这么一走万一有什么病变，我们就不好交代了。"

司马达说："这样吧，我想办法找找她们，如果能找到就送她们回去，如果找不到你们也别着急，可能她们回家了……"

对方截断了他的话说："不光是检查身体的问题，还有……还有……医药费您看该怎么办？不是我们不给洪书记面子，医院有规定，谁接诊的病人谁要清账，人工我们就算了，可是药费都是上账的，我们也确实没有办法，实在对不起啊。"

司马达说："没关系，这没关系，明天我就过去跟你们结账，该多少是多少，一分钱也不会欠的。"放下电话，司马达想明白了，那母女俩是怕承担不起医药费才偷偷跑掉的。想到这里，司马达忽然想起了远在家乡的哥嫂。哥哥已经五十多岁了，在国有企业干了一辈子，前年企业效益不好下岗了。已经五十多岁的人下岗以后再找工作比穷光棍找老婆还难，根本不像歌里唱得"从头再来"那么潇洒轻松。司马达他哥奔波了小半年根本没有找工作的机会，只好在街上支了一个摊子给人家修理自行车。福不双降，祸不单行，去年他嫂子又患上了乳腺癌，为了拯救乳房把辛辛苦苦干了一辈子的积蓄都搭进去了，最终乳房还是没拯救得了，硬生生地割掉了一个。他的侄子正在读大学，除了交学费、生活费，还得买代课老师自己编的讲义，不买考试很难过关。哥嫂家里现在只剩下卖房子一条路了。动过手术之后还要做后续治疗，他嫂子嫌后续治疗太花钱，坚决不治了，说与其把病治好了受活罪，还不如就这么死了好。想到这些，司马达心里灰灰的，怎么也打不起精神，别的司机聊天、打牌，玩得热闹，他呆坐在一旁，想着从医院里逃跑的母女俩，估计那母女俩的生活境况肯定非常窘迫，不然也不会病还没治好就匆匆忙忙地从医院里逃跑了。

下级服从上级是颠扑不破的原则

1

车轱辘睡醒了，喝过泡好的午后茶，葫芦洗的衣裳已经干透，车轱辘穿上浑身清爽，很是满意，用葫芦这个司机真赚，等于搭了个佣人，而且不用自己掏钱。葫芦说他下午还要到交警队接受正式调查做笔录，车轱辘说：“你打车去，把票要上，回来我给你签字报销。”

葫芦千恩万谢地走了，车轱辘这才打电话向局里要车，等车的时候手机响了，他看看来电显示，是老婆的电话。车轱辘接通了电话，她老婆一张口就是一串问题：“唉哟我的老天爷啊，你没事吧？你现在在哪儿呢？听人家都说你出车祸了，吓死我了，是不是真的？”

车轱辘说：“是出了点事，不要紧，我毫毛没伤，现在正要到局里上班去。”

他老婆放心了，又问他还去不去省里开会了，车轱辘说不去了，让别人去。他老婆连忙说：“对对对，你别再去了，让别人去。”

到了局里，部下们纷纷跑来慰问，庆幸他死里逃生，会说话的就说他大难不死必有后福，最晚年底前就会提升。不会说话的就劝他今后走长途可千万别再坐汽车了，汽车那玩意虽然方便，可是在各种交通工具里安全系数却是最低的。

车轱辘懒懒地应付了这些部下，就打电话召见局办公室主任卫骏。车轱辘在官场上混了这么久，比猴还精，在现场就看出来卫骏找托词不让他搭车，晾他的台，当时碍着王副市长，又难忍让人焦头烂额的酷日，才不得不装傻硬着头皮就了王市长的车回来，结果一路上被王市长折磨，心里暗暗恼恨卫骏在车祸现场表现不好，便让他马上动身赶到省里替他参加会议。

卫骏为难地说："现在已经下午了，明天早上再走行不行？"

车轱辘说："明天会议就开了，上午省厅领导要讲话，开会签到我们铜州市没人去怎么交代？你马上动身，路上跑快点，赶晚饭前就能到，宾馆酒店会务组都安排好了，四星级酒店，盥洗用具啥也不用带。我的车撞坏了，不然我也用不着求你。"话说到最后就有点逼迫的意思了。局长不在家，他这个第一副局长就是总负责，卫骏身后虽然有局长撑着，可是局长终究不在，没办法帮他说话。不管怎么说这是政府机关，不是社会上的团伙，下级服从上级还是颠覆不得的原则。车轱辘话说到这个份儿上，再顶着不动就剩下吵架干仗了，下级跟上级吵架干仗那是成熟的官员绝对不应该做的事情。卫骏只好憋了一肚子气委曲求全，那张笑面虎脸再也挤不出笑纹来，急匆匆地跑去准备出差了。

车轱辘坐在办公室里，回想起出车祸的情景，心里不由暗暗后怕，翻车时的情景已经记不得了，感觉却永远刻在了他的脑海里：轰隆隆的震响，刹那间大脑中的空白，那种空白是从来都没有体验过的，现在想起来还让人惊心动魄，也许那就是死亡的感觉吧？如果自己在这场车祸中真的死了，那么眼前这一切，面积和双人床差不多大小的写字台、舒适的真皮转椅、大理石台面的茶几和那一组意大利的真皮沙发，还有窗台上那几盆常换常新永远开不败的海棠花肯定都属于别人了。就像那个魏奎杨，现在哪怕有成千上亿的钱摆在他的面前，跟废纸又有什么区别？

2

车站辘在办公室进行着魏奎杨跟钱的关系以及由此引发的生命与死亡的人生哲理思考，魏奎杨家里却正在因为钱而导致一场不亚于发生火灾的大混乱。过去人死了是入土为安，现在人死了是进炉子为安。魏奎杨死了，而且是暴亡，这种死人据说死后一律化作厉鬼在阳间漫游，寻找自己的替身，所以谁都想早早把他送进炉子一烧了之。魏奎杨的老伴早在几年前就死了，老伴死后，魏奎杨一直没有再娶。一个局级单身男人，自然成了单身女人的抢手货，可是魏奎杨对再娶一点儿也不感兴趣，上门说亲的，亲自勾引的，一概拒之门外，把那些急于嫁给他当局长夫人的女人恨得牙根痒痒，纷纷骂他是老太监、活僵尸。

魏奎杨只有一个儿子，在美国留学后就再没回来，据说是因为在美国上学的时候没钱花，向魏奎杨要，魏奎杨不知道是真的没钱还是吝啬，儿子向他要一分钱都像抽他的肋条骨，父子间发生了严重冲突，基本上恩断义绝了。他活着，啥事都好办，他突然死了，啥事都不好办了，眼前最现实的问题是要找一张他的标准照片，以便在遗体告别仪式上悬挂。同时要整理他的遗产，通过法律公证机关予以登记以便他唯一的亲人、那个混在美国的儿子回来继承。这种事情别的人没法办，只好由组织出面代理。于是，市政管理局领导班子经过集体讨论，组成了由局办公室主任、工会主席、人事处长和市司法公证处工作人员的联合善后小组，到魏奎杨的家里处理他的后事，包括搜查照片、登记财产、关闭水电、封闭门户等。

魏奎杨的家对于市政管理局的人来说非常神秘，因为局里没有一个人去过他的家，不是不去，而是魏奎杨生前不让任何人进入他家里，即便是他的汽车司机，天天要接他上班下班，也从来没有踏进过他家大门一步。所以，当组织上决定破门而入，替魏奎杨处理家产的时候，局里的人顿时忘了暴亡人可能带来的晦气和不祥，谁都想进入魏奎杨家看看，俗话说爱美之心人皆有之，其实好奇之心人更皆有之。市政管理局当然不可能让局机关的上百号人都跑到魏奎杨家里闹腾，严格规定只允许办公室主任、工会主席这些直接负责办理后事的人进入魏奎杨的家，其他人如果擅自进入，不但要给予纪律处分，由此造成的一切后果也要自负。于是市政管理局办公室主任、工会主席、公证处的公证员还有110派来的专业开锁师傅组成了一个处理后事专业小组，来到了魏奎杨的家。

魏奎杨的家俭朴到了令人心酸的地步，装修简单到连地面都没铺，还是交工时候的劣质瓷砖。墙面的白漆已经氧化成了黄色。客厅只摆放了一套局里退役的木制沙发，当时减价处理的时候没人要，一长两短三件套才卖三十块钱。电视机倒是日本原装的，但是跟改革开放的年龄一样大，是改革开放初期进口的那种二十英寸的彩电，现在农民家里都难以找到这种古董级的电视机。看到这个场面，大家心里暗暗赞叹，魏奎杨不愧为廉洁奉公的好干部，现在这种人已经没有了。办公室主任是个女同志，见到魏奎杨家里如此清贫，想到魏奎杨生前的音容笑貌，眼圈顿时红了起来。大家来到了魏奎杨的卧室，卧室凌乱不堪，是典型的单身男人的房间特色：被子没叠，地上乱扔着鞋袜、衣裳，床头扔着几本不知道从哪儿搞来的《花花公子》和《龙虎豹》之类的画册，给魏奎杨的高尚形象淡淡地抹上了一笔黄色。

公证员没有接触过活着的魏奎杨，对他没有感性认识，看到这些画报调侃地说："这老头倒挺有趣味的。"

办公室主任马上严正驳斥："你真说错了，我们魏局长根本就不是那样的人，唉，单身男人日子难过，有时难免会找一些排遣，这有什么？总比那些乱搞男女关系、嫖娼泡三陪的人强得多。"

各单位的工会主席普遍有一项工会章程规定以外的业务：替本单位

职工处理后事。所以死人的事情工会主席经得多，忌讳也少得多，心里暗含着对魏奎杨同志深切的悼念和崇敬之情动手帮他叠被子：“唉，好人啊，工作太忙，可能他从来都顾不上叠被子，他确实应该找一个老伴照顾他的衣食起居，我们工会一直在帮他张罗这件事情，谁知道他却早早的就走了，你们看看，他这褥子，成啥了？已经结成铁板了，真想不通他怎么能睡在这么硬的褥子上，也不嫌硌得慌，可怜啊……嗯！”工会主席一边唠叨一边帮魏奎杨收拾被褥，整理着突然惊愕了：“嗯……这是怎么回事？你们过来摸摸，这褥子里头垫的是什么东西？”

办公室主任和公证处以及110派来的开锁匠都嫌恶心、晦气，跟着工会主席瞎转，却并不动手触摸魏奎杨的衣服被褥。听到工会主席让他们摸魏奎杨的褥子，谁也不动手光动嘴：“怎么了？发现金条了？”

“他把砖头垫在褥子里干啥呢……”工会主席用力扯开了褥子，里面漏出来的不是棉花，也不是砖头，而是一扎扎崭新的人民币！现场人员都惊呆了……

接下来的事情不用赘述谁都清楚，市纪委、检察院这些对官员家庭财产非常感兴趣却又没办法弄清楚的单位、部门闻讯在市政管理局领导的陪同下迅速来到现场，对隐藏在褥子里头和床垫下面的人民币进行了清点，数额触目惊心：整整六百多万。

3

就在魏奎杨家里意外发现巨额财款的时候，洪钟华正在和万鲁生开会听取有关部门接待省委张书记的安排。参加会议的有市委市政府秘书长、市委市政府办公室主任、接待处处长、公安局副局长、接待宾馆的总经理、餐宿负责人等。铜州市接待过的上级领导乃至中央首长不计其数，因此这种会议已经完全成了一种例行公事。洪钟华看看到会的人员，问道：“宣传部的人怎么没来？还有文化局也要来一个负责同志嘛。”

市长万鲁生解释：“省委有通知，张书记视察期间不进行宣传报道，就没通知他们。”

洪钟华故意不答理他，直接对政府秘书长说：“张书记走了以后呢？虽然不能同步报道，过后还是要组织宣传报道的嘛。张书记是个很有文化品位的人，说不准要视察哪个文化部门，文化局不来个人事先安排准备一下怎么行？会议是谁通知的？赶紧叫他们两家过来人参加会议。”

会议是政府办公室通知的，当然与会人员也是经过市长圈定的，洪钟华一说话，市政府秘书长就慌了手脚，连忙让政府办主任马上去通知洪钟华临时点名的人来参加会议。其实这两个部门来不来参加会议并不重要，宣传部早已经安排下属的报纸、电台、电视台等新闻媒体做好了跟随采访的准备，这都是老套子、老惯例。文化局就更不用说了，连市委书记、市长三年五载都难得到文化局去一趟，省委书记日程安排那么紧凑，更不会没事干跑到文化局或者文化局下属的哪个群艺馆、歌舞厅去视察。洪钟华之所以这么挑剔，就是因为万鲁生太自作主张，洪钟华要安排这个会议还想着事先征求一下他的时间安排，就他的时间来开会，他却根本不管洪钟华有什么事没有，直接安排，临时通知，确实让人觉得有点目中无人的意思。所以洪钟华有意无意地给会议挑点刺，让万鲁生学会尊重别人。

书记点名的单位和人都还没到，是先开会还是等人到了再开会，就成了让万鲁生作难的事儿，他只好请教洪钟华：“洪书记，我们先开会还是再等等？”

洪钟华也是点到为止，并不想因为这么一件小小不然的事情跟万鲁生真的计较，便半开玩笑地说：“都行，万市长决定，我们大家服从。”

万鲁生嘿嘿一笑说："书记过谦了啊，你可是我们的班长，我们在你面前都是士兵啊。"

洪钟华哈哈大笑着谦虚："老万啊，话可不能这么说啊，你才是真正意义上的领导，一市之长啊！党委实行的是集体负责制，在常委会上我可是仅仅一票啊。"

万鲁生惦记着开完会跟接待处处长汪清清打高尔夫球，不再和洪钟华玩虚套子，马上宣布开会。首先由秘书长汇报接待工作的总体安排。省委张书记并不经常到铜州市来，距上一次到铜州市来已经有两年光景了，所以很多市领导对这位省委书记并不熟悉。秘书长头一句话就把大家吓了一跳："省委张书记毛病比较多……"

洪钟华马上训他："怎么说话呢？"

秘书长连忙解释："这话不是我说的，是省政府秘书长说的，他说张书记已经严格规定了，吃饭就是四菜一汤，绝对不让地方领导陪餐，也不喝酒。外出不准警车开道，说是扰民，不准一路绿灯，要按照正常交通指挥行进，还有，不听汇报，自己到处看。"

洪钟华说："这怎么是毛病？你们难道真的是非不分、美丑不辨了？这不正说明张书记严于律己，模范遵守党的组织纪律、政治纪律，发扬党的优良传统吗？一切按照张书记的要求做，用餐标准四菜一汤，外出不要派警车开道，不过红绿灯还是要控制一下，别让红灯把张书记的车挤在各种车辆中间，真的出个什么问题我们不好交代。"

公安副局长说："这好办，我看警车还是要派的，不鸣笛打喇叭就行了，保卫人员一律便衣，内紧外松。"

万鲁生说："好好好，就这样，内紧外松，既不让张书记觉得自己扰民不好意思，又要保证张书记的安全万无一失，这件事情你们公安局一定要和省委张书记的保卫人员密切配合，虚心听取人家的意见。宾馆的，你们有什么说法没有？”

市委书记、市长都是接待宾馆的常客，接待宾馆的上上下下跟市长、市委书记这些头头脑脑混得铁熟，所以万鲁生才这么亲切的招呼他们。宾馆总经理是个中年男人，干他那个行当的一年到头老是油头粉面西装革履，好似随时随地准备给人当伴郎，此时面露难色地说：“现在越是豪华讲究的越是好接待，越是这种简朴的高级领导越难接待，难把握尺度啊，我们尽力而为吧。”

洪钟华说：“不是尽力而为，而是全力以赴。”

宾馆经理连忙说：“一定全力以赴，一定全力以赴。”

洪钟华对接待处处长汪清清下达指示：“接待处一定要全力以赴，张书记的食宿安排，既要按照要求坚持四菜一汤，又不能缺乏营养，实在不行你们和市人民医院联系一下，让他们专门给你们配一个营养师，张书记每天的伙食让营养师负责调配。”

汪清清原来是宾馆的公关部经理，跟所有干这行的女人一样，汪清清也是那种相貌如花、举止得体、极会逢迎来事的交际花。她得知万鲁生喜欢打高尔夫球之后，只要知道万鲁生奔向高尔夫球场，便立刻扔下手头一切紧急不紧急的事儿紧急跟进，到球场陪伴万鲁生打球。陪着陪着情况就反过来了，万鲁生每次到高尔夫球场潇洒都要约上汪清清，汪清清不在球就打得没滋没味，好像高尔夫球变成了正方形，怎么打都不顺。汪清清跟万鲁生的情谊也自然而然从高尔夫球场扩展到了工作领域，很快就被万鲁生提拔当了市政府接待处处长，市委没有设接待处，接待处两块牌子一班人马，汪清清实际上就成了市委市政府两个大衙门的公用干部。这件事情成了机关干部私下磨牙费口水的热门话题，机关干部这种人议论领导的时候说话阴损、暧昧，汪清清被机关干部们定义为万鲁生的“毬友”，北方人把男人的生殖器官俗称为“毬”，“毬友”

属于现代汉语中的双关语用法，在机关干部中很快流传开来，官场上混的人们只要一提“毯友”就知道说的是谁。

汪清清对洪钟华的指示非常重视，一边连连点头一边手忙脚乱地在笔记本上记录。她跟万鲁生的关系洪钟华虽然没有目睹却也有所耳闻，心里不由对汪清清的为人很是不以为然，趁机又对汪清清敲打了几句：“你们接待处接触的领导多，不要见得多了就无所谓了，千万不能患上接触领导麻木症和接待领导疲劳症。上一次王省长到我们铜州来参加北方商品交易会，你们是怎么搞的？马桶盖的那个圈圈裂了也不及时更换，把王省长的屁股都给夹破了，把屁股夹一下倒还好说，万一夹的不是屁股而是……我们怎么交代？”洪钟华想说“万一夹的不是屁股而是小便”，猛然想到汪清清还有别的几位女性在场，这么说太直露、太不雅，就及时刹车把代表男人生殖器官的委婉说法“小便”换成了省略号。

洪钟华接着吓唬汪清清：“如果不是王省长替你们开脱说好话，就凭这一件事你们接待处就要彻底整顿，做得好就做，做不好就换个人来做，台湾的行政院长都三天两头换人，别说铜州市一个小小的接待处处长了。接待省委张书记如果有任何疏漏，我都唯你汪清清是问。”

其实洪钟华这么说有点不讲道理，汪清清虽然是接待处处长，主要职责还是对外公关和重大接待工作的协调、部属、监督，并不直接干预人家宾馆的日常管理业务，宾馆马桶盖的圈圈坏了没有及时更换导致夹破王省长屁股的主要肇事者是宾馆，汪清清充其量只能有点间接责任，他拿这件事情训斥汪清清其实就是给市长万鲁生嘴里填苍蝇，膩歪他。汪清清让洪钟华训得眼圈发红，美目含露，活像刚刚化了妆，反而更好看了。万鲁生当然知道洪钟华这是隔山打牛，打狗欺主，明着骂汪清清，实际上损自己，但是做贼心虚，偷人气短，跟汪清清的关系不清不楚，他反而不好出面替汪清清说话，只好把那张老脸拉成一张夹生的高粱面大饼一声不吭，悄悄生闷气。

书记和市长暗中斗法，会场上人人自危，噤若寒蝉，气氛紧张、凝滞。正在这个时候，洪钟华和万鲁生的手机同时响了，接听电话的过程，他们好像双胞胎同时踩到了臭狗屎，表情同时变得极为难看，甚至说出来的话都一个腔调：“是吗？确定了吗？资金来源查到了没有？”

原来他们同时接到了噩耗：一向清廉勤政的魏奎杨家里居然隐藏了大笔现金，数额高达六百多万。放下电话，洪钟华对万鲁生说：“知人知面难知心啊，老万啊，看样子得立刻开一个常委会了。”

万鲁生说：“是啊，知人知面难知心啊，看样子是得立刻开一个常委会了。”

与会人员莫名其妙，面面相觑，虽然谁都不知道出了什么事情，但是大家都知道，出大事了，而且一定是让人高兴不起来的大事。万鲁生是山东人，这从他的名字就可以看得出来，他表面上看性格直率，实际上肠子的弯弯不比任何人少，抓住机会替自己和汪清清解套，顺便小小地晾了洪钟华一晾：“散了散了，该干吗干吗去，我只要两条：全力以赴，万无一失。谁管的那摊出了问题我就收拾谁。”说完了假装才想起洪钟华的存在，扭过脸问洪钟华：“书记还有什么事没有？”

洪钟华又憋了一肚子气，这个万鲁生，说他不是东西吧，迄今为止还不能把他定性为坏人，说他是东西吧，他经常干这种目中无人的事儿。召开让书记参加的会议事先不跟书记商量，书记参加的会议宣布散会也不事先跟书记商量，现在不太讲究了，如果放在过去，就凭他这种表现，完全可以定性为否定党的领导。

洪钟华拉长脸说：“该说的不该说的市长都说了，我没什么可说的了，散会吧。”刚刚接到魏奎杨巨额财产来源不明的案子，如果此事传了出去，对铜州市党政领导班子的声誉会造成大大的损害，现在最主要的就是想办法把这件事情的负面影响降到最低，所以洪钟华既没心思跟万鲁生认真，也没办法跟他认真，只好顺水推舟散了会，但是从话音和表情谁都能看得出来他的心情很是不爽。

4

车轱辘一场车祸发掘出一个巨贪，让铜州市委、市政府、纪委、检察院晕头转向、手忙脚乱。隐藏在魏奎杨褥子里和床垫下的那些钱他到底是靠什么手段聚敛起来的，根本无法查证落实，只能稀里糊涂地算作巨额财产来源不明上报市委常委。市委常委会的意见很明确：人已经死了，事情到此为止，巨额资金收缴市财政。此外，常委会定了一条组织纪律：此事不见报，不上广播电视，严禁新闻媒体报道。市委市政府在这件事情上的态度暧昧，企望大事化小小事化了，最后不了了之。

市委市政府的决议能管得住新闻媒体、各级组织，却管不住老百姓的嘴，市府车队的司机们一个个都是嘴上挂着麦克风的小间谍，没有这些司机不知道、不敢传的事情，这件事情自然而然成了车队司机们谈论的热门话题。司机们最关心的还是魏奎杨这些钱是怎么来的。有的人猜测是盖市政管理局大楼的时候，魏奎杨分管基建，盖一座大楼光是回扣就能拿几十上百万。于是便有人开始下断语：难怪现在市里大楼越盖越多，很多政府机关和部门纷纷起楼，原来是起一座楼就能造就几个百万富翁。也有人说他的钱是市里改革城市停车年费贪污的。征收停车年费这件事情最让人迷惑不解的是，政府下文件收钱，钱却不交到政府，而是由一个叫宏发建设开发总公司的企业代收。此事让铜州市有车户愤慨极了，怨声载道，骂声一片，好在现在的官员脸皮厚，用不着关心老百姓说什么骂什么，只要上面不说不骂日子就好过。所以，这项千人骂、万人恨的政策市政府硬是强行推动下来。当时代表市政府、市政管理局在电视上解释城市停车收费改革举措的正是魏奎杨，现在又在他的家里发现了那么多来源不明的人民币，所以司机们分析他之所以那么卖劲推动收停车年费，就是因为里头有天大的好处，才甘愿冒天下之大不韪做那种千夫所指的缺德事。

毛毛雨说："魏肉酱这家伙也真白活了，有那么多钱还装孙子，日子过得连农民工都不如，花一毛钱都像薅他的肋条骨，现在钱再多还不都成了别人的。"自从在现场看到魏奎杨死亡的惨状之后，他就改口把魏奎杨称为"魏肉酱"。老百姓不是没有同情心的残忍分子，而是官员们用自己的实际行动把老百姓的心磨成了一疙瘩死肉，现在的官员不论遭遇了什么大祸，都很难博得老百姓的同情。毛毛雨发明了"豪华车祸"这个词，又发明了"魏肉酱"这个词，很快这两个词就不胫而走，成了铜州市老百姓的热门词，如果在铜州市的网上查一下，这两个词点击率名列前茅。

惊叹号说了一句："我靠！你说这个人有那么多钱怎么还那么会装熊，一出门不知道的还以为他是下岗工人呢。"接着他的话茬儿，司机们的话题又转移到了对魏奎杨本人的分析研究上，有的人估计魏奎杨有心理疾病，理由是人挣钱就是为了有生存保障，不断提高生活质量，而魏奎杨捏着那么多钱，过的却是那么穷嗖嗖的日子，据他的司机说，魏奎杨出差在外吃一碗面条都得开发票回来报销，绝对是一个偏执型守财奴患者。也有人分析说，魏奎杨并不是守财奴，而是怕露富，怕抓腐败抓到他头上，故意装穷、装清廉。

惊叹号引起了话头却不参加深入讨论，光听不说，嘴里不时发出"我靠"的惊叹声。这时候，惊叹号的手机响了，他连忙接听，来电话的是他的连襟车轱辘。

副手之间的竞争关系是天然的

1

豪华车祸的制造者车轱辘这段时间度日如年，坐惯了专车，猛然间没专车可坐，更没车可飙，就像酒鬼突然断了酒，烟鬼突然断了烟，心里空荡荡没着没落的。车祸对于他来说已经过去了，据葫芦的话说，交警队认定这是一起超速导致的追尾事故，他们对于魏奎杨的死亡只负有间接责任，根本没有怀疑到车是谁开的。

“车局长，什么时候进新车啊？”葫芦问的问题正是车轱辘目前最为关心的问题，他没专车坐，葫芦没车开，两个人同样急于得到一部车。

车轱辘过去最希望局长何茂泰出差，那样他就可以在局里尽享一把手的乐趣，现在却迫不及待的希望局长何茂泰赶紧回来，因为要买车，首先就得过局务会这一关，过这一关应该没什么问题，车辆报废了更新一台是理所当然的事情。问题是其他局领导都不在，无法召开局务会。按照程序，应该先由局办公室向局务会提出报告，经过局务会讨论之后，再向市财政局打报告，如果要快，就再向分管的副市长通气沟通，由分管的副市长给市财政局打招呼，财政局发文批复，然后民政局就可以根据财政局的批文买新车。新车买来之后，由政府采购办公室统一支付货款。财政局的批文只管资金数额，具体买什么车，就是民政局自己的事了。

葫芦给车轱辘出主意："车局长，局务会应该不会有什么问题，车报废了，更新一台车是理所当然的事情，谁也说不出什么。关键是市财政局，批不批，批得快还是慢，都由财政局说了算，所以你看是不是应该先给财政局做做工作。"

车轱辘遇到了一个小小的难题：他和财政局的刘副局长很熟，但是更新车辆是分管政府采购的张副局长管，张副局长他却不熟。

葫芦提示他："是不是找个熟人穿一下？"

车轱辘便打电话找财政局刘副局长："刘副局长，好多日子没见了，最近在忙什么啊？"

刘副局长先是慰问："车局长啊，实在对不起，听说你出了车祸，本来想去看看你，一直没倒出空来，最近太忙了。你还好吧？什么时候有空了我们好好坐坐。"

车轱辘知道他说的"坐坐"指的是什么，现在官员们的"坐坐"就是聚到一起吃喝玩乐，当然，这都不需要他们花钱，开销有两种方式，一种办法是拽那些渴望结交他们的单位或者个人来当冤大头埋单，或者消费过了把发票拿给他们报销。还有一种办法不太常用，就是直接拿着娱乐发票回去报销，科目是"接待费"，但是这种费用太多了容易招非议，所以政府官员们尽量不用这种方式。

车轱辘说："还是我请你吧，等过了这段时间。"

刘副局长说："算了吧，说实话，今天怎么想起我了？"

车轱辘说："财政局谁管政府采购？"

刘副局长说："这是热门，轮不着我管，你干吗？刚刚毁了一辆车，又急着要车啊？"

车轱辘说："毁车又不怪我，即便怪我该配也得配啊。"

刘副局长语气冷了："那我就爱莫能助了，你得找张副局长，这件事归他管。”

车轱辘说：“不管谁管，你都是权力圈内的人，能不能约他出来坐坐？”

刘副局长嘿嘿冷笑：“别的忙能帮，这个忙可能不行，实话告诉你，这件事情我不掺和可能还好办一些，我一掺和进去，能办的可能也办不成了。”

车轱辘明白了，刘副局长和张副局长关系不和谐，这也是正常现象，民政局也一样，副手之间的竞争关系是天然的，要想让竞争者之间保持和谐友好，如同想让发情期的雄性哺乳动物和平共处一样艰难。刘副局长说得恳切，他也不好再麻烦人家，只好说声谢谢挂了电话另谋出路。车轱辘想起了在政府车队当队长的连襟惊叹号，这人路路通，管着各位领导的车夫，说不定和那位张副局长能说得上话。于是车轱辘拨通了惊叹号的电话。

电话接通了，惊叹号一听是车轱辘，先慰问以示关怀：“我靠，听说你的车出事了，你没事吧？我正想晚上约你坐坐，给你压惊呢。”车轱辘的老婆是惊叹号老婆的姐姐，两个人经常同时到老岳父家混吃混喝，关系倒也混得不错。按道理惊叹号应该跟着他老婆把车轱辘叫姐夫，大概因为俩人年龄差不多，惊叹号从来不把他叫姐夫，就叫“我靠”。

都是自己人，车轱辘也不跟他客气，直截了当地问他：“财政局那个张副局长你熟不熟？”

惊叹号说：“熟啊，我靠，找他干吗？”

车轱辘说：“车报废了，不是得更新一台车吗，这件事情得过他的手。”

惊叹号说：“我靠，明白了，你说怎么办，我约他？”

车轱辘说：“你能约出来吗？”

惊叹号说：“我靠，他就是黄书记提起来的，想当初他可没往黄书记家里少跑，我跟他熟着呢，约他他敢不给面子。”

黄书记就是原来的市委书记，现在还在省城当着省委副书记，惊叹号在上面有这么一张大伞罩着，车队队长的位置坐得稳稳当当，很多现任的领导对他也像高素质的司机上马路——礼让三先。

车轱辘说："那就好，你帮我约约他，今天或者明天在大纽约娱乐城坐坐。"

惊叹号："我靠！到大纽约娱乐城？你真豪华啊！"

车轱辘说："没事，反正不让你埋单你怕什么，就这样吧，到时候你一起来啊。"

惊叹号说："我靠，不花钱白吃白喝白玩谁不干，你等我的信吧。"

放下电话车轱辘叫来了葫芦问他："你说如果再进新车，什么牌子比较好？"

葫芦说："德国车安全系数比较高，日本车比较省油……"

车轱辘让这次车祸吓怕了，马上说："还是德国车吧，你没看那天，我们坐的是最新版的广本，让那台老普桑追得直冒烟，人家一脚刹车下去稳稳当当，我们一脚刹车下去就连滚带爬，还是德国车好。耗不耗油没关系，关键是要性能好安全。"

其实那天的车祸跟车好不好没关系，那台普桑人家是点了点刹车吓唬他，他是紧急避险一脚踩死了，结果当然不同。反正也不是召开事故分析会，葫芦也不跟他认真研究这个问题，马上说："那就进一台帕萨特、别克或者奥迪系列的。"

车轱辘担心超标："好车多的是，就怕超标人家不批，超标准配车纪委要查呢。"

葫芦说："查归查，我们又不懂配车标准，那是由财政局控制的，只要财政局那一关过了，车局长您就只管坐，只管开，怕什么。"

车轱辘心想，这倒也是个理，只要不是原装进口的，排量不要太夸张，谁也说不出什么来，即便纪委找事，那也是财政局批的。再说了，现在配车有几个不超标的？不管什么档次的，局长、副局长配专车本身就是超标，实际上还不都配了专车。想到这些，越发急于跟那个张副局长“坐坐”。

惊叹号的电话很快就来了：“我靠，约好了，晚上六点半，大纽约娱乐城。”

车轱辘说：“你还得过来接我一下，我现在狼狈了，连车都没得坐了。”

惊叹号：“我靠！你们局就你那一台车啊？你的车没了，别的车你还不能坐吗？”

车轱辘：“这年头哪有领导坐别人车的？即便是集体行动也是各坐各的车，坐别人的车别扭，也不方便。”

惊叹号：“我靠！你们现在这些头头脑脑毛病真多。像我们这样天天给别人开车还怎么活？”

车轱辘：“你们就是干这个的嘛，跟我们的感觉不一样，行了，就这样定了，我等你啊。”

惊叹号：“我靠！那你给我请个假。”

车轱辘放下电话就给小姨子打电话，说晚上要跟惊叹号一起会个客人，小姨子听惊叹号晚上跟车轱辘在一起，估计他们在一起不会搞黄赌毒，嘱咐了一句：“你们晚上别喝多了。”

2

下班后惊叹号开了一台桑塔纳 2000 过来接他，车轱辘问他：“怎么开了这么一辆破车？”

惊叹号说：“我靠！正是因为它破才轮得到我开，好车都给领导排定了，这种车也就是当个值班车啥的，没人坐，又没到报废时间，正好归我用。”

两个人驱车来到了大纽约娱乐城。这座娱乐城的背景谁也说不清楚，有的人说是本地大富豪开的，也有人说是港台商人开的，还有人说是本地商人和公安局的人合开的，不过也没有人去认真研究这种问题，反正现在全国各地到处都是这种娱乐城，吃喝玩乐一条龙，兼着偷偷摸摸搞点黄赌毒，据说现如今只有这个买卖一本万利最挣钱。财政局的张副局长还没到，车轱辘也不知道这家全城最大的娱乐城的真正老板是谁，不过在这儿张罗事的主管他倒挺熟，原因莫名其妙：开这种买卖工商登记、年审的时候还得民政局盖个章，谁也说不清民政局为什么要插一腿。跑民政局盖章的是这位主管，盖章的主管领导是车轱辘，于是车轱辘就认识了这位大纽约娱乐城的现场主管。

车轱辘大咧咧地吩咐迎宾小姐：“安排个单间，叫你们冯主管过来一下，就说民政局车局长请他。”

迎宾小姐见他认识主管，又是政府官员，格外殷勤热情，满脸堆笑：“请问先生有几位？你们先坐下我马上去请冯主管好吗？”

车轱辘说：“我们就三个人，你安排个宽敞点的房间。”

迎宾小姐穿着旗袍，两边的分杈一直扯到了腰间，稍一迈步便露出两条光溜溜的白腿，连小小的亵衣都暴露无遗，惊叹号两颗眼球变成了滚珠，小姐旗袍下时隐时现的春光就是磁石，光顾了盯着人家的下半身看，不留神踢皱了脚下的地毯，被绊了个趔趄，一下扑到了小姐的身上，拿小姐的小蛮腰当成了支撑物。

小姐惊叫一声：“妈呀……”

惊叹号一半是亢奋冲动，一半是不好意思，脸红得活像憋了一个蛋下不出来的老母鸡，一个劲道歉：“对不起，我靠！绊了一下。”

小姐惊魂未定，夸张地以手抚胸：“没、没、没关系。”然后转身继续领着他们朝包厢走。

车轱辘捅了惊叹号一杵子："镇定点，至于那么激动吗？"

惊叹号凑近他的耳朵悄声说："我靠，真他妈的刺激透了，就这样半遮半露、时隐时现最诱人。"

车轱辘悄声说："别胡来，小心我告诉我小姨子。"

惊叹号嘿嘿一笑："我靠！那我也告诉我大姨子。"

车轱辘问："我有什么怕你告的？"

惊叹号说："我靠！你带着我喝花酒、泡花妞、洗花脚、唱花曲，教我学坏，罪过大了。"惊叹号多年给领导当司机，这一套也见得多了，知道今天晚上不管干什么肯定要有小姐三陪，所以才闹出来这一整套花花说道。

车轱辘这一类的官员娱乐消费没有自己花钱的，真要花也花不起，都是花别人的钱，所以也就根本不在乎项目价格，怎么痛快怎么来，偶尔出出小格，沾点荤腥也是难免。但是，像今天晚上这种活动，在一起混的毕竟都是官场上的同僚，不是那种一起同过窗、下过乡、扛过枪、嫖过娼、分过赃的破铜烂铁关系，所以不敢来真的。可是又不能离了小姐，没有小姐作陪，光吃吃喝喝没劲，唱歌洗脚更没劲，于是便吃饭、唱歌、洗澡、按摩都要有小姐陪着。玩这一类准嫖项目，打打擦边球，对那些三陪小姐不管做什么动作，都够不上嫖娼，也没人追究性骚扰罪过，刺激有了，却安全得多，也不会给别人留下把柄。

车轱辘呲打他："你现在还真的成精了，高智商了，没你不明白的事儿，你还用得着我教着学坏？你比我坏多了。什么叫洗花脚？你的脚丫子是花的？"

惊叹号振振有词地辩白："我靠！旧社会让小姐陪酒不就是喝花酒吗？为啥这么叫？小姐就是花呀！现在干吗都要小姐陪，凡是有小姐陪的不就是带花的吗？"

两个人唠唠叨叨跟着迎宾小姐来到了一个挂着“春风苑”牌子的包厢，迎宾小姐把他们让进去：“先生看看这间行吗？”

这种包厢也无所谓行不行，格局大体上都差不多，摆上一张桌子，几张椅子，墙上贴几张名画的赝品冒充高雅，然后再配备上电视、音响、话筒，让客人既可以吃，又可以吼，边吃边吼而已。车轱辘大致数了数桌边摆的椅子，一共八张，他们是三个人，再挑三个小姐，六个人，富富有余。便说：“挺好，谢谢你了，我们在这等人，一会儿有位姓张的先生到了，麻烦你给领过来。”

迎宾小姐向他们请示：“两位先生要不要小姐陪？”

惊叹号抢先回答：“我靠，不要小姐谁到你这吃？”

车轱辘到底是领导，比较能稳得住劲儿，对迎宾小姐说：“再等等，等朋友来了再说。”

于是迎宾小姐告辞，服务员开始上茶摆台。不久张副局长也来了，车轱辘跟他不熟，但是同在铜州市为官，相互之间却也认识，三个人呼呼啦啦握手寒暄，坐定之后张副局长问惊叹号：“你今天怎么有心情叫我出来？是不是又想换车？”

惊叹号嘻嘻哈哈地说：“我靠！我换什么车？再换也是别人坐，我的角色我明白，相当于过去官府里的马夫，马养得再肥自己既没那个福气骑马也没那个福气坐车。今天是这位，”说着用手点点车轱辘，“车副局长，我的一担挑请你。”

张副局长掏出烟来，车轱辘不抽烟，所以忘了要烟，见状马上吩咐服务员：“拿两盒烟过来。”

服务员请示：“请问先生要什么烟？”

车轱辘转而请示张副局长：“张副局长喜欢抽什么烟？”

张副局长分管财政大权，又掌管政府采购，虽然跟车轱辘同级，可是实权、分量都是车轱辘没法比的，求他办事的人各种花招他没有没见过的，心里明白车轱辘要干什么，更明白这种消费车轱辘肯定不会自掏腰包，所以也不客气：“来一条红中华，要软包的，我烟瘾大。”

车轱辘连忙吩咐服务员：“就拿一条红中华，赶紧去吧。”

服务员兴冲冲地去拿红中华了，客人的高档消费服务员是有提成的。很快烟就拿来了，张副局长内行地查验一遍，满意地点点头：“还行。”然后打开包装掏出一盒打开，旁边的小姐眼疾手快凑过来啪啦一声打燃火机，给张副局长把烟点上了。张副局长深深吸入一口红中华，又憋了片刻，让烟跟所有肺泡都亲密接触一遍才缓缓吐出：“这世界真小，怎么也没想到你们二位还是连襟啊。车局长，你也太客气了，有什么事情，怎么都好说，咱们之间何必破费呢。”

车轱辘连忙说：“这有什么？早就听说张局长是财政局里掌盘子的，一直想跟您联络联络，没有机会，今后我们局里的事还要请张副局长格外关照啊。”

张副局长打哈哈：“都是铜州市的干部，抬头不见低头见，能办的事情谁也不会为难谁，别这么客气嘛。”

这时候冯主管过来伺候，经营娱乐场所的人好像都是一个模子倒出来的，个个西装革履，头发梳理得油光水滑，脑袋上落只苍蝇都会滑个跟头，脸上抹了厚厚的增白粉蜜，活像下了戏台没来得及卸妆的奸臣。这一类人现如今还纷纷装雅士，不管学问怎么样，眼睛有没有毛病，统统戴上一副眼镜装文明。冯主管知道在座的几位都是禁得起宰的官员，花的都是别人的钱，只要高兴，根本不在乎钱，所以对他们格外客气周到，堆了一脸的笑，点头哈腰恭敬到了极点，让人担心他脸上的增白粉蜜变成雪花飘撒下来：“几位领导驾临，我们不胜荣幸啊，需要什么尽管吩咐。”

车轱辘跟他常来常往，他们每年办工商登记、工商年审都得经过车轱辘批条子盖章子，不盖那枚章子工商就不给登记，心里存了几分别人有求于他的盛气，也不跟他客气，大大咧咧地吩咐："别让我们干吃干喝啊，知道这位是谁吗？财政局张局长，专门替市长管钱包的，市长花钱都得他拉拉链，他的手紧一紧，你们这种地方没生意可做了。"

冯主管连忙掏烟敬烟："是是是，今天张局长光临，我们真的蓬荜生辉啊，今后还请张局长多来玩，只要您有需要，我们保证办到。"

惊叹号插了一嘴："我靠，张局长要泡妞，漂亮的，能不能办到？"

张副局长对这种场面已经司空见惯，打着哈哈："好说好说，小姐就算了吧，你说呢，车局长？"

车轱辘不知道这人的秉性，不敢过于张狂，惊叹号跟他熟，知道张局长的德行，连忙说："那怎么行？不要小姐到这种地方干吗来了？要吃要喝要唱要洗家里啥没有？到这来不就图个宽松痛快吗？我靠，别说废话，赶紧把小姐领过来让我们挑挑。"

冯主管嘻嘻哈哈地笑着说："一看这位老板就是会生活的人，好好，我马上去安排，不满意了你们随时可以退换。"

惊叹号："我靠！你看我像老板吗？"

张局长说："你比老板还厉害，老板跟你比算啥？老板见过几个官？你啥样的官没见过？"

惊叹号让他捧得高兴，连连搓手，好像突然进入了寒冬腊月："我靠！张局长，你老人家可把话说到根上了，今天你老人家就放开了玩，对了，你的司机呢？没让他一起进来？"

张副局长摆摆手："不管他，我让他回去了，有你在我还怕没车坐？"

冯主管片刻便领过来七八个小姐，在包厢站成一排接受他们检阅。这种地方本身就不是什么正经地方，到这种地方来的也不会有什么正经人，正经人到了这种地方也会变得不正经，看着眼前这一群打扮得花枝招展、妖娆多姿的莺莺燕燕，车轱辘、张副局长和惊叹号就像逛市场的买主，开始挑挑拣拣。车轱辘和惊叹号的老婆是亲姊妹，两姊妹都是人高马大，于是连襟俩每人挑了一个小巧玲珑的换口味。

张副局长笑了：“难怪你们俩是连襟，口味倒挺一致啊。”张副局长是这种场合的老油条，在小姐们的身上摸来捏去的占便宜，嫌这个皮肤太粗糙了，说那个胸脯不够挺了，惊叹号跟他熟，说话就比较粗口：“我靠，差不多就行了，人家小姐出来混都不容易，随便挑一个跟你老婆不同的就行了。”

张副局长让他说的也有些不好意思，就挑了一个近乎半裸的黄毛搂搂抱抱地按到了自己旁边的座位上。挑好了，冯主管赶羊似的把剩下的小姐轰了回去，然后问车轱辘：“车局长，张局长，还有什么吩咐？”

车轱辘说：“没什么事了，该上菜就上吧。”

酒菜流水上来，酒是茅台，菜有龙虾，还有谁也说不清是真是假的红烧熊掌、冰糖燕窝膏。即便在五星级宾馆，有了茅台酒、蒸龙虾、熊掌、燕窝，这顿饭也可以算作顶尖级豪奢了。三个男人对了几杯酒，然后惊叹号便启动话题，这是车轱辘和他事先商量好的：“我靠，张局长，我这位连襟最近大大的不顺……”

张副局长正在忙着跟怀里的黄毛嘴对嘴的喂茅台酒，听到这话急忙忙地咽下了嘴里的白酒：“知道，知道，不就是出了个车祸吗？大难不死必有后福，车局长马上就有好事了。”

车轱辘连忙说：“哪儿来的好事，车毁了，现在连个车都没有。张副局长，你主管政府采购，现在机关购车有什么条件要求没有？像我们这种情况能不能再进一台车？”

张副局长说：“能啊，为什么不能？报更新嘛，这属于正常渠道。手续也简单，由保险公司和交警队出个车祸证明，你们单位打个报告，然后再由财政拨款购新车就行了。还有一种情况，就是市委或者市政府的主管领导批，这是纯粹的新增车辆，跟你们这种情况不同。”

车轱辘又说：“这件事情还得请张局长多多关照，你也知道，没车办什么事情真的很不方便。”

张副局长说：“你说的意思我明白，不就是快点、宽点吗？没问题，只要你们的报告上来，不等保险公司的赔款进账，我就可以先办，只要不超纪委的标准，喜欢什么牌子的你们自己定。”

车轱辘一听他这么说，大为高兴，举起手中的酒杯向他敬酒：“张副局长，过去我一向以为管财政的人都是一本正经黏黏糊糊的老会计，没想到你这么爽快，来，我敬你一杯，先干为敬啊。”说着一口把杯中的茅台灌了下去。

张副局长说：“我的酒量不行，意思一下吧。”说着在酒杯上轻轻一抿。要求人家办事，车轱辘也不好逼迫人家，惊叹号却不干了：“这怎么行？我靠，人家这么实在，张局长怎么能应付差事？干了干了。”

张副局长呵呵笑着说：“小妹帮哥哥干。”

没承想他怀里的黄毛居然还真的能喝，毫不迟疑地举起酒杯笑眯眯地就把残酒干了下去，大家便一起半真半假地喝彩，黄毛却说：“哥哥你知道不？我们的行规是替客人喝一杯酒就得付给我们五十块，这叫献身费。”

张副局长哈哈大笑：“献什么身，你献身了吗？来让我看看小妹献的是身上哪一块肉肉……”说着大手便插进了黄毛的脖领子，黄毛扭捏作态地半推半就。

惊叹号在一旁凑趣：“我靠，今天晚上不献身也不行了，献身费都收了不献身还行？”一帮男女便嘻嘻哈哈的闹成了一团。

事情办妥了，就三两句话这么简单，剩下的时间就是寻欢作乐了。

车轱辘几杯酒下肚也开始放纵起来，把手伸进小姐的胳肢窝里要检查人家胳肢窝长胡子没有，怀里的小姐吃吃笑着推他的手："大哥，你别动我这儿，痒痒……"不知不觉间三个女的都坐到了三个男的腿上，从背后看去，三个男人的背影遮住了怀里的女人，好像饭桌前坐了三个四条腿的怪物。

吃饱喝足之后，他们还要带着这三个小姐去"本·拉登"舞池跳贴身舞，这是最近时兴的新玩意儿，跳着跳着就拉灯，叫"本·拉登"是取个谐音。最后又到洗浴中心洗澡。费用车轱辘事先已经落实好了，用财政局的行话说，这次消费总预算为四千块钱，由民政局下属的殡葬管理科埋单。殡葬管理科专门从死人身上抠钱，死人的事情又是天天都发生的，所以生意兴隆肥得流油。

3

政府车队的规矩对值班车司机比较严，值班车司机每天下班必须要把车停到车队的库里才能下班回家，第二天早上要起大早或是挤公共汽车或是骑自行车赶到车队上班。如果有特殊情况，出车了晚上车不能归队，事先要报备，事先不报备事后要由乘车领导签字。给领导开专车的司机就不同，晚上送完领导可以把车停到司机家，早上可以直接去接领导。司马达是给一把手开专车的，用不着再回车队送车，他住在政府职工单身宿舍，晚上把洪钟华送回家以后，便直接开车回宿舍。天已经昏黑了，街灯陆陆续续地亮了起来，下班高峰还没过去，夜晚消费的高峰已经到来，下班高峰和消费高峰两峰合一，街上人流滚滚。司马达小心翼翼地驾着车慢慢在车流人流中穿行，蓦然发现街边有人在乞讨，模样像极了那个中暑被他送进医院的女孩。他的心里一激灵，连忙踩下了刹车，后面的车差点追尾，气得拼命按喇叭。司马达把车拐到街边停了下来，然后下车来到女孩跟前。

女孩跪坐在地上，后面倚着书包，头低垂着好像罪犯在低头认罪，身前的地面上铺着一页纸，纸上用稚嫩的笔迹写着：我妈妈病了，没钱治，请各位叔叔大姐大爷大婶献出一点儿爱心，帮我妈妈治病。

纸压在一个罐头瓶子下面，罐头瓶子里零零散散地扔着一些零钱，打眼一看就知道数额超不过十块钱。

过往的行人行色匆匆一个个好像家里着了火，很少有人驻足关切一下这个小女孩，哪怕是一个同情的眼神。也难怪，现在大街上靠乞讨挣钱的人太多了，也有一些人逼迫诱拐来的孩子到大街上乞讨牟利，人们的同情心已经让这种寡廉鲜耻的小骗术磨起了趼子。司马达凑近一看，果然就是那个中暑让他送进了医院的小女孩，便蹲下去问道："小妹妹，你还认识我吗？"

小女孩抬起头看了看他，小脸一下涨得通红，嗫嚅道："认识，你是那个送我到医院去的叔叔。"

司马达问她："你跟你妈妈怎么不等我就出院了？"

小女孩说："我妈妈怕医药费太贵了，身上觉着不难受了我们就出院了。"

司马达说："我已经给医生交代了，医药费不用你们负担，医生没告诉你们吗？"

小女孩说："医生说了，我妈妈说不能让别人替我们交钱。"

司马达说："你出来在街上要钱难道比让别人替你们交钱还好吗？你上不上学了？"

小女孩说："叔叔，我出来要钱的事情我妈不知道，我骗她说我在同学家补习功课呢，你千万别告诉她，她知道了会生气，还会伤心的，她生病了，动不了。”

司马达惊问：“你妈妈怎么了？那天我听医生说她的病不要紧，就是一般的感冒啊。”

小女孩说：“我也不知道，反正那天从医院回来她就起不来床了，一动浑身都疼。”

司马达问：“没上医院看看？”问完了又觉得自己的问题愚蠢，如果能上医院，小女孩还会在这里乞讨吗？

果然小女孩回答说：“妈妈没钱。”

司马达的心颤抖了，拉起小女孩说：“起来，别在这儿跪着了，领叔叔到你家去。”

小女孩把罐头瓶里的零钱掏出来装进了书包，然后拎起了书包，还不忘捡起地上用来装零钱的罐头瓶子，做事倒井井有条的。临上车前女孩又嘱咐了司马达一阵儿：“叔叔，你千万不要告诉我妈妈啊，我妈妈知道我在外面挣钱，肯定会生气伤心的。”

司马达说：“叔叔保证不会告诉你妈妈，但是你也要保证今后不再乞讨了。”

小女孩迟疑了：“我不出来挣钱，妈妈用什么看病啊？我只有妈妈一个亲人，如果妈妈病治不好我可怎么办啊？”

司马达让小女孩弄得哭笑不得，这孩子真有意思，把乞讨定性为“挣钱”。司马达郑重其事地告诉小女孩：“这不是挣钱，是要钱，挣钱是要靠劳动的。你妈妈的病你就别担心了，我会负责的。”

小女孩奇怪地问：“我妈妈的病叔叔你为什么要负责呢？你认识妈妈吗？”

司马达没办法跟她解释，但是他却暗暗担心，八成小女孩妈妈的病就是坐他的空调车坐出来的。那天天气太热了，空调车又太冷了，冰火加身，身强体壮的人都难以忍受，别说一个瘦弱、疲惫的妇女了。如果病情严重，他自己也难以承担全部责任，到那个时候就只好把书记洪钟华也拉上，拉上了洪钟华，治什么病都能公费报销。根据他对洪钟华的了解，洪钟华应该不是那种推卸责任的人。上车之后，尽管傍晚的天气仍然十分炎热，司马达还是把车窗摇了下来，没敢再开空调。

在小女孩的指引下，司马达来到了城市中心的石头巷。这里是老城区，城市的管理者们现在把眼光都盯向了那些新开发区，这些老城区的背巷就成了破旧不堪的贫民窟。巷道很窄，汽车无法进去，司马达只好把车停在巷道口跟着小女孩走。巷道活像一条曲折蜿蜒的肠子，地面铺着蹉跎不平的青石板，路面坑洼不平，没有路灯，全靠路两侧老旧建筑门窗缝隙偶尔泄漏出来的昏黄灯光照明。两旁的老旧建筑把天空裁成了窄窄的一条，天空看上去活像一条锈蚀的烂铁皮。空中密布着零乱的电线、电话线、网线和晾衣绳，仿佛是手艺不好的大蜘蛛织成的烂蛛网。女孩儿在一座砖混结构的老房子狭窄的门道前面停下了步子，再次叮嘱司马达："叔叔，你千万别告诉我妈妈。"

司马达故作轻松地承诺："你看你，小小的年纪怎么这么啰唆，叔叔已经保证过了，绝对不会不讲信用。对了，我还没顾上问你叫什么？"

女孩儿说："我姓周，叫小燕，燕子的燕。我妈妈姓李，叫李桂香。"

司马达告诉她："我姓司马，叫司马达。"

周小燕回头问他："那你们家的老祖先是司马迁还是司马懿啊？"

司马达跟在她后面上楼，老式木质楼梯踩上去咯吱咯吱乱响，活像老年病人沉重的呻吟，仿佛随时随刻都会承受不了重压而轰然坍塌下去。司马达小心翼翼地用脚试探着楼梯蹬，深一脚浅一脚地跟着小燕走："可能是也可能不是，就像你姓周不见得就是周文王的亲戚一样。"

周小燕咯咯笑了："司马叔叔你不懂啊，周文王和周武王都不姓周，那是他们的国号，他们姓姬。”

多亏楼梯道黑暗，不然此时司马达的脸一定能让人看到红成了一块大柿饼。司马达说：“叔叔确实不懂，叔叔是当兵出身的，没有上过大学。”

周小燕笑嘻嘻地说：“这是常识，用不着上大学就知道。”

司马达诚心诚意地说：“小燕批评得对，今后叔叔一定抓紧学习，像小燕一样好好读书。小燕，你在学校一定是好学生吧？”

周小燕说了一句所有孩子在大人打听他们学习情况的时候，用来应付大人的常用词组：“还可以吧。”

两个人边说边爬到四楼，四楼有四个门，小燕家正对楼梯。小燕脖子上挂着钥匙，钥匙塞在衣襟里头，掏出来打开门请司马达进去。这是一个两居室，房间和所有摆设的共同特征就是两个字：破旧。墙壁活像白癜风病人的皮肤，有些地方还有下雨从外墙渗漏的雨渍，让人联想起小孩子用过的尿不湿。照明用的是已经可以送进博物馆的白炽灯泡，为了节电，最多只有十五瓦，昏黄的灯光似乎压缩了空间，让人觉得这套房子空气稀薄。狭窄的过道停放着一辆破旧的自行车，还有一些破纸箱、烂酸菜缸、煤气罐等杂物，小燕提醒司马达：“叔叔小心点，别碰着了。”然后冲房间里面喊：“妈，我回来了。”

李桂香在房间里扬声问道：“你怎么才回来？你跟谁一起回来的？”

小燕说：“我到同学家复习功课去了，司马叔叔来了。”

司马达连忙应声：“大姐，是我，给洪书记开车的司机。我可以进来吗？”

李桂香说：“可以，没关系，你进来坐。”

小燕把司马达领到了外间屋，外间屋摆了一张折叠饭桌，围着桌子摆着几张凳子。屋角摆放了一个20世纪80年代流行的高低柜，柜子上摆了一台20世纪80年代流行的14寸电视机。李桂香步履艰难地从里间屋蹭了出来，昏暗的灯光下更显得憔悴、疲惫。见到司马达她赧然一笑：“那天的事实在对不起，我们确实怕交不起医药费，只好……噢，等我身体好一些找到工作，欠医院的医药费我一定还上。”然后对小燕说：“燕子，去，饭热在锅上，赶紧吃，你这么晚才回来，浪费了多少火。”

司马达连忙说：“你别想这些事了，明天我带你到医院看病，你的病不治好，不能出去上班，哪儿来钱供小燕上学。”

小燕从厨房端出来一盘炒土豆丝，土豆丝的边上摆着两个馒头，她把盘子放到桌上让司马达：“叔叔，你还没吃饭吧？一起吃吧。”

司马达看着这简单的饭菜，心里觉得疼，虽然他自己也不富裕，可是他和他周围的人，确实没有谁会把这种简陋粗食当成一顿饭的。他看看狼吞虎咽的小燕，孩子显然很饿了，不然现在的孩子哪有啃着馒头就土豆丝吃这么香甜的。他不知道该说什么，如果有条件，谁会让正在长身体上学的孩子仅仅用食物充饥根本不考虑营养呢？司马达又说了一遍：“你明天还是去看病吧，医药费不要担心，我给医院说你是洪书记的亲戚，他们不会催你交医药费的，如果催，我就先垫上，以后有了钱慢慢再还。”

李桂香连忙谢绝：“这怎么行？那天在医院的医药费还没结我们就跑了，丢人死了，再接着欠，还冒充人家洪书记的亲戚，怎么好意思？”

司马达有些着急：“那你就这么熬着？病也不治，班也没办法上，小燕怎么办？”他想挑明了说你这病可能就是那天坐空调车落下的，可是现在还没有明确的结论，仅仅是自己的猜测，就硬憋住没有说：“你还是抓紧到医院检查一下，总得把病因彻底查清楚吧？万一你有个什么，小燕怎么办？”

司马达三番两次提到小燕，李桂香的眼圈红了，挣扎着坐在小燕对面，看着小燕津津有味地吃饭，沉默不语。

司马达想问问他丈夫怎么了，转念想起上一次在医院问起这个话题，李桂香避开了，好像不愿回答，就忍住了没问。他没问，李桂香却主动说了："说起来我们小燕也可怜，她爸爸上班的工厂破产倒闭了，职工大批下岗。谁也没想到在国有企业里辛辛苦苦干了一辈子，说下岗就下岗了。她爸爸当时就懵了，傻了一样浑浑噩噩地往家走，路上让车给撞成了重伤。车跑了，到现在也没抓住肇事司机。她爸爸住院抢救，单位说他下岗了，又是回家的路上出的车祸，不算公伤，一切费用自理。那一年小燕才刚刚五岁，家里没有几个钱的积蓄，我就只好变卖家当，除了这套房子没卖，剩下的东西基本上都变卖了，到头来还是没有把她爸爸留住，埃，那些年的日子是怎么过来的，我现在回想起来真是一场噩梦啊。"

司马达问她："你现在做什么工作？"

李桂香惨然一笑："没工作，到处跑着找工作。前年市政府把我们厂卖给外国人了，说是搞什么资产重组，引进外资，结果我们这些中年职工都下岗失业了，厂子每个月给三百五十块钱的生活费，也只给三年，过了三年就啥也不管了。三百五十块钱，比最低城市生活保障线还低，根本无法生活。我一参加工作就在生产线上工作，除了装配线上的工作，别的我啥也不会，到了这个年龄再想重新找工作真比上天还难啊！现在像我这种人太多了，满大街都是，所以找工作就更难了。"

司马达知道，李桂香的遭遇只不过是现今中国无数个城市贫苦居民中的普通一例而已，他自己的亲哥嫂就是李桂香的同类，不同的是李桂香的丈夫死了，所以境遇更惨一些。这些事情靠他一个司机根本不可能解决得了，尽管他是市委书记的司机，也照样解决不了，因为连市委书记都解决不了。于是他还是把话题拉回到自己能解决的问题上来："大姐，你看这样好不好，明天你还是到医院检查一下，看看到底是怎么回事儿，医药费的问题你别考虑，我先给你垫上，你以后有了钱再还。”

李桂香疑惑地看着他，眼神里满是疑问，嘴张了又张，话却问不出口。司马达知道她想问什么，便回答说：“大姐，你别多想，我没别的意思，也不是我学雷锋，现在这世道，想学雷锋我也学不起，太贵了。我总觉得你这病会不会跟那天跟坐我们的车有关系，对了，你给我说说你的病到底是什么症状。”

李桂香说：“不会，坐一趟车怎么会得病呢？再说了，即便跟坐了你的车有关系那也不怨你，你当时还不是为了救小燕吗？这病也没什么，就是浑身的骨节酸疼，硬挣扎着活动活动还能好一些，如果在床上躺久了，身上就跟僵了一样动都动不了。”

司马达问：“你过去有没有这个病？”

李桂香说：“过去没有啊，我从小劳动，身体还好，这么多年我能带着小燕熬下来，靠的就是身体好啊。”

司马达起身告辞，口气却是毫不含糊的坚定：“大姐，我别的话也不多说了，为了小燕，你明天必须去医院，我请假过来接你。”

李桂香还想推辞，司马达却已经走了，临出门又叮嘱了一句：“明天一大早我就过来接你，明天早上你别吃早饭。”

司马达驾车来到街上，街上车水马龙，行人熙熙攘攘，街灯、霓虹灯五彩缤纷，最近市长万鲁生拼了命地推行所谓的夜景工程，规定全市所有高层建筑上都要装上彩灯，仅仅安装费用就耗资一个多亿，如果再把电费算上，那就成了天文数字。老百姓骂声一片，说这是劳民伤财，市长给自己脸上贴金，跟中央号召建设节约型社会的方针不符。可是万鲁生像中了邪，好像专门要向党中央叫板，鼓足干劲闹着要上马。不过这也可以理解，反正又不花他自家的钱，装彩灯、耗电费都由老百姓负担，让上面来的领导一看，铜州市晚上都这么繁华，比不上华盛顿、香港，起码不比国内其他那些大都市差多少，白天黑夜都足以证明他这个市长政绩卓著。路灯、广告霓虹灯再加上万鲁生的夜景工程，把城市的夜空变成了印满尿渍、斑驳陆离的旧尿褯子，城市的居民再也看不到明亮的星辰和寂静如洗的夜空了。有些居民夜间家里被夜景工程照得如同白昼，而且那种灯光还一闪一闪不停变换颜色，活像闪电或者电焊机的弧光，让人无法入眠。市民投书报社、电视台请求市里给他们一个能够安眠的环境，报社、电视台谁也不敢声张，老百姓气得骂娘却也无可奈何。司马达置身于繁华到粗俗的都市夜景里，刚才在李桂香家里看到的情景成了反差强烈的对比，让他觉得迷茫，他一时竟然有些分辨不清，到底李桂香家里的贫穷窘困是真实的生活，还是眼前这繁华粗俗的夜景才是真实的生活。

1

车轱辘终于盼回了局长何茂泰，其他几个副局长也陆陆续续地回国了。现在的官员好像屁股上都长了慢性痔疮，治不好，坐不住，只要有机会都爱往外跑，跑的还都是著名风景旅游区或者著名大都市，国内跑遍了就千方百计地朝国外跑。所以，几个局领导能够全全乎乎按点上班，一个不差地都在本地待着，还真是难得。

他出车祸是局里的大事，局领导们还没有回来就已经知道了，因为每一个局领导都有自己的人通风报信。所以，每一个局领导回到局里见到他第一件事情就是对他发生车祸表达衷心的慰问，口气和内容都好像事先统一了口径："太危险了，今后一定要小心啊，大难不死必有后福……"

车轱辘对这种姿态性的慰问毫不领情，他估计，这些人八成都在心里暗暗懊恼这场车祸他怎么会活下来。因为在局里他排位老二，他死了，别人自然而然会依次递进，当官从成长型态上来说，跟困难时期排队买猪肉没什么不同，基本规则是先来后到，有本事不讲理的就可以加塞。

车轱辘最着急的还是赶紧买新车，别的都是假的。把财政局的张副局长搞定以后，他买车的心情就更加迫切了。所以当局长通知召开局务会议的时候，他一改往日总是姗姗来迟有意无意让别人等他的恶习，早早捧着他那个高级保温杯来到局会议室等候。更新坐车的报告他早就让局办公室拟好了，局办公室主任卫骏在这件事情上没有理由设置障碍，也知道挡不住，所以也就不屑于在这件事情上为难他，反正也不花自己家的钱，损人不利己的事情在官场上只有初出茅庐的笨蛋才会干，卫骏可不是初出茅庐的笨蛋。

局务会固定成员是局党组成员和不是局党组成员的副局级领导，外加办公室秘书做记录。不固定成员就是汇报工作或者有任务需要安排的科室、直属企事业单位的头头。今天是局领导们回家团圆的第一次局务会议，要研究讨论的事情很多，人到齐了以后，何茂泰便宣布开会。局长何茂泰是一个非常注重形象的人，年过五十还打扮得油头粉面活像酒吧间里的老鸭，整天忙忙碌碌很难在局里见到他的身影，谁也说不清他在忙什么，但是，需要表现他是一把手的时间、场合他绝对落不下，别人都说他这方面有特异功能。就像今天开局务会，他肯定到场主持会议，他不在，就不能开局务会，即便开了他也得想尽办法退单。何茂泰坐定之后，动作夸张地数了数一目就可以了然的几颗人头说："前一段时间大家都到外面出差，很辛苦啊，很多中央和省上的重要精神大家都没有机会坐下来学习，今天好不容易人齐了，先完成学习任务，再研究局里的工作。郭组长，你先传达一下中纪委、省纪委和市纪委全体扩大会议精神吧。"

局党组成员、纪检组长郭小梅便照本宣科地念中纪委会议、省纪委会议、市纪委会议发下来的文件和领导讲话。郭小梅念完了，局长何茂泰又开始亲自传达市委书记洪钟华和市长万鲁生近期在市里一些会议上的讲话精神，精神传达得差不多了，时间已经过去了一大半，下面还要商量几项应该由民政局办理的重要工作，比如如何解决铜山区老年活动中心最近出现的问题。

据铜山区居民举报，那里的老年活动中心成了老年赌徒的集散地，很多老年人聚集在那里打牌赌钱。市里责成民政局出面会同下属的老年管理机构对铜山区老年活动中心进行整顿查处。车轱辘急着讨论他的购车报告，对这种事情厌烦透了，何茂泰刚刚介绍完情况，他忍不住诅咒那些不安分的老东西："这些老东西，不老老实实在家等死，还赌什么？这种事情公安局都管不了，我们怎么管？"

他说得倒也是实情，公安派出所对参与赌博的老年人也查处过，查到谁谁就耍赖，不但不缴纳罚金，还得公安局养起来，稍不留意就要犯心脏病、高血压、老年痴呆，要死要活的，把警察吓得要命，生怕真的死上一两个黏包赖。后来公安局干脆不再管了，上报市里，说这是老年群体的问题，够不上刑事案件，也没有明显的危害社会治安，主要还是思想政治工作和管理体制存在问题，结果市里就又把这件事情压给了民政局。

局长何茂泰说："你没看市里发的市委、市政府联席会议的会议纪要吗？这是会议纪要对我们下达的工作任务，谁敢拖延不办？"

郭小梅也表态发言："车局长这么说不合适，谁都有老的时候，怎么能让人家在家里等死呢？我的意见，还是责成老龄委活动指导科下去会同铜山区老龄办的人认真调查一下，针对这些老年人的精神需求对铜山区老年活动中心进行整顿，加强对棋牌娱乐室的管理，增加一些适合老年人的健康的文化娱乐活动项目，引导老年人积极投身到健康有益的文化娱乐活动中去。"

郭小梅是个一本正经的认真人，在局里的人事关系上也比较超脱，说话直率却没有什么坏心眼儿，人缘比其他几位头头好，又是女同志，车轱辘一般情况下不跟她计较。尤其是现在，他要更新配车，还要经过在座的几位冤家举手同意，如果郭小梅发难，她是纪检组长，搬出纪委有关规定为难他，他就很难如愿以偿地更新自己中意的车，所以，郭小梅直通通地反驳了车轱辘，车轱辘不生气也不敢生气，反而乐呵呵地说："你看你这个人，我随便说了一句话你就批评我这么一通，好好好，我不该说让老人家们等死，我检讨。我同意小梅同志的意见，先让老龄委活动指导科的人下去调查调查，然后有针对性地拿出一个整顿改革意见。"

何茂泰问其他人："大家还有什么意见？"

"大家"都不会为这种事情耗费脑汁，纷纷把脑袋当成拨浪鼓摇晃："没意见，同意。"

何茂泰示意卫骏："做个会议纪要传给老龄办，让他们办。"

卫骏连连点头活像鸡啄米："好好好，我明天就办。"

接下来又开始讨论殡葬管理科提出的铜州市陵园改建寻址计划；福利中心提出的老年公寓民营化改革方案；福利院孤残儿童收养工作的资金缺口问题；过去的收容所改变职能成为救助管理站之后的管理问题……

时间很快就过去了，到了下班时间，正经事情还没讨论完，车轱辘急不可耐地想把自己的事情端出来，坐立不安，把那个价值两千多块的高档保温茶杯翻过来倒过去地摆弄，好像暴发户买了名牌货向旁人卖弄。一会儿又点根烟却不抽，举在手上看那一缕缓缓上升的青烟，活像傻瓜在给哪路神仙烧高香。从开会肚子里就憋了一泡尿，却又不敢离开会场上厕所，怕他一离开卫骏插空提出他的报告别人又否决他的要求，结果尿脬里那泡尿有如茶壶里沸腾的开水体积越滚越大，涨得他坐卧不宁，表情扭曲，看上去好像在挤眉弄眼演小品。

何茂泰惊诧地盯了他好几眼，实在忍不住了问他一句："老车，你怎么了？是不是哪儿不舒服？”

他只好说：“没什么，挺舒服啊。”

好容易盼到议程完了，何茂泰按照惯例跟各位与会者客气：“今天的会议效率很高啊，压下来的事情基本上都办完了，看看大家还有什么需要说的没有？”

别的人纷纷摇头，已经过了下班时间，开会的人都各有各的事情，有的有应酬，有的有约会，有的急着回家，何茂泰正要宣布散会，车轱辘抓紧时间提自己的事情：“唉，卫主任，我让你拟的报告搞好了没有？”

卫骏是那种笑眯眯的蔫坏，使坏能把人坑死，拍马又能把人拍晕。车轱辘催他提买车的事，他心里清楚得很，这种事情绝对不能公开出面反对，公开反对最终反对不了还得让车轱辘恨他半辈子。好在不管车轱辘配不配新车，不会损害他卫骏的个人利益。潜意识里他也盼着尽快给车轱辘把车配上，让他继续疯狂，下一次再出事最好能轮到车轱辘自己。卫骏心里转着这种恶毒念头，脸上挂着谦卑的笑容：“好了，您吩咐过的第二天我就拟好了，一直等着局务会讨论呢，唉呦，报告还在办公室放着，我过去拿。”说着抬屁股跑了。

卫骏跑回办公室找来了秘书已经写好的报告，他懒得审阅这种报告，照本宣科又怕有不妥的地方，便直接说：“前段时间车局长到省里开会的路上，发生了车祸，那台车报废了，现在需要更新一台车，我根据车局长的指示拟了一份报告，今天提交局务会讨论一下。”

郭小梅说：“这有什么讨论的？按政策办就好了。”

她的意见代表了与会者绝大多数人的想法，买不买车，买什么车，谁也不会太在乎，关键花的不是自己的钱，自己有车坐就行，别人有没有车坐、买什么车他们没必要关心。

卫骏说：“报告打上去了还得过财政局这一关呢。”

车轱辘按捺不住冒了一句："财政局那边不会有问题，这属于正常更新。"

第三副局长李有禄却有自己的想法，眉不抬眼不睁幽幽地说："是不是该明确一下事故责任？"李有禄配的是一台别克，虽然车是新车，但排量只有1.8，比不上过去车轱辘的本田雅阁，心里一直不舒服，所以他这一次要争一下，但是又不能明说自己想换车，便用了迂回战术。

车轱辘说："事故责任不是我们说了算的，那得由交警队说了算。再说了，这跟买车是两回事儿，车毁了，报废了，保险公司也赔了，按政策就应该更新一台车。"

李有禄不好对付，说出一番恶狠狠却又让人难以反驳的道理："这怎么能说没有关系呢？如果都这样，车毁了不管是谁的责任，马上换台新的，那我明天把我那台车推到沟里摔个七零八落，不也就能换台新车了吗？"

车轱辘有些气恼，脸板得像一张皮鞋底子，说出的话也像是用皮鞋底子往人脸上抽："那你就推嘛，最好连你一起下去，你老婆还能得一笔保险呢。"

李有禄火了："你这是什么话？这是开局务会，不是老娘们吵架，有理讲理，没理也别放屁。"

车轱辘当然不会示弱："你才是放屁，不但放屁，还放屁漏稀屎。照你那么说，我是为了换新车故意出车祸了？这种事情谁也别笑话谁，你也是天天坐车的人，小心你哪一天也跟魏奎杨一个样儿，别说换新车，换个新老婆也睡不上了。"

李有禄蹦了起来："咳，这天下还有没有道理可讲了？你的车超速，惹了那么大的祸，车毁人亡，还有功了？在座的哪一个心里没数？那车到底是谁开的还有一说呢。"

车轱辘让人家揭了短处，恼羞成怒也蹦了起来：“你给我说清楚，你说车是谁开的？说啊，你今天不说清楚我就跟你没完……”

看到两个人闹得实在不像样子，何茂泰连忙劝架：“别激动，都别激动，有什么话好好说。”

郭小梅也说：“都是领导干部，这样吵吵闹闹的影响不好，有志不在年高，有理不在声高，有话慢慢说不行吗？这哪里像在开会研究问题，简直就是家属娘们骂大街嘛……”不屑的表情再配上她说出来的话，总算像一把隐形的铡刀铡断了车轱辘和李有禄的争吵。终究，让一个女人用那种不屑的眼神和语言表达蔑视，对任何一个男人来说滋味都不好受。

五把手周锐添阴沉沉地说：“没必要，不就一辆车吗？想买就买呗，讨论什么？买吧，买吧，我可得下班了。”说着居然抬屁股走了。他这一走，剩下的人都非常尴尬，跟着走不是，不跟着走也难受，车轱辘尤其恼火，却又没法发作，发作也没用，人家已经拂袖而去了。

何茂泰说：“就这样吧，不讨论了，只要是政策范围内的事情，该办的就办，不符合政策的想办也办不了。”

郭小梅说：“我同意，先打报告办手续吧，车进来了以后再说。”

散会了，车轱辘憋了一肚子气，虽然买新车的事总算勉强通过了，可是从李有禄、郭小梅、周锐添的表现可以预料，车买进来了，不经过一番明争暗斗，他也难以顺顺当当地弄到手。

2

司马达在送洪钟华上班的途中，把下岗女工李桂香的事情告诉了洪钟华，洪钟华大吃一惊，如果真的是因为那天送女孩到医院车里的空调把李桂香给吹出了病，那就真是太讽刺了。他心里明明知道事情八成就是这样，还是忍不住问："真的吗？怎么可能？"

司马达说了一句颇带哲理的话："现在，老百姓享受不了当领导的待遇，当领导的也适应不了老百姓的生活。"

洪钟华听了这话没有吭声，他也没办法吭声，他想起最近一段时间铜州市老百姓手机中流传的短信息："赤日炎炎似火烧，下岗失业真难熬，百姓心内如汤煮，政府官员吹空调。"不知道哪位好事者把这个信息发到了他的手机上，他看了以后没有删除，现在还保留着。

司马达见他没吭声，有些胆怯，担心自己说话放肆引得书记不高兴，便不敢再说什么，开着车小心翼翼地在凝滞的车流中游动。洪钟华看着窗外的街景，虽然尚是清晨，火辣辣的太阳已经开始烧烤城市，行人中女人们打着遮阳伞，徒劳地遮挡着无处不在的阳光，男人不好意思打伞，只得利用树阴、电线杆子甚至身旁路人的身影，徒劳地躲避着酷热，人们一律大汗淋淋，身上单薄的衣裳紧紧溻在身上，让人觉得整座城市都浸泡在热汗之中。虽然身处凉爽的空调车内，外面的情景还是让洪钟华觉得燥热难当。他不能不承认，司马达说得有道理，他难以想象，如果现在让他离开这辆凉爽的轿车到外面和老百姓一样顶着烈日酷暑去上班，他会怎么样。

"司马，你把我送到以后就去办李桂香的事情，一定要让医院拿出一个确切的结论，看看李桂香的病到底跟我们有没有关系，病情是不是严重，如果真的跟我们有关系，不管当时我们出于什么目的，我们也不能放弃自己的责任。"洪钟华吩咐道。

司马达吞吞吐吐地问了一声："如果跟我们没有关系呢？"

洪钟华说："如果没有什么关系，我们也要根据情况给她们一些必要的帮助，既然碰上了，该做的我们就做。还有，你这件事情做得很好，很好。"

到了市府大楼前面，司马达抢先下车给洪钟华打开车门，用手护住车门的顶部以防洪钟华的脑袋撞上门框。这是他在武警部队给部队首长开车的时候养成的习惯，洪钟华刚开始很不习惯，常常让他别这样，说他根本不会拿自己的脑袋撞铁门框子。可是司马达一直坚持这样，洪钟华逐渐也就习惯了。司马达的做法让别的领导看到之后羡慕不已，明里暗里的让其他司机仿效，机关事务处为此还专门对市府车队的司机进行了培训，现在市府车队的司机都学会了这一招，司机为领导开车门、用手遮挡门框子蔚然成风，领导们很开心，表扬车队的精神文明建设有成效。

3

车轱辘的专车毁了以后，每天上下班由局里的值班车负责接送，轮到谁的班就坐谁的车，好在局里除了几个领导配的专车外，还有好几台杂车作为公用车，两台面包，两台旧轿车，还有一台北京切诺基。今天晚上等他的是一台普桑，这让他心里很是不爽，乘车的舒适度尚在其次，看着那几个位置排在他后面的家伙分头钻进自己的本田、奥迪、别克，就连身份地位最低的卫骏也有一台新桑塔纳2000，车轱辘的心情格外郁闷。

这时候突然从黑黢黢的门廊后面钻出一个人来，把他吓了一跳，虽然正在盛夏，仍然起了一身鸡皮疙瘩。

“车局长，是我。”

车轱辘看到是葫芦，惊讶地问他：“你啊，干吗？吓我一跳。”

葫芦把他朝边上拉了一把，远远避开了停在门外等车轱辘的车，然后惊惶不安地说：“车局长，今天下午交警队又把我叫去了。”

车轱辘不解地问：“又叫你干吗？案子不是已经结了吗？”

车祸出了以后，交警队经过调查得出的结论是：由于他们的车速太快，遇到紧急情况紧急刹车，导致车辆失控撞上护栏发生翻车，魏奎杨的奥迪紧急刹车，造成后面的集装箱车追尾。所以，他们自己的车翻了，主要责任在他们自己，而魏奎杨的车祸直接责任是那台集装箱车，他们只负有间接责任。事故责任分清楚了，该处理的也都处理了，交警队却又再次找葫芦，这让车轱辘紧张不安："他们又找你干吗？是不是有什么麻烦了？"

葫芦说："他们一个劲儿盯着问我出事的时候到底是谁在开车，我一口咬定是我，他们收了我的驾驶证。看来这件事情没有完，也不知道他们怎么弄的，好像知道了什么，起码现在有怀疑了。"

车轱辘手心出汗了，如果这件事情的真相揭出来，那他就完了，违反纪委关于处级以上干部不准驾驶公车的规定，私驾公车造成重大恶性交通事故，不但在仕途的跋涉马上到达终点站，很可能还会追究他的刑事责任，身败名裂是摆在面前可以看见的结果。他问葫芦的时候，声音不知不觉中就开始发颤，活像突然学会了花腔女高音的发声技能："你、你、你估计他们掌握到什么确实的证据没有……"

葫芦说："我从交警队回来以后仔细琢磨过了，好像不应该有什么把柄落在他们手里，可能他们也仅仅就是怀疑吧。"

车轱辘却不敢掉以轻心，因为如果仅仅是怀疑，事情都已经过去了，交警队怎么会又来追究？

原来，魏奎杨的司机被带回交警队接受调查的时候，说出了出事的时候看到车轱辘从车里爬出来，而且是从驾驶员的位置上爬出来的，这立刻引起了交警队的高度重视，他们又对车轱辘的车作了认真勘察，从方向盘、档杆等部位提取到了大量指纹。他们把葫芦叫去其中一个重要内容就是核对指纹。葫芦刚开始没敢给车轱辘说核对指纹的问题，转念想了想，这件事情如果真的揭穿了，车轱辘倒霉他可能更倒霉。实话实说了，车轱辘终究还是当官的，关系多，能量大，事先做做工作可能还有转圜的余地，不然两个人就都死定了。想到这些，葫芦决定还是实话实说，嗫嚅道："车局长，我从他们的话里分析，估计他们可能从魏奎杨的司机那里听到了什么，他们今天把我叫去让我留下了指纹。"

车轱辘大惊："你留了吗？"

葫芦说："那能不留吗，不留我就回不来呀。"

车轱辘不说话了，葫芦也不敢说话，怔怔地等他拿主意。车轱辘的脑浆子沸腾着翻滚着盘算厉害得失，预测着事情可能发展的前景。想来想去，觉得问题不管严重不严重，现在最关键的还是要稳住葫芦，只要他不缴械投降，谁也没办法："我想了一下，这件事情没那么严重。即便在方向盘、档杆上留下了我的指纹又能说明什么问题？能说明当时是我开的车吗？可能魏奎杨的司机说了什么，那也没关系，他一个人说的没有证据等于白说，必要的时候我想办法封封他的嘴，你放心，只要你一口咬定就啥事没有，如果你松了口，我们就都完蛋了。"

葫芦说："我的驾照让他们扣了怎么办啊？"

车轱辘说："那有什么？只要你没事他们还不得还给你，你要是松了口，那就永远拿不到驾照了。再说你现在要驾照也没用，反正也没车开，今天会上已经定了，马上就要进新车，你琢磨一下买什么车好，排量最好不要超过 2.4，太豪华了显眼。新车进来了还是你开，到时候如果驾照还没要回来，我去给你要。"

葫芦闻听这话顿时高兴了，连连说："车局长你放心，我明白这里头的轻重，就是打死我我也不会推卸责任的，车就是我开的，你没开过。这不是为了你，是为了我自己，你放心吧。"

车轱辘说："你也该放心，有事没事都在你的嘴上，走吧，陪我吃晚饭去。”

葫芦谢绝：“算了吧，我不去了，你坐小沈的车我跟着不太好。”小沈是开值班车的司机，这会儿正在那台桑塔纳里眼巴巴地等车轱辘。

车轱辘也就是客气一下，听他谢绝便也顺水推舟：“那也好，我得吃点饭去了，开会开到现在真饿了，有什么事及时沟通啊。”

两个人分手后，车轱辘钻进那台让他郁闷的桑塔纳，问司机小沈：“你吃饭了没有？”

小沈说：“没有，送完您回家再吃，不着急。”

车轱辘说：“你这是为了等我才耽误了吃饭啊，走，陪我到海鲜舫吃去。”

小沈也不跟他客气，知道他吃什么也用不着自己掏腰包，在我们国家，混到局处级一般就可以进入吃饭不用花钱的层次了。局里的司机都知道他爱飙车的毛病，小沈请示了一句：“车局长，你开还是我开？”

车轱辘说：“我开什么？我什么时候开过车了？你开。”

于是小沈开了车朝海鲜舫驶去，路上看到市长万鲁生的夜景工程把城市搞得五颜六色、光怪陆离，车轱辘忽然想起了在泰国考察的时候偷偷跑到红灯区开眼界的情景，蓦然发现眼前的铜州市像极了灯红酒绿的超级红灯区。他猜想，可能市长万鲁生也到外国的红灯区开过眼，不然不会花大价钱把整个一座城市装饰得跟红灯区一样浮华、俗艳。

4

铜州市委和市政府同在一座大楼里办公，正是上班时间，各种车辆就像洪水破闸一样朝机关大院里涌，车辆发动机的轰鸣和车辆空调散热形成的热浪搅和在一起，政府大院的气温起码比外面高出两三度。洪钟华急忙避开这让他心烦的场景进了大楼朝电梯口走，电梯口聚了一大帮人等电梯，电梯来了，人们纷纷避让，请洪钟华先上，洪钟华不好意思在众目睽睽之下加塞儿，让大家按照先后次序上电梯，可是谁也不敢抢先，都等着他先上，眼看电梯设定的时间到了，门忽闪闪地自动关闭了好几次，都让手疾眼快的机关干部拦住了。洪钟华眼见着这样僵持下去不是个办法，只好连连道谢进了电梯。正在这个时候，另一部电梯也到了，跟洪钟华僵持半会儿的机关干部纷纷涌向新到的电梯，倒把洪钟华一个人晾在了电梯里头。

电梯门关上了，载着洪钟华一个人上楼，他暗暗苦笑，承认自己关于电梯平等乘坐的决策错了。过去市府大楼专门有一部电梯供副市长以上级别的领导干部乘坐，机关干部都称那部电梯为高干梯。洪钟华到任以后，下令取消干部乘坐电梯分级制，没想到制度上解决了的问题观念上仍然没有办法解决，尤其是像他这样的一把手上了电梯之后，其他人跟他同乘电梯心理上就像是经受了一次严格的干部考查，压力之大不下于学生参加高考。这也是没办法的事情，人一旦进入了政府机关，不管愿意不愿意，承认不承认，都得逐渐被异化，老百姓的俗话就是官大一级压死人。不同的是，有的是主动异化，有的是被动异化，有的是自己能感觉到的异化，有的是自己感觉不到的异化，包括洪钟华自己，也在不断地被异化，他自己也承认，现在的他，绝对不是本质的原来的他，他记得一位哲人说过，一个商场，一个官场，人要活出本色来，比活着本身更难。

手机铃声打断了洪钟华因为乘坐电梯受到高规格待遇或者说受到高规格冷遇而引发的思考，电话是省纪委书记孙世超来的。洪钟华边接听电话边朝自己的办公室走，孙世超询问洪钟华：“洪书记，最近我们收到了一些群众来信，既有直接寄给我们的，也有省委领导转给我们的，这些信件都谈到了你们市政管理局局长魏奎杨的问题，这件事情我们一直没有得到市委和市纪委的准确信息啊，省委责成我们了解一下这件事情。”

洪钟华非常尴尬，孙世超说得客气，实际上是对铜州市在魏奎杨这件事情上的处理方式提出了委婉的批评。作为上级领导，话说到这个份儿上已经够重了，潜台词就是：你们铜州市眼里还有没有省委、省纪委。洪钟华这几天内心深处也有隐隐的不安，觉得对魏奎杨这件事情的处理方式有问题，不管魏奎杨是不是死了，那笔巨款是客观存在，魏奎杨不可能通过正当手段挣到那么多钱也是客观事实，仅仅因为人死了就不了了之，即不展开调查，也不向上级报告，事情绝对不会这么轻松了结。但是省委张书记马上就要来视察了，当务之急就是做好迎接省委书记的准备工作，既要让省委书记充分了解铜州市各项工作取得的成绩，也要让省委书记充分理解铜州市面临的发展难题，争取向省里要一些宽松的优惠政策。接待省委书记绝对不是说几声“欢迎光临”、“欢迎再来”那么简单。真正要做的准备工作是大量的、具体的、繁杂的，需要集中精力全力以赴地做好。近几天，光是为省委张书记准备的汇报提纲就在市委市政府联席会议上讨论了多次，现在还没有最后定稿。魏奎杨那件事情倒不是有意要欺上瞒下，但是作为铜州市一把手，出了这样的丑闻，潜意识里还是希望能够大事化小小事化了，不要造成太大的影响才好，这毕竟不是什么可值得炫耀的政绩。

洪钟华半是解释半是辩解：“孙书记，实在对不起啊，让省委操心了。我们绝对没有有意向上级隐瞒的意思，想隐瞒也隐瞒不了啊。我们最近在接待省委张书记的准备工作上投入的精力多一些，我们的想法是，等到接待完省委张书记，领导班子坐下来，认真讨论研究一下，形成一个书面的正式报告后再向省委、省纪委汇报。魏奎杨反正已经死了，早点搞晚点搞都影响不了大局，请省委、省纪委理解我们啊。”洪钟华边说边走，来到办公室门前掏出钥匙开门，却怎么也打不开门。背后一个干部拎着暖水瓶过来，怯生生地问洪钟华："洪书记，您要做什么？"

洪钟华回头，问话的是市委办公室秘书科的一个秘书，就说："这门怎么打不开了？是不是锁坏了？"

秘书笑了，对洪钟华说："洪书记，您走错门了。"

洪钟华抬头看看，才知道这是秘书科值班室，自己的办公室在走廊的最里边，还要再朝里走两个门，光顾着应付省纪委孙书记，结果走错了。真应了那句话，只顾埋头拉车，不知抬头看路。洪钟华笑笑："光顾接电话了，走错了，没事，没事。"然后朝自己的办公室走。

电话里孙书记还在说："洪书记啊，你们忙，我们理解。但是终究出了这么大的问题，不管人死了还是活着，问题是客观存在的，总不能就这样不吭不哈不了了之吧？根据省委和省纪委常委会议的意见，还是请你们尽快将事情的经过拿出一个调查报告直接上报省纪委，抄报省委。"

洪钟华听懂了他这话的潜台词、话外音：这件事情省委、省纪委非常不满，铜州市委市政府主要领导起码要有一个明确的态度，不能就这样蒙混过去。在官场上混，一定要善于听懂领导的潜台词、话外音，领导没有说出来的话往往比说出来的话更加要紧。如果善于领会领导的潜台词，又能用适当的态度来回应这些潜台词，那你在官场上就成功了一半。

洪钟华连忙做补救工作："孙书记，实在对不起，我马上让市纪委老单直接到省上跑一趟，先把情况口头向纪委汇报一下，省委张书记到铜州时候，如果有时间，我当面再向他汇报一下。接待完张书记以后，再抓紧把正式报告报上去。作为领导班子的班长，我首先承担领导责任，我也会专门向省委、省纪委做检讨的。"老单叫单立人，是市委副书记兼纪委书记。

孙书记马上说："书面的检讨就不必了，我今天给你说的这些都是省委、省纪委的意见，我也只是奉命跟你通气，省委、省纪委没有要求你个人承担什么责任，也没有要求你作书面检讨。目前说什么都为时过早，省委张书记让我转告你，省委对你是信任的，也相信你能圆满处理好这件事情，确保铜州市的经济社会建设不受影响和干扰。好了，打搅你了，到省上来别忘了给我打个招呼，我请你喝西湖龙井，正宗的。”

洪钟华应承着：“没问题，到了省上还敢不去看望你孙书记啊？你有时间也到我们铜州来看看，指导我们的工作啊，我请你吃正宗铜州江鱼面，保你吃过以后就不想回省城了。”

孙世超说完了正经事，语气也轻松起来：“哈哈哈，好啊，我对你们铜州市的江鱼面早有耳闻，下次去一定要品尝一下，不过可得你埋单啊！”

洪钟华也打着哈哈：“哈哈，那还用说，这种单我埋得起，保证不公款消费，自己掏腰包，哈哈哈……”

放下电话，洪钟华来到了自己的办公室，这一回他没走错门，门顺利地打开了。进到里面，他第一件事情就是拿起电话找市纪委书记单立人：“单书记吗？请你到我办公室来一趟好吗？”

在等纪委单书记的时候，洪钟华来到了窗前，他的办公室在九层，俯视下去，外面的街道车水马龙，双层玻璃窗阻隔了噪音，外面生动活泼的景致好像上演的默片。对面市中心广场的草坪仿佛翠绿的地毯，花坛里各种花朵竞相开放姹紫嫣红，翠绿的草坪和锦簇一般盛开的花朵交相辉映，赏心悦目。可能因为天气太热，平常在广场上空盘旋的鸽群此时不知待在什么地方歇凉，一只也看不见。人也和鸽子一样不知道都躲到了什么地方，既没有鸽群也没有人群的广场略显冷清。洪钟华看着窗外的世界，蓦然又想起了司马达今天上午要去完成的使命，如果李桂香真的是因为乘坐了他的车而坐下了病，那可就是莫大的讽刺。由此又想到了司马达说的那句话：老百姓享受不了这种待遇，当领导的也适应不了老百姓的生活。他不能不承认，这句话非常精辟。

有人敲门，进来的是市纪委书记单立人，随身带进来一股难闻的烟油子气味。单立人有个毛病，不抽香烟，专门抽卷烟，而且整天卷烟不离嘴，卷烟烟油子大，抽得他浑身上下一股难闻的烟油味儿，一到哪儿哪儿就变成了积年未加清理的大烟灰缸。这人邋里邋遢却又最爱跳舞，舞场上女人见了他避之不及，他却自我感觉良好，好像以他那个身份地位跟谁跳舞就是给谁赏脸，邀请舞伴的时候对着人家女同志勾手指头，活像耍流氓。不管怎么说他也是个正地级城市的副地级领导，女同志不好意思当面拒绝他，只好忍辱负重，勉为其难。一般情况下女同志跟他跳完舞以后，都得让他熏得马上跑到卫生间干呕一阵儿，洗刷一番。

洪钟华回到座位开始向他转达省纪委孙书记的电话精神，让他明天到省纪委跑一趟，把魏奎杨的事情向省纪委作个口头汇报。单立人毛病多，优点也不少，工作极为认真踏实，原则性非常强，该说的话他一句也不会少说，不该说的话一句也不会多说。听洪钟华介绍完情况，单立人只说了一句："我明天就去。"

洪钟华说："那就辛苦你了。"

单立人说："魏奎杨死了，扔下麻烦事一大堆。这人蔫不唧唧的心里道道儿比谁都多，六百万藏在家里，他一死了之，上级肯定得向我们讨个说法。还有，就那个收停车年费的事情漏洞太大了，政府下文件，企业收钱，别说老百姓，就是我都想不明白。我建议对宏发建设开发总公司进行审计。"宏发建设开发总公司就是市政府授权代收城市停车年费的那家国有企业，法人代表和总经理是市长万鲁生的老婆李芳。

洪钟华说："这件事情等你给省纪委汇报过以后再说吧，听听省纪委的意见。"

单立人告辞走了，洪钟华回到办公桌前，下决心静下心来再认真看一遍给省委张书记准备的汇报材料。他却万万想不到，正是省委张书记的到来，让他前所未有的大大狼狈了一番。

1

司马达驱车来到了李桂香家里，李桂香总算听从了他的劝告，老老实实在家里等着他。小燕已经上学去了，司马达便搀扶着李桂香上车，然后朝市人民医院驶去。到了医院，医生认得这是市委书记洪钟华的亲属，自然是一番热情接待，认真检查，虽然李桂香还欠着医院的医药费，医院却好像正在举行学雷锋活动，大家都在搞“五讲四美三热爱”，根本不提医药费的事情。经过验血、拍片、超声波、CT 等一整套从里到外从上到下的检查，一直到快下班的时候才出来个初步结果：急性风湿性关节炎。

司马达询问发病原因，医生反问他：“病人最近期间有没有受寒感冒？”

司马达不好回答，眼睁睁地看李桂香，李桂香实实在在地说：“我们家连空调都没有，这么热哪里还会受寒啊！”

司马达提醒她：“李大姐，前几天你不是感冒了吗？还在医院打吊瓶来者。”

李桂香说：“你这一说我想起来了，就是那天，可能在外面等车太热了，送小燕到医院来的时候，坐车的时候，车里的空调太凉了，当时我就觉得冷，下车以后有点发烧，挂了一针吊瓶也就好了啊。”

医生说：“这就对了，天气热，人的身上的毛孔都张开散热，这个时候突然进入低温环境里，感冒发炎很容易诱发风湿。所幸前来就诊比较及时，如果耽误下去，很可能引起急性风湿性心脏病、风湿性肾损害等。”

医生边说边开了住院单，让司马达办理住院手续。办理住院手续要交三千块钱押金，窗口的收费人员不认识司马达，也不知道司马达送来的是什么人，公事公办，不交押金就不给办住院手续。司马达兜里的钱不够，只好把手机和身份证押到收费处，许诺下午就把押金送过来，人家不干，非得让他交足押金才能住院。司马达没办法，只好以洪钟华的名义又去找门诊医生，说李桂香是洪钟华的亲戚，能不能先办住院手续，下午他再把钱送过来。门诊医生知道他确实是洪钟华的司机，李桂香也肯定是洪钟华的亲戚，因为上一次洪钟华就是跟他一起送李桂香和她女儿来看病的，如果不是亲戚，市委书记怎么可能带着专车送她们来看病呢？听到住院手续办不下来，马上打电话向院长报告，院长立刻来到门诊部，热情周到地亲自领着司马达给李桂香办了住院手续，不但没有收押金，连司马达想押在收费处的手机、身份证都没要。司马达算是亲身体会到了书记的优势，一边搀扶着李桂香去病房，一边暗暗盘算怎么样借洪钟华的优势把李桂香的医药费给省下来。

把李桂香送进病房，住院医生马上又开始对李桂香进行进一步的检查诊断，然后便马上开始用药，吃的、打的、挂的，各种治疗手段一齐上阵。司马达最关心的还是愈后，安顿好李桂香就又跟到医生值班室问人家这个病会不会有什么后遗症。医生说这种急性发作的风湿病来势汹汹，反而好治，如果转成慢性风湿病就麻烦了，只能消除症状，稳定病情，很难彻底治愈。司马达追问：“那她现在算急性还是慢性？”医生说是急性的，如果没有并发症，十天半个月就可以治愈，治愈以后不会留下什么后遗症。

司马达总算彻底放心了，赶紧打电话向洪钟华汇报了李桂香治病的情况。洪钟华听李桂香的病不要紧，松了一口气，让司马达把李桂香的事情安顿好以后，不用来接他了，他下班另外要车。司马达听到中午洪钟华不用车了，就准备到李桂香家里会小燕去。他一直还记挂着小燕，如果洪钟华中午用车，小燕中午放学以后就没人管了，洪钟华中午不用车，他就可以去照管一下小燕，顺便也可以把李桂香的盥洗用具给带到医院去。安顿好李桂香，司马达开车朝小燕的家里驶去。

2

今天车轱辘心情很爽，走出市府大楼的时候，虽然天气炎热，可他一点儿也没有烦躁的感觉。今天他终于办妥了重新购车的手续，那个张副局长还真办事，人也爽快，不过就是在一起“坐了坐”，用美酒美食美女稍稍慰劳了一番，对他就格外关照。他今天拿着购车报告去找张副局长，人家二话没说就批了，还领着他直接到了政府采购办公室，盯着办理完了各种手续以后，告诉他，现在他们就可以买车了，车型确定以后，拿着政府采购处的购车手续就可以直接提货，验收签字以后由政府采购处支付货款。

“这种事情都是我们说好了的，你还用得着亲自跑这一趟？派个人过来找我不就成了。怎么还信不过我啊？”送他出来的时候，张副局长半真半假的客气着。

车轱辘也凑趣说：“倒不是信不过你，就是觉得跟你对脾气，借机会过来看看你。”

张副局长哈哈大笑："好嘛，不管是真是假，这话我爱听。最近见到惊叹号没有？"

车轱辘说没见着，整天各忙各的，虽然都是亲戚，见面的机会也很有限："怎么，找他有事吗？"

张副局长说："也没什么重要事，这一两天抽时间把他约上，我们一起坐坐，事先说好，这一回我埋单啊。"

车轱辘以为他帮忙办成了事，还要再割自己一疙瘩肉，连忙说："你埋什么单？怎么，怕欠我人情啊？我埋，你埋单我不去。"

张副局长哈哈一笑说："你这个人啊，过去接触不多，还真的挺义气，我们之间就别计较这些了。说实话，我找惊叹号还真有点事情请他帮忙呢。"

车轱辘好奇地问："你找他能帮什么忙？"

张副局长说："我有一个亲戚，算了，直接对你说吧，是我哥，在省旅游局当副局长，干了很多年了，一直没有动地方，最近局长年龄到站要退了，我想让惊叹号帮我跑动跑动。"

车轱辘不以为然地说："惊叹号？就凭他能办得了这么大的事情？要能办他还能在铜州市当那么个管车夫的队长？"

张副局长嘿嘿笑着说："你以为你当了个副局长就比人家本事大了？别忘了，人家的老主户现在干什么。"

车轱辘说："不就是黄书记吗？黄书记能听他的话？"

张副局长说："空口白牙可能不会听，这不还得适当地做工作吗？不管怎么说，人家能说得上话，穿得上关系，就这一点比你我都强。"

车轱辘心里忽悠一下透亮了，原来张副局长这么卖力地帮忙批车，并不是看在那天晚上潇洒走一回的分儿上，而是看中了惊叹号跟黄书记的那层关系。想到惊叹号那副一口一个"我靠"的德行，心里不由暗暗好笑，真难以相信他能办得了那么大的事情，便对张副局长说："我给你约他，什么时候你定，到时候需要我陪我一定去。"

张副局长说："肯定行，到时候你一定来啊，帮我敲边鼓，需要我做什么我一定会尽量做，关键是让他给穿个线、领个路。"

跟张副局长分手以后，车轱辘一路上在心里暗暗嘀咕，如果惊叹号真的有那个本事，自己这个副局长也当了不少日子了，何不找他活动活动？能给别人帮忙，给亲戚帮忙不更是理所当然的吗？过去他心里其实不太看得起惊叹号，觉得他再怎么着也不过就是一个司机、车夫，现在才明白，这个惊叹号还真有让人惊叹的地方。今后该联络的感情还是得好好联络，像张副局长那样的实权派都上杆子跟他套近乎，自己更应该近水楼台先得月才对。一路上心里琢磨着这件事情，司机以为他心里不爽，不爱说话，吓得一路上也没敢跟他搭茬儿。回到局里，本来准备叫上葫芦一起去看车，现在也没心再去看了，把葫芦叫过来吩咐说："财政局那边的事我都办好了，你先去看看车，奥迪、帕萨特都行，一定要德国产的，黑色的，别的颜色不要，看好了我再跟你去定。"

马上又要有新车开了，葫芦兴高采烈地走了，车轱辘抓起电话给惊叹号挂，电话接通了，车轱辘约他："老弟，今天晚上有事没？"

惊叹号照例是那句口头语："我靠！怎么又想起我了？是不是又要穿什么人？"

车轱辘说："哪有那么多要穿的，今天没别人，就我跟你，还有财政局张局长咱们三个人，有没有时间？坐坐。"

惊叹号迟疑半会儿说："我靠，你最近怎么了？对我这么关怀，让我头皮发麻。"

车轱辘说："干吗？对我有意见是不是？没别的事，就是最近不顺，心里头闷，大家一起散散心。"

惊叹号说："我靠，那么大的局长当着，那么高的工资拿着，还有什么可闷的？行啊，只要你埋单，咋都行。不过还得你给我请假啊。"

车轱辘跟他打哈哈套近乎："没看出来，我那个小姨子还真有威风劲，硬是把你给管住了。行啊，我给你请假，晚上六点钟，你说什么地方？"

惊叹号压低声音说："那天那个地方真他妈的不错，我靠，够劲，就是太贵了。"

车轱辘说："别人埋单你管他贵不贵？就这样说定了，你下班过来接我。"

惊叹号喜滋滋地答应了，车轱辘放下电话，扭头又约了财政局张副局长，然后来到局办公室把购车手续扔给了卫骏："收好啊，这几天车就进来了，到时候你去办手续。"

局财务室归局办公室管，办理这些具体的事情得由财务室负责，财务室还要办理一系列固定资产变更、登记、上报手续，所以他把手续交给了卫骏。卫骏看看审批手续和盖着市财政局政府采购办公室大印的付款信用证，愣住了："车局长，你可真有本事啊，旅游局也要更新一台车，报告去年就打上去了，到现在杳无音信，你当天去当天办，财政局长是不是你家什么亲戚啊？服了，我真服了。"

车轱辘讨厌他那副笑眯眯蔫坏的德行，冷冷地说："真让你服的事还在后面呢。"从局办室出来，他心里暗暗憧憬着哪一天如果他当了局长，一把手，第一个要开掉的就是这个笑面虎。

3

司马达赶到李桂香家里的时候，小燕已经放学了。看到小燕一个人正在家里啃冷馒头，司马达拽着她出去吃饭。小燕还跟他客气："司马叔叔，不用了，中午随便吃一口就好了，我妈怎么样了？是不是住院了？病得严重吗？”

司马达拽着她往外走：“你妈住院了，病不要紧，医生说过十天半个月就能出院，你妈说了，她住院期间你归我管，既然归我管就得听我的话，从今天开始，吃饭不准再糊弄了，会不会自己做饭？”

小燕说：“穷人的孩子早当家，我八岁就会蒸馒头了。现在我已经十二岁了，不但会蒸馒头还会蒸米饭炒菜呢。”

司马达说：“用不着你蒸馒头，也用不着你炒菜，别馒头炒菜没吃着先把你炒熟了。一会儿吃过饭我跟你到超市买好吃的，放到冰箱里，嗳，你家有冰箱没有？”

小燕说：“我家哪有冰箱？要那东西也没用。”

司马达问：“怎么会没用？”问过了才知道自己的问题太蠢，她们家这种生活水平，有了冰箱也舍不得耗电。司马达说：“没冰箱也不要紧，到超市买点用不着冰箱的东西，我能来咱们就一起吃饭，我要是忙不能来，你就自己弄点吃的，你现在正是长身体的时候，又要上课读书，一定要注意营养。”

小燕说：“你说这话谁都懂，谁不想注意营养？关键是得有那个条件，没那个条件了，只好凑合。不过人这个东西啊，适应性最强，粗茶淡饭不照样出曹雪芹、爱因斯坦吗？”

司马达又提出了一条要求：“还有，从今天起绝对不允许你再到大街上要钱了，让你妈知道了，你知道后果吗？”

提起这件事情小燕不吭声了，司马达问她：“看样子你还舍不下这条赚钱的路子啊。”

小燕嘟嘟囔囔地说：“你以为到大街上要钱那个滋味好受阿？不要怎么办？我这么小打工人家也不要，我妈别说现在有病，就是没病的时候找份工作都那么难，司马叔叔你总不能看着我们喝西北风吧？”

司马达说：“生存发展是大人的责任和义务，你们家遇到了这种情况只是暂时的，党和政府迟早会管的……”

小燕说：“管倒是会管，最低生活保障线，就是保证你不饿死而已，我还要上学，哪够？再说了，领那几个最低生活保障不比上班找工作轻松，这个证明那个手续，好像谁在欺骗党、国家和人民似的，我妈说了，任何人不能靠，就是要靠自己。”

司马达说：“那倒也是，过去老话就说，爹有娘有不如自己有啊。不管怎么说你是不能去要钱了，你如果不听我的话我真得告诉你妈了。你妈妈的工作叔叔想办法，等你妈病好了我就帮她联系。”

小燕说：“那太好了，如果我妈有工作了，我还到大街上要钱那就是有病。”

司马达跟小燕一路聊着一路来到街上找吃的，越聊他越喜欢这个小女孩了，也许真像小燕自己说的，穷人的孩子早当家，这个孩子说的都是大人话，小嘴吧嗒吧嗒的活像百灵鸟，一看就是个非常聪明伶俐的孩子。最可贵的是，她身上有一股落落大方、从容不迫的劲儿，从她身上一点儿也看不出穷人家孩子身上往往会不知不觉流露出来的自卑、拘谨。

司马达很奇怪她怎么会这样，便问她：“小燕，叔叔问你一件事你别生气啊。”

小燕说：“问吧，生什么气啊，你现在是我们家的恩人，我怎么会生你的气呢。”

司马达扑哧一声笑了：“你倒真会说，我可不敢冒充谁的恩人，叔叔问你，你们家庭生活这么困难，你在学校会不会受别的同学欺负，有没有同学看不起你？”

小燕得意扬扬地晃晃脑袋：“没有，谁敢欺负我啊，他们都得巴结我呢。”

司马达不敢相信：“真的？吹牛吧？”

小燕说：“你不知道，现在学校里最吃香的就是学习好的学生，学习好的学生多了老师的奖金就高，所以学习好的学生就是老师的宝贝啊！”

司马达问她：“这么说你就是老师的宝贝了？”

小燕得意扬扬：“那当然，全年级语文数学都能保持前三名，怎么样？别的同学巴结我都巴结不过来呢。那些有钱人家的家长都让他们的孩子向我学习，还有的想花钱雇我给他们的小孩当老师呢。”

司马达说：“那你怎么不挣这种钱？挣这种钱不比你跪在马路边上要钱好得多。”

小燕说：“你又傻了吧？挣补课费不等于跟老师抢饭碗吗？老师还不得把我当成竞争对手给灭了。在马路上要钱其实也没啥，这么大个城市，谁认识谁啊？表面上看我在那儿跪着，其实我在想象我是大官，那些给我钱的人都是我的下级来送礼的，别想着自己正在乞讨就行了。”

司马达哈哈大笑起来：“小燕啊小燕，叔叔真服你了，跪在大街上想象自己在收受贿赂，真有你的。”

两个人说说叨叨地来到了街上，街的拐角处就有麦当劳和肯德基，这是骗孩子钱的最好买卖，司马达征求小燕的意见：“小燕，今天叔叔请客，第一次请你，咱们吃麦当劳还是吃肯德基？”

小燕说：“那东西有什么好吃的？死贵，就是外国肉夹馍嘛，一个能买四个中国肉夹馍，不吃，吃快餐去吧。”

司马达问她：“你吃过没有？”

小燕实实在在地说：“吃倒是没吃过，不过我听说在外国那些东西都算垃圾食品，所以从来也不想。”小燕说得轻松，司马达心里却暗暗难受，现在城市里的孩子，像小燕这样没有吃过麦当劳、肯德基的能有几个？就是家里再穷的人，挣了钱也会想着让自己的孩子去尝尝新鲜。由此可见小燕家里的生活窘迫到了什么程度。

司马达说："今天就吃麦当劳，明天再吃肯德基，管它好吃不好吃，尝尝嘛。"

小燕问他："叔叔你常吃这种东西吗？"

司马达说："我吃过一两回，有点吃不惯，你们小孩子可能爱吃。"

小燕又说了一遍："外国人自己都说这是垃圾食品，我们俩还去吃，是不是有点犯傻？"

司马达说："那都是胡扯淡，让他们像非洲难民一样饿上两天，看他们还敢不敢把吃的东西叫垃圾。"

小燕做出一副给司马达天大面子的表情叹息了一声说："那好吧，今天就尝尝垃圾食品到底味道怎么样吧。"

进了麦当劳餐厅小燕的眼睛就不够用了，特别是司马达领着她在柜台前面挑吃食的时候，小燕还是露怯了，把脑袋摇得像个拨浪鼓："啥都行，叔叔你点啥我就吃啥好了。"

司马达对这玩意儿也不在行，在服务员的指导下，给自己要了一份辣鸡腿汉堡，果然像小燕说的，死贵，一个面包夹点鸡腿肉就要十块钱，如果是中国肉夹馍，最多两块钱。又给小燕要了一份汉堡和炸薯条、菠萝派、巧克力奶昔、可乐，两个人花了四十多块钱，端着盘子高高兴兴来到餐桌前就餐。小燕到底是孩子，还是爱吃这种东西，尽管她刚才还把这些东西称作垃圾食品，真的吃起来美得狼吞虎咽，尤其是品尝巧克力奶昔的时候，简直可以用陶醉这个词儿形容。看着小燕吃得香，吃得爽，司马达心里舒服透了，他觉得这顿饭不是在请小燕，而是在慰劳自己，看着小燕吃麦当劳，他自己就像是享受了一顿丰盛的精神大餐。

吃饱了喝足了，司马达说："咱们先回家，你把你妈的盥洗用具和换洗衣服找出来整理一下，我下午抽空给她送过去。咱们到超市去一趟，给你准备一些吃的。”

小燕用小小的舌尖舔着嘴唇，一副心满意足的样子：“好吧，随你，你是大人，听你的。”

于是两个人先到超市买了一些吃食，不外乎方便面、面包、酱菜、火腿肠、茶蛋之类，乱七八糟买了一堆，司马达主要是怕自己不能来照应小燕的时候，小燕自己瞎糊弄。然后又回家给李桂香收拾东西，这种事情司马达没办法插手，小燕充分显示出穷人的孩子早当家的优势，像个小大人似的，有条有理地给李桂香把盥洗用具、换洗衣服找出来装进一个旅行袋里，司马达拎起来走出门，小燕追出来又递给他一把暖壶和一个现在已经很少见的搪瓷茶缸子：“把这个带上，我妈住院总得喝水吧？晚上我想去看看我妈。”

司马达说：“你别自己去，晚上我下班以后来接你，咱们一起去。”

小燕答应了，司马达便提着东西匆匆朝医院赶，下午他还得赶到洪钟华家里接他上班。今天忙了大半天，午休时间也搭进去了，但是他觉得很充实，很快乐。

事情成不成，人情先欠下了

1

洪钟华和五套领导班子的主要领导一起驱车到铜州市和邻市的交界处迎接省委张书记。其实，正常情况下根本用不着五套班子的领导一起出动，可是谁都知道省委书记这位省级大老板的重要性，谁都想在省委书记前面露个脸，讨个好，这也是人之常情，不让谁来也不好，洪钟华索性不加管制，谁愿意来谁就来，倒也能显示出铜州市五套班子对省委张书记的尊敬和欢迎。铜州市十多辆黑色高级轿车一顺溜地停在公路上，如果没有前面那台等着给省委张书记开道的警车，看到这么多高级轿车齐刷刷停在这里，会让人猜测这支车队不是迎亲就是送殡。爱看香港警匪片的人，看到这个场面，会以为港台黑社会老大露脸了。

天太热，省委张书记的车还没有到，领导们谁也不下车，都躲在车里吹空调。洪钟华也没有下车，为了消磨时间，就跟司马达闲聊。司马达趁机给洪钟华详细汇报了李桂香的病因病情，描述了她家里的贫困状况。洪钟华听过以后也非常同情，更觉得不好意思，虽然当时是出于好心，却也做了一件不大不小的坏事，多亏李桂香的病情不重，如果真的闹出大病来，还真不好交代。这真应了那句话，好人当不得，好事做不得，好心有不得。心里这样想着，嘴上还得鼓励司马达：“你做得很好啊，就应该这样，即便她不是因为我们得了病，我们遇上了，知道了，能帮助就应该帮助，助人为乐嘛。”

司马达说：“洪书记，你还真说对了，助人真是很能为乐，这两天帮着她们跑前跑后，我就觉得很快乐。你不知道，李桂香的那个女儿叫小燕，真聪明，穷人家的孩子懂事，学习也好，说起话来像个小大人似的，我都说不过她。”

洪钟华说：“抽时间我也去看看她们，唉，在我们这座城市，像李桂香这种城市贫民还很多，他们需要党和政府的关怀和帮助，我们做得还很不够啊。还有很多人刚刚脱贫，遇上一场病或是孩子考上学，就又返贫了。”

司马达说：“特别是四五十岁的国有企业职工，一下岗就完了，那么大年龄了再找工作，再创业，都非常困难，这样真的很不公平。”司马达说到这儿，想起了在原籍苦苦挣扎的哥哥，所以愤愤不已，话说得也有些凄楚。

洪钟华内心承认司马达说得很有道理，但是不能表态支持他，毕竟这不能代表主流思想，多多少少似乎还有点对现实不满的意思，所以，洪钟华选择了沉默。

司马达说：“洪书记，你听说过百千万工程吗？”

洪钟和摇摇头：“没有啊，什么意思？”

司马达说：“这是财政局的人说的，如果我们市的公车减少一半，公款吃喝减少一半，一年省下来的费用就能修建一百所希望小学，建设一千个高档公共厕所，解决一万个下岗失业工人的就业问题，这就叫百千万工程。”

洪钟华无言对答，因为司马达说的都是事实，有些事情洪钟华比司马达更清楚，但是作为市委书记听到这些的时候，他只能沉默，因为他自己也是这众多事实中的一个构成元素。过去很多习以为常的现象在“百千万工程”的对照下，就像揭去了盖子的王八裸露出来的躯体，那么丑陋、恶心。洪钟华不得不闭上了眼睛，他不好意思看司马达那张年轻单纯的脸。

电话响了，是市委秘书长来的，报告说张书记的车马上就要到了。洪钟华连忙从车里钻了出来，在这同时，别的车里的领导们也纷纷从各自的车里钻了出来，其中有市长、人大主任、政协主席、常务副市长、人大副主任、政协副主席等各种各样有资格参与这种活动的人。放在过去，大家各自乘车来迎接省委张书记，洪钟华不会感到有任何不妥，可是刚刚听了司马达的议论之后，越看这些人、这些车越觉得别扭，既然是集体行动，为什么就不能共同乘坐一台旅行车，非要每个人都乘坐自己的专车前来呢？这不又是腐化的一种现实表现吗？洪钟华仍然无话可说，因为他自己不也是这样吗？

外面的世界跟车里的环境简直就是两极，车里凉爽得让人联想到初春，外面的酷热让人觉得活像在烤炉中煎熬，虽然是迎接省委张书记这样的盛事，领导们也没办法西装革履，都穿着T恤衫、单衬衣，却仍然难以适应外面的酷热。司机们纷纷找出阳伞给领导遮阳，司马达也从车里钻出来，给洪钟华撑起了阳伞，洪钟华拒绝了：“别遮了，见见阳光消毒除臭，你回到车里等我。”然后朝万鲁生走了过去：“老万，怕晒黑啊？”

万鲁生有点不好意思，对司机说：“去去去，别这样，我又不是娘们。”

洪钟华对万鲁生的司机说：“你去给各位领导说一声，就说我说的，请大家晒晒太阳，忍耐一会儿，张书记的车马上就要到了，张书记看到我们每个人都有司机专门撑着遮阳伞像什么样子？”

万鲁生的司机跑着去通知了，片刻之后，领导们的司机纷纷收起了阳伞，回到了车上，领导们站在烈日下面，片刻一个个大汗淋漓，活像刚刚从桑拿浴池里钻出来。公路边上有一片小树林，市人大主任首先发现，跑了过去朝其他官员们招手："过来啊，这里有荫凉，别在大太阳下面晒着，小心中暑。"

各位领导便纷纷朝那片小树林里集中，洪钟华也跟了过去，树阴下，凉风阵阵，让人觉得格外舒爽。万鲁生说："真舒服啊，这自然界的小凉风比空调还好啊。"

洪钟华说："如果你刚刚从空调车里钻出来，就感觉不到这种舒服，就是因为你刚才晒了一阵儿太阳，现在才能享受到这种自然的凉爽。"

万鲁生说："还是书记，啥事情都能上升到理论的高度，说出来的话每一句都是哲学啊。"

洪钟华瞠视着他，极力想分辨出他这是不花钱赚感情，还是讥刺嘲讽。

万鲁生哈哈一笑说："书记，你别那么看我，我不是讽刺你，是真的佩服你，刚才我就有这种感觉，就是说不出来，结果你一下就说到我的心坎上了。"

其他领导装作享受风凉、观赏风景，好像对书记、市长的对话毫无兴趣，实则都竖直了耳朵等着听洪钟华怎么应付，洪钟华也哈哈一笑说："那就再给你说一段，什么叫身在福中不知福？就是因为他身在福中，所以才不知道福啊。"

万鲁生让他给绕住了，眨巴着眼睛琢磨了半会儿，对了其他领导说："你们大家听听，洪书记这句话可不怎么样了吧？车轱辘话，没哲理。"

市政协主席反驳道："万市长错也，这句话才是最富有哲理的，那首苏轼的哲理诗《题西林壁》，'横看成岭侧成峰，远近高低各不同，不识庐山真面目，只缘身在此山中'，说的就是这个境界啊。"

万鲁生凑趣："嗯，有道理，不过啊，你们都当哲学家，我老老实实当打工的……"

正说着秘书长又发过来紧急情报："张书记的车已经到了，你们人呢？我怎么看不见？"

2

市委秘书长代表市五套班子到前方迎接张书记，坐了一台警车在张书记的车前面开路，此时已经到了铜州地界，只看到马路边上停了一大溜黑车，却不见一个领导下车恭候。秘书长急了，也顾不上像过去那么一板一眼地表示对书记尊敬了，话说得就像在训斥下级。

洪钟华连忙招呼大伙："快快快，别舒服了，张书记到了，赶紧走。"于是铜州市的领导同志从小树林里蜂拥而出，活像突然蹿出来一帮劫道的，朝公路拼命奔去。这些平日里养尊处优、四平八稳的领导真的遇到急事儿奔跑起来速度还真不含糊，尽管一个个气喘吁吁，大汗淋淋，面红耳赤，却还没有一个掉队的。等大家在马路边上聚齐的时候，张书记乘坐的旅行车已经越过了"铜州人民欢迎你"的大牌坊。省委张书记坐的车前面有一台警车，是铜州市委秘书长带去给省委张书记开道的。秘书长坐的那台警车看到市里主要领导们聚集在公路边上，就缓缓靠边停了下来，后面张书记的车也跟着停了下来。洪钟华带着领导班子成员们一拥而上欢迎省委书记，张书记从车上下来，后面跟着陪同的省委秘书长和张书记的秘书，还有两三个省委的工作人员。洪钟华注意到，张书记下车以后，并没有人给他打伞遮阳，心里暗暗庆幸，如果这阵儿铜州市的领导们每人身后有一个司机给打伞遮阳，那就丢大人了。

张书记跟所有在场的人一一握手，态度和蔼，一再感谢大家顶着酷热前来迎接自己。张书记的脸色比电视里常见到的黑了许多，可能是下来视察晒的，但是精神却非常好，情绪也非常好，尽管天气酷热，脸上已经渗出汗水，还是坚持跟到场的每一位铜州市领导亲切握手。会面握手之后，张书记就把洪钟华和万鲁生邀到了自己的车上，说是边走边聊，听听铜州市的情况。洪钟华长期在本省工作，跟张书记打交道比较多，也比较自然。万鲁生这位从外省空降过来的干部跟张书记生疏，省委书记邀他上车，便有点受宠若惊，上车的时候腿软，跨台阶脚没有迈到位，绊了一跤，前扑的时候本能地伸手抓挠着力之处，一把抓到了洪钟华的裤腰带上，多亏洪钟华系的真皮裤腰带够结实，总算没让万鲁生当场把他的裤子给扒了。

张书记的车在前面走，铜州市各位领导带来的座驾急忙紧紧地跟随其后，长长一串黑压压的轿车跟在中型旅行车后面怎么看也像一支送葬的队伍。省委秘书长一个劲给洪钟华使眼色，表情活像色鬼在酒吧里泡妞。洪钟华让省委秘书长弄得犯晕，不知道秘书长要干吗，秘书长无奈，只好用手指朝车后面狠狠地点了又点，洪钟华回头一看不由大惊，这支车队确实太难看了，赶紧打电话给司马达，告诉他拦住后面的车队，各走各的，不要跟着张书记的车。司马达赶紧停下车，拦住了后面的车，总算摆脱了送葬一样的黑色车队，秘书长这才松了一口气，很不满意地瞪了洪钟华一眼。

一路上省委张书记向洪钟华和万鲁生询问着铜州市各方面的情况，刚开始两个人还都有些拘谨，张书记问一句答一句，就像学习成绩不好的学生面对老师的提问。张书记问洪钟华他们："你们在经济社会发展中，感觉到目前最需要的是什么？"

洪钟华和万鲁生异口同声道说："人才。"

张书记又追问了一句："哪方面的人才最短缺？"

其实洪钟华和万鲁生他们也不知道铜州市目前最缺乏哪方面的人才，更说不准到底什么样的人才算人才，因为人才本身就是一个相对的概念，如果没粮食吃，一万零一千个爱因斯坦也不如一个会实实在在种粮食的农民，如果没衣服穿，一万零一千个比尔·盖茨也不如一个裁缝。不过，现在渴望人才已经成了大家的共同呼声，各地各级领导似乎一下子都成了求才若渴的曹操，因为只有大声疾呼渴望人才才能显示出自己有用人之才。

张书记微微一笑，显然这一路视察、调研下来这句话他已经听过无数遍了："竖起招兵旗，自有吃粮人，关键还是看你们的旗竖得高不高，号召力强不强啊。"

张书记的话引起了一阵捧场的笑声："哈哈，哈哈，就是，我们的旗可能还不够高，号召力还是不够强啊。"洪钟华这么说。

"嘿嘿，嘿嘿，就是，还是要有更加优惠的吸引人才的政策条件啊。"万鲁生这么说。

洪钟华又补充了一句："呵呵，呵呵，谢谢张书记的指示，我们还是要在制定优惠措施和吸引人才的机制上多下工夫啊。"

走了一阵儿，见到张书记心情很好，不时还会幽默一下，洪钟华和万鲁生紧张拘谨的情绪渐渐疏解下来，这才能够理出思路、调理语言顺利表达自己的意思了。等到进入铜州市区的时候，洪钟华和万鲁生你一句我一句把铜州市的近期经济社会建设取得的新成果汇报了一遍，看到铜州市林立的高楼，繁华热闹的街景，张书记挺高兴，不断点头："不错，不错，改革开放十几年就能从一个农业为主的内地县级城市发展成现代化的大都市，铜州市的干部群众是有思路、有干劲的啊。"

受到省委书记的鼓励、肯定，车上有资格陪同省委张书记的洪钟华和万鲁生像打了传说中的鸡血，情绪顿时亢奋起来，洪钟华斗胆向张书记提出了一个非分要求："张书记，您好久没到我们铜州来了，很多情况一下子还汇报不完，晚上能不能允许我们铜州市的主要领导陪同张书记一起吃顿饭，既是见面，也可以利用吃饭时间进一步把铜州市的情况向领导汇报一下。"

张书记微微一笑："同志们很辛苦了，就不要再打扰同志们了，我这一次下来，没有什么具体的事情要办，就是务虚、调研，这已经够打扰同志们了，就不要再耽误同志们的宝贵时间了，好不好？"

洪钟华碰了一个软钉子，只好嘿嘿一笑自己给自己找了个台阶："那也好，张书记白天奔波一天，晚上早点休息。"

张书记客气道："明天如果你们工作忙，也不用都陪着我，有个熟悉情况的同志做个向导就行了，不要我一来没给大家带来什么好处，反而给大家添了一大堆麻烦，干扰了你们的正常工作。"

洪钟华连忙谢绝了领导的美意："这可不行，明天我和万市长两个一定要陪同一下，张书记需要侧重调研哪方面情况，我们再安排具体分管的同志汇报。"

万鲁生也连忙说："是啊，是啊，我们的事情都安排好了，不会影响工作的。"

张书记没有再拒绝，默许让他们明天陪同了。把张书记送回铜州市专门接待重要领导和外宾的铜州宾馆之后，铜州市的领导们也没敢回家，怕领导随时有什么事情，在铜州宾馆吃了一顿名副其实的工作餐。省委书记在，他们不敢像以往那样为所欲为地大吃大喝，老老实实地吃了四菜一汤，然后就老老实实在接待处专门留给他们的房间里等候，一直等到深夜十点多钟确定张书记已经入睡了，才回家休息。

3

铜州市的领导们在铜州宾馆委屈万分地吃四菜一汤，车轱辘却在大纽约娱乐城跟惊叹号约了财政局张副局长海吃海喝海玩。今天由张副局长埋单，所以车轱辘和惊叹号连襟俩打定主意要痛痛快快地潇洒走一回。今天下午车轱辘才知道，他操心费力好容易拿到手的购车计划让局里其他几个人搅和得一塌糊涂，现在成了僵局，甚至有可能泡汤，又急又气，正想再找张副局长商量商量这件事情，恰好约了惊叹号给张副局长他哥当省旅游局局长牵线搭桥，车轱辘也可以把他遇到的难题说道说道，争取张副局长的支持和帮助。

几个人仍然选了包厢，因为这一次要说话，就没叫小姐来陪酒，这让惊叹号很是感到失落："我靠！今天怎么都改邪归正了？就我们仨老爷们有什么意思。"惊叹号一说"我靠"车轱辘就头疼，不知道的人初听惊叹号和人对话，会以为对方的名字叫"我靠"。

车轱辘心里头烦，就更加不爱听"我靠"，对惊叹号说："你能不能让'我靠'那俩字歇会儿？跟你对话真费劲吃亏，别人听着好像我跟张副局长的名字就叫'我靠'呢。"

惊叹号不服气地嘟囔："我靠，口头语习惯了，不喜欢听就别听。"

张副局长说："好了，好了，别计较这些了，爱靠就靠，我过去有个领导也有口头语，讲话的时候每说一句就要问：是不是？把大家折磨得实在受不了了，大家就商量好，开会的时候，他一说是不是，大家齐声回答：是！连着三次，就把他的毛病治好了。"

车轱辘说："那好，从现在开始，惊叹号一说'我靠'，咱们俩就齐声说'靠'，看能不能把他的毛病治过来。"

张副局长说："我估计治不过来，他说'我靠'，我们俩说'靠'，他肯定得把小姐叫来让我们‘靠’，我们‘靠’还是‘不靠’？”

“靠”最早是港台片里对“肏”的委婉用法，类似于古汉语中的通假字。很快在网络语言中得到了发扬光大，不论是网络的虚拟世界还是生活中的现实世界，中国人民中喜欢说“我肏”这句口头语的群众纷纷改用“我靠”来取代实在太露骨的“我肏”，于是“我靠”取代“我肏”飞快地在人们口中普及开来。声音用字变了，实际意义并没有变，所以张副局长这么一说，几个人都心领神会地哈哈大笑起来。笑过了，惊叹号又说：“我靠，最近连着往大纽约娱乐城跑，你们是不是不想过日子了？”

张副局长说：“该吃就吃，该喝就喝，该玩就玩，这才叫过日子，整天上班工作，下班回家，能叫过日子吗？那应该叫混日子。”

惊叹号夹了一口脆皮大肠塞进嘴里，嚼得咯吱咯吱响，他就好这一口，山珍海味也顶不住这一口香：“我靠，那是，你们当官的吃喝嫖赌全报销，要是让你当老百姓，拉泡屎都得自己掏钱埋单，看你还说不说该吃就吃，该喝就喝，该玩就玩。”

张副局长说：“那没办法，社会就是这样，既有吃肉的，也有喝汤的，还有连骨头都啃不上的，这就是命。”

车轱辘端了酒说：“来来来，不管我们是吃肉的还是喝汤的，总的原则就是今朝有酒今朝醉，来，干了。”

张副局长有事求惊叹号，二话不说端起酒杯干了，一转脸看到车轱辘坐在那儿发愣，脸板得僵僵的活像没刨平的松木板，奇怪地问：“老车，今天怎么不高兴？车的事不是已经给你办好了吗？”

车轱辘心里确实不高兴，不但不高兴，简直郁闷得要命。今天下午葫芦兴冲冲地跑到他办公室报告，说车已经提回来了，黑色帕萨特，让他下楼看车去。车轱辘非常高兴，扔下手头的文件跟着葫芦跑到楼下参观那台新配给他的轿车。黑色的车身擦得琤铮明瓦亮，纤尘不染。流线型的车身矫健、雄浑，让人联想起匍匐在地随时能够以挟电携风之势腾空而起的非洲雄狮。可以想象，这款车如果奔驶在高速公路上，气势和速度肯定比那台作废了的本田更胜一筹。此刻，这台德国车停在楼下的停车场里显得那么尊贵、体面、诱人。车轱辘拉开车门坐到了驾驶座上，坐椅是真皮的，车厢内散发着淡淡的正宗皮革制品特有的香味。面板用胡桃木装饰得华贵、庄重，方向盘、排档手感极佳，滑润可人，制作工艺无可挑剔。车轱辘是个爱车的人，坐在车里抚摸着车内的件件饰物，爱不释手，活像新婚头一夜爱抚他老婆身上的零件。

“车局长，车我已经试过了，特棒，肯定比原来的那台强。你看要是没啥问题，就办转账手续吧，人家等着呢。”葫芦催促车轱辘。

商家的销售人员也钻进车里对车轱辘说：“车局长，是不是现在就开出去试驾一圈？如果不满意这一台，还可以再换，我们是专卖4S店，售后服务直接由生产厂家支持，没有任何问题。”

车轱辘真想马上就开了这台车出去过过瘾，但是理智提醒他：现在正是敏感时刻，万事皆要小心，如果现在开车，让局里那几个跃跃欲试想争这台车的人瞄上了，一个电话打到纪委，说不准会闹出什么麻烦来。现在用不着着急，只要把车抓到手里，今后想怎么开还不由着他开？车轱辘恋恋不舍地从车上下来，对葫芦说：“手续我已经交到局办公室了，你去找卫骏办手续就行了，有什么问题随时找我。”

看过车，车轱辘满心欢喜地回到了办公室，刚刚坐到椅子上，葫芦就丧魂落魄地跑了进来：“车局长，车局长……”

车轱辘让他吓了一跳：“怎么了？狼追你呢？啥事？”

葫芦说：“车办不成了。”

车轱辘惊问：“怎么会办不成了？”

葫芦说："卫主任说车的事情不用我管，他们已经进了。"

车轱辘大吃一惊："什么？他们已经进了？什么时候进的？进的什么车？车呢？"

葫芦愁眉苦脸地回答他这一连串的问题："卫主任说，车是给局里的，不是给哪个个人的，所以由局办公室统一办理进车手续，他拿到手续马上就派人进了一台奥迪A4，付款手续已经办完了，牌照都挂上了。"

车轱辘惊怒交加，他万万想不到卫骏竟然跟他玩这一手，活像碰到了底火的炮弹火辣辣地跑到局办公室找卫骏算账。卫骏用笑脸迎接了他："车局长，我就知道葫芦肯定要找你告状，你别生气，我给你解释。"

车轱辘哪能不生气？看了卫骏那张笑眯眯的脸，恨不得在那张皮笑肉不笑的脸上狠狠抽几个大耳光："你这是什么意思？为什么不经过我的同意就进车？"

卫骏作出了吃惊的表情说："哎，车局长，你这么说我可不能同意啊。不是你亲自把手续交给我们让我们去办的吗？我怕耽误你用车，你头脚把手续交给我，后脚我就派小赵去选车、进车了啊。再说，你也没告诉我只能让葫芦去办车的事，不准别人办啊。"

车轱辘明白，卫骏这是钻空子捣鬼，给他们交购车手续的时候，自己虽然没有明确说要什么车型，也没有强调必须由葫芦去办，但是，过去局里给哪个局领导进车时候，都是由那个局领导按照审批的资金数额自行确定车型，然后由这位领导的司机去接车，哪有不经过具体领导同意就自行做主的。这种做法在车轱辘的概念中是惯例，是不言而喻的事情。车轱辘便问他："过去给哪个局长进车的时候是由你们一手包办的？为什么到了我这里你就要包办代替呢？你这是什么意思？"

卫骏说："车局长你说得有道理，过去是那么办的，可是现在局里一再强调所有采购项目由局办公室统一负责，任何人不准自行采购，这是我们局去年才下发的《关于加强财务管理的有关规定》中明确规定的。”

车轱辘说：“那是指局里财政拨款自行采购的东西，这台车是我直接从财政局要来的指标，戴帽下来的，你知不知道？”

卫骏说：“不知道啊，财政局的批件里只说是给我们民政局更新的进车指标，没说是给车局长个人的进车指标啊，不信你看，批件还在这里。”

车轱辘气得火冒三丈，却又无可奈何，卫骏绝对属于那种蔫蔫的坏种，坏起来软软的，让你明知他在使坏，想要还手却根本没有着力处，就像对着空气挥舞拳头。谁也知道，财政局批任何政府采购项目也不会挂到个人名下，卫骏用这种话来对付他，他还真没有办法占上风。车轱辘不再跟他在这个问题上纠缠，追问他：“车接回来了，车呢？”

他听说过，跟帕萨特相比，奥迪轿车排量、性能都不差，就是油耗高一些，油耗对于公车来说，只不过是会计报表上一个抽象的数字而已。既然木头已经让卫骏这小子刻成了舟，那他也只有承认现实，现在如果想再按自己原来的选择搞一台帕萨特已经不可能了。所以他急于看看这台为自己进的奥迪。

卫骏说出来的话又让他大吃一惊：“车封存了。”

他明明没有专车用，进来车却又封存，这无疑是对他公开的挑衅和欺辱，他再也忍耐不住了，挥起大手狠狠地拍了下去……卫骏那种人当然不是勇士，即便真是勇士也不会白白挨这一记不值钱的耳光，所以当车轱辘的巴掌高高扬起来的时候，卫骏早已身手敏捷地缩头弯腰弓背做出了避让动作。他白白做了那么一个屈辱的动作，车轱辘的手并没有拍在他的脸上，而是拍在了桌面上，“啪”的一声活像谁突然放了一个大炮仗。车轱辘的手拍得生疼，虽然他恨透了卫骏，终究不敢真的朝那张笑眯眯的脸上甩巴掌，只好拿了卫骏的桌子泄愤，结果硬邦邦的桌面被动反击，桌面没怎么样，他的手却火辣辣地疼。“你有什么权力封车？经过局务会议同意了吗？告诉你，做事别太过分了，你算个什么东西。”

卫骏惊魂未定，小眼珠滴溜溜乱转，他没有想到车轱辘这个平常看上去四平八稳、官派十足的人，竟然会因为一台车发飙闹事。俗话说好汉不吃眼前亏，卫骏不是好汉是小人，小人就更不会吃眼前亏，他把握不准车轱辘盛怒之下会不会真的痛扁他一顿，连忙朝后退了数步，确定即便车轱辘想动武也够不着他之后，又把责任往局长何茂泰身上推：“车局长，这事你可别怨我，是何局长亲自决定的，没有领导指示，我哪敢随随便便封车啊。”

车轱辘信了他，很明显，如果上面没有人指使，量他一个小小的办公室主任也不敢这样明目张胆地跟他较劲。他狠狠瞪了卫骏一眼：“何茂泰还活着呢，我现在就去找他，如果是你在里面捣鬼，别怪我车轱辘做事太绝。”说完扔下惊魂未定的卫骏扭头就去找何茂泰。

何茂泰正板着那张蟹壳脸一本正经地坐在大班台后面批阅文件，车轱辘冲进门就嚷嚷：“何局长，卫骏说你指使他把我的车封了？”

何茂泰做过除眼袋美容手术，蟹壳脸上的那双眼睛上下都是双眼皮，看上去像极了肚脐眼。也不知道是真的还是装的，何茂泰莫名其妙地看着车轱辘直眨巴眼：“老车你怎么了？有话坐下来慢慢说，什么你的车？封什么车了？”

有那么一瞬间，车轱辘甚至有点相信这位何局长可能真不知道发生了什么事情，所以口气也和缓了许多：“我办好了购车手续，让葫芦去提车，车提回来了才知道卫骏已经把车提回来了。车提回来也就提回来了，让人涮了就涮了，可是提回来的车又封了起来，不给我，我请教何局长，这是怎么回事？是不是我被撤职了？”

何茂泰做出恍然大悟的样子说："你说这件事情啊？你先别急，买车的事情我还真不知道，是卫骏都把车接回来了我才知道的。不是把车封了，而是暂时先放一放……"

车轱辘截断了他的话："这台车是我亲自跑财政局办来的，财政直接拨款，凭什么买来以后又封起来？即使封车也应该经过局务会议，你何局长一句话就把我的车给封了，是不是有点太霸道了？你真有那么大的权力，干脆再说一句话把我给撤了，我马上掉头就走，再提车的事情我就不是我妈养的。你撤不了我，那你就应该给我一个交代，凭什么封我的车。"

何茂泰在脸上挤出一副苦相说："老车啊，我们在一起共事也不是一天两天了，工作上虽然偶尔也有不同意见，可是也没有抱着孩子下井、背着汉子偷老婆的仇恨吧？姑且就算那台车是你的，我何必封你的车呢？我又不是没车坐，封了你的车我好自己坐，我这也是为了你好啊。"

车轱辘说："商量都不跟我商量一下，就把我跑来的车给封了，起码我还算局领导班子的一个成员吧？噢，你们都有自己的车，我整天像野婆娘找汉子似的逮着谁是谁地坐派班车，今天我就想听听何局长到底是怎么打算的。"

何茂泰说："这件事情啊，我实在为难得很呐，那天开局务会讨论进车的时候你也不是没看到，李副局长包括纪检组郭组长都有不同意见，大家心里都有些疙瘩，我也不好明说，你自己心里也应该有数，谁不想坐一台好车新车啊？"

说到这儿，何茂泰起身给车轱辘斟了一杯茶，端到他的面前放下，然后坐到了他的身旁做出语重心长的样子说："有些话我不好对你说得太明白，怕影响领导班子团结，我是局长，这碗水不好端啊。有时候为人做事还是低调一些好，你想想，那边刚刚出了那么大的事故，一台几十万的车毁了，还死了一个人，尽管死的那个老魏也不是什么好东西，可是毕竟死了人啊。你这边马上进一台新车坐着到处跑，别人会怎么说？昨天市交警支队的同志还过来调查事故原因，这件事情人家说还没有结案，葫芦的驾驶执照还在人家手里扣着，这台车到底应该交给谁开，也得斟酌啊，总不能交给没有驾驶执照的葫芦继续开吧？”

何茂泰说的这些话暗示了些什么车轱辘不是听不出来，但是费了那么大劲弄来的车却让人家一句话就封了，车轱辘心有不甘，强词夺理地说：“事故的原因查没查清跟封车是两回事。只要人不是我压死的，只要我还是副局长，我就应该享受这个待遇是不是？”

何茂泰叹息一声说：“如果你实在不同意我对这件事情的处理方式，我看那就召开一个局党组会议吧，让大家在一起讨论一下，我们就按照会议决议办好不好？”

车轱辘没有马上答复，他心里明白，在局党组会议上，李有禄、郭小梅、周锐添还有卫骏，肯定不会同意把那台新车就这样交给他使用，他们都盯上了这台新车，他们有他们自己的道理，李有禄在上一次会议上已经说得很明确了：哪有刚刚毁一台车就又给配一台车的，如果这样人人都把旧车推到沟里然后换新车那还成什么体统了。显然何茂泰也倾向于这个道理，不然他不会不跟车轱辘商量就把刚刚进的车封存了。局党组会议上到底会作出什么样的决议车轱辘心里没数，所以他也不敢贸然同意召开局党组会议专门讨论这件事情，只好给自己找了个台阶：“算了吧，我看会议也不用开了，现在的人都他妈是蒋介石的孙子，别人种的树结的桃子他就想摘到自己兜里。爱咋办咋办，我就等着看着这台车最终归谁，我有那个耐性。”

何茂泰还跟他打哈哈：“老车啊，别这么说嘛，少安毋躁，汽车放一放也放不坏，说到底大家还是为你好嘛……”

车轱辘哪有心情听他说这种不咸不淡的屁话，抬屁股走了。

车轱辘让这件事情闹得非常狼狈，跟葫芦两个人好说歹说才把帕萨特专卖店的人给打发了，商家都是那副德行，生意做成了，点头哈腰满脸笑容好话说尽，生意没做成，就冷皮冷脸冷话连篇：“你们好赖也是国家干部政府公务员，办事怎么就像小孩子过家家，这不是折腾人吗？车辆磨损、耗油、工时费这些损失该怎么算？什么事嘛，还局长呢，连这么点事都摆不平，还当什么局长……”车轱辘让这家伙唠叨得心烦意乱，车一开走，就骂葫芦：“你怎么找这家买车？这家的车今后再便宜再好也不买，什么东西嘛，也敢在我面前甩鼻涕。”

4

车轱辘把这件事情从头到尾给张副局长和惊叹号讲了一遍，张副局长愤愤不平地说：“你也太窝囊了，我给你批的车凭什么他们说封就封了？明天我就通知他们指标作废，把车给人家退回去，财政局拒绝支付。”

车轱辘把肚子里的窝囊倒了出来，气也消得差不多了，总算能用脑子考虑问题了，反过来问张局长：“你用什么理由给他们说？难道真的说那台车就是给我批的吗？人家要是把这件事情捅到市委市政府去，你跟我都不好下台。”

虽然铜州市的副局级干部事实上都已经配上了专车，但是市里从来都没有正式发文认可给处级干部配专车，如果配了却也没人追究，因为市里也从来没有正式发文不准给处级干部配专车。追究也没用，现在的人对付上面的手段已经炉火纯青，手法变幻多端，让上级防不胜防。查这种事情人家很好解释：这不是专车，只是他坐一坐、用一用。因为专车的牌照都是公家的，没有哪个干部的专车挂自己的名字。但是，如果张副局长真的对民政局说这台车就是给车轱辘的，别人如果要用指标就收回，人家告到市里，市里说不准还就真的会认真一下，世界上怕就怕“认真”二字，所以官员们就离认真二字越来越远了。

惊叹号是开车出身的，现在又管着所有市领导的车夫和座驾，对交通事故的调查和处理情况最了解，听了刚才车轱辘说交警队现在还没有结论，已经把葫芦的驾照扣了，马上想到了关键问题：肇事的时候谁开车。但是碍于张副局长在场，就没敢直接问，在桌子下面掐了车轱辘大腿一把，用劲大了，车轱辘惊叫一声：“干吗你？我又不是小姐，你乱掐啥。”

惊叹号只好装糊涂：“我掐你了吗？没有啊，是不是张副局长掐的？”

张副局长说：“胡说八道，我掐也不掐他啊，他那破腿跟牛腿似的，还是国产牛腿，有什么可掐的？”

车轱辘不服气：“国产的怎么了？你不是国产的是进口的？”

惊叹号连忙居中打哈哈：“我靠！都别说了，谁不是国产的？不是国产的那不成了野种杂种了？我靠，别说你这事了，那部车迟早是你的。车那个东西不就是个代步工具吗？那么认真计较干吗，还能缺了你的车坐？张副局长，说说你的事，我听我这位国产亲戚说你有什么事要找我，这也没外人，你尽管说，我尽管办。”

张副局长其实一直就想提这件事情，可是车轱辘一来就说起他要让人家给涮了的事，他还得装模作样地表示同情和愤愤不平。惊叹号提起来了，他才装作刚刚想起来的样儿说：“你不说我还差点忘了，我哥在省里当旅游局副局长，现在局长出缺了，想请你帮着在黄书记面前活动活动，能不能让我哥顶上去。”

惊叹号摇头晃脑地说：“这种事情谁也不敢打保票，过去学艺说师傅领进门，修行在个人，现在办事是熟人领进门，成功在个人。我呢，帮着穿穿人还可以，行不行就看你们自己的本事了。”

张副局长说：“这种事情谁都明白，不是哪一个人说了就算的事，可是该努力的也得努力，你不努力别人不照样努力？天上不会掉馅饼的道理谁都懂，就是求你给我哥领领门认认路，别的事情我们自己办，不过你还得给敲敲边鼓，参谋参谋，我们对黄书记不熟，你熟啊，不管成不成，我老张都欠你一个天大的人情。”

惊叹号说：“我靠，这有什么？没问题啊，别人都能给帮忙，更别说你了。不过，我也不过就是给人家黄书记开了几年车，伺候的人家还算满意，真正办事还得靠你们自己。”

车轱辘插了一句话：“黄书记的胃口大不大？”他这话是替张副局长问的，他估计张副局长自己不好意思问，惊叹号也不好意思直接说，索性由他把话说透了，省得到时候两个人磨成两层皮。

惊叹号边给三个人倒酒边说：“我靠，这话怎么说呢？我觉着无所谓大不大。看你顺眼了，对脾气了，事情他又能顺顺当当办得了，啥东西不送该办的事情也会办。看你不顺眼，烦你，你给他送多少钱人家也不会要，关键还是一个缘分。”

张副局长连连点头：“那是，那是，我们中国人嘛，最讲究感情和缘分嘛。”

车轱辘说：“你别蒙我了，现在跑官哪有不花钱的？不花钱人家凭啥给你办？别把黄书记说得跟圣母似的。”

惊叹号乜斜了车轱辘一眼说：“我靠！也就是你们这些小芝麻官老觉得有钱能使鬼推磨，不是那么回事。就说黄书记吧，人家能缺那几个钱花吗？想花钱了自有公家给担着，不可能担惊受怕提心吊胆地拿那种不要命的钱。官当到了黄书记那个档次，国家包了，还用得着他自己琢磨挣外快？黄书记给我说过，那些贪污受贿的高级干部如果送到心理医生那儿诊断一下，没有精神病肯定也有心理病。别说聪明人不会那么干，就是稍有脑子的谁会那么干？中国谁最有钱？我靠，国家最有钱。国家包着就是最可靠的存款，用不着贪便宜捞玩命钱。什么叫国家包着？就拿你说吧，要坐车，爱开车，用得着自己攒钱买车吗？自己花钱买车养车那是老百姓的档次，公家的车在你们手里不是比自家的还方便、省事、省钱吗？就说现在我们吃的喝的玩的，用得着你们自己花钱吗？不都是公家包了。当官最重要的就是别丢了乌纱帽，有机会能把帽子换得越大越好，乌纱帽丢了就啥也没了，乌纱帽在就啥都有了。我问问你，现在不是都讲究优良资产吗？什么是最优良资产？”

张副局长听懂了，马上回答：“当官！”

惊叹号咕嘟嘟干了一杯酒说：“我靠，聪明人啊，一点就透。最优良的投资项目就是当官啊。人要钱干吗？不就是要活得舒服吗？当官活得这么舒服了，再冒险捞钱，送给他两个字：有病。”

张副局长说：“对，有道理，认真想想，还真是这个道理。”

惊叹号继续讨伐车轱辘：“我靠！你别以为人家黄书记真像你们想的那样，办什么事都要钱，人家要的是个缘分，要的就是个心情。”

车轱辘过去还真没把这个惊叹号放在眼里，也很少跟他像今天这样正经八百地谈论过官场上的事情，今天谈了谈，才觉得过去对这小子很真的缺乏了解，惊叹号这家伙没白给领导开那么多年车，也难怪黄书记对他这么一个司机如此关照，这小子那一双绿豆眼后面还真隐藏了很多好货呢，不知不觉间对惊叹号有了全新的认识。

张副局长听了惊叹号的宏论，身段不知不觉就更加矮化了：“哥们，你说说，如果找黄书记活动活动，应该怎么做？给出出主意。”口气完全是恭恭敬敬地请教了。

惊叹号说：“我靠，兵书上说，知己知彼，百战不殆，你要获得黄书记的好感，要想让他给你帮忙，首先得了解他，了解了他之后，再投其所好，不能急功近利，要有温火炖老汤的耐心，味道慢慢进去了，汤越来越浓了，也就水到渠成了。”

张副局长说：“我哪能了解人家的啊，他在铜州当书记的时候我还在乡里当副乡长呢。不管怎么说，我的事情就交给你了，我听你的，你给我当参谋。”

惊叹号已经喝得有点高了，眉毛和眼珠吊成了一根垂直线，把干瘦的鸡胸脯拍的砰砰乱响：“我靠，没得说，这是应该的，抽个时间跟我到省城见见黄书记，其实黄书记那人挺好打交道的，第一次见面，你就说你对黄书记的书法慕名已久，想了很多年了，求他赠你一幅字，专门托了我的关系到他那儿求字的。”

张副局长为难了：“就算有你带着，人家认识我老大贵姓？能给我写吗？”

惊叹号呵呵笑了起来：“我靠，黄书记还就好这个调调，平常有人问他要字他总装着不愿意给，懒得写，其实心里高兴得很呐。你刚开始问他要，他肯定也要推辞一番，你别信他那一套，就当他是天字第一号的大书法家，跪下求一幅字都可以，到头来他肯定会给你写一幅。写好了，你千万别拿什么颜体啊、柳体啊那些什么体来形容他的字，一定要说这字有特点，有性格，独树一帜之类的话，他才高兴。拿了他的字，你马上找最好的裱糊店裱了，然后再去找他要。这一回可以拿一些钱，或者一些礼品，数额大概在一万左右，就说人家裱糊店的老板看到这幅字，非得要买下来，你舍不得，只好回来再麻烦他写一幅，人家把钱都付了。他表面上会不高兴，实际上心里乐透了，你多纠缠他一会儿，他也就写了。写了以后，你一定要把钱或者礼品给他，他会坚决拒绝的，你就说这幅字书画店的老板说了，如果拍卖至少能卖十几万，这副字是个人珍藏的，所以只给些许润笔费，如果是用来倒卖的，这么点润笔是绝对拿不出来的。他肯定不会要，你扔下就走。”

车轱辘在一旁听得直愣神，心里暗想，这世界真是无奇不有啊，黄副书记的字他不是没见过，说好听了，跟谁抓了一把乱稻草堆在宣纸上差不多，说难听了，就是小孩子撒尿淋出来的不是尿水是墨汁而已，那种水平根本和书法两个字不沾边，这位黄副书记居然真的相信别人会喜欢他的字，真不知道该怎么说他才好。车轱辘转念又蓦然想起来市长万鲁生的办公室墙上就挂了一幅黄副书记的字，过去他还有点想不通，觉得万鲁生的欣赏水平也太差了，经惊叹号这么一说，他才明白，八成万鲁生也了解黄副书记迷这个道道儿，故意把他的字挂在办公室里让别人给黄副书记耳朵里灌可乐。

车轱辘又问了一句蠢话：“黄书记靠这一套可也不少挣钱吧？”

惊叹号不屑地说：“我靠，又想差了吧？你前头转身走了，后头黄书记肯定得派秘书把钱转送给省红十字会、福利院这些单位，而且一定会告诉人家这是他收到的求字的润笔费，捐献出来给慈善机构。”

车轱辘嘿嘿苦笑：“他这是折腾啥啊？图了名？”

惊叹号也跟着嘿嘿苦笑：“图什么名，谁不知到他那笔刷子一分不值？这种字也能弄到润笔费，那中国人就都成书法家了。没办法，他就好这一套，简直入迷，你别管他图了啥，你图的东西最终弄到手就行了。”

张副局长问：“这就成了？”

惊叹号说：“这也就是敲门砖，认识了，然后再说，他既然喜欢写字，也就喜欢文房四宝，你到时候想办法弄一点儿稀贵的笔墨砚台之类的东西送给他，他就高兴得很，记住，千万不能给他送名家字画，送那些玩意他会觉得你是看不起他的字。”

车轱辘和张副局长相顾而笑，心里都猜测这位黄书记肯定有偏执型狂想症，真以为自己就是天字第一号的大书法家。

酒足饭饱，张副局长带了惊叹号和车轱辘到大纽约娱乐城的“本·拉登”舞厅泡小姐。“本·拉登”是“㖞，拉灯”的谐音，这个舞厅每跳半场舞就拉灯，拉了灯就随便干。三个人今天吃喝的时候没叫小姐陪酒，话说得多，喝得也多，三个人一人抱了一个小姐瞎胡摆弄，那个冯主管不知道什么时候钻了过来，非得让他们带着这三个小姐出台，车轱辘稍微清醒一点儿，骂冯主管：“你这不是扯淡吗？我们都有家有业的，出台，往哪儿出？总不能在大马路上干吧。”

冯主管呵呵笑着把他们往娱乐城专门为嫖客准备的暗室里请，动真格的了，这几位刚才还抱着小姐要小姐“出台”的三个家伙一个个松包了……

车轱辘胆战心惊：“算了吧，本乡本土的出点问题就别想活了。”

惊叹号说：“我靠，别惹上杨梅大疮再传染给我老婆就完蛋了，要是传染上艾滋病就更完蛋了。”

张副局长嗫嚅道：“今天晚上我老婆要是跟踪我就完了，我老婆有那个毛病，爱跟踪人，你们玩吧，我先走一步，我替你们保密。”说完，一溜烟地跑了。

车轱辘和惊叹号相对一笑，赶忙跟着张副局长离开了大纽约娱乐城。

领导会装疯卖傻，绝对不是真的傻

1

昨天洪钟华专门给气象台打电话落实今天的天气情况，气象台向他报告今天多云转阴，夜间有小雨。洪钟华甚为欣喜，估计今天的天气能够凉爽一些，不会让毒辣的太阳再像昨天一样为非作歹。今天要陪省委张书记视察参观，如果天气还像昨天一样就得考虑张书记的防暑降温问题，预定的参观视察地点也要减少，不能让省委书记多看看铜州市的发展成果，对于铜州市人民和市委市政府来说，都是莫大的遗憾。这下好了，天阴，没太阳，可以按照原定的日程陪省领导多走走多看看，洪钟华觉得这是老天爷照顾铜州市。

气象台的预报很准，早上洪钟华一爬起来就看天，天空一团团铅灰色的浓云活像老天爷擤出来的大鼻涕把天空遮了个严严实实，洪钟华忍不住一阵窃喜，出门的时候心情甚好。然而，太阳遮住了，气温却并没有降低，铜州市活像一口大蒸锅，把全市人民和前来视察调研的省委书记一起闷在这口大锅里蒸，人人都是汗流浃背，好像泡在桑拿房里。这是阴沉闷热的一天，也是让洪钟华脸面丢尽的一天。事后洪钟华甚至有些哇心地想，那天的天气状况好像就预示着这一天绝对不是好日子。

一大早他就跟万鲁生赶到宾馆迎接张书记，然后陪着张书记和省委秘书长视察参观。他们要去的第一站就是三顺滩开发区。三顺滩过去叫范家滩。铜州市位于长江支流盘肠河的左岸，盘肠河流经此地的时候闪了一闪，闪出了一大片荒滩，有二十多平方公里。明朝末年，自称范蠡后人的范氏官僚年迈回乡，选中了这里依山傍水的一块地盖他的宅第，盖了里外三进的大院落，所以这个河湾也叫做范家滩。此后这个地方不断有人迁徙进来，人烟逐渐繁盛起来。抗日战争中，范家大宅子毁于兵燹，原住民也大都逃难跑了。但是范家滩这个名字一直流传至今。抗战胜利后，慢慢又有人迁徙进来，荒滩逐渐被开垦成良田，也有了上百户农民，形成了三四个自然村。

前年国家在这里修建了一座直通河对岸跟京沪高速公路交接的大桥，成为铜州市跟外界联系的又一条新通道，市里抓住这个机遇，决定开发这片河滩，一心想把这片河滩地开发成高新技术开发区，形成铜州市一个新的经济增长点。现在的干部特点就是想干就干，拍拍脑袋就算，于是范家滩开发区正式上马，并且一上来就轰轰烈烈闹出了大动静。

那一年省委张书记到铜州市参加对外招商贸易洽谈会，顺便到范家滩开发区视察，当时范家滩的三通一平基础工程刚刚开始动工，施工机械的轰鸣震耳欲聋，到处彩旗飘飘，施工人员如蚁如潮，一派大干快上如火如荼的热闹景象。省委张书记经历过上个世纪50年代末大轰大闹的大跃进，那个年代千军万马战天斗地的大场面至今在他的头脑里印象深刻，此时看到这种场面，一种怀旧的激情油然而生，感慨之余，欣然命笔，写下了“天顺、人顺、交通顺，苦干、实干、加巧干”这样一幅对子不是对子，诗歌不像诗歌，顺口溜也不是顺口溜的条幅赠与铜州市领导作为勉励。

洪钟华作为长期在领导岗位上工作的官员，耳濡目染难免沾染一些官场上的坏习气，阿谀奉承讨好领导这些毛病洪钟华也无法免疫，如果免疫了，他也就干不到今天这个位置上了。拿到这幅题词，洪钟华非常高兴，本能地就要做些什么来报答省委张书记对铜州市工作的肯定和支持，灵机一动，决定把“范家滩”这个拥有数百年历史的老地名改成“三顺滩”。洪钟华提出这一动议之后，万鲁生不太赞成，那时候他刚刚调到铜州市担任代理市长，还没有经过市人大转正。为了表示自己是一个有点独立见解的人，就装模作样地和洪钟华较劲，他倒不是不赞成改名字纪念省委张书记为新开发区题词，而是不赞成叫“三顺滩”，他说应该叫“三干滩”，因为省委张书记的题词里落脚点还是“三干”。

洪钟华跟他在市委市政府联席会议上辩论了一阵儿，党政一把手各抒己见，各有道理，其他领导谁也不敢表态支持谁。洪钟华让万鲁生搅得没法，就说万市长只要能把“三干滩”三个字连着念上十遍不念错，他就同意万市长的意见，把范家滩的老名称改成“三干滩。”万鲁生说：“我念一百遍也没问题。”说就开始用那一口胶东话念：“三干滩”、“三干滩”、“三干滩……念到第五遍的时候就差点把自己的舌头咬出血。与会人员哈哈大笑，于是洪钟华得胜，范家滩正式更名为“三顺滩”。

过后，洪钟华又专程向省委张书记求了一幅“三顺滩”的题字，在三顺滩最高的坡上竖了一座花岗岩石碑，用烫金大字篆刻上了省委张书记亲笔题写的“三顺滩”三个大字。更名之后，老百姓大为反感，有人把三顺滩叫三孙子滩，更有人直接称之为马屁滩。

洪钟华、万鲁生陪着省委张书记和秘书长来到了“三顺滩”之后，准备先到刻着“三顺滩”三个大字的石碑前鸟瞰整个开发区的全景，也让张书记就近感受一下自己题词成为地名并刻成碑文的成就感。随同的记者们纷纷抢到那块铭刻着“三顺滩”大字的石碑前面架起设备准备拍照、摄像。赶到石碑前面注目一看，所有记者都傻眼了，此时洪钟华、万鲁生陪着张书记也来到了石碑跟前，官员们顺着记者们的眼光朝石碑上仰望一个个都惊成了泥雕木胎：原来篆刻着“三顺滩”三个大字的花岗岩碑刻上，被人用红色油漆刷上了三个工工整整的新魏体大字“马屁滩”。

各位领导面面相觑，一个个脸红脖子粗，脖子上顶的那张脸顿时变成了刚从猪肚子里掏出来的新鲜猪尿脬。张书记当然知道发生了什么，哈哈一笑说：“怎么了？走啊，到开发区里面看看吧。”说着率先上了车，洪钟华和万鲁生也狼狈不堪地跟到了车上，谁也不敢说话，也不知道该说什么话。有了这场突如其来的变故，所有人都大为扫兴，心里惴惴不安。

市长万鲁生早上起来跑到铜州宾馆吃了两个煮鸡蛋，喝了一碗鲜豆浆，又经受不住汪清清的推介，吃了两块刚刚出锅的豌豆黄。这些东西发酵后极易产生气体，在下水道里发酵产生的气体叫沼气，在万鲁生市长的肚子里发酵产生的气体就叫屁。万鲁生肚子里装了一肚子由豆浆、鸡蛋和豌豆黄发酵出来的屁，守着省委张书记不敢放，他不知道这是一个响屁还是闷屁，如果是闷屁还好说，万一放出来是个响屁，那就太难为情了。憋得难受，他想请假，却又不知道该怎么说，总不能说“张书记，请稍候我去放个屁回来再接着说”。不请假直接离开张书记专门去放屁，那也会让人觉得怪异，好好的正介绍情况呢，突然跑到一边站一会儿偷偷把屁放了回来再接着讲，张书记肯定会觉得他神经不正常。万鲁生嘴上忙着讲话介绍情况，下面还得暗暗夹紧肛门，防止泄漏，精神不集中，介绍开发区情况的时候，几次三番把“三顺滩”说成了“马屁滩”，洪钟华又急又气恨不得在他那肥屁股上踹一脚。

返回的路上，又闹出了让铜州市领导更丢面子的事情。视察“马屁滩”草草结束，比预计的时间提前了半个小时，所以返回市区的时候还没到下班时间。正常情况下这个时段不会塞车，而且有交通警察控制领导途经道路的红绿灯，塞车就更不会发生了。然而，张书记的车从市委市政府大院前面的大道上通过的时候，街道上的车辆却非常多，刚开始这种现象还没有引起铜州市领导的重视，走着走着他们便发现情况不太正常。街上所有行进的车辆都走得非常缓慢，好像今天大家都特别悠闲，开车上街不是为了赶路，而是为了散步，而且专门集中到了市委市政府的门前散步。尽管是省委书记的车队，但张书记乘坐的终究是汽车而不是直升机，不可能从这些慢悠悠在大街上闲逛的汽车脑袋顶上飞越过去，只好跟在这些汽车的后面慢慢行进。走着走着，街上的车忽然慢慢停了下来，这些车好像突然间都坏了，停在市委市政府大院门前就是不动，情况变得越来越诡异，坐在省委书记车上的保卫人员也开始紧张起来，站了起来，紧张地用对讲机跟前面的警车对话，询问情况。

为省委书记开路的警车也被挤在街中间动弹不得，警察跳下车开始疏导交通，这种交通根本没法疏导，前面的车不动弹，后面的车就动弹不了，如果要真正疏导成功，就必须从最前面那台车做起，可是车挤车警察跟警车都过不去，即便过去了要找到滞留车辆的根子也非常艰难，车子是活动的，位置速度方向每一分钟都在变化，所以要真的想找到制造这场非正常塞车的罪魁祸首并不是马上就可以办到的事情。

警察让这突如其来的情况搞得手忙脚乱、晕头转向，那些堵在街上的汽车突然纷纷从车窗里挂出了用各种布条和纸张制作的标语：“抗议市政府强征停车年费”、“市政府强征停车年费违法”、“无能书记、无能市长掏市民腰包可耻”、“纳税合理，征费违法”、“领导要政绩，市民来埋单”……

突如其来的情况让洪钟华、万鲁生这些地方官员慌了手脚，洪钟华、万鲁生已经顾不上在省委书记面前装洋葱扮大蒜了，用手机拼命给公安局下命令，让他们赶紧派人前来驱散这些闹事的车辆。万鲁生真的急了，用胶东话连连怒骂“奶奶的熊”，也不知道他是在骂这些开车的群众还是在骂公安局长。其实，这个时候调动多少警察也没用，那么多车堵塞了交通，警车根本进不来，除非警察调来拖车把所有汽车都拖走，那显然是不可能的，铜州市既没有那么多拖车，拖车也无法进入老百姓用汽车组成的包围圈。

张书记倒是非常镇定，坦然自若地坐在座位上朝车窗外面观望着，嘴唇不时翕动着，正饶有兴致地默念那些标语。秘书长非常紧张，站在他身旁严密关注车窗外面的情况，他反而把秘书长按到了座位上。保卫人员也非常紧张，坐到了省委书记身边靠车窗户的那一边，作出了忠心耿耿宁可献身也要保护省委书记的架势。张书记附着秘书长的耳朵悄声说：“别紧张，这是市民群众向铜州市委市政府提意见，把我们的车堵在这儿纯属偶然，是巧合，没关系，一会儿就过去了。”

秘书长对洪钟华说：“你们这是怎么搞的么？还待在车上干吗？下去做工作啊。”

洪钟华和万鲁生这才想起来此时确实应该下车给群众做做工作，便让司机开车门，省委的司机不听洪钟华和万鲁生的招呼，不开门：“不行，不能开门，情况没有查清之前门不能开，这是规定。”

洪钟华和万鲁生尴尬透了，僵僵地站在车门前下车不行不下车也不好，脑袋在省委张书记和秘书长之间转来转去，活像两只刚刚从海水里爬上岸正在观察有没有天敌的企鹅。万鲁生更为狼狈，一路上忙着给张书记介绍铜州市社会经济发展取得的伟大成就，憋了一肚子屁一直没工夫放，本来想上了车之后很快就能回到宾馆，回到宾馆之后再痛痛快快地一放了之，没想到车被这些闹事的老百姓挤在这里动弹不得，屁就像大雪球，在肚子里来来回回地乱滚，肚子膨胀得活像即将破裂的大气球，万鲁生拼命地憋着，如果这会儿他夹不住，发生泄漏事件，再是个响屁，那不但是对张书记大不敬，当着满车的人他这个市长的面子也就丢尽了，而且，大家嘴上不说心里肯定会把他骂死，因为，谁在密闭的空调车里，也承受不了一个积攒多时的臭屁的摧残。万鲁生恨不得就地找个楔子把自己的那个地方楔起来，可惜的是并没有楔子，即便有楔子，他也不敢在省委书记面前脱了裤子做那种事情。他回到座位上，拼命夹紧两腿收缩肛门约括肌，企图卡住出口。

省委张书记看到万鲁生脸色蜡黄，额头冷汗滚滚，神情呆板，瞪了他一眼说："紧张什么？"

万鲁生咧咧嘴想奉送给省委书记一个微笑，结果作出来的表情比哭还难看，省委张书记瞪了他一眼把脸转向车外，忽然喊了起来："好了，好了，动了，动了。"果然，外面的车纷纷把标语扔到了街上，车流犹如解冻的冰河，开始慢慢朝前蠕动，很快就像破开冰封的洪水哗啦啦地一泻如注顺畅流淌起来。前导的警车也随着车流朝前开动，接着张书记的车也开始启动缓缓前行了，车上的人总算松了一口气。与此同时，万鲁生市长脑子一走神，精神一松懈，肚子就像扎破了的车胎，气体一下子全都窜了出来，不是闷屁，也不是响屁，而是一个水屁，液体和气体一起挤了出来，把万鲁生的裤衩都给濡湿了。顿时，密闭的车厢里臭气熏天，人人蹙眉抽鼻子，目光睃睃着开始四下寻找肇事者。万鲁生急中生智，眼神夸张地在车里所有人的身上转了一圈，然后带动着所有人的视线牢牢地定格到了洪钟华的脸上。洪钟华洞悉他这偷着放屁赖别人的伎俩，微微一笑，镇定自若地半开玩笑道："各位领导都别看我啊，我们万市长就是这种人，屁大个事都要刨根问底查清楚。"

万鲁生做贼心虚，不敢当着省委领导的面跟洪钟华较真，只好恬着老脸嘻嘻哈哈地陪着大家哈哈大笑："是啊是啊，说到底不就屁大个事吗。"

省委秘书长嘻嘻哈哈地说："事不大，味太大，快把车窗打开透透气，也不知道谁的肠子烂了还是下水道坏了，怎么这么臭。”

秘书长发话，秘书和随车的保卫人员连忙打开了车窗户，车里的人都凑到车窗跟前换气，一个个活像刚刚被抢救上岸的溺水者。

2

由于要接待省委书记，有重要接待任务，市府车队的司机除了几个领导同志的专车到宾馆接送领导以外，其他司机都老老实实地在值班室待命，谁也不敢像往常那样找个借口就乱跑。这个时候找借口也没用，市委市政府办公室给车队下了死命令，任何人不得以任何借口擅离岗位。司机们待在值班室里不外乎办三件事：打牌、看电视、吹牛聊天。

最近一段时间可供司机们当瓜子嗑的话题太多了。省委书记到铜州市视察，魏奎杨的巨额财产，持续不退的高温天气，还有就是挖掘出一个巨贪的那场车祸。这些司机长年累月在领导身边提供服务，领导不经意间漏出来的只言片语往往就能成为他们议论的重大话题。有的司机和领导处得极好，私人感情已经越过了上下级之间的界线，结成了“领导喝酒他帮忙、领导吃饭他端汤、领导洗澡他搓背、领导泡妞他站岗”的铁哥们。当然，能够和领导建立这种虽然权利义务不对称却也够铁够硬的亲密关系大都是那些专车司机，开值班车的司机除非特别机灵、特别会来事、特别富有牺牲精神，一般情况下很难把自己同领导的关系上升到那个层面。

不管是专车司机还是值班司机，都得整天围着领导或者机关干部转，所以内部消息极多、极快。今天由于有重要接待任务，司马达之类的专车司机这阵都在铜州宾馆待命，不在值班室，剩下的都是开值班车的二流司机。这些司机由于物质和精神上都比专车司机缺少领导的关怀，难免心理不平衡，平时胡吹的时候多多少少还顾忌那些专车司机给领导耳朵眼儿里灌私话，这会儿眼前少了可能向领导传话的专车司机，所以聊天的时候话说得也就更加开放一些。

魏肉酱现在是热门话题，随着事情的发展这个话题持续发烧，不管聊什么内容，最终不知怎么搞的，话题都得绕回到魏肉酱身上。今天司机们研究的主题是，据说市纪委那个烟焦油味道能飘出十里地的单立人书记已经开始对市宏发建设开发总公司组织审计调查了。

“这里头肯定有猫腻，说不定还能查出更大的贪官呢。这事是明摆的，哪有政府下文件要老百姓给一家企业交费的道理。”开值班大巴，专门接送市政府普通干部上下班的司机老杨说。

“查个屁，人家早就把账做好抹平了，查也查不出什么名堂，现在的人脑子都不是白给的。”开值班越野吉普车，专门负责接送市领导越野狩猎潇洒的司机老张说。

毛毛雨向来是这种场合这种话题的热心参与者，他说：“不管能不能查得出来，查得清楚，有人查就说明我们铜州市的领导也不都是昏官。不过，可别忘了，宏发公司的总经理是谁啊，所以，这件事情肯定是半途而废。”

惊叹号问：“我靠，总经理是谁？”

毛毛雨：“市长老婆啊。”

听到这话谁也都不再吭声了，谁都怕这话说得太深入，传到万鲁生耳朵里。

老张说：“现在哪有昏官，昏了还能当上官？一个个都明白得很，碍着谁的利益都不会让份儿，都知道给自己涨工资谋福利。你们收没收到这样的信息，我念出来你们听听啊：我是主人你是仆，你涨工资我受苦，我是主人你是仆，你坐专车我走路，我是主人你是仆，我流血汗你享福。”

老张念完这条信息，司机们齐声叫好，让老张转发给他们，他们再给别人转发。于是老张便开始给这帮司机转发信息。第二天，这条信息就转到了市委书记洪钟华的手机上，这是后话。

惊叹号从当司机到当车队队长，在车队干了半辈子，对于司机们研讨的各种话题已经有些麻木。他知道，这帮人说归说，也就是图个嘴上痛快、心里舒服，多多少少还有一点儿显摆，实际上见了领导就一个个都变成了模范公民外加优质服务员，巴不得哪一天把领导伺候高兴了给自己扔一个面包圈。所以，对于司机们的话，他向来是似听非听，用“我靠”来表达惊讶、不惊讶、肯定、不肯定种种同向或逆向的意见。

可是，毛毛雨突然说出来的一句话让他怦然心动，心惊肉跳，马上把注意力从电视上正在上演的肥皂剧中拉回到到现实：“我靠，车轱辘什么地方惹着你了？”

这帮司机不知道怎么又把话题拉回到了这场车祸的制造者车轱辘的身上，毛毛雨鬼鬼祟祟地通报了一个令所有人大惊失色的最新消息：据消息可靠人士透露，出车祸的时候开车的是车轱辘，而不是他的司机葫芦。司机们都明白这件事情的严重性，市里有明确规定，不准处级以上干部驾驶公车，司机如果把车交给处级以上干部驾驶，不管这个处长有没有驾驶执照，不但要严肃处理开车的领导干部，还要比照将车交给无照人员驾驶处理司机。其实关于车轱辘驾车导致车祸的传言现在已经成了公开的秘密，只不过凡是知道惊叹号和车轱辘关系的人都不会当他的面说出来。今天毛毛雨吹得兴起，一时忘了照顾这层关系，便把事情捅到了惊叹号面前。

惊叹号连连追问：“我靠，你这话是从哪儿听来的？”

毛毛雨正说得痛快，让惊叹号这么一问，才猛然醒觉自己的嘴招惹是非了。不过话已经说出来了，此时收回已经来不及，人家也容不得他收回了，不说出个所以然来惊叹号这位车轱辘的连襟、车队队长、自己的顶头上司肯定不会不了了之的。

毛毛雨眼珠子转了又转，只好用交警队来打马虎眼："咳，这种事情谁敢自己胡编乱造？还不是交警队的人传出来的消息嘛，说这件事情正在查，只不过是怀疑，还没有最后定案呢。"

惊叹号穷追不舍："交警队？交警队谁说的？"

毛毛雨说："交警队都这么说，不信你可以打电话落实一下，他们把车轱辘的司机，就是那个外号叫葫芦的驾照都扣了。你也别刨根问底了，我告诉你吧，这件事情是魏肉酱的司机揭发出来的。"

惊叹号本能地替车轱辘拆解："我靠，魏肉酱的司机知道什么？我靠，他当时摔得稀里糊涂晕头转向，怎么可能看得清楚是车轱辘开车？净瞎胡扯呢，我靠！"

惊叹号是领导，而且是顶头上司，毛毛雨不敢再固执己见，马上见风使舵："谁说不是了？我也不相信，所以我才替车局长打抱不平呢。"

封住了毛毛雨那张臭嘴，惊叹号暗暗心惊，他知道市纪委专门发过文件，严禁处长以上干部私开公车。如果车真的是车轱辘开的，即便交警队不会把他怎么着，纪委也饶不了他。想到这儿，惊叹号心里怦怦乱跳，连忙跑到值班室外面给车轱辘挂电话通风报信。

3

用不着惊叹号通风报信，车轱辘已经察觉到危险正在渐渐逼近自己。这天一上班葫芦就找到他向他报告了一个让他极为震怒的消息：笑面虎卫骏正式通知葫芦，由于葫芦的驾驶执照被交警队扣了，他已经没有开车的资格，所以局里决定解聘他，请他自谋出路。

铜州市一般的行政局、处的办公室都是综合性办事机构，局里的杂事能集中的都集中在局办公室管理，除了正常的办公室文秘、行政、接待业务以外，财务、人事、后勤等都归拢到局办公室，所以卫骏有权解聘像葫芦这样的外聘司机。

“他妈的，卫骏真够狠，不但把我开了，连这个月的工资都不给我，说我这个月没开车，司机不开车就等于没上班。车局长，你可得帮帮我，不然我就完了，现在满大街都是揣着驾照找工作的司机，不能在这儿干了，我怎么办?”卫骏说到这儿声音里带了哭腔。

车轱辘听了葫芦的话浑身的血液刷地一下涌上了颅顶，太阳穴嘣嘣跳着活像在敲鼓点，起身就要去找卫骏算账，他已经走到门口了，葫芦为了给他的怒火上再加一瓢油，又说了一句:“哼，表面上他是辞退我，实际上他是冲着你车局长来的。”葫芦这句话有如一根冰棍直接插进了车轱辘的心里，虽然难受，倒也冷却了他的火气。他站在门口想了一想又退了回来。葫芦说得不错，整葫芦是假，整他车轱辘才是卫骏的真正目的。想到葫芦被辞退这件事情背后可能隐藏的阴谋，葫芦插进他心里那根冰棍顿时溶解成一摊冰水，他的心被这摊冰水浸的冷森森地发僵发硬。他忽然想通了一个道理，卫骏那种笑面虎如果不是有绝大的利益或者现实的危机，绝对不会面对面地得罪葫芦这样一名司机，至少他怕把人得罪狠了人家从他背后拍砖头。反过来说，卫骏根本就不会把葫芦这样一个外聘司机放在眼里，他这么做的目标是车轱辘。试想，如果真的把葫芦逼急了，葫芦会做出什么事?如果葫芦还在民政局开车，他会顾及到自己的厉害而替车轱辘隐瞒事实真相，既保护了车轱辘也保护了他自己。如果他被赶出了民政局，不再是局机关里的司机，那他也就不再受市纪委有关规定的约束，为了尽快拿回驾驶执照另谋生路，他什么事情都会干的。

车轱辘让卫骏的老谋深算震撼了，卫骏那笑眯眯的瘦脸后面隐藏着的机心，车轱辘自叹不如。车轱辘迅速权衡了利弊得失，明白了一点：现在最重要的不是找卫骏讨说法，即便他去找卫骏也不会有什么结果，因为，卫骏这么做之前，不可能不考虑车轱辘的因素，既然卫骏敢这么做，那他就一定会有充足的理由来抵挡车轱辘。说不定他正好希望车轱辘主动找他，从而按照他的布局把事情闹得让车轱辘下不来台。现在最应该做的就是稳住葫芦，而不是找卫骏扯皮吵架。车轱辘冷静下来，对葫芦说："怕什么？有我在你担心什么？他让你走你就走啊？民政局又不是卫骏他家的。这样，你先别理会他，每天照样来上班，照样画考勤，他不让你画你也画，先拖一段时间再说。"

葫芦为难地说："这怎么行？人家已经通知小车班了，把我的值班室钥匙都收了，我现在上班都没地方待。"

车轱辘教他："怎么能没地方待呢？就待在卫骏的办公室，他如果赶你你就跟他吵跟他闹，就说是车局长让你来上班的。"

葫芦迟疑不决地问他："这样行吗？"

车轱辘说："有什么不行？我是常务副局长，他是办公室主任，你说应该谁说了算？我让你这样做，不是让你耍赖装可怜，我最近抓紧催他们配车，车买回来了，他们没有理由长期在那儿封着，不行我就直接把这件事情闹到上面去，我就不相信他们有本事把车封一辈子。我一旦把车要出来，总得有人开吧？除了你别人我不要，到时候看卫骏狼狈还是你葫芦狼狈。还有，他不给你开这个月的工资也是没道理的，现在先不提这事，如果真的不在这儿干了，你就起诉他们欠薪，我通知报社、电视台都来采访你，到时候我给你作证明，让他们都上电视曝曝光。"

葫芦在车轱辘的鼓励支持下，又来了精神，信誓旦旦地说："没问题，只要车局长支持我，我就啥也不怕。那件事你放心，不管我在不在这干了，我都不会承认的，承认了我自己倒霉，这个道理我懂。说实话，即便不在民政局干了，我也饶不了卫骏那个王八蛋，我迟早非得给卫骏脑袋上拍砖头不可。”

车轱辘嘿嘿一笑说：“现在还没到那个程度，真到那个时候了，别说你，我都得给他后脑勺上狠狠拍一砖，不拍死他，把他拍傻就行了，看看大傻瓜卫骏还怎么害人。”两个人憧憬着用砖头把卫骏拍成傻瓜之后的情景，哈哈大笑起来。

4

省委张书记到铜州市视察、调研提前结束了，原计划在铜州市待两天，结果第二天张书记就离开了。这一回张书记前来视察，铜州市人民抓紧机会把他们的市委书记和市长闹了个灰头土脸，颜面尽失。

那天从“马屁滩”回来的路上遭遇了老百姓别具一格的抗议活动，好容易回到了宾馆，从宾馆大院外头的巷道里突然又钻出来一帮老弱妇孺，乱七八糟地堵在宾馆大院门口，为首的两个白发苍苍的老妪高高举着一沓纸放声喊冤：“青天大老爷为民做主，青天大老爷为民做主。”

宾馆的保安和公安局派过来的警察面对这种情况也愣了，如果不是张书记的车被堵在跟前，他们还可以采取行动把这些人弄走。省委张书记就在车上眼睁睁地看着这些老弱妇孺，铜州宾馆的保安和公安局的警察们谁也不敢在省委领导眼跟前动武对付这些老弱妇孺。几个便衣警察冲过去好言好语地劝说、阻止这些人，还有一个警察挤进人丛要抢他们高举在手里的上告材料，结果反而陷入了那些老弱妇孺的包围之中。老太太们用残缺不全的牙齿毫不留情地咬那个警察的胳膊，老大爷挥动老拳实实在在的朝那个警察身上招呼，连脚底下稚气的孩子也奋起反抗，训练有素地用稚嫩的胳膊抱住警察的大腿撕咬。

别的警察看到自己的同志陷入重围，便冲进去解救，扑上去手脚并用地扒拉、撕扯那些抗议示威的老弱妇孺。这些老弱妇孺转身又开始对付企图冲破重围的警察，眼看着这场示威就要演变成一场群殴、混战。张书记也待不住了，脸色极为严肃，对洪钟华和万鲁生说："你们下去处理，绝对不允许对人民群众动武。"

洪钟华、万鲁生狼狈不堪地跳下车，跑上前去劝架。见到车上的市领导下来了，缠斗在一起的示威者和维护秩序者都自动歇手，被老弱妇孺们围在人群核心的那个警察丢盔卸甲地从人丛的缝隙中钻了出来，衣服被撕得七零八落，大盖帽也不知道丢到了什么地方。

洪钟华连忙自报家门："各位叔叔大爷、大妈大婶，还有小朋友，我是市委书记，咱们铜州市的第一负责人，你们对我们的工作有什么意见建议可以通过正当途径、正式渠道表达嘛，何必闹成这样。现在我亲自来听取各位的意见，有什么意见，你们直接向我提好不好？我们不要堵在这里，影响省领导的工作好不好？"

其实这帮老百姓没有人不认识这位胖子就是市委书记，因为任何地方的市委书记都是任何一家地方电视台的明星，上镜率在全市排名第一，上镜率在地方电视台跟官员的职务成正比，这是各个地方电视台不成文的规则、尺度。

把那一叠上访材料紧紧搂在怀里的老太太在几个老头和小孩子的保护下躲在人丛后面说："我们要把材料直接交给省领导，你们这些人我们不相信，我们的事情已经找了你们无数次，拖了三年多，到现在还没有解决，再找你们还有什么用？我们都是老百姓，我们没有任何恶意，我们相信省委，相信省委领导，不相信你们这些地方官。"

洪钟华尴尬透了，他还从来没有遇到过这种场面，眼前这些上访者都是老弱妇孺，打打不得，劝又劝不听，他更不敢去请张书记出面解决这件事情，满肚子怒火集中到了宾馆警卫身上，可是省委张书记就在后面车上盯着，他也不好在这个时候对宾馆的警卫人员怎么样，气得狠狠地瞪着他们，眼光就像两把刀子，恨不得就地把这些办事不力的下司给骟了："你们真行，你们真行……"洪钟华翻来覆去地说这两句话，气得两只手都抖了起来。

这时候张书记从车上走了下来，面前的百姓马上就地跪倒，有的人还哭了起来，省委张书记面对这样的局面也是手足无措，他只能尽量把面前能够得着的人从地上搀扶起来。

那位高举着上访材料的老婆婆此时颤颤巍巍地走上前来，把手里的材料直接交给了张书记，然后深深给张书记鞠了一躬："省委张书记，很对不起，我们不应该耽误您的工作，也不应该影响您的休息，我是一位退休小学老师，我代表我们这些无家可归的老百姓向您道歉，请您原谅我们的冒犯，但是也请您体谅我们，我们确实没有办法。"

张书记说："请你们站起来说话，我们是人民的公仆，不是封建官僚，哪有主人给公仆下跪的？如果你们不站起来，我就没办法听你们的意见。"

跪在地上的人们迟疑不决地站了起来，还是那位退休教师说："省委张书记，我们不说什么了，该说的我们都写在材料里了，我们也不耽误您的时间了，我们现在就告退，谢谢您，谢谢您了。"说完，又给张书记鞠了一躬，其他人也跟着鞠了一躬，然后扶老携幼地慢慢散去了。

张书记在门口沉思着什么，洪钟华忐忑不安地检讨："张书记，我们的工作没有做好，请您批评。"

张书记微微一笑说："我没有发言权，因为我还不知道发生了什么。"

这种场合根本轮不着万鲁生说话，万鲁生狼狈不堪地站在一旁，洪钟华提醒张书记："张书记，天气太热了，我们还是上车吧。"

张书记说："我们才在外面待了多大一会儿就受不了了？这些老百姓不知道在这儿等了我们多久，你们看看这地上。"

大家这才注意到，在刚才那些老百姓跪过的地方，水泥地面湿淋淋的，显然这是那些百姓身上流下来的汗水。洪钟华觉得如果自己这个时候再不说些什么，那就根本交代不过去了。便说："张书记，我们的工作没有做好，我们请求处分。"

张书记说："我看我们还是别上车了，已经到宾馆门口了，索性散散步，边走边聊聊情况好不好？"

于是大家陪着张书记一起朝宾馆走，张书记问道："刚才这些群众你们应该知道是什么人吧？"

洪钟华首先作检讨："实在对不起张书记，我们的工作没做好，责任全在我们，回头我会向上级作出书面检讨，并请求上级给予处分。"

张书记说："过去我们常说，不平则鸣嘛。群众见到有上面的领导来了，当面向领导鸣不平这没什么，你也不要觉得这个问题有多么严重，美国总统还动不动让人家扔臭鸡蛋呢，相比之下我们的人民客气多了，哈哈哈……"

张书记在经历了这一切之后还能豁达地笑出来，让铜州市两巨头既敬佩又宽心，洪钟华连忙说："不管怎么说，还是我们的警卫工作没有做好，应该检讨，上级给我任何处分我都心甘情愿。"

张书记说："我可提醒你们，我们的警卫工作可不是针对人民群众的啊。"

万鲁生一连声的表态："那是，那是。"

张书记说："我刚才问你们的是，这些群众到底遇到了什么困难？"

万鲁生抢着说："这我知道，这些人都是马屁……三顺滩的农业户，前年建立三顺滩开发区，搞城市化建设，对那里的农业户进行安置的时候，市政府尽力而为，根据国家相关规定，参照有关省市城市化进程中对农民户的安置政策，采取的总体原则是就高不就低。由于我们制定的政策相对优惠，所以当初大家都很满意，签合同的时候没有任何阻力，人也都进了政府安置的周转房。可是过后政府财政上遇到了一些困难，有一些合同规定的条件暂时没有满足，主要是补偿金不到位，还有一些群众至今住在临时搭建的周转安置房里。群众不满意，有意见，已经闹了很一阵子了，对市委市政府的工作造成了很严重的干扰，我们一直在积极做工作，今天他们不知道怎么找到这儿来了。这些老弱妇孺都是他们专门选派出来的，集体上访男性青壮年人不出面，就让这些老弱妇孺出面，有时候闹得我们确实寝食难安啊。"万鲁生说到这儿的时候，一脸苦相，活像赌博输了钱又被老婆赶出门的倒霉蛋。张书记看到着他这副德行忍不住微微笑了一笑。

洪钟华看到张书记好像并没有生气，连忙说："在三顺滩农民的安置问题上，我们当初的设想是很好的，群众也是满意的，关键的问题是后来财政支持没有到位，主要责任在我们市委市政府，群众没有错。"

张书记听了洪钟华的话连连点头："嗯，有这个态度就好，问题出现了可以慢慢解决，关键是要有正确的态度，不能动不动就把人民群众看成刁民，还是那句话，只有犯错误的领导干部，没有犯错误的人民群众啊。"说着把刚刚接过来的请愿书递给了洪钟华："解铃还须系铃人，这份材料你们自己处理吧。"洪钟华连忙双手接过了那份材料。其实同样的请愿材料洪钟华已经看过多次了，也作过多次批示，但是没用，财政没钱。这一回是无论如何也没办法再拖了，这件事情处理完以后，一定要给省委写一份专题报告，挽回因为这件群访事件给市委市政府造成的负面影响。洪钟华郑重其事地把那份材料折好装进了自己的口袋里。

一路上经历了这么多是是非非，虽然提前结束了对三顺滩的考察，可是赶回宾馆的时候已经大大过了吃饭时间。接待处处长汪清清焦急不安，站在宾馆门厅里一个劲看手表，想打电话问问万鲁生怎么回事，又不敢打，怕影响万鲁生向省委张书记汇报工作。忽然看到省委书记和各位领导步行回来了，大吃一惊，匆匆朝守候在门厅前面的服务员吩咐了一声：“快鼓掌欢迎。”然后便连跑带颠地迎上前去。

张书记仍然是那么一副平和、从容的神态，还主动伸出手跟汪清清握了一握，道了一声辛苦。汪清清也连忙问候省委张书记辛苦了。转脸看到市领导一个个鼻青脸肿，表情僵硬，汪清清不知道发生了什么事情，惊讶地把那张樱桃小嘴张成了一个正在朝外面挤蛋的鸡屁股。她的身后，热情洋溢的服务员们站成两排，呱呱呱地鼓掌迎接省委张书记视察归来。

当天下午张书记再也没有提及上午发生的事情，按照原定日程安排参观了铜州市引以为傲的铜箔美术工艺加工厂、铜城江滨风景带、铜州市火焰高新技术开发区等。日程很紧，张书记马不停蹄，尽管非常疲劳，仍然兴致盎然。

到了晚上，洪钟华已经回到了家里，却突然接到省委秘书长的电话，告诉他张书记因故提前结束对铜州市的考察调研，第二天上午就要离开。洪钟华心头大震，想问一声为什么，却没有勇气张口，秘书长也不多说，扔下一句：“你们通知一下市里的领导同志，明天都到宾馆送送张书记。”然后便挂了电话。洪钟华赶忙让市委秘书长把张书记提前结束对铜州市考察调研的消息通知给每一个市级领导，要求他们第二天一大早到铜州宾馆会合给张书记送行。

洪钟华这天晚上辗转反侧，彻夜难眠。今天经历的一切简直就是一场噩梦，他真希望自己现在正在梦境当中，他狠狠掐了大腿一把，想证实自己确实就在梦中，结果却掐错了大腿，老婆“噢”的一声惨叫之后问洪钟华：“老不正经的，这么晚了不睡你掐我干吗？”洪钟华苦笑，翻过身去不无遗憾地想：可惜啊，不是在梦里。

第二天一大早，铜州市的领导们纷纷聚集在铜州宾馆送省委领导，省委张书记和铜州市的领导同志合影留念，然后又和铜州接待部门以及宾馆服务人员合影留念。照完相，张书记在各级领导的簇拥下朝外走，汪清清拿了一个精致的贵宾留言簿请张书记题字，这是作为接待处处长的汪清清必须完成的一道程序，市委市政府规定，凡是到铜州市来的贵宾，比方说国内外著名专家学者、重要领导人，都要请他们在贵宾留言簿上签字留言，以作为铜州市永远的纪念。

秘书长拦住了汪清清：“算了吧，张书记马上就要上车了，时间来不及了。”

汪清清非常尴尬，涨红了脸进退两难。张书记却走过来接过了汪清清手里的留言簿说：“别白跑一趟，还是给铜州市的同志写两句话吧。”

张书记亲自解围，汪清清大为得意，大为感动，连忙笔墨伺候。张书记不用毛笔，直接用签字笔在贵宾留言簿上刷刷刷写了一通，然后把留言簿还给了汪清清。张书记题字的时候，市领导够资格的都凑过去观看，张书记写的是：“立党为公，执政为民。权为民所用，情为民所系，利为民所谋，努力构建社会主义和谐社会。与铜州市领导共勉。”

张书记留下那一幅与铜州市领导共勉的题词离开了铜州。送走了省委张书记，洪钟华一点儿也没感到轻松，张书记那幅题词一直在他眼前晃动，他觉得那幅题词就像张书记在不停手地接连不断地扇他大耳光。万鲁生却把张书记的题词当成了成就，得意扬扬地到处吹牛：“省委张书记可是轻易不给任何人、任何单位题词的，这一回对我们铜州市格外照顾，不但在贵宾留言簿上签了字，还为我们铜州市领导题了词，这就是对我们工作的最大肯定和最大支持啊。”

听到他这么说，洪钟华真想骂他一声“弱智”，转念想到万鲁生绝对不会是弱智，弱智怎么可能当上市长呢？他这是厚着脸皮装疯卖傻。

可以比上级热衷，不能比上级内行

1

省委领导走了，司机们结束了特殊值班时期，司马达惦记李桂香和小燕，就向洪钟华请了假到医院看望李桂香。司马达照例先到医生值班室询问李桂香的病情，医生告诉他，李桂香已经基本痊愈了，不再打针，每天仅服三次药做一些巩固治疗。司马达问医生还得住多久才能出院，医生说根据治疗效果，现在随时可以出院，但是院长交代了，什么时候出院要看洪书记的意思。司马达听医生这样说，大大松了一口气的同时又觉得好笑。李桂香病情痊愈，什么时候出院，那本来应该是医生决定的事情，仅仅因为李桂香成了洪书记的“亲属”，他们连什么时候出院都不敢决定，还要看洪书记的意思，很多人在领导面前真的成了彻头彻尾的软体动物。

司马达来到病房给李桂香报告她已经痊愈的好消息。李桂香躺在病床上休息，经过一段时间的治疗休息，气色好了很多，白了，胖了，也显得年轻了。见到司马达，李桂香一个劲道谢：“司马师傅，太谢谢你了，小燕都给我说了，这些天她吃的喝的都靠你照顾，你和洪书记都是是好人，如果不是碰上你和洪书记，我们娘俩真不知道该怎么办了。”

司马达说：“这没什么，小燕聪明懂事，我很喜欢她，觉得就像我自己的侄女似的。”

李桂香最关心的还是什么时候能够出院：“司马师傅，我已经好了，能不能给医生说说，让我早点出院，多住一天就得多花一天的住院费啊。再说了，我也得早点出院出去找活啊，不然这住院费怎么付得出啊。”

司马达说：“我进来之前已经问过医生了，医生说你恢复得很好，明后天就可以出院了。住院费的事情你就不要管了，有我和洪书记替你出，你就别为这件事情操心了。”

李桂香说：“那怎么行，怎么能让你们出呢，就这我和小燕都已经不知道该怎么报答你们了，再让你们垫住院费我们这一辈子都于心不安，这绝对不行。”

司马达说：“你这病就是我和洪书记造成的，要不是我们，你也不会生这一场病，现在说不定已经早就找到工作上班挣钱了。我跟洪书记已经商量了，你的药疗费就由我们负担，你就别管了，这是应该的。”

李桂香更加惶惶不安了：“这怎么能行，哪有这个道理，你们当时也是为了救我们小燕嘛，又不是有意害我，还是怪我的身体抵抗力不行，你们天天在那么凉的车里坐着都没事，怎么我一坐就病了？这怪我自己，怎么能怪你们呢？”

司马达说：“你不怪我们，我们自己会怪我们，这件事就别再讨论了，我跟洪书记都有公费医疗，用医疗卡结账，你就别管了，这也是洪书记的意思。”

说到这里，李桂香突然下床开始收拾东西，司马达问她：“李大姐，你要干吗？要做什么你说话我来。”

李桂香说：“既然病好了，就赶紧出院，不能再多住一天了，多住一天都是钱啊。”

司马达说：“再着急也不在这一天两天，我刚才不是说了嘛，医药费不用你管，洪书记那么大个官，就这几个医药费还管不起吗？”

李桂香说：“不行，洪书记的钱也是钱，你的钱也是钱，我绝对不能再多住一天了，司马师傅，麻烦你了，帮我办一下出院手续。”

司马达说：“我来的时候也没准备给你办出院手续，身上没带那么多钱。这样吧，明天我带了钱就过来帮你办出院手续。”

李桂香背过身去在裤腰里摸索了一阵儿，转过身来递给司马达一个存折说：“这是我存起来准备以后小燕上学用的，上面大概有三四千块，你先把账结了，我今天无论如何要出院，再说了，整天放小燕一个孩子在家我也不放心。”

司马达估计这三四千块钱也差不多够这一个来星期的住院费了，别的不说，小燕一个人在家里确实让人不放心，他是个大男人，白天帮忙照顾一下小燕的吃喝还行，晚上就没有办法陪小燕，这边李桂香住着院，那边万一小燕再出个什么事就没办法交代了。想到这儿，司马达就接过了那个存折说：“好吧，我去给你办出院手续，你等着，办好了我就过来接你。”

司马达是这样打算的，那这个存折先作抵押，给李桂香把出院手续办了，过后自己再拿钱过来结账，这个存折无论如何是不能动的。来到住院部结算窗口，司马达把情况给收费的人说了之后，收费的人一看李桂香的出院单，马上打电话请示院长，通过电话之后收费的说：“院长说了，你们有急事要出院就先出，这个存折医院不好抵押，以后什么时候想起来了，过来结账就行了。”

司马达没想到还有这样的好事儿，马上办理出院手续，收费员让他在欠账单上签字的时候，他才看到，住院底单上面，李桂香的名字后面，用括弧注着“市委洪书记”的字样。这所医院工作确实够细致，难怪他一提给李桂香办出院手续，收费员马上打电话通报院长，这肯定都是事先交代好的。不管怎么说，存折可以不动了，人也能走了，这就是好事。

办好手续司马达就回到病房接李桂香，病房里的景象又让司马达大吃一惊，院长已经带了一帮随从来到了病房欢送李桂香，李桂香千恩万谢地感激不尽，一个劲夸人民医院为人民，服务态度好，治病也治得好，这么重的病，到他们这儿才住了一个多星期就好利索了。院长代表医院请李桂香多提宝贵意见，有什么不满意的地方他们今后一定改进。

司马达觉得这个场面实在好笑，他实在不忍心看着李桂香感激万端地向那些根本不值得感激的人千恩万谢恨不得跪下来叩头，连忙拎起李桂香的东西，拽着她像逃难似的出了病房。

一路上李桂香都在埋怨他："司马师傅，我的话还没说完呢，你就把我拽跑了，我得好好感谢人民医院。医院的院长、大夫、护士态度可好了，跟我说话都那么和风细雨，光听他们说话，我的病就好了三分。"

司马达专心致志的开车，心里说，人家那不是对你好，是对洪书记好。当然，这种话他不可能对李桂香说出来。把李桂香送到家，李桂香留他在家里吃中饭，司马达说他还要接洪书记下班，谢绝了。往市府赶的路上，司马达觉得今天的经历就像刚刚看过的卓别林的电影《摩登时代》，哈哈大笑过后，忍不住就想流泪。

2

车轱辘来到交警大队的时候切切实实地感受到了危机来临。尽管他和葫芦定了攻守同盟，但是交警队仍然找到了他的头上。事先惊叹号就已经警告过他，让他找魏奎杨的司机做做工作，该花的钱就花一点儿，想办法把他的嘴封住，省得魏奎杨的司机不但到交警队咬他，还到处乱说，造得满城风雨。车轱辘思前想后，觉得自己一个大大的局级干部去找一个司机低三下四求情太掉面子，话也不好说，等于此地无银三百两，搞不好反而让人家抓住了他的把柄，如果人家告到交警队或者纪委，他更加被动。于是就让葫芦出面找魏奎杨的司机，从葫芦的角度做工作，请魏奎杨的司机收回自己的指控，不要让葫芦把饭碗丢了。

魏奎杨的司机也不是省油的灯，葫芦一找他人家就明白葫芦要干什么："你傻不傻？这件事情你根本就没什么责任，对啊，你是把车给车轱辘开了，我亲眼看见的，可是车轱辘自己也有驾驶执照，又是你的领导，即使交警队查清楚了，你说说你自己犯了哪一条？哪一条都没犯啊。"

葫芦说："按照交通法规看我确实没犯到哪一条，可是市纪委有规定，司机把车借给领导干部开，不管领导干部有没有驾驶执照，都是不允许的，到时候还不得照样追究我的责任。"

"那又能怎么样？难道还能比你现在更惨吗？工作已经丢了，你觉得如果把这件事情瞒到底，车轱辘还能再安排你到民政局开车吗？做梦去吧。再说了，纪委是管党员的，管干部的，你一不是党员，二不是干部，纪委凭啥处理你？难怪人家都把你叫葫芦，真没脑子。如果车轱辘真的想解决这件事情，你让他自己来找我。"

葫芦按照事先跟车轱辘商量好的策略装可怜："刘哥，我也是没办法，如果这件事情露底了，不但车轱辘完了，我也就惨了。现在我就已经被局办公室主任给开了，多亏车局长还在极力维护我。"

魏奎杨的司机姓刘，年龄比葫芦小，求人矮三分，葫芦现在是求人家，就主动给人家长了岁数，把人家叫刘哥。刘哥倒也不含糊，说出来的道理让葫芦难以反驳："葫芦，你也不动脑子想一想，这件事情我要是能救得了你，我看在咱俩都是车夫伺候人的分儿上，绝对帮你过关。可是即便我认了，也救不了你啊，人家是官场上人吃人的斗争，把你开了只不过拿你做了个下嘴的调料而已。就算我撤回证明，你也不可能再到民政局开车了。懂不懂？白在政府机关里混了。”

葫芦还不死心，掏心窝子地说：“刘哥，我也不是为难你，不管怎么说魏奎杨已经死了，你就不要再为难活人了好不好？你说你干的这叫什么事，就算你把车局长拉下来了，对你能有什么好处？”

刘哥咧咧嘴不以为然：“你这不是为难我是干什么？难道让我跑到交警队再把我说过的话收回来？怎么收？就说我眼瞎看错了？还是说我是有意陷害车轱辘？”

面对执拗的同行，葫芦真的没招了，只好把他和车轱辘商量好的杀手锏使了出来：“刘哥，这件事只要你抬抬手，大家日子就都好过了，你说，要什么条件？”

魏奎杨的司机反问他：“你这是什么意思？车轱辘准备拿多少钱收买我？”

葫芦没办法回答，因为车轱辘没对他说准备掏多少钱收买魏奎杨的司机。葫芦是个老实人，马上对刘哥说：“你想要多少钱？我给车局长汇报。”

刘哥说：“我想要一百万，你问问他拿得出来不？如果能拿得出来，那他也比魏奎杨好不到哪儿去。”

葫芦为难地说：“太多了吧？我估计他肯定拿不出来，他虽然也是局长，可没魏奎杨那样的局长权力大。”

魏奎杨的司机急了：“你这人傻还是怎么地？我再给你说一遍，这不是钱的问题，你也不想一想，这件事情上你也是受害者。如果车轱辘老老实实地当他的官坐他的车，别吃喝玩乐全报销了还总想飙车，哪能有这么一场车祸？魏奎杨哪能就这么死了？不管魏奎杨这个人怎么样，那总是一条人命吧？还有你，如果不是车轱辘撒野疯狂，你能混到今天这个份儿上吗？驾照让交警队扣了，工作也丢了，你还替他卖命，世界上哪有你这样的傻人？只要事实搞清楚，你的驾照就能拿回来，到哪儿还找不上工作？实在不行就干脆开出租去，还省得伺候人看人眼色呢。”

葫芦让刘哥说得直发愣，他不能不承认，这位刘哥说得有道理，现在这一切都是车轱辘太狂造成的。

魏奎杨的司机又说：“你替车轱辘背了这么大的黑锅，你自己想想，他给你什么补偿了？还花钱堵我的嘴呢，他怎么不花钱先把你的嘴堵上？他有多少钱够堵我们的嘴？告诉你，不管是魏奎杨还是车轱辘，这些当官的没好人，你回去告诉他，他如果真有本事，就学电视上演的黑社会，派个杀手把我杀了。也就是你这样的傻子才肯替他跑腿卖命。”

说完，魏奎杨的司机不再答理葫芦，拂袖离去。葫芦站在原地没动，他的脑子里一直轰响着刘哥的话：“你替车轱辘背了这么大的黑锅，他给你什么补偿了？”是啊，车轱辘不但没有给他任何补偿，还像过去一样对他呼来唤去，好像他做的一切都是应该的。他被解聘了，也没见车轱辘实实在在出面帮他一把，这人也确实够冷的。葫芦想到这些，对车轱辘也有些愤愤不平了。

葫芦找过魏奎杨的司机以后，魏奎杨的司机不但没有撤回对车轱辘的检举，反而到交警队又把葫芦找他企图封嘴的事情揭发了一遍，于是交警队正式打电话找车轱辘。找他的时候，交警队征求他的意见，交警到局里来找他谈，还是他到交警队谈。车轱辘怕警察找到局里影响不好，就说他到交警队去谈。到了交警队之后，负责这个案子的警察倒很客气，一口一个车局长，端茶倒水，一切搞定之后才跟他谈话。谈话也没有什么特别的，就是问了问车祸发生时候的情况，询问得虽然非常详细，却根本没有提当时谁在开车的问题。谈过话之后，警察让车轱辘看了谈话笔录，然后让他在谈话笔录上按手印，车轱辘声色俱厉地拒绝了，他认为这是对他一个局级干部的侮辱。在他的心目中，只有那些让公安机关逮捕的罪犯才会做这种按手印的事情，堂堂一个局长在谈话笔录上按手印，实在有失体统。这个时候，警察说了一句让车轱辘胆战心惊的话：“车局长是不是有什么顾虑啊？”

车轱辘强作镇静：“我有什么顾虑？你说这话是什么意思？”

警察说：“这只不过是正常的工作程序，我看车局长反应这么强烈，还以为您有什么顾虑呢。没有顾虑还是希望车局长能够支持我们的工作，让我们完成必须的程序，不然今天的谈话就一点儿价值也没有了。”

车轱辘仍然坚持不按手印，这一次他倒不是觉得自己一个局级干部在谈话记录上按手印失身份，而是警觉到，交警可能是在用这种办法采集他的指纹！他说：“我懂，这也就是一般的谈话记录，并不是正式的司法文书，我有必要在上面按指纹吗？我也有权利拒绝按手印，请你们尊重我的人格。”

交警倒也好说话，打着哈哈说：“好好好，既然车局长觉得为难那就算了，正像您说的，这确实就是一般的谈话，调查了解情况。”

车轱辘起身告辞：“没别的事情我就走了。”

交警说：“这次车祸事故影响很大，市委市政府领导都过问关注，我们压力也很大，对于事故原因有不同的说法，所以我们今天请车局长过来谈谈，还请车局长理解。”

车轱辘说：“理解，理解，没关系，随时需要只要有时间我都可以过来。”

交警一直把他送到楼下，坐进车里，车轱辘忽然想起自己的手机落在了交警队，连忙下车跑上楼拿手机，却见交警正在用一个塑料袋子把他用过的茶杯套起来，车轱辘呆住了。警察看到车轱辘突然返回，抓起用塑料袋包好的茶杯就跑了，好像怕车轱辘动手抢一样。车轱辘知道，人家这是要采集他的指纹，说明人家对他的怀疑已经加深了。回到车上，车轱辘心神不定，开车的小沈问了他几声到哪儿去，他都没听到，见他心情不好，小沈不敢再问，只好把车开回了局里。车轱辘回到办公室第一件事就是打电话找葫芦。

3

省委张书记离开之后洪钟华没有任何反应，这让铜州市党政领导班子成员都暗暗纳闷。按照惯例，上级领导来视察过后，市里要做的第一件事情就是传达贯彻上级领导视察期间针对铜州市的成绩和困难作的重要指示，研究贯彻落实领导指示的具体措施。这一次却大大不同，张书记走了之后一连几天洪钟华都保持缄默，连万鲁生都觉得反常，不知道洪钟华要干什么。实在忍不住，万鲁生打电话找洪钟华，试探着问他准备什么时候向市里的干部通报省委张书记视察情况，传达贯彻张书记在铜州期间所作的重要指示，尤其是张书记再次给铜州市题词，周围的城市知道了都羡慕得要死，这么一场盛事总不能不了了之吧？

洪钟华现在非常讨厌这个放屁赖别人的市长，反问万鲁生："你真的认为张书记给我们铜州市题词是表扬鼓励我们吗？"

万鲁生想了想回答："也许张书记有张书记的想法，但是张书记给我们题词总是好事不是坏事吧？我个人认为应该从正面理解。"

洪钟华说："不管从哪方面理解，我个人认为张书记的题词都是对我们的批评。"

万鲁生沉吟片刻说："可能有那么点意思，不过还是要从正面理解。"

洪钟华说："对照张书记的题词，认真检查我们工作中存在的问题和缺点，我认为这才是真正的正面理解。"

万鲁生说："那倒也是，不管怎么理解，总不能就这样闷着啊。"

洪钟华倒不是真的这么闷着，他知道闷也闷不住，张书记到铜州市视察调研期间发生的问题张书记亲眼目睹，张书记题词的含意他们应该心知肚明，那是对他们婉转而严厉的批评。

万鲁生随即说出的话让洪钟华大惊失色："书记，不管怎么说，张书记视察期间聚众闹事的那些人不能就这样不了了之，那是有组织有预谋的，甚至还可能是有政治目的的违法行为。该抓的就要抓，该管的就要管，该判的就是要判，我已经通知公安局对这些事情开展全面调查了。"

洪钟华急了："你这是干什么？非要把事情闹大，非要闹得我们下不来台才行吗？你给我说说，那些集体上访的人，哪个是刑事犯罪分子？哪个是反革命分子？不都是老百姓吗？群众对我们的工作不满意，给我们提意见，主张自己的权利，有时候方式方法上有问题，我们可以教育引导，必要的时候也可以采取一些措施予以制止，但是绝对不可以采取这种对付刑事犯罪分子的手段。我申明我的观点，我不同意这么做。"

万鲁生说："我也承认他们不是犯罪分子，可是起码他们违反了治安管理条例吧？违反了交通管理条例吧？还有三顺滩那块碑上的字，不是明目张胆地破坏公共财产吗？"

洪钟华发火了："我并不是说不应该按照法律办事，如果确有证据那些人违反了交通管理条例，违反了治安管理条例，那也要看看为什么违反。什么叫官逼民反？别的不说，就拿市里搞的那个什么停车年费来说，我们就没有违法吗？人家上街停车交钱，那是一种消费行为，没上街没停车，你们凭什么让人家按年缴费？人家能不找你的麻烦？噢，你发个红头文件老百姓就得交钱，难道市政府的红头文件比国家法律还大吗？我们难道就没有违反《消费者权益保护法》吗？还有，我们和三顺滩的老百姓签好了合同，让人家让出农田，搬出家园，把自己祖祖辈辈安身立命的老家交给我们建设开发区，可是我们按照合同履行自己的义务了吗？安置房到现在八字没有一撇，大部分人挤在周转房里凑合三年多了，补偿金还差了老大一块还不上，老百姓为什么不能找我们要求我们说话算话履行合同？这么多年了，人家找了多少次了，正规渠道我们理睬人家了吗？正规渠道你不答理人家，人家不这么干怎么办？老万，你听着吗？老万……”

洪钟华有些激动，说了一大堆才发现电话那头万鲁生一声不吭，便追问他是不是还在听着。万鲁生闷声闷气地说：“听着呢，不听我还能怎么样？书记，我提醒你，三顺滩那三个字可是冲着你去的，这件事情造成了多坏的政治影响难道你就不明白吗？造成的恶劣政治影响可不仅仅是你个人的问题，而是对我们铜州市整体形象的严重损害，所以这件事情我们必须认真追查，一查到底，而且要对照相关法律严肃处理。”

洪钟华有让人打了一闷棍的感觉，万鲁生表面上义愤填膺要替他洪钟华主持正义，实际上是要用“马屁滩”三个字闷住他，把“马屁滩”当做绊马索拦截他，让他对万鲁生即将进行的大规模追查和惩罚行动背书，最终结果很可能会让他陷入更加难以转圜的被动之中。洪钟华但愿这不是万鲁生精心策划的，而仅仅是他思维的简单化和市长当长了养成的霸道习惯所使然。所以他郑重其事地对万鲁生说：“万市长，我以市委书记的名义提醒你，在市委没有对这件事情作出正式的决定之前，希望你不要采取任何行动，如果你采取行动追查、处理这次群访事件，一切后果由你个人承担。”

万鲁生没有说话，从电话里可以听见他在喘粗气，洪钟华可以想象得出他在电话那头的表情：愤怒，无奈。但是这也没办法，虽然创建一个团结战斗的领导班子是市委书记重要的甚至是首要的职责，可是也绝对不能维持那种无原则的、和稀泥的所谓团结，在原则问题上，涉及大是大非的重大问题上，绝对不能退让妥协，如果在这种时候为了维持团结而随波逐流，那就是市委书记的失职。洪钟华也不说话，等着听万鲁生的态度，两个人拿着电话听筒，隔着电话线僵持着，有点像正在置气的孩子。

终于，万鲁生吃不住劲了，叹息一声："好吧，你是书记，听你的，不过我要求尽快召开常委扩大会议，讨论这些问题，我保证按照会议决议执行。"

洪钟华大大松了一口气，他松这一口气并不是因为万鲁生妥协了，而是他确认了一个事实：万鲁生要追究、惩处群访事件并不是精心策划的谋略，而是对整个事态缺乏正确的认识和全局性的把握而作出的意气之举。了解了这一点，洪钟华也就摆出了相应的缓和姿态："老万啊，我们俩共事也不是一天两天了，刚才我的话说得有些激烈，我向你道歉。但是，我说的做的往大里说是为了我们铜州市安定团结的政治局面，往小里说是为了我们党政领导能够保持团结一致避免陷进新的困境里。现在我们已经非常被动了，省委领导回去以后一直没有对在铜州市发生的问题有任何态度和意见，这本身就是一个信号，说明这个问题可能比我们想象中的更加严重，省委是在等着看我们的态度，等着看我们铜州市委市政府到底有没有能力处置复杂局面，维护铜州市社会经济发展的稳定局面啊！老万，希望你不要着急，冷静一点儿，一定要理解我啊。"

万鲁生喘粗气的声音听不见了，半晌才说："好吧，书记，也希望你理解我，我是着急啊。"

洪钟华说："还是那句老话，理解万岁，只要我们这些主要领导能够相互理解，相互支持，我们就没有克服不了的困难，你说是不是？"

放下电话，洪钟华还是有些不放心，马上又给公安局长挂了电话，要求他可以对省委领导视察期间发生的问题做一些调查取证工作，但是不能做任何处理，一切都要等到市委常委扩大会议讨论作出决议以后再说。市委书记极少直接过问公安局的具体工作，洪钟华直接对公安局长发号施令，让公安局长诚惶诚恐，连连答应，保证在没有向洪钟华汇报之前，不采取任何措施。洪钟华把对万鲁生说的话又对公安局局长说了一遍：“我代表市委提醒你，在市委没有作出决定之前，任何人无权命令你们对那些群访人员采取司法措施。”

公安局长是个聪明人，马上明白洪钟华的“任何人”指的是什么人，马上也婉转地向洪钟华告了万鲁生一状：“洪书记您放心，我们一定会依法办事，坚决服从市委的领导，其实在您打电话之前市政府主要领导已经要求我们采取司法措施了，我们仅仅作了一些一般性的社情民情调查，并没有采取任何具体的行动。”

洪钟华知道这个公安局局长还不是那种拿着鸡毛当令箭，见了市长跟着转，只知道唯上不知道法律的糊涂蛋，也就放了心。

4

市府车队的值班室很大，可以放下两个班的学生上课。条件可要比学生上课的教室好得多，冬天有暖气，夏天有冷气，司机们虽然没有办公桌，坐的却都是沙发。这些沙发都是机关退下来的旧货，还有一些是旧车上拆下来的汽车坐椅。值班室的正前方有一个电视柜，放着一台二十九英寸的大彩电，窗台下面是报架子，各种报纸琳琅满目，如果想把车队订的报纸挨个看一遍，一天啥也不干都看不过来。报架的旁边还有一个书架，上面摆满了各种各样油腻腻的杂志供司机们翻阅解闷。最近市里还要把一些退休下来的电脑下放到司机值班室，让司机们值班的时候能够打打游戏，使司机们枯燥的等待变得更有意思一些。

不管是配电视还是配电脑，司机们最传统打发时间的方式还是聊天、吹牛、胡诌。省委书记视察时发生的问题现在是司机们的热门话题，一谈论起这件事情，大家的观点就混乱不堪，有的同情那些上访群众，有的反对这种做法但是同情他们上访的原因，也有的对这种做法持彻底的否定态度。司马达不太参与这种讨论，别人说话的时候他就看电视，或者在一旁听着，这既是性格，也是在武警部队多年训练养成的习惯。还有一个不太参与这种讨论的就是惊叹号，谁也说不清惊叹号的观点是什么，正方反方发言他都用“我靠”来呼应。

司马达是领导专车司机里最老实的，只要洪钟华在办公室待着，他也就在值班室待着，哪儿也不乱跑，随时听从洪钟华的召唤。司马达话少，即便待着也从来不参加别的司机们的闲聊，不是看电视就是看报纸。今天司马达却有些坐卧不宁，上班的路上他看到马路相对的车道上有一个给汽车司机塞小广告的女人特别像李桂香，正想仔细看看，绿灯亮了，只好驾车离开。他本来想给坐在后面的洪钟华说，可是透过后视镜看到洪钟华面色阴沉，就没敢说。那个女人带着遮阳帽，穿着一件短衬衣，胳膊上戴着护臂，以防胳膊上的皮肤被烈日灼伤。

铜州市主要路段的红绿灯附近都有一些人利用汽车停下来等绿灯的时候散发小广告，小广告的内容也是五花八门，有做饮食、装修、收购废旧物品、代售机票、盲人按摩师上门服务等这些正经生意的，也有代做假证件、推销应召女郎的邪门歪道。在交通要道干这种散发小广告的事情非常危险，市里多次发生车辆撞伤这些人的事故，而且有些小广告的内容涉及到黄赌毒，市里曾经多次对这种散发小广告的违法行为进行整顿取缔，抓到了就没收所有广告。一次，公安、城管联合执法整顿在交通要道非法散发小广告，一个散发小广告的人落荒而逃，被一辆经过的砂石车撞成重伤，送到医院不治身亡。此事成了铜州市轰动一时的大新闻，很多市民谴责执法部门粗暴执法，反而同情这些散发小广告的人，结果市里的执法部门一提起上路执法、清理整顿小广告就头痛，谁也不愿意去。于是，这种散发小广告的行为越演越烈，几乎每个路段的红绿灯附近都有人冒险做这种非常辛苦也非常危险，收入还非常微薄的工作。

司马达估计李桂香八成是因为找不到工作，不得不干这种既危险又违法的行当。当时隔了两三个车道，又是逆向，所以他没有看清楚，尽管没有确认，但是他的心里却仍然暗暗担忧，如果，万一，那个女的就是李桂香，如果，万一，李桂香真的出个三长两短，想到可爱的小燕，司马达的心就开始颤抖。

“队长，”司马达忽然想到，惊叹号混在铜州多年，接触面广，认识人多，马力大，能量足，如果托他帮李桂香找个工作应该不是太大的难事，便搁下万事不求人的清高，向他求援，“我有点事想跟你商量商量。”

惊叹号历来对司马达这样的司机高看一眼，照顾得也相当周到，他就是给主要领导开专车出身的，给领导开专车到底是怎么回事他清清楚楚，将来这些给领导开专车的司机到底会成什么气候，谁也不敢说。现在的市政管理局有个副局长就是给原来的老市长开车的，也不知道怎么弄了个党校的大专文凭，转眼就混成了市政管理局的干部，又混了几年稀里糊涂就成了市政管理局的副局长了。像惊叹号这样的，如果有文凭、年轻，通过黄书记的关系闹个局长副局长干干也不是没有可能，可惜的就是他先天不足，文化太低，能当上现在这个车队队长就已经很不容易了。所以他听到司马达叫他，便马上脚跟脚地来到了走廊里。

“我靠，什么事这么神秘？”

张嘴求人历来是司马达的弱项，想到小燕那可爱的孩子，他也顾不上脸面和人情了，鼓足勇气求人："队长，你在铜州市人头熟，能不能帮我个忙？"

惊叹号真的感到好笑了："我靠，你司马还有什么事情要让我帮忙？"以他的经验，像司马达这种给洪钟华开车，而且深受洪钟华喜爱的司机要想在铜州市办什么事，只要不是特别出格，不是国家政策法令禁止的，一般应该不会有太大的阻力，他实在想不出有什么事情司马达还要求他帮忙，所以他又追加了一句："我靠，什么事情？你办不了的我估计八成我也办不了。"

惊叹号完全是以己度人，司马达绝对没有他想象的那种能量。他到铜州市给洪钟华开车之前，一直在省城的武警部队当兵，虽然也是给部队首长开车，跟地方上却很少接触，跟铜州市更少接触。到了铜州市之后，整天上班下班两条线，根本没有什么能让人帮忙的关系。加之司马达的性格比较敦厚、内向，不善于交际，他想办什么事情求人还真是老虎吃天无处下爪。

司马达说："我真的有事想求你帮个忙，你放心，绝对不是违反原则的事。"

惊叹号半信半疑："那好，你说，什么事，我看看我能不能帮上忙。"

"我有一个亲戚，没有工作，想找一份工作。"

惊叹号真的吃惊了："我靠，你的亲戚要找工作？是不是要求太高了？不然铜州市哪儿还会没有你亲戚干的工作。"

司马达说："我这个亲戚是个下岗女工……"

惊叹号："是不是你的女朋友？"

司马达赧然："我哪有什么女朋友，人家都三四十岁了，就是因为年纪大，想找个工作非常困难，这才求你帮忙。"

惊叹号说："她有什么要求？有什么特长？"

司马达摇摇头："没什么要求，也没什么特长，过去是生产线上的工人，工厂破产了，到处混着干活挣钱，有一顿没一顿的，还带个孩子，真的挺困难。洪书记也认识她。"司马达说最后一句话的意思是想用洪钟华证明自己说的是事实，惊叹号却理解成他拿洪钟华当雨伞，便说："那你就给洪书记说一声，让他帮帮忙，啥样的工作找不到。"

司马达说："前段时间我这个亲戚病了，住了几天院，已经给洪书记添了不少麻烦，最近洪书记事情太多，像这种私人小事我哪儿敢再麻烦他。"

惊叹号相信司马达说的是真话，因为前一段时间司马达一把洪钟华卸到办公室就不知道去向。像洪钟华这种领导的专车司机，名义上归车队管，实际上都归领导直管，领导用车都直接打电话找自己的司机，谁也不会像过去没有配专车那样打电话到车队找队长派车。所以对于专车司机，惊叹号一般也不过问他们到哪儿去了，干吗去了，他当过那么多年的领导专车司机，当然知道领导有很多不愿意让别人知道的事情需要司机去办。那段时间司马达很少在值班室待着，这种事情只要洪钟华不吱声，轮不着别人去管。惊叹号当时也挺纳闷，司马达过去从来不会在洪钟华坐办公室的时候离开值班室，现在惊叹号才知道，原来是他亲戚有病住院了。

"你说，她有什么要求。"惊叹号觉得这件事情并不难办，办了司马达就欠他一个人情，让市委书记专车司机欠自己一个人情，惊叹号觉得很赚。

"我也不知道有什么要求，根据我的了解，可能不会有什么要求，只要能稳定地上班，有稳定的工资收入就行了。"

惊叹号根本不相信司马达的亲戚对工作没有什么要求，他认定司马达的亲戚之所以没有工作就是要求太高。市委书记专车司机的亲戚没有工作在惊叹号看来是难以想象的事情。眼珠一转，他来了主意："你的亲戚真的没有什么额外要求吗？"

"没有，这是真的，只要有个工作，苦点累点都不怕。"司马达知道李桂香的处境，如果不是实在没办法，她怎么会跑到大马路上干那种散发小广告的事情？那种事情是既违法又危险的。

"那好，现在公安局交通管理科招收交通协理员，男女不限，工资还可以，出满勤一个月900块，每天干六个小时，加班还有加班费，就是辛苦，一天到晚站在马路边上吹哨子，日晒雨淋的，你问问你的亲戚干不干，如果干我马上给她联系。"惊叹号估计司马达的亲戚肯定不会干这种事情。

司马达连忙说："干，为什么不干？肯定干。"

惊叹号问："我靠，你就能决定了？你能决定我现在就联系。"

司马达说："我能定，能定。"

于是惊叹号当了司马达的面给交管科的朋友打电话，说他自己有个亲戚，下岗在家没事干，想出来挣点钱，能不能安排一个交通协理员的工作。对方一听说是他的亲戚，二话没说就答应了，问他叫什么名字，惊叹号捂住话筒问司马达，司马达说了李桂香的名字，惊叹号就把名字报了过去，对方说让你亲戚带着身份证来报到就行了。

挂断电话，惊叹号对司马达说："看看，就这么简单，让她报到去吧。"

司马达非常高兴，连连道谢，惊叹号看他这样，倒也有些不忍："我靠，我老觉得我自己老实，你小子比我还老实，这样吧，你让你的亲戚先干几天试试，不行告诉我一声，我再另想办法，不能让我们司马同志的亲戚太受累了。"

有了这话司马达对惊叹号更是千恩万谢，惊叹号说："没事，都是一个队里的司机，用过去的难听话说，都是车夫，相互帮忙是应该的。"

两个人回到值班室，别的司机都眼巴巴地看他们，谁都存了一份好奇心，想知道他们俩到外面走廊干了些什么，惊叹号心情挺爽，挥挥手："我靠，都看着我们俩干吗？怀疑我们同性恋啊？"

毛毛雨说："我靠，司马达要是跟你搞同性恋那他就不但瞎眼，还口糙不讲究。"

别的司机哄堂大笑，惊叹号嘿嘿一笑："我靠，老子长得有特色，懂不懂。"

5

车轱辘找来了葫芦，告诉他情况不好，交警队把他骗去取了他的指纹。葫芦并没有他预想中的那么吃惊，神情也有些冷冷的："这是肯定的，他们要拿你的指纹和车里留下的指纹对比。"

车轱辘："对比能有什么用？即便是方向盘、挡杆上都有我的指纹又能怎么样？那也说明不了当时就是我开车啊。"

葫芦说："那样我的压力就大了，交警队肯定会对我采取措施，如果转给刑警侦查我可就不得不缴械投降了。不过我已经咨询过了，就算当时是你开车，我也没有什么责任。我现在最着急的就是把我的驾照拿回来，就这样拖着，我吃什么啊？如果有驾照，我哪怕开个出租车也不至于饿肚子啊。"

车轱辘心里凉了半截，看样子葫芦这家伙肯定背后受了别人的调唆，话里话外透露出对他的不满。如果葫芦反戈一击，向交警队说了真情，他就完了。车轱辘也想到，从出事以来，葫芦一直替他顶着，他却什么也没有表示，现在又让卫骏那个笑面虎从中插了一杠子，通过解聘卫骏来对他施加压力，看样子笑面虎这一招奏效了，车轱辘费尽心尽力扎起来的篱笆终于破了一个大洞。车轱辘看到了自家篱笆上的大洞，便马上采取措施来堵漏洞：“葫芦，你别这样说，你的事我并不是没有放在心上。你要想清楚，如果你现在到交警队如实交代问题，你真的会没有任何责任吗？交警队如果追究你隐瞒事故真相的责任呢？那可是要追究刑事责任的。你别听别人胡说八道，这件事情我一定会给你一个圆满的交代，不然我车福禄还算个人吗？这样，你最近没有什么收入了，我给你拿点钱，不多，应急够了，先渡过这一道难关，等到那边的事情搞定了，你的驾照拿回来了，我要是不能让你回局里上班，我就辞职不干了。”

车轱辘本来给魏奎杨的司机准备了三万块钱的封嘴费，魏奎杨的司机不买账，车轱辘便从这三万块里抽出一万块递给了葫芦。葫芦本能地谢绝：“这哪儿行，车局长，你这就见外了，我给你开车也不是一年两年了，你对我怎么样我心里有数，你可别这样，这样就见外了。”

车轱辘把钱硬塞到他的兜里：“你别跟我客气，我知道你现在不管有钱没钱心里头都不踏实，你就把心放踏实了，不就那么大点事吗？很快就会过去的。到时候你昂着脑袋回局里上班，让卫骏那狗东西看着你生闷气去吧。”

葫芦让魏奎杨的司机鼓励起的一点儿反叛之心瞬间消化得无影无踪，马上表态：“车局长你放心，我绝对不会吃里爬外给你惹麻烦，这件事情说到死我一肩挑了，就像你说的，仔细想想，只要我们口径一致，谁又能把我们怎么样？”

车轱辘放心了，拍拍葫芦的肩膀：“葫芦啊，危难时候见真情，从今往后，你跟我就是哥们，兄弟。”

送走了葫芦，车轱辘思来想去还是觉得不踏实，尤其是交警队居然对他采取了只有公安机关开展侦查活动才会采取的取证手段，更让他心惊肉跳，他又给惊叹号挂了电话："老弟啊，情况不妙啊。"

惊叹号惊讶："我靠，舒舒服服当局长，高高兴兴吃人民，还有什么不妙的？"

车轱辘说："交警队找我取证了，偷偷从我的茶杯上提取指纹，你说他们想干什么？"

惊叹号倒也明白："我靠，他们是想用你的指纹跟车里留下的指纹对比啊，这说明他们心里对你大大的怀疑，如果没有八成把握，他们不会采取这种措施的。你开车的时候戴手套了吗？"

车轱辘说："你傻啊？现在这个季节开车哪有戴手套的？"

惊叹号："我靠，情况确实不妙啊，如果人家确定你就是开车肇事的真凶，不说判刑，起码你这个局长是当不下去了。"

车轱辘叹息了一声："你说这事该怎么办？好在葫芦让我稳住了，不然我早就变成刷锅水让人倒了。"

惊叹号："要说这事也不是没办法，什么事不都是人办的？咱们之间我也不跟你玩虚的，我跟交警队王队长有一面之交，这个忙我得帮，不能眼看着你因为这么小小不然的一件事把后半辈子毁了。不过，你得准备出血。"

车轱辘："出血是肯定的，关键是出多少，把我这点血都放光了，那我还不如老老实实投案自首争取一个宽大处理呢。"

惊叹号："我靠，你的血还能放光？只要国家在，你的血就放不光，国家干部再生能力强着呢。"

车轱辘实在没心思跟他逗趣，直截了当地问："你说个数，摆平这件事情要多少？"

惊叹号："我靠，你以为是我要钱啊？以我俩的关系帮你办事我掏钱都行，我是说人家不能白办。"

车轱辘："我知道你说的是运作费，不是你要，你要我还不给呢。"

惊叹号："我靠，这件事情我得探探底去才行，一下子我也说不上来，过去我还真没找王队长办过这种事情，也说不清人家胃口大不大。"

车轱辘说："那你就抓紧一些，等我已经栽到沟里了，你再办也来不及了。"忽然想起财政局张副局长求惊叹号帮他哥跑官的事，便问："张副局长让你帮的忙有没有成果？"

惊叹号得意扬扬："还成果呢，人家老哥都上任了，高兴得鼻涕泡鼓出来比气球还大。"

车轱辘大吃一惊："什么？这么快？"

惊叹号说："这种事情也要赶巧，碰上了说成就成了，碰不准机会说啥也没用。"顿了顿，惊叹号感叹："我靠，你可别小看张副局长，那人办事真有章法，我领他去认了个门，人家自己一个月就跑了整整二十趟，我都怕黄书记烦他了，结果不但没让黄书记烦，他几天不去黄书记满世界找他，咱们铜州还真有能人啊。"

车轱辘也来了兴趣，问道："你没问问他有什么绝招？"

惊叹号："我靠，能不问吗？你猜他怎么说？"

车轱辘："怎么说？"

"我靠，人家就说了八个字：投其所好，精神饱满。"

车轱辘说："投其所好容易懂，精神饱满怎么讲？"

惊叹号说："我问了，那小子说，精神饱满就是看望领导的时候，一定要有好的精神面貌，对领导热衷的事情要表现得比领导更加热衷，但是绝对不能表现得比领导内行。反正，我服了这小子，我觉得我自己就可以了，跟他一比，真应了那句话，强中更有强中手。"

车轱辘反问："那你看我怎么样？给我也穿穿黄书记弄个正职干干。"

惊叹号说："我靠，你差得太远了，就那么一个小小的交通事故就把你折腾得焦头烂额，你就在这副局长的位置上好好混就不错了。现在不都说吃饭要吃素，穿衣要穿布，当官要当副吗。”

车轱辘说：“那纯粹是瞎胡扯，当不上一把手的人自慰。如果我是局长而不是现在这个副局长，那个卫骏敢这么跟我较劲吗？我活剐了他。你真得给我到黄书记那拉呱拉呱，给我也谋个正局长算了。”

惊叹号：“我靠，你还是老老实实先把眼前这件事情了了再想别的吧，就凭你那个劲儿，没事就想飙车，不说好好的当你的官，飙什么车呢？想飙车就别当官，要当官就别飙车，国家和人民对你们多好，吃喝玩乐全报销，你说你再飙车还有什么意思？”

车轱辘说：“穿黄书记的事情也就是那么一说，不着急，反正你一时半会儿也死不了，等我把眼前这麻烦处理明白了，咱们专题研究。交警队那边的事情你得抓紧啊，这件事情把我缠得干啥都没心情。”

惊叹号：“我靠，我现在就给你穿王队长，你等着吧。”

车轱辘连忙放了电话，拿了一张报纸无聊地翻动着等惊叹号的消息。惊叹号给省委黄副书记当了那么多年的专车司机，又在市府车队当了那么多年队长，人又活泛，善于拉关系编织人情网，他估摸着惊叹号肯定有渠道帮他放水，现在的关键是对方要价多高。

如何对无关紧要的事发表见解

1

经过几天的思考，洪钟华终于召开了铜州市党政联席扩大会议，传达贯彻省委张书记视察期间下达的重要指示，研究解决省委书记视察期间发生的问题。与会的有市委常委委员、市长办公会议组成人员和市人大、政协的领导。几十号子人分成三圈围坐在市委会议室的大圆桌周围。

看看人到得差不多了，洪钟华就收摄心神，集中精力开会："人都到得差不多了？那我们就开会，迟到的再去催一催。"后半句话是对秘书长说的，秘书长马上示意办公室主任去"催一催"，办公室主任马上指派准备记录的秘书赶快去"催一催"。这个过程几乎就是市委市政府决策执行过程的缩影。

洪钟华说："大家都知道，省委张书记到我们铜州市进行了为期两天的视察，"其实视察只有一天，原定计划是两天，洪钟华有意无意地把张书记到达离开的时间也加了进去，连头带尾加上勉强也能说是两天，"张书记临走的时候，为我们市题了词，大家都知道，张书记一般情况下是不给任何人、任何单位题词的，这次到我们铜州市给我们铜州市题词，说明省委领导对我们的工作是肯定的，对我们铜州市非常重视，对我们的工作提出了更高的要求。张书记的题词，是对我们铜州市的巨大鼓舞和鞭策。”经过深思熟虑，他决定把万鲁生的观点用到对张书记题词解释上。作为铜州市市委书记，在公开场合，对省委书记的题词也只能这样解释。

洪钟华给在座的朗诵了省委张书记的题词，然后点出今天会议的主题就是：贯彻落实省委领导题词的精神，讨论处理张书记视察期间发生的几个问题。洪钟华首先作了自我检讨：“这次省委张书记来我们铜州市视察，接连发生了几件事，有一些是我们工作上存在的问题，有一些是我们个人的观念、决策失误造成的问题，还有一些是我们的主观愿望和客观现实之间存在的差距造成的问题。总之，从问题的根本原因来说，主观上存在的问题比客观上存在的问题更加突出。”说到这里，洪钟华轻咳了一声，作了一个停顿，给与会人员留下了一个短暂的消化间隙，然后才接着说：“发生的第一件事情是省委领导视察三顺湾的时候有人在刻着三顺滩三个字的碑上写了马屁滩三个字……”

说到这儿，不知道谁发出了咯咯的笑声，洪钟华停了下来，想看看到底是谁在这么严肃的场合居然还敢发笑，却没有找到，窃笑的人及时控制住了自己，会场上的人看过去一个个板着面孔，活像会议室挂满了刚刚浆洗过的尿布。洪钟华朝发出声音的方向狠狠瞪了一眼：“刚才我听到有的人在笑，你是不是觉得这件事情很可笑？这件事情非常严重，性质非常恶劣……”

市长万鲁生插了一句：“这件事情应该看成是一次严重的政治事件，公安局应该立案侦查。”

洪钟华咳嗽了一声，万鲁生略显尴尬地停了嘴。在这种场合，不管插话的内容是什么，都是一种很不礼貌的行为。洪钟华瞥了万鲁生一眼接着说：“我说这件事情很严重，并不是说这件事是什么严重的政治事件，而是说，这件事向我们敲响了警钟。当人民群众开始采取这种方式来表达自己的不满的时候，我们应该想一想，群众为什么要这么做。在这里，我当着同志们的面要公开检讨，当初是我提议把范家滩这个有着上百年历史的地名改成三顺滩的，当时主要的出发点还是顺应时代潮流，让我们的新开发区名称叫得更加响亮一些，同时，也希望能够得到上级领导更充分的支持。”说到这儿，不知道从会场的哪个角落传出来一声轻轻的讥笑，声音非常微弱，也很短暂，但是由于会场很静，所以仍然能够清晰地听到，洪钟华知道这一声笑的含意，脸顿时觉得热辣辣的，就像当众撒谎被不留情面的同事拆穿一样。

万鲁生插话了：“洪书记讲话我插话不够礼貌，但是我还是要插一句话，谁再鬼鬼祟祟的在会场上捣鬼，请你出去，搞什么搞？我声明一点，马屁……三顺滩的事情我当时是投了赞成票的，不管这名字改得好还是不好，我都有一份儿，谁也别想在这件事情上做什么文章。”

洪钟华理解，万鲁生插话是好意，是想帮他，但是却是帮倒忙，刚才那一声嗤笑虽然很多人都听到了，如果不去理会它也就过去了，就像在公众面前打了一个萝卜嗝，虽然臭，大家谁也别理会，它打也就打了，现在万鲁生针对这一声嗤笑发表了这么一通见解，反而把那声嗤笑的效果给放大了，就好像有人开始追查在公众面前打萝卜嗝的是谁，把一件很无聊的事情当成了正经事情干，其结果自然不会有什么正面意义。洪钟华连忙把话头又拉了回来：“刚才我的话还没有说完，当然，也不能否认，我提议改成三顺滩潜意识里当然也有迎合领导、给领导造成好印象的因素，这种潜意识，用老百姓的话说就是拍马屁。当初改名字以后，很多网友在网络上给我们提出了尖锐的意见，也有市民直接上书市委市政府，反对我们改掉拥有几百年历史的地名。当时我们没有接受群众的意见，如今人家采取这种方式当着省委张书记的面让我们难堪，在三顺滩上写上那么三个字，只不过是对我们改地名这种做法的一种抗议方式。”

市人大主任说："不行就改回来，反正就是一句话的事儿。"

人大主任原来是市委书记，当市人大主任就是为彻底退休铺台阶，他说这句话就是放屁带沙子，不但臭人还要崩人。他心里对把范家滩改成三顺滩一直有看法，他倒不是认为三顺滩的名字有什么问题，而是觉得洪钟华太专断，改地名应该有一套完整的程序，起码要经过人大常委会的批准，然后再向省有关部门备案，可是洪钟华一句话就把用了几百年的地名就改了，所以他说"反正就是一句话的事儿"，是以此来讥刺洪钟华。

政协主席是个小瘦老头，此时也不紧不慢地插话："既然老百姓喜欢，索性就叫马屁滩算了，极有历史意义又有现实意义，哈哈哈……"

在这么严肃的党政联席扩大会议上说这种极不严肃的话，表面上是开玩笑，背后隐藏的却是对市委市政府的强烈不满。俗话说，官官相护。现在，铜州市的场面上连官官相护都难以维持了。显然，省委张书记视察期间发生的马屁滩事件、群众集体抗议市政府征收停车年费以及后来的马屁滩拆迁户要求兑现拆迁合同这一系列事件，已经使市委市政府的威信受到了严重的损害，在这种情况下，这些权高位重却又不处于权力核心地位的领导不趁机表达一下情绪那才是怪事。通过他们的表现也可以想见，老百姓对这些日子发生的事情的想法肯定不会是正面的，反感情绪甚至比这些领导更加强烈。最让人担心的是，这些想法会不会持续发酵，最终闹出无法收拾的大麻烦来，这才是市委市政府应该充分关注并着力解决的问题。

洪钟华经过深思熟虑召开这次党政联席扩大会议的目的就是要防止这种情况的发生，马屁滩事件让他颜面丢尽，对会议上可能遇到的反面意见他已经做好了充分的思想准备，但是人大主任和政协主席当众这样冷嘲热讽，仍然让他老脸微红，羞愧难当。他咳嗽两声，自我解嘲道：

“两位这是在批评我啊，看来拍马屁的嫌疑我是难以摆脱了。”说到这儿哈哈一笑，自己把自己从尴尬中往外捞：“这件事情我今天郑重向在座的领导班子成员声明，如果说我一点儿拍马屁的思想都没有，那是不诚实的，实话实说，在座的谁不拍马屁？谁没拍过马屁？问题是我这个马屁没拍好，老百姓不满意。弱点就像肚脐眼，人人都有，当领导谁不想和上级搞好关系，给上级留下好印象？起码工作上能够得到领导的支持帮助，这没有什么错。关键是不能逆着老百姓的意愿，我这件事办得明显违逆了老百姓的意愿，我愿意检讨。”

洪钟华作为市委书记，在这种扩大会议上话能说到这个份儿上，会场上的人都有些动容，会议气氛开始凝重起来。

人大主任说：“洪书记，你说了半天我没听明白，这件事情你到底要怎么办？”

洪钟华只好说：“我也不知道该怎么办，这不正在商量吗？人大有什么好的意见建议吗？”

人大主任说：“好的建议倒没有，我觉得这件事情没有必要过度认真，地名不都是人起的吗？既然已经这么叫了，就没必要再改了，改来改去反而让人无所适从。”

纪委书记单立人插话：“马屁滩三个字说明不了什么问题，擦掉就算了。”

公安局局长连忙表功：“当天我就派人擦掉了，用油漆写的，好擦，用点汽油、松节油一擦就掉了，我们正在抓紧调查。”

单立人乜斜了他一眼，真想损他一句：你早干啥呢？现在放马后屁。在这种场合如果那样损他一句，跟公安局长的梁子就结定了。单立人话到嘴边硬咽了下去，顺着自己的思路接着往下说：“我看也没必要查了，即便查出来了又能怎么样？也许就是哪个捣蛋鬼恶作剧，不查这件事情就过去了，一查反而把事情张扬起来了。地名都是人起的，也都是人叫的，不过就是个名称、代号而已。我觉得现在我们的当务之急不是讨论这个地名的问题，比这个问题重要得多的问题一大堆，这件事情先放一放，大家看看怎么样？”

洪钟华瞥了一眼单立人，单立人照例噙着一根干屎橛子似的粗卷烟吞云吐雾，周身烟雾缭绕，好像一节刚刚烧过的枯树桩。他的身旁没有人，与会人员都尽可能跟他拉大距离，远远避开他身上那股难闻的味道。洪钟华一看到他在会议室抽烟就憋气，按照规定，会议室是不让抽烟的，单立人却从来不把这个规定放在眼里，严禁抽烟的标示牌就贴在墙上、摆在桌上，他却视而不见，作为市委副书记兼纪委书记，谁也不好意思正面抗议，他也就厚着脸皮装傻我行我素。洪钟华心里同意单立人的意见，马屁滩事件虽然让他和市委市政府颜面扫地，但如果现在大张旗鼓地追查，就如同把一页印满了丑闻隐私的传单翻来覆去地拿给人看。最好的办法就是根本不予置理，让它自生自灭，马屁滩也好，三顺滩也罢，就像人大主任说的，不过就是个地名而已，现在有的人反感，过一段时间习惯了也就没人计较这件事情了。心里这样想着，他却不能现在就表态，表态就意味着他内心虚弱，想尽快把这件让他和市委市政府丢尽了脸的事情蒙混过去。

洪钟华开始采取行动掌握会场的主动权：“刚才人大李主任和单书记都说了，虽然话不一样，意思却一样，都是要求我们正确处理这件事情，不要在这件事情上纠缠不休，尽快把注意力转移到更加需要我们关注的问题上去，看看大家还有什么意见？”

市长万鲁生顺势应变，及时修正了立场：“这件事情其实最终也只能这么办，不理他，查什么？查明白了能怎么样？最多按照治安管理处罚条例处理一下，人家要是闹起来，影响更大，我敢断定，如果人家闹起来，老百姓肯定都会向着他，算了，不理他就完了。我同意李主任和单书记的意见。”

主要领导都表态了，其他人也纷纷跟进，洪钟华说：“看来大家的意见比较一致，那么我们就按照这个原则办，这件事情到此为止，不再追查了。如果今后有人按照正常程序提出三顺滩的命名问题，可以经由市人大通过相关的法律程序办理，市委市政府不再参与此事。”

市人大主任心里暗骂：真是一条老狐狸，自己拍马屁拍到了马腿上，一转手把烫手的山芋扔给了市人大。市人大能怎么样？难道真的启动程序重新把马屁滩再改回来吗？大家都知道三顺滩的名字就是冲着省委张书记那幅对联不像对联，诗歌不像诗歌，甚至连顺口溜都够不上的题词去的，现在市人大给改回来，那不是让市人大唱黑脸吗？

其实他骂洪钟华是老狐狸有点冤枉洪钟华，洪钟华之所以要这么说，根本原因还是认识到自己在三顺滩的命名问题上确实有长官意志、一言堂的问题，按照党纪国法哪一条衡量，三顺滩的命名也轮不着他市委书记操心，现在想到自己当时拍省委张书记马屁的心态，洪钟华的老脸就发热发胀，所以他再也不想听到更不想提及三顺滩这件事情，其心理就像尿炕的孩子最不愿意晾被子。

洪钟华倒没去琢磨市人大主任怎么想，他的思路已经转到了下一个议题上，那就是关于三顺滩拆迁户的补偿金问题。他的确非常恼火，当初政府跟人家白纸黑字签好了的合同，结果规定的拆迁补偿金落空，而且一拖就是几年，缺口数额又是那么大，无论拿到哪里都说不过去。这件事情的责任也很明确，就是市政府的问题。

洪钟华开始讨伐市政府：“下面我们讨论一下关于三顺滩拆迁户的补偿金问题。这一次省委张书记到我们铜州市来视察，三顺滩的拆迁户追到了铜州宾馆上访告状，搞得我们非常被动，张书记虽然没有明确批评我们，但是种种迹象表明，上级领导对我们的工作非常不满。这件事情造成的政治影响非常恶劣，严重损害了我们市委市政府的形象。我们现在应该三思的是，这起恶劣的政治事件是谁造成的，是谁在损害我们市委市政府的形象？也许有人会说是那些上访的人民群众，我却要说，这些上访的人民群众有理有据，人家就是让我们政府履行合同规定的义务，没有什么错。真正造成这起政治事件，损害市委、市政府声誉的不是群众，而是我们自己，是不负责任的官僚主义作风。我今天只想请教财政局一个问题：当初签订合同的时候，合同内容、补偿数额你们知道不知道？”

财政局局长是一个瘦高条，戴了一副老式黑框眼镜，看长相一点儿也不像财政局长，倒像一名收入低吃不饱的山区民办教师。洪钟华的质问让他惶惶不安，本能地起立，活像一名士兵听到了口令：“洪书记，这件事情我们有责任，我们推脱不了。”

洪钟华心里明白这位财政局长是个老实厚道之人，不但长得像民办教师，行为处事也像一个民办教师，看到他让自己搞得战战兢兢，也有些不忍，便和颜悦色地对他说：“你坐下说，我们今天是要解决问题，不是追究哪个部门或者个人的责任。到底是怎么回事？拆迁补偿金为什么财政上不安排？”

财政局长坐了下来，满脸苦相地说：“财政如果有钱，怎么会不安排？这件事情万市长也多次催促过，可是我们市的财政状况不行啊。”

洪钟华惊讶地问：“我前几天还在报纸上看到，改革开放以来，我市财政收入增长了二十五倍，二十五倍啊，不是个小数目，怎么会没有钱呢？今天上夜景工程，明天给公务员涨工资，后天又搞招商节庆活动，成百万上千万的花，不是很有钱吗？就算是财政紧张一点儿，安排计划也应该有个轻重缓急嘛。”

财政局长倒是业务精熟，马上回答：“财政增长了二十五倍是不假，如果按照不变价格统计，还不止二十五倍呢，可是，财政支出增长得更快，其中光是行政费用支出就增加了八十八倍。别的不说，仅仅公车费用支出就增长了一百一十五倍，人员工资增长了三十五倍，接待费用增长得就更多了，改革开放之初，接待费用根本就没有财政项目列支，现在每年没有两三千万就下不来。这还是仅仅是市政系统的数据，如果再把公营企事业单位的加上去，每年得五千多万。现在的财政基本上就成了吃饭财政，如果再把钱往别的方面安排，吃饭都有问题。”

这些数据把洪钟华说愣了，他不敢相信，与会人员也都有些惊讶，议论纷纷，不知道谁冒了一句：“这哪里是吃饭财政，是高消费财政嘛。”

洪钟华抓住了这句话：“说得好，高消费财政，确切，准确。”

受到鼓舞，刚才冒炮的人又加了一句：“维持公务人员的温饱叫吃饭财政，供养公务人员吃喝玩乐、公车私用、工资狂涨还能叫吃饭财政吗？”

这一回洪钟华和与会人员都看清楚了，说话的是市委调研室主任华三八，他爸爸三十八岁才有了他这个儿子，就给他起了个名字叫三八。这人原来是市政法委书记，清明节坐着专车给他爸爸上坟，把一家三口上坟的市民撞成两死一伤，受到了降职处分，到市委调研室当了正处级主任，心里一直忿忿不平，现在是找到了说话的机会。

洪钟华却不管他说这话出于什么目的，借力使力地说：“华主任说得很有道理，欠着人家三顺滩拆迁户的补偿金不给，我们的钱都花到哪儿去了？我提请大家考虑这样一个问题，如果大家看看我们那些宾馆酒店和高消费场所门口停的公车，再看看上下班时间马路上成群结队跑的公车，一辆比一辆高级，谁还能相信我们铜州市财政居然窘困到政府签的合同都不得不赖账的地步？纳税人缴纳税款的目的就是为了让我们这些人享受高消费的生活吗？今天会上我希望得出一个结论，三顺滩的群众拆迁补偿金什么时候给人家。”

大家都沉默，财政局长更是低了脑袋好像正在接受批斗。

洪钟华又追问了一句：“这件事情到底该怎么解决？难道继续拖下去？政府要赖？这件事情现在已经不单单是经济问题，而是一个严肃的政治问题，如果不能尽快解决，我没办法向省委交代，也没办法向三顺滩的群众交代。”

洪钟华一再提到政府两个字，万鲁生实在坐不住了，开始逼财政局长：“你们财政局还有没有办法？”

财政局长埋了头死不吭声，谁也说不清楚他保持这种姿势是表示低头谢罪，还是要用沉默来对抗领导。

万鲁生说了硬话：“洪书记说得没错，这件事情瞒也瞒不住，老百姓已经当着我们的面捅给了省委张书记，现在省委没有催促我们，那是在对我们听其言观其行呢，我今天表个态，尽快处理这个问题，如果处理不了，我辞职。不过我丑话说在前头，在我辞职之前，先要撤了你这个财政局长。”

财政局长的脑袋突然昂了起来，活像为争夺异性打斗的公鸡，梗着脖子涨红了脸对万鲁生说：“你是市长，我是局长，财政局说透了也不过就是市长的钱包，这样吧，你说该怎么办？还有，市长、书记都在场，今年的财政预算也经过市人大审议通过了，人大李主任也在，你们说让我把皮扒了只要能解决问题我马上就扒皮。”

会场如同塞进冰箱的肉汤冷凝成了肉冻，这种场面与会者从来没有经历过，一个小小的正处级局长在会议上公然向书记、市长和人大主任叫板，这既是荒唐的，也是大逆不道的。与会的每一个人既暗暗担心，不知道事情会发展到什么程度，又暗暗好奇，想知道事情会以什么结果谢幕。大家都屏声静气，谁也不敢乱说乱动，既怕惹火烧身，又怕错过些微细节。万鲁生让财政局长请示得张口结舌，因为他也确实不知道该怎么办。他跟大多数长期担任领导职务的官员一样，已经习惯了发号施令，也已经习惯了下级按照他们的指令跑腿奔波，真正需要他们动脑筋出主意的时候，他们并不比下级高明，自然也拿不出能让下级顺利执行的办法来。

万鲁生让财政局长反问得无可奈何，气急之下说："我什么事情都能办，还要你这个财政局长干吗？"

财政局长这阵好像吃了大力丸，居然以豁出去了的大无畏精神又一次顶撞万鲁生："那好办嘛，你把财政局长兼上，或者换个财政局长也行，只要能解决问题，咋办都行。"

万鲁生彻底失败了，他既不可能现在就撤了人家，他没那个权利，也不可能马上拿出解决问题的办法，甚至不敢再以市长的身份来训斥人家，因为，蔫叫驴踢死人，他实在把握不住这个平日里蔫头耷脑、老实巴交的财政局长真的被惹急了会说出什么话、做出什么事情让自己这个堂堂市长当众下不来台。

无奈之下，万鲁生起身便走，洪钟华急忙拦他："老万，别走啊，慢慢商量嘛。"

万鲁生气哼哼地说："我上厕所。"顺便狠狠瞪了财政局长一眼，拂袖而去。他一走，就把摊子扔给了洪钟华，洪钟华不可能让会议晾在那儿，只好接过了话头。洪钟华倒没像万鲁生那么狼狈，因为这件事情他事先经过了思考，这件事情最终的结局也已经在他心里有了一个规划：尽快筹措资金兑现，至少也要部分兑现市政府的合同承诺，这也是唯一能够解决问题的办法。这件事情已经闹到了省委张书记面前，靠市委市政府门前的武警和信访接待人员出面已经抵挡不了了，即便三顺滩的拆迁户不再到市府大楼群访，市委市政府也得向上级有个交代。现在的问题是：钱从哪儿来。所以洪钟华就跟财政局长商量：“能不能从财政上临时解决一些资金，我也不要求你马上全部解决，起码解决一部分，然后我们再通盘考虑。”

万鲁生不在，财政局长的话也就说得比较敞亮：“洪书记，财政现在盘子很大，一年安排上百个亿，领导一看盘子，总觉得从哪儿挤出一丁半点就能解决三顺滩的问题。拆东墙补西墙谁不会？即便要拆，领导也得说明白到底拆哪一堵墙啊，我们总不能想拆哪里就拆哪里，想往哪里补就往哪里补吧？再说了，现在的财政缺口不光是一个三顺滩的问题，很多安排的大型项目资金缺口也很大，过去我们常说量入为出，现在根本就没有这个概念了。很多大型项目说上就上，上马了再命令我们安排资金，比方说那个夜景工程，年初的预算根本就没有列，领导拍拍脑袋突然要上，没有资金领导就硬按着我们的脑袋要钱，下级服从上级，我们只好拆东墙补西墙……唉，难啊。”

洪钟华问他：“根据合同我们市里还欠三顺滩拆迁户的补偿款到底有多少？”

财政局长说：“这是明账，根据合同金额我们欠人家拆迁补偿金两千多万，其实这件事情洪书记你掌握的还不够透彻，如果仅仅是这两千多万，一次解决不了我们分几次紧紧裤腰带解决，矛盾也不会激化到现在这个地步。关键人家要的不仅仅是拆迁补偿金，人家要的是个住处。当初合同上规定两年后保证让人家全都住进新建的三顺滩居民新区。拆迁户一共有三百多户人家，一千五百多口人，到现在还都住在临时搭盖的周转房里，所谓的三顺滩居民新区到现在刚刚打了个地基，根据工程预算，全部建成要投入一个多亿，我到哪儿弄这一个多亿去？”

洪钟华说：“能不能想别的办法？哪怕是拆东墙补西墙也好，先给人家还上一部分拆迁补偿金，把矛盾缓解一下，明年的财政预算再想办法彻底解决居民新区的建设问题。”

财政局长说：“现在哪儿还有钱？这个季度的行政费用还缺一大块，如果不抓紧，到时候连工资开不出来的可能都有。”

洪钟华实在难以相信财政能紧张到这个程度：“怎么会这样？现在财政收入年年两位数的增长，怎么还会这个样子？”

财政局长说：“‘十五’计划期间，政府公务员年年涨工资，光是工资这一块五年翻了三番，五年前公务员平均工资也不过一千多块钱，现在已经超过两千五百块。还有，接待费用每年增长也是两位数，五年前每年一千多万就能应付了，现在每年没有三千万下不来。公车费用更是连年增长，五年前每年有个两千来万也就能应付了，现在每年少了六千万下不来，这六千来万还不包括司机的工资奖金和补贴。如果算上，光是公车这一块每年怎么说也得一个亿才能保住。办公费增加更加厉害，过去一个干部平均消耗一年不过三五百块，现在每个干部办公成本一年没有三五千块下不来，现在都使用电脑，配置、更新电脑的费用和折旧费用不说，光是印刷成本的增加就让人害怕。过去印刷费用十张纸是五分钱，现在一张纸至少得一毛五钱，而且浪费惊人，不管谁只要写东西一律印刷、复印，机关办公印刷用纸跟流水一样。唉，作孽啊，我们的财政收入还没到可以这么豪华的程度啊。”

“就是到了这个程度也没有权利豪华奢侈，这哪里是国家干部，明明是扒在老百姓身上的吸血鬼嘛，成千上万个吸血鬼。”这句话又是华三八插的。

马上有人出面反驳：“话可不能这么说，我可从来没有坐着公车干私活去……”

还有人嘟囔：“得了便宜又卖乖，自己就是吸血鬼还说别人，有本事上下班骑自行车，别坐小轿车……”

也有人冷嘲热讽："真是老鸹落到了猪身上，只看见别人黑没看见自己更黑……"

显然，华三八这句话犯了众怒。也难怪，在座的都是国家干部，谁也不愿意让别人说成是吸血鬼，即便真是吸血鬼也不准别人说，尤其不准自己窝里的人说。华三八没办法应付这突如其来的群殴，只好噤声，脸却涨成了紫茄子，让人担心他那充足的血液涨破面皮喷洒出来。他这也是自取其辱，别人有权利这样说，唯独他没有，他就是因为坐着公车去上坟撞死了人才被贬谪到现在这个位置上的，自己屁股底下的屎还没擦净就骂别人脏，当然谁也不会服气。

洪钟华出面摆平："好了好了，会议上大家可以畅所欲言，但是不能进行人身攻击啊，更不能口出恶言恶语相向啊。我们开会的目的是提高认识解决问题，不是显示口才的。"说到这儿想起了万鲁生，问秘书长："万市长怎么回事，大便还是小便？怎么这么长时间还不回来。"

人大主任说："组织个打捞队，说不定掉进去了。"

单立人反驳："那么大个人，那么小的洞洞钻都钻不进去，肯定又跑到哪儿闲聊去了。"

政协主席说："不会抽空去打一场高尔夫吧？"

政协主席话音刚落，万鲁生推门进来，会场上哄地一声大笑，万鲁生吓了一跳，以为自己的裤门没拉好，低头看了看，又用手试探了一下确定没有问题，才问："笑什么？"

他刚才的动作更让人好笑，于是大家又哄堂大笑，会场气氛经过这一哄一笑总算缓和了许多，洪钟华便向万鲁生通报他方便期间谈到的一些问题，万鲁生一边听一边连连点头，态度跟上厕所之前来了个一百八十度的大转弯，好像重新学习了一遍三个代表并且又有了新的心得体会："财政局说的问题非常实在，也非常严重。不管怎么说，我们面临的首要问题就是解决三顺滩拆迁户的补偿金问题，关于这个问题，我同意洪书记的意见，先拆东墙补西墙，抽出一部分资金解解燃眉之急，不然这些人跑到省上、北京集体上访我们就太被动了。财政入不敷出也不是我们一个铜州市的问题，全国、全世界还不都是这样？美国富不富？世界首富，年年财政赤字几千个亿，所以啊，我们也不要觉得自己做了什么大逆不道的事情。拆东墙补西墙，墙墙不倒，借新债还旧账，账账合铆，财政不都是这样维持吗？从财政上安排一部分资金，把眼前的事情应付过去，明年再说明年的话。”

万鲁生刚才跑出去其实就是尿了一泡尿，剩下的时间跟汪清清通电话胡扯八道了一会儿，两个人约好下班去打高尔夫，然后吃消夜。万鲁生涎皮涎脸的笑着问汪清清：“吃完夜宵以后呢？”汪清清毫不含糊地回答：“市长想干吗就干吗，市长想怎么干就怎么干啦。”逗得万鲁生哈哈大笑，心情极爽，让财政局长惹出来的满肚子怒火总算让汪清清的一瓢清水给熄灭了。回到会场以后，心情爽了许多的万鲁生便发表了这么一通见解。

万鲁生表了态，洪钟华只好接了话茬儿说：“那就这样办，从今年的财政预算里先挤一块出来，不管怎么说，我们总不能让老百姓骂我们是说空话的骗子，而且是当着省委书记的面骂我们是骗子。”

财政局长问：“挤多少？”

洪钟华跟万鲁生商量：“万市长，你看呢？”

万鲁生说：“当然是越多越好，如果能一次性解决那就更理想了。平心而论，这件事情确实是我们不像话，拖了这么久，人家整天顶风冒雨晒太阳到市政府门口站马路看大门也不容易。”

洪钟华暗想，都到什么时候了你这个市长还有脸拿这种事情打哈哈，拿老百姓的痛苦当笑话讲，真不知道中心学习组的学习内容是不是都学到狗肚子里去了。心里这么想着，嘴上当然不能这么说，还得顺情说好话："是啊，万市长对人民群众还是很有感情的，这件事情的责任也不在哪一个人身上，市委、我个人都有不可推卸的责任。群众到市政府门口来上访我也不是没看见，但是没有引起我的重视，这就是对老百姓的利益漠视、冷淡的表现，我要在适当的场合向这些群众道歉，作为市委书记，我也要向上级党委作出检查。"

财政局长插话说："现在的问题是，如果要抽资金处理三顺滩拆迁户的欠账问题，抽哪里的资金。工资不能不发吧？市里所有在建的工程项目都采取垫资建设的方式，根本没有资金可抽。书记、市长还有各位领导今天都在，说实话，我真不知道该从哪个项目里拆一块补过去。"

洪钟华征求万鲁生的意见："老万你说呢？"问完了才觉得自己多此一问，如果万鲁生有办法也就不必开这个会了。果然，万鲁生摇摇头："我也没办法，我同意拆东墙补西墙的原则，具体怎么拆还是由财政局看着办吧。"

洪钟华问财政局长："你能不能具体说说那些项目有可能挤一下。"

财政局长说："说起来也简单得很，开源节流嘛，现在开源是开不了，节流应该能做到，最有效简便的办法就是压缩行政费用。"

洪钟华点头："道理是对的，怎么节流呢？"

"短期的办法就是今年内更新、增加的公车一律不再审批，对公车消费严加控制，接待费用也应该大大压缩，现在已经到了失控的地步，谁都能签单，谁都能白吃白喝，如果抠紧一点儿，只要公车消费和接待费用降下来百分之二十，我们就能把三顺滩的欠账都还上。在明年安排财政预算的时候，应该优先安排三顺滩新居民区的建设资金。我在这里说的只是个总的原则和设想，具体该怎么办，我们下去以后拿出一个实施方案，经过领导拍板以后再具体落实。"

万鲁生急着跟汪清清约会，没有心思再陪着洪钟华讨论大事，听了财政局长的话之后马上表态："好好好，就这样办，你们拿出一个实施方案来，在市长办公会议上过一下，马上实施。看看大家还有什么事情没有？"

这个会议是洪钟华主持召开的，万鲁生居然急着要散会，这不能不让洪钟华怀疑万鲁生是不是有意捣乱。洪钟华忍住气对万鲁生说："万市长，是不是有什么重要的事情？会议还有两件事情要议一下，会不会影响你啊？"

洪钟华脸上明显流露出的不满，让万鲁生醒悟，自己过于情急了，连忙说："我没什么重要事，我以为再没什么事情了。"

洪钟华没答理他，轻咳一声继续下一项议题："下面再讨论一下征收停车年费的问题和公车改革的问题……"

2

铜州市五套班子在开联席会议的时候，车轱辘得到了惊叹号传过来的好消息，说他把交警队的王队长穿起来了，也把车轱辘的意思表达到了，人家听说他是民政局的常务副局长，不要钱，要一块墓地。现在人死了不能直接埋到地里，要多加一道工序：烧。烧完以后再往地里埋，据说这就是文明殡葬。不管文明不文明，烧不烧，反正还是要往地里埋，铜州市巴掌大的一块墓地就要三五万块，出不起这笔钱的就别想往地里埋，直接到陵园的骨灰存放室里买个位置封存起来，就像把死人装在壁橱里。这样便宜，三四千块就能安家。中国人讲究的就是入土为安，人死了烧也好不烧也罢，最终能够入土就是最大的安慰。所以殡葬管理科的墓地就特别紧俏起来，供不应求，价格飞涨。殡葬管理科归民政局管，于是很多想为自己或者家里人准备归宿的人就托人穿关系千方百计想买一巴掌便宜点的墓穴。这种事情找到车轱辘算是找到了正主，殡葬管理科正好归他分管。于是他问惊叹号：“他买一个人的，两个人的还是四个人的？”

惊叹号嘿嘿笑了：“我靠，这又不是买电影票，要那么多干吗？”

车轱辘说：“有一个人的墓穴，两个人的墓穴，如果是他给他们两口子双方的老人同时买那不就得四个人吗？如果买得少还好说，如果买得多，我可没钱埋单。”

惊叹号说：“别紧张，他家里的老人早就死光了，是给他两口子自己买的。”

车轱辘觉得好笑：“什么？他自己买？他才多大？”

惊叹号说：“我靠，这有什么？过去的皇帝不是一登基就开始修坟吗？他说是托风水先生看中了一块地方，不赶紧号下来怕让别人占了。”

车轱辘说：“那我问问能优惠多少钱。”

惊叹号说：“我靠，破财免灾，你就直接给他们买了算了，你买便宜。”

车轱辘马惊叹号：“你弱智啊？我又不是孝子，怎么能让我买呢？这种钱只能自己花或者孝子花，我想花也轮不到我啊。”

惊叹号说：“我靠，你这个人就是不知道轻重缓急，现在哪儿还顾得上那些讲究，先办了再说吧。”

车轱辘说：“该办的我自然会办，我也知道厉害关系，不过这人也真能出幺蛾子，怎么就想到买坑了呢？太早了吧。”

惊叹号：“我靠，这有什么早晚的，今天还活得好好的，明天说不准就挂了，魏奎杨不就是榜样吗？”

车轱辘马上打断他：“好了好了，你别跟我提魏奎杨，一提这个人我就犯病。”

惊叹号呵呵笑着说："我靠，你要是不犯病才真的有病呢。"

车轱辘又问："他找风水先生看好的穴位是哪个告诉你了没有？"

惊叹号说："南坡1168、1169号，我也不知道具体位置。"

车轱辘骂道："现在也不知道怎么了，这帮人什么空子都能钻进去，我要是没这事，他死了就不埋了？真是的。"

惊叹号说："我靠，我不跟你多说了，我就这么回话了，说你答应了，没问题。"

车轱辘急忙阻拦他："别，千万别，万一他要的那个号码让别人占走了不就落空了吗？等我落实了以后再说。"

惊叹号："我靠，就你这么实诚也不知道那个局长是怎么当上的，这有什么？号码还不都是你们编的，如果那个穴位没了，重新给他编个1168、1169号不就成了？"

车轱辘笑了："你这家伙真行，那就这么办，他要的穴位如果还空着，那我就直接给他办了，如果没了，我就按照他要的号码让殡葬管理科重编一个给他。"

扔下电话车轱辘就给殡葬管理科打电话，电话挂通了，他却又放下了电话，想了想，这种事情还是亲自跑一趟牢靠。于是亲自跑到了殡葬管理科，问科长陵园墓穴南坡1168、1169两个号卖出去没有，科长诚惶诚恐地给他查了半天，又直接打电话到陵园落实了一番，才告诉他还没有卖出去，空着呢。车轱辘就说他自己要了，接着问科长能不能优惠一些。科长大吃一惊："车局长，您还早着呢，急着要这东西干吗？"

车轱辘也怕自己早早定墓穴传出去影响恶劣，脱口就说是给交警队的队长定的："这人是我的亲戚，你想办法优惠优惠。"

科长巴不得有个给局长拍马屁的机会，一听说是车轱辘给亲戚要的，便说："如果是车局长自己要，象征性地出几个钱就行了。两个墓穴原价是四万块，您随便看着给几个钱就行了。”

车轱辘还装正经：“那怎么能行？该怎么办就怎么办，优惠一点儿可以，象征性地出几个钱就把墓穴买了，传出去影响不好，不行，不行。”

管理科长说：“这有什么不行的？说来说去不就是一块地方吗？您要是批个条子白给，我们不也得执行吗？您还要花钱买，这就够廉政的了。”

车轱辘说：“那也好，我也不客气了，打个五折，我出两万块，你看行不行？”

科长说：“不行，那怎么能行？打五折是我这个科长的权限，您是局长，起码得打三折，这样吧，您给一万两千块，我给你出三万六千块的收据，你别要正式发票，要正式发票我就没办法了。”

车轱辘到了这个时候也就欣然笑纳了：“那就不好意思了，回头我就把钱给你送过来。”

科长说：“早点晚点都没关系，钱不着急，得赶紧把手续办了，您稍等一下，我这就给您办理墓穴订购手续。”

车轱辘等着科长办手续的工夫心里暗暗盘算，原来打算出三万块钱的血在交警队队长那儿买个平安，没想到来了这么一出，反而省钱了，真是有福之人不用忙。到时候不能给他说只花了一万两千块，还得说花了三万六千块，让他拼了老命替自己架桥过河。

片刻科长就把手续办好了，连着三万六千块钱的收款收据一起交给了车轱辘，车轱辘拿了手续谢了科长高高兴兴地回办公室，路上脑子里忽忽悠悠地想：这个科长倒真会来事儿，为人真不错，今后有机会还是可以用的。

车轱辘刚走，局办公室主任卫骏也来到了殡葬管理科，这完全是巧合，卫骏对车轱辘的谋算还没达到跟踪盯梢的程度，即便达到那个程度，他也没有那个空闲和本事。他是帮自己的一个初中女同学来买两个便宜的墓穴。现在流行同学聚会，顺口溜说得好：没事同学就聚会，拆散一对是一对，同学聚会喝喝酒，重温旧情走一走。那个初中女同学曾经当过卫骏的梦中情人，此次见面，聊了几句，听说他在民政局当领导，就请他帮忙给她父母买两个墓穴，一要风水好，二要价格便宜，卫骏二话没说就答应了。

科长听卫骏说也是来帮别人买墓穴，忍不住笑了："今天是什么日子？局领导怎么都来买墓穴，还都不是给自己家买的。"

卫骏是局党组成员，所以科长称他为局领导。听到科长这么说，卫骏也觉得可笑，这种事情怎么竟然也凑到了一起，随口问道："还有谁来买了？"

科长回答："车副局长刚刚走，他是给市交警队的队长买的。"

听到这话，卫骏的中枢神经活像被无形的尖锥刺中，浑身激灵起来，仿佛嗅到猎物的猎犬："不会吧，他怎么会替交警队的人买那玩意儿。"

车轱辘买墓穴的收据存根还在科长手边放着，科长把收据底联递给卫骏："真的，这不，收据还是热乎的。"

卫骏看看收据，墓穴主人的名字果然不是车轱辘，而交款人一栏签名的却是车轱辘。卫骏猴精猴精的，上大学的时候形式逻辑和辩证唯物主义考试都是优良，对从抽象到具体、同一律和充足理由律、透过现象看本质、用发展的变化的联系的观点看问题这些方法论的运用已经成了本能，立刻从这件事情上联想到了车轱辘的车祸，而且马上就猜透了车祸和买墓穴的因果关系，进而好像活生生地看到了这场交易的整个过程。让他觉得好笑，觉得匪夷所思的是，车轱辘怎么能够想到用墓穴来贿赂交警队的队长。

“你把这份收据给我复印一份。”卫骏吩咐科长。

科长惊讶：“复印这干吗？”

卫骏：“我拿给我那个同学看看，让她对比一下价格，别以为我在里面搞什么名堂。”

科长：“您就打算按照这个价格付款啊？”

车轱辘购买墓穴的实际价格才一万两千块，收据上却是三万六千块，科长所以有那么一问。

卫骏：“你能打几折？”

科长：“局领导亲自来了，随便看着给几个钱就行了，什么打折不打折的。车局长两个墓穴我才收了他一万两千块钱”。

卫骏再一次惊讶：“这收据上不写的是三万六千块吗？”

科长：“收据是给别人看的，这又不是正规发票，开多开少无所谓。”

卫骏：“这样吧，你按照原价给我打六折就行了，收据也实事求是地开。”

一个墓穴对外价格是两万块，两个就是四万块，六折就是两万四千块，卫骏觉得就这个价格已经足以对得起过去的梦中情人了。这么多年没见面，这一次同学聚会见面，物是人非，当年的梦中情人已经成了半老徐娘，一笑还露出满嘴黄腊腊的大板牙，卫骏失望透了，真有点后悔参加这次同学聚会，不然还能在记忆中残留一点儿青春期的美好记忆，现在连这点记忆也成了破碎的残片，失落之余，如果不是念着老同学那淡淡的友情，这件事情卫骏都懒得帮忙，所以他觉得能帮昔日的梦中轻人节省一万六千块钱已经大大的够意思了。

科长还想抓住这个机会狠狠讨好一下局领导，坚持要给卫骏等同车轱辘一样的价格，卫骏摆出一本正经的面孔说：“这怎么能行？打了六折的折扣就已经优惠到底了，我也非常感谢了，再低就是不正之风了，这我可不能干，给，这是钱，你给我挑一个位置好一点儿的就行了。”

科长看到卫骏一本正经起来，也不好再死皮赖脸坚持降价，只好按照卫骏的意思收了他两万四千块，开收据的时候，顺便把车轱辘的收据也给卫骏复印了一份。办好此事，卫骏起身告辞，出来后心情极为振奋，他知道自己抓住了车轱辘的七寸。

3

司马达兴冲冲地去给李桂香报告为她找到工作的好消息，来到李桂香家里的时候，李桂香还没有回来，小燕一个人在昏暗的灯光下写作业。看到司马达小燕高兴极了，跳起来差点带翻了桌子：“司马叔叔，你今天怎么想起我们了。”

司马达说：“我哪天也没忘了你们，你吃饭了吗？”

小燕说：“我妈还没回来，我就随便吃了点，司马叔叔你吃了没有？”

司马达说：“我吃过了，我就知道如果没吃到你这来也没吃的。”

小燕转身就去了厨房，转眼端来一盘咸菜和两个馒头：“谁说我这儿没吃的东西？虽然没有麦当劳的贵，可是比他们那的东西更好，属于绿色食品。”

司马达故作惊讶地说：“早知道有吃的我就不在食堂吃了。下次来我真应该事先打个电话问问你家有没有饭吃。”

小燕鼻子抽了一抽说：“哼，我就知道你虚伪，就算你没吃饭，你也不会吃我家这种粗茶淡饭的。”

司马达说：“你倒真会泡人，司马叔叔吃糠咽菜的时候你还没来到这个世界上呢。”

小燕：“那是旧社会的事吧？”

司马达让她逗笑了："你知道什么是旧社会？"

小燕："旧社会就是广大劳动人民吃不饱穿不暖备受压迫，少数统治阶级骑在广大劳动人民的头上作威作福。比方说，我跟我妈天再热也得顶着烈日奔波，你呢，可以坐在空调车里看我们大汗淋淋的样子。我跟我妈妈只能吃馒头就咸菜，你可以吃鱼吃肉吃麦当劳，这就像旧社会啊。"

小燕是开玩笑，童言无忌，但是司马达听到耳朵里却非常不是滋味，他勉强笑笑说："小燕，司马叔叔可不是剥削阶级地主资本家啊。"

小燕："我没说你是剥削阶级地主资本家，我是说你属于统治阶级。"

司马达哭笑不得，他实在没有想到，小燕这个小学生居然能够说得出这种话来："小燕，你是胡言乱语还是真这么想的？"

小燕得意扬扬："我们老师同学都这么说，政府大院里的干部都是统治阶级，我们这些老百姓就是被统治阶级。你看吧，他们上班下班专车接送，想涨工资就涨工资，上公园有年卡不花钱，家家都能买得起好房子住。我们上学放学、家长上班下班只能骑自行车，挤公共汽车还得买票。我妈妈那样的劳动人民只要一天不劳动就没饭吃，有病了也不敢看病，花不起医药费，更没钱买房子，只能住在这摇摇欲坠的旧房子里。这不就是统治阶级和被统治阶级的区别吗？"

司马达本能地就要反驳，却一时半会儿又找不到合适的理由，事实胜于雄辩，面对小燕说的这些事实，再美妙的说辞和再堂皇的理论都显得软弱、虚伪。他本能地感觉到小燕这样的孩子们如果真的从小思想上就有这种认识，这种认识如果固化为对我们社会的基本评价，对她本人和整个社会来说都不是福音。但是，作为一个普通的司机，他却又根本没有改变小燕这一类孩子思想认识的能力。这种感觉让司马达的心里空落落的，一时间他有些走神。

小燕怯生生地问："司马叔叔，你是不是生我的气了？你别生气啊，我也就是跟你开个玩笑。其实，我妈就特别希望我长大了能考上公务员，当上国家干部，老说如果我当上国家干部了，她这一辈子就放心了。"

司马达连忙说："没有，没有，我怎么能生你的气呢？我想事呢。你赶紧写作业，写完作业就休息，我还有点事先走了。"

小燕说："你不是要找我妈妈吗？"

司马达说："我给你妈找了个工作，今天来问问她愿不愿意干。"

小燕说："肯定愿意。"

司马达说："我找的这个工作很辛苦，整天要在大马路上站着，日晒雨淋的，还要吃汽车尾气。"

小燕说："我知道，你说的是交通协理员吧？就是吹哨让行人走斑马线，让汽车过斑马线的时候减速让行人。我妈妈肯定愿意干，那天我妈妈接我放学的时候过马路，还问人家每个月能挣多少钱，后来对我说，如果她也能干那样的工作就心满意足了。"

司马达放心了，对小燕说："这样吧，等你妈妈回来你告诉她一声，就说叔叔给她联系了一个当交通协理员的工作，如果她愿意干，让她给我打个电话，我带她去报到。"

小燕高兴了："那就太好了，白天妈妈可以当交通协理员，晚上还可以继续到大纽约娱乐城当保洁员，唉！就是那样太辛苦了。"

司马达这才知道，李桂香晚上没有回家是到娱乐城做保洁员的工作。作为市委书记的司机，当然少不了有人邀请他到娱乐城潇洒，只不过不会那么露骨地玩带颜色的项目，别人既怕他，他也怕别人，所以一般情况下也就是唱唱歌，喝喝酒。但是他却知道娱乐城的保洁员是干什么的，整夜要不停歇地擦洗每一寸地面，不停歇地给每一个上厕所的人递送手纸，清理卫生间的每一寸空间。这种场所的保洁员工作是没有时间的，直到娱乐城寻欢作乐的人彻底走光了才能下班。如果夜间这样干，白天再站马路吹哨子，他不知道李桂香的体力能支持多久。想到这些，司马达有些后悔，他不知道给李贵香找这份工作到底是办了一件好事还是再一次好心办了坏事。

4

最近一段时间大纽约娱乐城成了车轱辘常来常往的处所，今天晚上交警队王队长在这里宴请他。为王队长订购吉祥墓穴的事情办成了，王队长非常感激，除了立刻对那桩造成魏奎杨死亡的交通事故作了结案处理，把葫芦的驾照还给了葫芦，还专门通过惊叹号邀请车轱辘“坐坐”，以表示感谢。

惊叹号作为穿线人，王队长请车轱辘自然也要他来联络。交警队长征求惊叹号的意见，在哪里宴请车轱辘合适，惊叹号最近一段时间经常来大纽约娱乐城，跑顺腿了，便自作主张地推荐了这个地方。几个人如约而至，席间不外乎你来我往地说一些表达感谢、联络感情的无聊话。他们没有叫小姐作陪喝花酒，原因是交警队王队长第一次和车轱辘正面接触，两个人还不是很熟，主人不了解客人的秉性，客人也不了解主人的癖好，便大家都假装正经，谁也不提泡小姐的事儿。王队长和惊叹号都不喝白酒，于是就猛灌啤酒。没有小姐干扰，喝酒就多，喝酒多了尿就多，车轱辘、交警队长和惊叹号你来我往地喝了几瓶啤酒，就开始走马灯似的交替着跑卫生间上厕所。

市民李桂香正在卫生间上班，她是一个勤恳认真的卫生工，卫生间的地面让她擦洗得铮明瓦亮光可鉴人。李桂香做这份工作非常辛苦，但是她做任何工作都不觉得苦，因为她有希望，她的希望正像她的女儿说的，就是能把小燕培养成一个国家公务员，一个国家干部，她最怕小燕到工厂企业上班，破产倒闭下岗失业把她给闹怕了，当了国家干部就不会怕下岗失业了，哪家工厂倒闭，国家也不会倒闭。当上公务员，就是国家干部，就有了一辈子的铁饭碗，就不会再像她这样吃苦受累，朝不保夕了。见到车轱辘进来，李桂香按照娱乐城的规矩问了声“您好”，车轱辘对于李桂香的问候就像没听到一样，急匆匆钻进男厕稀里哗啦地放水。李桂香从卫生间退出来之后，马上开始擦拭卫生间门口的地面，她知道，娱乐城评价员工的基本标准就是看你是不是有空闲，有，就是差，没有，就是好。

车轱辘方便完以后，从卫生间出来，酒喝多了，脑袋晕乎乎，身体飘悠悠，脚下像踩着一片云彩。李桂香正在拖地板，见车轱辘摇摇晃晃东倒西歪地从卫生间出来，连裤门都没有关，就知道这人喝高了。刚刚擦过的地滑，她怕把这人滑倒，却又不敢主动招呼他提示他小心一点儿。像她这种底层工人主动跟客人搭讪是绝对不允许的，她们能跟客人主动说的话只有两个字：您好。最多再加两个字：先生您好。即便这句话也只能是在客人直接接受她们服务的时候才能说。劳动人民的话语权在这种地方被剥夺得最为彻底。

李桂香暗暗担心，却又无可奈何，只好对车轱辘行注目礼，时刻关注他的行程，随时准备在他发生跌滑时拯救他。就在这个时候，大纽约娱乐城的冯主管巡视经过这里，一眼看到李桂香没有干活，站在那里盯着客人看，便训斥李桂香：“不好好干活卖什么呆？站在那干吗？展览啊？”

车轱辘听到了冯主管的声音，便回过身来打招呼，酒喝多了，腿脚虚浮，地面又滑，猛然转身，脚下不稳，当即一个趔趄倒在地上，姿势像极了中国男足侧身倒地铲球，中国男足侧身倒地铲球的特点就是人倒了，球铲不着。车轱辘摔倒的姿势是没有球却想踢球。

冯主管和李桂香本能地同时抢上前去搀扶他，结果两个人的脑袋撞在了一起。李桂香瘦，脑袋特别骨感，冯主管觉得自己的脑袋撞在了马路牙子上，疼痛难忍，捂住脑袋哀号。冯主管胖，脑袋相对柔软一些，李桂香觉得自己好像撞在了充足气的轮胎上，虽然不舒服，却还能够忍耐，便连忙爬起来照看摔到地上的车轱辘。

车轱辘甩开李桂香自己爬了起来，作为一名局级干部，他不屑于同李桂香这样的下层人物计较，怒火中烧地斥骂冯主管："你们他妈的干吗在这个时候擦地？"

冯主管的眼泪都让李桂香撞了出来，看到车轱辘发火，便立刻把火烧向了李桂香："你他妈干吗在这个时候擦地？"

李桂香慌了，嗫嚅着连连道歉："对不起，对不起，这地板是随时随刻要擦的……"

冯主管对车轱辘道歉："车局长，实在对不起，没摔坏吧？"

车轱辘说："摔坏了你们也赔不起，算了算了，不说了，我还有朋友等着呢。"

车轱辘晃晃悠悠地走了，冯主管就开始整治李桂香："你马上离开这里。"

李桂香以为冯主管是让她到别的地方干活，便提了水桶拖布准备到卫生间去清理卫生间，冯主管却说："你干吗？还要上哪儿闯祸去？回家去吧，我们这儿可不敢用你了。"

李桂香愣了："老板，你不让我干了啊？"

冯主管揉着脑袋说："你脑袋太硬，我不敢用了，你还是回家吧。"

李桂香有点懵，按照常理，不论是车轱辘摔跤，还是把冯主管脑袋撞疼，责任都不在她，仅仅凭这一点就要炒她鱿鱼，这是说不过去的。但是，她也明白，在现今社会，在这种地方，没有道理可讲，留给她的基本权利只有四个字：忍耐顺从。她想再恳求冯主管一下，让自己能够继续留在这里，不管怎么说，在这里每个月还能有七八百块钱的收入，她实在需要这笔微薄的收入。冯主管却已经扭头离开了，临走时扔下一句多多少少还算有点良心的话："你到台子上去，我让他们把这个月的工钱给你结了。"

李桂香打消了向冯主管求情的念头，因为生活已经让她真正懂得，什么叫老百姓，怎么去做老百姓。她无奈地把手中的拖布、水桶送回储藏室，顺手把凌乱的储藏室整理了一下，摘下手上的乳胶手套，脱下身上的工作服，交还给后勤组长，然后到柜台上结了自己这个月的工钱，从大纽约娱乐城的后门走了出来。

娱乐城外面灯红酒绿，车水马龙，夜景工程的灯光把这座城市变成了五颜六色的超级娱乐城。李桂香觉得城市的夜景很好看，但是却好像隔着窗户在看别人家的花园，好看，却不属于自己。她的心情很不好，好好的工作就因为那个叫车局长的人摔了一跤丢掉了，明天她又得跑劳务市场，还不知道什么时候才能找到下一份工作。想到又要跑到劳务市场谋职，李桂香由不得愁肠百结。每一次去劳务市场，对她的精神和心理都是一次无情的折磨，希望和失望就好像把人在热火和冰水里轮番淬炼，每当她带着失望甚至绝望的心情离开劳务市场的时候，她常常恨不得一头钻到汽车轱辘下面去。劳务市场是她最怕去的地方，也是她不得不去的地方。

柔性抗议 好过正面冲突

1

从交警队正式发还葫芦的驾驶执照，通知车交通事故已经结案开始，车轱辘就每天骑着自行车上下班，绝对不再要局办公室派车接送自己。这当然不是他学习了三个代表觉悟有了提高，不再浪费纳税人的钱财，想恢复公仆的本色。他这是一种柔性抗议，当那些同级干部上下班耀武扬威地乘坐高级轿车来来往往的时候，他却骑着破旧的自行车上班下班，他就是要用这种方式来让那些有意利用车祸来埋汰他的人比他更埋汰。

车轱辘在大纽约娱乐城摔了那么一跤，虽然并不要紧，但是腿部还是有些隐隐作痛，胯部也淤青了一块。车轱辘灵机一动，通知葫芦每天骑自行车接送他上下班，以此来升级他的抗议活动。葫芦听到车轱辘让他用自行车接他上下班，非常吃惊，脸上挂满了问号和惊叹号。也难怪，天实在太热，就是自己骑车也非常辛苦，更别说骑车驮着一个身高体重跟自己差不多的成人。车轱辘告诉他：“你过去是我的司机，现在人家把我的车封了，让你下岗了，你就继续当我的司机，不开四个轮了开俩轮，就在大街上这么走，他们不怕难看我怕什么，看看别人怎么说。”

葫芦明白了他的意思是要恶心其他局领导，便每天像解放前富人家雇的黄包车夫一样，一大早到车轱辘家接了他，中午送他回家吃饭，下午再接了他上班，晚上再送他回家。交通规则不准骑自行车带人，葫芦驮着车轱辘在大街上招摇过市，难免要被交通警察和交通协管员拦截，每到这个时候，葫芦就按车轱辘交代好的说辞对付：“这是我们民政局车副局长，前两天骑自行车上班的时候摔了一跤，腿摔坏了不能自己骑车了，工作太忙又不能休息，我是他原来的司机，只好骑自行车送他。”

有好奇的警察和协管员刨根问底：“既然你是他的司机，为什么不开车送他，却要骑自行车？”

葫芦便苦了脸解释：“我们车局长没车坐，只好坐自行车，要不是他的腿受伤了不方便，也用不着我骑车送他。”

现如今上下班骑自行车的领导干部有如国宝大熊猫一样珍稀，经过葫芦的解释，交通警察和交通协理员们不但不好意思按照交通规则处罚葫芦和车轱辘，反而对这样一个保持了艰苦奋斗精神的领导干部肃然起敬。这件事情不知道怎么就传播到了电视台、报社这些新闻媒体，现在的新闻媒体最短缺的就是领导干部正面形象的报道素材，这样一位不但不坐专车，连“不专车”都不坐，每天上下班骑自行车，轻伤不下火线，让司机骑自行车送着上下班的好干部，简直比外星人光顾地球还稀罕。于是报社、电台、电视台的记者纷纷往民政局跑，企图采访车轱辘这位新时代涌现出来的不坐专车的好干部、好公仆。

车轱辘对于新闻媒体的采访一律谢绝，他当然不是谦虚谨慎、戒骄戒躁，而是怕事情闹哄得太大到时候不好收场，更担心真的形成舆论氛围之后，即便人家把新车配发给了他，他也不好再由两个轮子升格为四个轮子。就这样折腾了一个星期，局长何茂泰终于承受不了了，主动找其他几位局领导、党组成员协调新车问题。交警队已经结案，结论是那台不知道来历的北京牌照的桑塔纳在高速行驶中突然刹车导致后面的车辆追尾，车轱辘他们的车没有任何直接责任，没有充足的证据证明出事的时候是车轱辘在驾驶车辆。既然执法部门的结论已经下了，别人再搅和也缺乏充足的理由。于是，局党组成员里对给车轱辘配新车有意见的，企图跟车轱辘抢新车的，包括卫骏那种想借机给车轱辘的饭碗里下毒药的，都不再固执己见，怕把车轱辘逼急了他再出什么怪招恶心人。

领导班子成员的工作做通了，何茂泰便去找车轱辘，进了车轱辘的办公室首先慰问车轱辘的伤势："老车啊，这两天腿好一些没有？"

车轱辘连忙起身迎接一把手："好多了，没事了。"嘴上这么说，走路的时候却故意微微瘸着。

何茂泰便假模假式地作自我检讨："我这个人啊，太粗心，你的伤势这么重，我关心不够啊，这么热的天你还骑自行车上下班，我有责任，有责任。"

车轱辘故作轻松地说："也没什么，骑自行车还能锻炼身体嘛。何局长有事吗？坐下说。"车轱辘估计到他要干什么，却不说破，一瘸一拐满腔热情地给何茂泰端茶倒水。

何茂泰连忙拦住他说："别倒了，我在办公室刚刚喝过。你腿不方便，我们坐下说。"

车轱辘便坐到了何茂泰旁边的沙发上。何茂泰做出推心置腹的样子："老车啊，我们虽然在一起共事才两三年的时间，可是我们认识已经有十多年了吧？"

车轱辘："那是，那是。"

何茂泰近似于自言自语："唉，我这个人啊，别的优点不敢说很多，与人为善我是敢在任何人面前挺着腰杆说的。这一回在车的问题上你可能对我有点误解，别的我也不多说了，日后你就能够理解我的一片苦心了。"

车轱辘也假装豁达："没关系，何局长也是为了我好。"

何茂泰接着说："你自己也应该明白，在配车这件事情上，你跟我个人没有任何利益冲突。可是其他的同志就难免有各种各样的想法了。现在好了，事情闹清楚了，谁也说不出什么话，你理直气壮、正大光明地坐新车，这样多好。"

车轱辘当然不会跟何茂泰这位一把手发生任何性质的正面冲突，但是对那几个同僚却不会放过贬损的机会："何局长你的为人我非常了解，也非常敬重，可是其他人我就不敢恭维了。说透了不就是一台车吗？你看看他们那副德行，就跟野狗抢热屎似的，至于吗？真是小人。俗话说人品靠事品，通过这件事情，何局长想必对人品高低也能品出来了。我车福禄没有什么野心，从到民政局的第一天开始，就一心一意地为何局长抬轿子，虽然没有什么大本事，摇旗呐喊还有一副大嗓门，你仔细想想，其他人呢？整天在想什么，干什么？为了一台车就能跟我当面拉下脸，如果有更大的利益摆在面前，对你何局长也照样拉得下脸对着干。"

何茂泰也不是两岁的孩子，车轱辘借机搬弄是非、挑拨关系的意图他一目了然，尽管一目了然，心里却也不舒服。

何茂泰压下了心里微微的不快，把话题拉了回来："天气这么热，你的腿又不好，整天坐着自行车来来往往我心里实在不忍，这样吧，我已经给卫骏打过招呼了，车你提出来用，这台车本身就是给你配的，不要因为这件事情有什么抵触情绪啊。"

车轱辘折腾的目的就是要车，目的达到了，而且局长亲自到自家门上来说，虽然没有道歉两个字，其实也跟道歉差不多，如果再拿腔作势就成了傻瓜，于是也就就坡下驴："何局长谢谢你的关心，我不会跟他们一般见识的，我这就让葫芦过去接车。"

何局长连连答应："这就对了，你对葫芦也做做工作，让他对卫骏不要有什么看法，他也是按照规章制度办事，没车的司机现在哪家单位还会白养活？现在有车了不还是他开吗？”

车轱辘：“好，我给葫芦谈谈，他一个司机也不敢对卫主任怎么样，我更不会跟卫骏一般见识，你放心吧，过去就过去了，今后我们还要在一起共事嘛。”

何局长暗暗松了一口气，他最担心的就是车轱辘借机要挟，一口咬定死活不要车，事情拖下去，不但会对民政局造成极大的负面影响，今天他这个局长还真没办法出车轱辘的办公室。结果，车轱辘一说便通，算是给足了他面子。麻烦事过去了，局里又恢复了安定团结，何局长心情好了，临出门的时候又说了一句：“告诉葫芦，这几天他骑自行车接送你上下班，很辛苦，算加班。”

下午，车轱辘便坐着那台新进的黑色奥迪 A4 下班回家。葫芦恢复了工作，又开上了新车，更是兴奋激动，征求车轱辘的意见：“车局长，你来试试这车怎么样。”

车轱辘心痒难熬：“不太好吧？还是先回家吃饭吧。”

葫芦把车停在了路边说：“我知道你这么长时间没动车，肯定手痒痒了，你先溜一圈再回家吃饭。”

车轱辘也就不再推让客气，跟葫芦换了座位，发动车朝郊外驶去，那台本田和这台奥迪没法比，这台奥迪开起来动力充沛，稳定性非常好，驾驶室更加豪华舒适。车轱辘开着车忽然笑了起来，葫芦问他：“车局长你笑什么？”

车轱辘说：“卫骏那个王八蛋，本来想窝囊我，没想到反而给我办了好事，这车真比你选的那台车好得多。”

葫芦凑趣：“这就叫有福之人不用忙嘛。”

2

市委书记洪钟华这几天非常不舒服，不是身体不舒服，而是心里不舒服，有如被自己的老婆在脸上挠了一把，又疼又丢面子，对外还不好说，只能说是猫挠的。那天召开的市委市政府联席会议热热闹闹吵成了一锅粥，会议结束后，洪钟华回头一想，那个会议表面上研究了很多事情，但都是要求具体工作部门回去后拿出方案意见以后再议，没有一项是就地决定可以立即实施的，实际上等于什么问题也没有解决。过去这种事情对他来说已经习以为常，可是现在不同，事情闹到了省委张书记面前，省委冷然等着看他们的处理结果，用粗话说，屎都憋到了肛门口了，哪还有那么多时间等具体工作部门拿方案？他原来的设想是通过这次会议来个一揽子解决，彻底解除后顾之忧。然而，尽管他亲自坐镇，亲自鼓动，却仍然没有摆脱官场的运作惰性、程序障碍。尤其是研究那个停车年费的时候，当洪钟华流露出对这种征收年费的方式持否定态度的时候，万鲁生就像被人家掘了祖坟，一口咬定坚决不同意改变现有做法。

洪钟华承认群众的意见是有道理的，征收停车年费是违法行为，起码违反了消费者权益保护法，不但剥夺了作为消费者的人民群众的消费选择权，更是一种毫无道理的掠夺。就像买东西，买了东西才付钱，现在的做法是不管你买不买东西，都得付钱。甚至比过去拦路抢劫的土匪还狠，土匪还讲究要从此路过，留下买路钱，铜州市政府是不从此路过，也得留下买路钱。搞这一套的时候，洪钟华正在中央党校学习，等他回来，木已成舟，市政府红头文件都已经发了。后来看到这种做法也确实有无本万利的经济效益，洪钟华也就听之任之了，没想到老百姓肚里的气鼓得这么足。会上，万鲁生提起这件事情还振振有词："这件事情是有政策依据的，同时也是经过了听证会，合情合理，部分老百姓有意见也是正常的，让谁掏腰包谁都会有意见。”

洪钟华心里暗骂“浑蛋逻辑”，嘴上说：“听证会仅仅是一个程序，况且，群众对所谓听证会的正当性也有质疑。现在到处涨价都开听证会，哪个听证会制止涨价了？实事求是地说，现在召开听证会已经成为追逐特殊群体利益的遮羞布、挡箭牌了。我们作为领导干部的所有行为，只能也必须在法律允许的范围内进行。我们可以对群众的意见充耳不闻，视而不见，可是我们不能对省委视而不见吧？这件事情我们该怎么向上面解释，请各位领导谈谈意见建议。”

万鲁生又说：“洪书记刚才说的我也承认不是没有道理，可是，我们征收城市停车年费还不是为了建设更多更好的停车场，取之于民用之于民嘛。”

洪钟华又在肚子里骂了一声：混账逻辑，抢了人家的钱，然后对人家说抢你的钱是为了改善你的生活条件。当然这种话不可能从他嘴里吐出来，他也没有心情再跟万鲁生在会上当着众人的面斗嘴，乜斜了万鲁生一眼，不再说话，等着大家发表见解。

在征收停车年费的问题上明摆着书记和市长意见不统一，会场上的反应理所当然就是沉默。下级谁也不会为了这种事情正面表态，支持这一位肯定就会得罪那一位，谁也不愿意得罪这俩人中的任何一个。况且，与会的人员没有一个涉及缴纳停车年费的问题，他们坐车缴纳何费都不用自己掏腰包，感觉当然跟要自己掏腰包的老百姓不一样。所以，谁也不会出头为这种事情要公平。同级干部中，比如人大主任、政协主席等，也不会公开表态，抱着事不关己高高挂起甚至坐山观虎斗的态度饶有兴趣地看书记和市长斗法。

冷场让洪钟华尴尬，又催促了一遍：“这是党政联席会议，大家有什么意见建议只管说，我们对事不对人，是为了对上级组织对人民群众负责，如果大家认为这件事情不好表态，那么就请说说这件事情我们怎么样向上级交代也好。作为书记，我现在没有办法给上级交代。”

洪钟华催促了半会儿，只有纪委书记单立人嘟囔了一句：“利益驱动之下，啥怪事都能出来。”说完了，不再吭声，闷闷地抽烟。洪钟华让他说得发愣，却不好追问，纪委书记说话有时候是不能追问的，尤其是在公开场合，追问，能说的还好，不能说的就让追问的人尴尬。最终这件事情不了了之，会议上没有做出任何决议，哪怕像其他议程那样有一个“下去拟定方案”的结果都没有。

洪钟华只好换了个议题：研究公车改革问题，请与会者就公车改革问题发表见解。其实他自己心里也明白，公车改革绝对不是这次会议上能够解决的问题，他的目的是起码在这次会议上要把这件事情提出来，也就是通常说的列入议事日程。他提出改革公车的直接目的是为了压缩一点儿财政支出，终究马屁滩的欠账是要还的，还有很多火烧眉毛的事情是需要花钱的，能省几个省几个，终究不是坏事儿。他的间接目的是想在这个时候，在最难改革的问题上作出一些让上级和百姓都能喝彩的姿态，转移人们的视线，减缓由于省委张书记视察期间出现那一系列问题带来的政治压力。

他一提出公车改革的问题，会场马上沉默，洪钟华从面前的那一张张脸上读到的信息让他想起了过去读过的某篇小说的名字：坚硬的稀粥。也难怪，与会者大都是公车占有者，由公车占有者们来改革公车，等于让人自己从自己身上割肉。闷了半会儿，洪钟华反复动员大家发言，人大主任才说了一句：“公车改革现在有不少省市都在探路，到现在为止还没有听说哪个省市敢吹牛在这个问题上有进展。我们现在讨论研究这个问题条件不成熟啊。”

又是华三八开始放炮：“公车用得着改革吗？恢复原来的做法就行

了。我在铜州市工作了半辈子，过去不管是书记、市长还是主任、主席，谁也没有专车。领导要用车，都是给车队打电话，车队派哪台车就是哪台车，也不像现在还分什么一号车、二号车、三号车的，车号跟座次对等。让我说啊，恢复老的传统做法，别分什么专车，领导要用车直接找车队派，派哪台就坐哪台，除了市领导之外，任何人出差，超出本市范围不得派公车、专车，一律坐公共交通工具。上下班也一样，除了单位有通勤车的以外，一律坐公共交通工具，各单位一律不按职数定车，更不准搞变相的专车。这样恢复过去的优良传统，还用得着费那么大劲头改革？"

他的意见马上遭到了围攻，市级领导、局级干部都纷纷反驳华三八，有的说那样改革等于把党政机关的腿砍了，今后还怎么干工作……有的说领导干部坐公车是正当的、应该享受的待遇，没有什么不对的，全国各地都这样，凭什么铜州市就要剥夺领导干部的公车待遇……

华三八倒也毫不畏惧，摆出了舌战群儒的架势反驳："没有专车就不干工作了？不干就不干，三条腿的蛤蟆稀罕，两条腿的人有的是，以为自己是什么宝贝啊？过去也没公车、专车，不照样建起了社会主义工业化。哼，什么待遇不待遇的？谁规定的待遇？把党和国家文件拿出来看看，如果国家真的规定当了官就可以有专车，那我就是放屁。"

又有人开始拿华三八坐公车办私事撞死人的短处说事儿："别人怎么说都可以，唯独你没有权力对这件事情指手画脚，你就老老实实坐着吧，把人都撞死了，公车腐败你是头一个。"

华三八刚才就被人用这个话又套住了喉咙丧失了话语权，这一回他不吃着一套了，马上对吵："撞死人也不是我故意的，说到底那也不过就是交通事故，我已经接受处分了，该赔的已经赔了，你们还要怎样？毙了我才高兴吗？"

有人开始打哈哈："不毙不毙，谁能毙了你啊，即便想毙你，我们说了也不算啊……哈哈哈……”

华三八便马上接口：“只要你们不毙了我，只要我活着，我就要说话，不让我说我也得说。过去说苛政猛于虎，现在是公车猛于虎，归根到底我犯的那个错误，不就是公车为祸的一个例子吗？如果没有现在的公车泛滥，我没有配车，我能犯那样的错误吗？我这是痛定思痛得出……”

立刻有人打断了他：“你痛定思痛没必要让别人跟你一样痛定思痛吧？我们天天坐公车，怎么就没压死人？还是怪你自己，坐着公车干私事，别睡觉压死孩子赖床板啊。”

马上就有人支持：“是啊，自己坐公车干私事压死了人，赖公车干吗？别人坐公车是为了干工作，你坐公车是为了干私事，两回事，两回事。”

眼看着华三八成了众人之敌，会场成了讨伐华三八的战场，洪钟华连忙出面制止，万鲁生也出面镇压：“都别说了，这是讨论研究问题的态度吗？不管说得对不对，不管是谁说的，有理说理，没理闭嘴，叫你们来不是听你们吵架斗嘴的。”

最终，这件事情跟其他议程一样，没有任何结果，决定下去后一边由华三八的市委调研室和政府秘书处联合，一边由财政局和机关事务管理处联合，分别拿出两个公车改革方案，提供给常委会讨论。

这次毫无结果的党政联席扩大会议让洪钟华有很大的挫折感，真正要解决的问题根本没办法解决，唯一可以解决的就是马上让财政局挤出一部分钱来先把马屁滩拆迁户的嘴堵一堵，他不敢设想，如果这件事情继续拖下去，那些人会不会真的闹到北京去。

洪钟华在办公室里转悠着犯愁，更让他犯愁的事情却又找上门来。纪委书记单立人敲敲门径直走了进来。单立人来到洪钟华办公室的时候照例带进了一股冲鼻子的卷烟味儿，洪钟华本能地皱眉搐鼻子，单立人视而不见地坐到了沙发上："书记忙吗？"

洪钟华起身去开窗户，应声道："再忙你来也得给你腾时间。"

开了窗户，外面的热浪扑面而来，室内的空调马上运转起来。

单立人半开玩笑地说："书记带头违反规定了。"

洪钟华说："我这不是浪费能源，是为了环保，你能不能少抽点烟，或者抽纸烟别抽卷烟，身上那股味道能呛死人。"

单立人哈哈大笑起来，笑得甚至咳呛起来，洪钟华愣了："有那么好笑吗？这句话值得你那么笑吗？"

单立人说："我今天来打扰书记，汇报一件事情，听了你肯定也得笑。想不到啊，就靠我身上这一股烟油子味道，还能破案呢。"

洪钟华半信半疑："纪委书记说的事情能让人笑？你靠烟油子破案？破什么案了？"

单立人严肃了："还真不是什么好事情，说出来你肯定得头疼。"

洪钟华坐回办公桌后面自己的座位，按照正常情况，接待单立人这样的人，洪钟华不会坐在办公桌后面谈话，那样显得居高临下，容易和谈话对象产生距离感。他会坐到另一个沙发上，采取跟来访者平起平坐的近距离交谈方式。可是对单立人不行，单立人味道太大，跟他坐近了很容易被熏得头晕恶心，不吸烟的人尤其难以忍受。

"你说，怎么回事。"

单立人掏出卷烟想抽，看看洪钟华又不抽了，洪钟华说："没事，你抽吧，已经让你熏了这么多年了，也不在乎这一时半会儿。"

单立人没有抽，把烟叼在嘴上干裹，动作活像小孩子吃奶："我有两件事情要向你汇报，一件大事，一件小事，你想先听哪一件？"

洪钟华说："我还是先听小事吧，给我个过渡，有点思想准备了再听大事就不容易吓着了。"

单立人先问他：“你还记不记得魏奎杨是怎么死的？”

洪钟华说：“这怎么会不记得，刚刚发生的事情嘛。”

“我说的这两件事情跟他的死都有关系。”单立人终于把烟点上了，也许洪钟华的注意力全都集中到了他正在说的事情上，并没有感觉到他的烟味呛人。

“先说他的死吧，你还记得跟他同时出车祸的那个民政局的副局长吧？”

洪钟华点头：“记得，叫车福禄，我认识，不熟。”

“最近，也就是这两天吧，我们连续接到两封举报，一封是署名的，一封是匿名的，举报说，导致魏奎杨出车祸的那台民政局的车当时并不是司机驾驶，而是车福禄驾驶。”

洪钟华：“噢，如果真是他驾驶的，那就违反纪委关于禁止处级以上干部驾驶公车的规定了。”

单立人：“问题还不仅仅是这些，署名举报的是魏奎杨的司机，据他说，他已经把真实情况告诉交警队了，交警队不但没作进一步的调查处理，反而匆匆结案，因此怀疑里面有徇私枉法、贪赃枉法问题。”

洪钟华点点头：“嗯，有这种可能。”

单立人接着说：“另一封匿名举报信，也是说这次车祸的肇事者是车福禄，而且进一步举报说，车福禄对交警队队长行贿，而且行贿的方式是赠送墓园的穴位……”

洪钟华发晕：“你说什么？什么穴位？”

单立人只好再把墓园穴位的事情解释了一遍，洪钟华愣了：“怎么会有这种事情？你们调查了吗？”

单立人说：“正准备展开调查，现在还不能下结论，但是根据这份举报材料中的口气和对细节情况的分析，这封举报信很可能是民政局内部相当了解情况的人写的，因为随信还附带了一份交警队队长的付款收据，抬头是交警队长的名字，付款人的签名却是车福禄，可以初步断定是有相当可信度的。这种事情调查起来比较简单，派一个人过去，让民政局纪检组安排个人配合就行了。问题比较严重的是第二件事，也跟魏奎杨的车祸有关系。”

洪钟华的脑子还在车轱辘的行贿问题上打转，没回过味来：“怎么会想到那陵园的墓穴行贿？就算想这么干对方也不见得会接受啊，拿到手再转卖？”

单立人说：“这里头到底是怎么回事，还要做进一步的调查了解。如果这件事情属实，性质非常恶劣。但是，相对于我要给你说的后面这件事情，车福禄还仅仅是一件小事。”

洪钟华由不得有点紧张：“还有什么大事？你快说吧。”

单立人一张口果然让洪钟华大吃一惊：“这件事情跟万鲁生有牵连。”

洪钟华惊愣了，他一直在暗暗猜测为什么万鲁生明知老百姓骂了他祖宗三代也要坚持收取所谓的城市停车年费，担心这背后有黑幕腐败，看来，他担心的事情终于发生了，这件事情对于他来说确实是大事，以至于他本能地跑到窗口把窗户关上了，似乎他和单立人说的话会通过窗户传到别人耳朵里：“怎么回事？”

单立人说：“我到省上汇报魏奎杨的问题，省纪委领导指示，一定要彻查，不能因为他死了就不了了之。我便汇报了我们的想法，先对宏发公司进行审计，这件事情在我去省上之前给你说过。”

洪钟华还记得，便点点头：“没错，你说过。”

单立人说：“魏奎杨家里发现六百多万现金的问题以后，我们面临的首要问题就是要搞清资金来源问题。我调阅了魏奎杨的人事档案，根据魏奎杨的任职经历，三年前他还仅仅是一个分管交通规划的交通局副局长，在那个位置上，即便贪污受贿，也没有那么快捷。提任市政管理局局长以后，经他手的工程项目倒是有一些，但是也并没有发现明显的违规操作行为。这些仅仅是我们粗粗捋过的线索，在这个梳理线索的过程中，我们发现，市政府征收停车年费的方案是魏奎杨提出来的，也是他大力主张积极推动促成的。最奇怪的是，停车年费作为市政府的行政收费项目，却委托宏发公司代征代缴。这非常不正常，为什么政府的行政性收费要委托一家企业代征代缴呢？一家企业有什么权利替政府向老百姓收钱呢？即便这家企业是国有企业，也是不合法的。由此我们想到，在征收停车年费的宏发公司和魏奎杨之间会不会有什么特殊的利益关系呢？当时这仅仅是我们的猜测、判断，猜测和判断需要事实和证据支撑，或者肯定，或者否定，都需要事实说话。我们把想法向省纪委汇报以后，省纪委对我们的意见非常支持，回来以后，我们和审计局联合组织了审计组对宏发公司进行审计，结果发现，宏发公司从开始征收停车年费以后，征收的年费并没有单独立项，而是作为企业营业收入和企业的其他收入项目混在一起。于是巨额年费收入变成了这个企业的经济效益。与此相对应，企业个人收入成倍增长，主要领导实行了年薪制，最低的年薪也有十五万元，最高的就是总经理兼党委书记李芳，年薪高达五十万元。”

洪钟华问道：“你说的李芳是不是万鲁生的老婆？”

单立人点点头：“对，就是她。”

洪钟华说：“如果这样，充其量也不过就是违纪行为，纠正、处罚都可以，还算不上违法吧？这件事情好像还没有你刚才说过的那件事情大呢。”

他说这话的时候，心情松弛了许多，平心而论，他是绝对不希望市委市政府主要领导出现严重的腐败问题，把整个铜州市的党政领导班子闹得灰头土脸。所以听到宏发公司仅仅是利用年费收入增加单位经济效益，从而增加职工个人收入，便大大放心，说话的口气里也微微带了一丝释然，意思是说你这不是小题大做吗？

单立人笑笑说："如果这样我也不会来找你了，纪委直接就处理了。在审计中我们发现，宏发公司有巨额资金去向不明，数额刚好也是六百多万。"

洪钟华差点跳将起来："你说什么？巨额资金去向不明？六百多万？那么正规的企业怎么可能？"

单立人说："这是事实，审计报告正在写。今天我来，是征求你的同意，对李芳实行双规。"

洪钟华又惊了一跳："有那个必要吗？万市长那边怎么交代？"

单立人说："有必要，我们已经跟她接触过了，她初步交代了问题，有很多事情还要进一步深入调查，为了防止发生其他问题，非常有必要立即对她采取组织措施。"说到这里，单立人又咯咯地笑了起来。

谈这种话题，他还能笑得出来，让洪钟华挺不高兴："笑什么？有什么值得笑的。"

单立人忍住笑接着往下汇报："那天我们发现这个问题之后，马上找他们财务调查了解情况……"

3

联合审计组审计出宏发公司有大笔资金去向不明的问题之后，马上找财务人员调查了解情况，财务人员倒也毫不隐瞒，直截了当地告诉审计组，这些资金都是按照总经理李芳的指示打到了指定的账号上，至于资金从那个账号上又打到哪儿去了，则只有总经理李芳知道。在这种情况下，只有直接找李芳调查了解。于是审计组找李芳谈话，了解这些资金的去向问题。

李芳是市长万鲁生的老婆，自然不会把这些审计组的小干部放在眼里，小干部们也不敢对这位市长夫人放肆，毕恭毕敬，不像调查问题，倒像推销保险的上门服务。李芳刚开始还耐着性子教导调查组的小干部："这些事情不是你们应该知道的，如果有违法犯罪问题，我们的账面上能够这么明目张胆地挂着吗？这件事情涉及重大商业秘密，你们就不要问了。"

职责所在，不能不问，不问清楚，调查组也没办法向自己的上级交差，所以只好软磨硬泡，求爷爷告奶奶地让人家给个明白话儿，那么多的钱到底跑到哪儿去了。结果，查案的没急，被查的人倒烦了，李芳抬起屁股就走，临走扔下一句话："我忙得很，没时间跟你们纠缠不休，真要查让你们那个大烟鬼亲自来查。"

她要走，谁也不敢拦截她，也没有合法的正当的理由拦截她，只好急急忙忙向"大烟鬼"单立人报告。单立人一听就跑到了宏发公司，李芳其实并没有离开，在自己的办公室里上网聊天呢。单立人可不是应付不了市长夫人的小喽啰，板着一张黑脸，把李芳堵在办公室里开始谈话。李芳对了单立人态度虽然不敢像对那些小喽啰那么嚣张，却也仍然用"商业秘密"四个字来抵抗，单立人一时半会儿倒也真没有好办法，只好继续使用部下用过的办法：死缠烂打，不说就不让她离开办公室。

李芳并不怕单立人，论职务单立人比她家万鲁生还要低上半级，可是她怕单立人身上那股味道，那股由卷烟和男人的体臭搅拌成的刺鼻味道，熏得她头晕作呕，这间舒适豪华的办公室现在在她的心目中成了希特勒的毒气室，恨不得马上脱逃出去。她几次三番要出去喘口气，都让单立人给拦住了。实在没办法，李芳只好说要上厕所，单立人指了指她办公室里的卫生间："你这有卫生间，还上什么厕所？"李芳气得半死，这个时候她才开始后悔，当初装修这间办公室的时候，不应该专门搞这么一个豪华卫生间。

李芳怒气冲冲地说："你在这儿我怎么上卫生间？"

单立人嘿嘿一笑说："你尿你的，隔着墙隔着门，怕什么？即便我在不在这儿，你上卫生间也会有人跟着。"

李芳质问他："你这是干吗？限制我的人身自由？你这是非法拘禁，我要告你，别看你是纪委书记，犯了法也照样有人管你。"

单立人："我犯法？六百多万国有资产你说弄没就弄没了，还敢说我犯法？明着告诉你，今天你不交代清楚这六百多万的去处，就别想离开这间屋子。还有，你今天不交代清楚这六百多万的去处，明天我肯定要给你换个地方谈话。"

李芳软了，做出恳切的样子说："单书记，你别逼我好不好？看在我们家老万的面子上，你别太为难我，我也实话告诉你，这笔钱肯定有下落，绝对不是我贪污了，你让我出去透透气好不好？"

单立人："透什么气？这屋里空气好得很啊。"

李芳说："我真的受不了了，你要是再不让我出去透透气我就得死在这儿。"

单立人说："太简单了，你说清楚那六百多万的去处，我马上就离开，你以为我愿意在这儿耗费时间吗？是你叫我过来的，我怎么能不接受你的邀请把事情搞清楚呢？事情不搞清楚，我也没办法向你们家老万交代啊。"

李芳说："那好，让我到外面透一口气，回来我就告诉你，行不行？"

单立人回答得非常决绝："不行，你不告诉我就不能离开这间屋子一步，除非明天我给你换个地方。"

李芳终于发怒了:“你离我远点,熏死我了,唉呦,我实在受不了了。”

单立人也发怒了:“熏死你我偿命,没熏死之前你必须把那六百多万资金的去处老老实实交代清楚,不然,我饶不了你,国家饶不了你,你们家老万也饶不了你。”

李芳捂住了鼻子,死活不再跟他说话,单立人也不再催促她,点着一支大卷烟抽着,冷然盯着她。按照他的审讯经验,这阵李芳正在做思想斗争,或者说现在李芳正在犹豫不决,而他应该做的就是耐心等待,这也是耐力、意志的较量和搏斗。这个时候如果急于求成加大压力,弄不好会适得其反,强化对方的抵触情绪,加大调查的难度。果然,两个人对峙了十来分钟,李芳就投降了,憋着气息说:“算了算了,我不跟你纠缠了,再犟下去真得让你熏死了。告诉你吧,这笔钱都给死鬼魏奎杨了。不过可不是我行贿,而是他帮我们催缴欠缴年费的活动经费。”

尽管当初审计宏发公司的目的就是想要找到魏奎杨的资金来源,可是一旦李芳这么轻易地说出魏奎杨的六百多万资金是从宏发公司拿去的,仍然让单立人大吃一惊。这太让人难以置信了,这些人竟然敢用这么简单拙劣的手段把六百多万拿回了自己家里,简直是胆大包天,丧心病狂了。单立人办过很多案子,凡是非法攫取经济利益的人,不管是贪污还是受贿,无一不煞费苦心、处心积虑地掩盖自己的犯罪行为。而像魏奎杨和李芳这样如此直截了当,几乎等于公开贪占,反而让单立人吃惊至于有些疑惑。这种情况有三种可能:他们是傻子;他们是疯子;他们没有犯罪。当然,他们不可能是傻子疯子,那么唯一的问题就是需要认定他们转移这笔资金的性质,也就是他们到底是不是在犯罪。

单立人追问:“催缴年费要用这么多钱?”

李芳却说:“真的假不了,假的真不了,我告诉你你得赶紧让我出去透口气。”

单立人答应了："好，但是要有人陪着，不准对外联系。"

李芳说："那是要拍电视片，印发公益广告，让车辆管理所把车辆年审和缴纳年费挂钩等各项配套措施的经费。他让我们把钱打到指定账号上，我们就打过去了。怕什么？他还敢忽悠我？"现在还有相当一部分车户抵制缴纳年费，群众对市里强征停车年费的做法极为愤慨，于是市里就想办法用车辆年审来卡，凡是没有按规定缴纳停车年费的车辆，不但要征收滞纳金，车辆也不给年审。看样子，这里头又有魏奎杨做的工作起了作用。不管是真是假，李芳起码有了表面上能够自圆其说的理由，单立人没有再阻拦她。一旦放行，李芳逃跑似的夺门而出，就像从狐狸的洞穴中逃出去的兔子。

部下对单立人敬佩极了："还是单书记厉害，我们追问了整整一天，李芳根本不答理我们，单书记出马，不到两个小时就攻破了李芳的防线。"

对于部下的恭维，单立人内心里沾沾自喜，表面上却谦虚："我也就是耐心好一点儿，经验多一点儿，其他的也没什么。"

正说着李芳带着几个部下回来，李芳不进办公室，部下冲进李芳的办公室，打开所有门窗，又打开了换气扇，还拿了一桶空气清新剂在办公室里拼命喷洒。李芳站在办公室外面懊恼地对单立人说："你那一身烟油子味道，我要是再不说非得让你熏死，你咋那么大味呢？。"

李芳的话让单立人尴尬不已，他的部下在一旁想笑不敢笑，憋得很痛苦。

洪钟华听了单立人靠浑身烟油子味道硬把李芳熏服了，忍不住哈哈大笑起来："纪委书记用味道熏服调查对象，这是可以作为反腐败案例的事情啊。"笑过了，却又有一层深深的担忧浮上了心头："你相信魏奎杨的六百多万真的就是宏发公司转过去的？还有，宏发公司那个李芳，就那么大胆子，那么一大笔资金就那么随随便便地交给了魏奎杨？有什么证据没有？”

单立人说：“这正是我们要向你汇报的。经过纪委常委会议研究，决定立即对宏发公司巨额资金非法转移立案调查，对李芳采取组织措施，进一步深入调查此事的原因，希望你能支持我们。”

洪钟华犹豫了，李芳终究是市长万鲁生的妻子，虽然她本人级别并不高，纪委常委会议就有权决定对她采取组织措施，具体说就是在规定的时间、规定的地点检查交代问题，俗称“双规”、“双指”、“两规”。对她实行双规不存在权限、程序上的问题，但是造成的影响却很难以估量。万鲁生对此会有什么反应难以预料，在老百姓中间会造成什么影响也难以预料，对整个铜州市的工作会造成什么影响还是一个难以预料。如果万鲁生把这件事情的性质搅和成政治斗争，事情就会更加复杂。要是调查结果李芳并没有违法乱纪行为，那么他这个市委书记和市长之间的关系就彻底完了。党政一把手之间闹矛盾、起内讧是官场大忌，没有谁会认真调查、评价是非曲直，这就像两口子吵架打仗，外人是难以评说是非的，所以古话说清官难断家务事。党政一把手闹意见，闹得好，调离，闹不好，也是调离，结果就是两败俱伤。

洪钟华问：“难道非这样做吗？”

单立人没有直接回答他的问题：“我看过一本书，名字叫什么来着……”边想边用被卷烟薰得焦黄的手指头敲打着脑门子：“怪怪的名字，对了，想起来了，《越轨诉讼》，上面有这样一句话：每一个错案后面都有一段不可告人的故事，每一笔难以收回的贷款后面都有一段不可告人的故事。现在这句话应该再加一句：每一个市长作出的荒唐决策后面也都肯定有不可告人的故事。因为，能当上市长的人不会是傻瓜白痴，既然不是傻瓜白痴为什么会作出荒唐决策呢？初步查证的事实证明，征收停车年费这种荒唐事情之所以能够在公然违法和受到百姓强烈反对的情况下强行实施，背后确实有故事，而且还不是小故事。”

洪钟华心里明明知道这件事情背后确实像单立人说的那样有故事，但是却不愿意让这个故事影响自己的政治前途，损害自己的政治利益，这是每一个官员遇到这种事情的本能反应。说得冠冕堂皇一些，就是不能影响安定团结的大局，不能影响经济社会的顺利发展。洪钟华本质上是一个正直的、有原则的人，同时他也是一个有自己政治利益的政治人物，遇到这种情况也难免思前想后、患得患失。不然他也不会做出把范家滩改成三顺滩，让老百姓骂他拍马屁的丢脸事儿了。所以，他对单立人说：“你考虑这件事情的后果了吗？我的意见是，征求省纪委的意见，如果他们要搞这个案子，我们全力配合，如果他们不搞，我们也没办法搞。”

单立人当然明白他的心思，也理解他的心思，从政有点像做生意，谁都想把利益最大化，风险最小化，从政成功的标志是级别，经商成功的标志是金钱，从政失败的标志是撤职，经商失败的标志是破产。理解归理解，并不等于认可，从大处说，单立人有自己担负的职能、义务和责任。从小处说，也有自己的利益需要维护，也需要建立自己本部门的业绩，业绩对于一个官员来说，太重要了，就像学生的成绩单，是要凭成绩单升级的。

单立人说：“洪书记，你说的意思我已经请示过省纪委了，省纪委的态度很明确，指示我们一查到底，决不姑息，同时也指示，即便是市长的老婆，也要按照干部管理权限来查，不能因为是市长的老婆就不敢查，把责任往上推。”

洪钟华听他这么说，马上松了一口气，跟万鲁生谈话他有由头了，把审查万鲁生老婆的事情推到省纪委身上就万事大吉了，而且，这种谈话，他洪钟华无疑占领了道义高地，不由他万鲁生不服服帖帖，想到找万鲁生谈这个问题的时候，万鲁生狼狈、惊愕的倒霉相儿，洪钟华心里暗暗有了快感。

洪钟华心里这样想，表面上却装得非常生气，板着脸说："既然省纪委已经有明确的意见，那就按照省纪委的指示办，我没意见。"洪钟华的言外之意就是：既然你已经向省纪委报告了，省纪委已经有明确意见了，你还来告诉我干吗？难道我还能让你不按省纪委的指示办吗？

单立人连忙解释："洪书记，你别误会，省纪委仅仅是个工作意见，我们纪委工作要接受同级党委的领导，这是确定无疑的，我们也会坚决按照组织原则办事。当时上省纪委汇报还是你指示我去的，汇报以后，省纪委对这件事情非常重视，基本上是每天一个电话询问进展情况。我们找李芳谈话有了初步结果之后，还没来得及向你汇报，省纪委就来了电话询问案件进展情况，我顺便向他们汇报了一下，当时我的意思是最好由他们派工作组下来调查，我们负责配合。人家当时就把我顶回来了。"

单立人的解释也有自己的话外音：对这个案子涉及的复杂人事关系我不是不知道，但是这个案子的严重性你也应该知道，想放水是不可能的。

见洪钟华沉吟未语，单立人咳嗽一声又补充了一句，把话说得更明了了一些："这件事情现在看肯定要采取组织措施彻查了，其实，这种事情谁也没办法替别人埋单。"

洪钟华明白他的意思，认真想想，也真的就是那么回事，如果万鲁生的老婆违法犯罪了，别说他洪钟华，就是万鲁生自己又能替他老婆埋单吗？

洪钟华问："你有什么建议？"

单立人说："没什么建议，其实，双规李芳纪委常委会就能定……关键是，万市长那边是不是洪书记……"

洪钟华心里暗笑，脸上却做出勉为其难的样子愁眉苦脸地说：“好吧，我抽时间跟万市长谈谈，你们该怎么做就怎么做，这件事情太大了，既要慎重又要坚决，别的我也没什么可说得了。唉……”

单立人走了，洪钟华拨通了市长万鲁生的电话：“老万啊，什么时候有时间，我有点事情跟你谈谈。”

万鲁生说：“我这一两天真得很忙，事情很重要吗？”

洪钟华说：“不重要我怎么敢耽误市长的时间啊？很重要，这样吧，今天下班以后，你到我办公室来，或者我到你办公室去也行。”

万鲁生迟疑片刻，还是答应了洪钟华：“那好吧，还是我到书记那儿去吧。”

洪钟华说：“那好，不见不散，我在办公室等你。”

4

李桂香上班了，当上了交通协理员。她的岗位在市区的东街口，这个街口是交通要道，汽车犹如钢铁洪流在狭窄的河床上咆哮奔腾，行人就像慌乱的羊群在车流暂时被红灯掐断的间隙匆匆忙忙地从人行横道上跑过。李桂香的任务就是当红灯亮起来的时候，吹着哨子挥舞小旗拦阻企图和行人抢行的汽车，当绿灯亮起来的时候，吹着哨子挥舞小旗拦截企图和汽车抢道的行人。不时地还要制止骑自行车的带人、逆行、到汽车道上游逛等违章行为。

中国人民上了马路似乎就都变成了急性子，汽车和行人都不愿意避让对方，好像只有抢到对方的前头才能显示自己的存在，展示自己的价值。李桂香维护交通秩序的难度很大，她不是正规的警察，没有执法权力，人家听不听她的全靠自觉。李桂香却是一个非常敬业的人，这份工作来之不易，工钱也还算满意，如果下班以后再兼点别的差事，比如帮人家装修队打打小工，到哪个娱乐场所当当清洁工，每个月的收入不但可以满足自己和小燕的支出，还能略有盈余，积攒一段时间偿还医院的医药费应该是可以预期的事情。尽管司马达多次告诉她，医药费不用她操心，由市委洪书记负责，她却从来没有想过顺水推舟把那几千块钱的医药费省下来。她感谢市委洪书记和司马达，但是，自己有病了让别人掏钱跟她的世界观相悖，她虽然渺小，却也有自己做人的原则，并且非常艰难地坚守着自己的原则。

李桂香当了交通协理员，这是她下岗以来得到的最为稳定的工作，新得到的工作，为这个母女相依为命的小家庭展示了前所未有的光明前景。为了能够把这个前景变成现实，李桂香就必须得百倍敬业，这对李桂香来说并不是很难的事情，因为她本身就是一个敬业认真的人。

李桂香嘴里含着哨子，挥舞着小红旗，汗流浃背地指挥交通。车过来了，她便拼命拦住潮水一样想尽快通过马路的人群，偶尔有调皮的不知死活的孩子漏网，她便冲将过去连拉带抱地把孩子从车河中拯救出来。如果有不守规矩的汽车，在红灯亮的时候还企图强行通过，李桂香就拼了老命的吹着哨子挥舞着小红旗阻挡人家。她经常会招来恶骂，那些驾车的人坐在空调车里便往往会产生贵族式的幻觉，好像天生就比在外面烈日下奔波的芸芸众生高档很多。所以，当李桂香制止那些小轿车违章行为的力度大一点儿的时候，往往会有司机和乘客摇下车窗骂她："干吗？马路橛子捣什么乱？""你他妈的找死啊？""没事回家待着去，跑大马路上亮什么相，也不怕影响市容！"……

此类谩骂是李桂香要经常承受的侮辱。李桂香不敢得罪这些乘坐轿车的人，她知道，这些人虽然同样生活在社会主义国家，同样是人，但跟自己不是同一个品种，现在不讲阶级了，如果讲阶级那就好说了，他们不是同一个阶级，不讲阶级了就没有合适的词汇来表达这种区别，只好说不是同一个品种。那些坐在轿车里骂人的人，李桂香知道自己惹不起他们，对于他们的谩骂和侮辱，李桂香只能假装听不着，为了生存，她就要维护好这个路口的交通秩序，绝对不能出交通事故，为了维护好这个路口的交通秩序，保证不出交通事故，她就得忍耐那些人的谩骂和侮辱。

李桂香敬业，同时又是一个执拗的人，所以尽管有人骂她、侮辱她，她却非常尽心尽力地履行着自己的职责。一辆黑色的奥迪车威风凛凛地驶了过来，这时候红灯已经亮了，行人已经开始起步要通过斑马线了，那辆奥迪却仍然挣扎着要冲破人群通过路口。李桂香吹着哨子挺身拦在了车子的前面，她知道很可能又要挨骂了，但是她又不能不拦住这辆车，不拦住这辆车，她就是失职，尽管没有发生事故，那也对不起今天的这份工资。车子停了下来，车窗摇了下来，一个脑袋比皮球还光亮的秃子怒火中烧地嚷嚷："你干吗？我们有急事，耽误了工作你负得起责任吗？"

李桂香张开双臂，既是拦车，也是保护身后正在经过路口的一队小学生，汗水洇进了她的两眼，眼睛酸辣难忍，她还得心平气和的作解释："对不起啊，希望你们能遵守交通规则，现在行人正在过马路，你硬挤多不安全，万一……"

坐在司机旁边的人不耐烦地说："行了，别啰嗦了，交通规则我们懂。"然后吩咐司机："葫芦，把车窗摇上，热气都进来了，你急什么？没看见是红灯吗？"

司机连忙把车窗摇了上去。李桂香松了一口气，她看到坐在司机旁边的是一个胖乎乎挺面熟的中年男人，进而想起这个领导就是那个在大纽约娱乐城滑倒的车局长。局长就是领导，当领导的人一般水平比较高，不会像那些暴发户或者暴发户的司机胡乱骂人。尽管这样，李桂香看到这位局长却暗暗心惊，就是这位局长摔的那一跤，让她丢了在大纽约娱乐城当保洁工的工作，潜意识里，她把这位局长当成了自己的灾星，所以，这位局长的出现让李桂香怦怦心跳，担心自己今天又有什么灾祸降临。绿灯亮了，李桂香连忙拦住身后的人潮，摆手示意汽车通行，那台奥迪车缓缓驶过李桂香的面前，既没有故意在她身边鸣喇叭吵她，也没有像有的司机那样故意甩一把方向拿车身蹭她。汽车离开路口远去了，李桂香长吁一口气，暗暗祈求上天让她今后可别再碰上这个人，因为，在她的心目中，这个人一出现就很可能让自己倒霉。两种人最容易陷入宿命的牢笼：一种是万事如意的人，一种是命运多舛的人，李桂香属于后者。

汽车一辆接一辆地通过路口，行人在这种时候一般不会贸然闯进车流里面找死，李桂香也才有空闲用头上的红头巾擦拭了一把蛰眼睛的汗水。汗水擦去了，她的眼睛好受多了，她想起了女儿小燕，顿时像吃了一口冰糕，凉爽爽的舒服感觉让她暂时忘掉了酷热的暑气。她头上蒙着的这块红头巾是小燕给她买的，她问小燕哪儿来的钱，小燕说那段时间她住院，司马叔叔老来送吃的，她就把每天的饭钱省下来了。用省下的钱给她买这块头巾，就是让她上班的时候戴在头上，能够挡风遮太阳。李桂香嫌颜色太艳了，小燕说，红色的醒目，等于天天脑袋上顶着一个红灯，司机老远就能看见。所以，李桂香一想起头上的红头巾，就十分舒心，因为头巾是还在读小学的女儿省吃俭用给她买的。

李桂香的搭档是下岗工人老刘，老刘此刻正站在马路对面照顾行人和汽车，看到李桂香正朝马路对面张望，便隔着马路用手点点脑袋，又竖起了大拇指。李桂香冲他笑笑，明白他是说自己头上包的红头巾，心里油然有了一丝自豪感，这个自豪感来源于女儿小燕送给她的礼物。搭档是一个腿脚有点残疾的老工人，儿子读高中，除了要学费、生活费，跟他没话，他告诉李桂香，儿子就像眉毛，没有吧，好像比别人少了点什么是个缺憾，有了吧，又确实没什么实在用处，特羡慕李桂香有这样一个知道疼她的女儿，经常对李桂香说，如果可能，他宁愿拿他的儿子换个女儿。

红灯亮了，李桂香拦住汽车，护着行人过马路，车队里一台黑色的轿车车窗摇了下来，司马达探出脑袋朝李桂香招手。李桂香正在忙着工作，顾不上跟他打招呼，一群刚刚放学的孩子正在横穿马路，孩子们活像刚刚出圈的羊群撒着欢在马路上奔跑，这是最危险的，如果这个时候信号灯转换了，汽车开始通过，很容易对活蹦乱跳只顾朝前跑的孩子造成威胁。红灯转换成了绿灯，孩子的队伍刚刚过了一半，李桂香急忙拦住后面的孩子，朝通过的汽车摆动着旗子，吹着哨子，提醒司机慢慢通过，不要抢灯。司马达的车缓缓从李桂香身边经过，李桂香这才有机会对司马达喊一声："慢点，注意安全啊。"

司马达朝李桂香挥挥手，李桂香注意到，车里只有司马达一个人，市委洪书记并没有在他的车上，她有些纳闷，正是下班时间，洪书记怎么会没有坐车呢？

5

司马达经过路口，从后视镜里又看了李桂香一眼，李桂香头上的那一方红头巾活像耀眼的火焰在燃烧。看到那一团火焰，司马达的心里突然觉得暖烘烘的。李桂香昨天打电话请他星期天有时间到家里吃饭，她要给司马达包饺子。饺子这种食品是最为奇特的食品，只有家里包的才好吃，再高级的饭馆采用再高级的原料，也包不出家的那种味道来。司马达明白李桂香是要采取这种方式对他的帮助表示感谢，马上答应了，告诉李桂香说，只要星期天洪书记不用车，他一定去吃饺子。李桂香说，如果洪书记用车，她就把饺子给司马达留着，什么时候来了什么时候下。

司马达在铜州市没有亲人，他在李桂香家里享受到了家的感觉，重温了亲人之间相互关心、相互牵挂的温馨。经过一个时期的交往，在司马达的心目中，李桂香就如同他的一个生活艰辛的姐姐，一个不时让他牵挂、同情并老想为她做点什么的姐姐。而小燕更是司马达心目中的外甥女，不知不觉就承担起了小燕舅舅的角色。李桂香母女则更是自然而然地把司马达当成了家庭的准成员，既像娘家亲人，又像从小在一起长大的至交。

司马达爱吃饺子，尤其爱吃母亲包的饺子。母亲去世以后，他就再也没有吃过家里包的饺子。那一次他顺路到李桂香家里看看她出院以后身体恢复得怎么样，正好碰到李桂香在包饺子，饺子是韭菜鸡蛋馅的，盛夏季节的韭菜属于过季蔬菜，很老，很柴，一般人的说法是，过季的韭菜喂马马都不吃。但是，过季的韭菜便宜，这也正是李桂香包韭菜鸡蛋馅饺子的原因。那天小燕非得留司马达在他们家吃饺子，小孩子不懂事，以为饺子就是好东西，却不知道过季的韭菜一般人是不吃的，也只有他们这种极为贫困的家庭才会用来包饺子。李桂香当然明白，所以小燕拼命留司马达吃饺子的时候，李桂香觉得很不好意思，对小燕说："小燕，别不懂事，司马叔叔什么好东西没吃过，怎么会吃咱们家的粗茶淡饭呢。"李桂香话说出来了，又觉得有点不妥，好像在讽刺司马达，连忙又试探着问司马达："司马师傅，你如果不嫌弃，就尝一两个，不好吃就不吃了，算是应付一下小燕。"

司马达已经吃过饭了，可是他觉得如果谢绝了小燕，不但会让小燕扫兴，也会让李桂香误以为自己真的看不起她们家的过季韭菜馅饺子。于是半开玩笑说："我吃过饭了，看在小燕的面子上，我就尝两个吧。"

一听他要尝两个饺子，李桂香和小燕非常高兴，连忙给他和了一小碟醋水，醋水里还滴了一些辣椒油。小燕把第一锅饺子的第一个夹给了司马达，司马达吃了一个饺子就再也住不了嘴了，他从这个饺子里吃到了老家的亲切，吃到了母亲的味道，吃到了恍然如梦的昔日，吃着吃着，他有些想哭。他父亲在他刚刚一岁的时候就患肝癌去世了，他母亲白天在工厂劳作，晚上到城郊的拱桥上帮人家推车，推一趟能挣五毛钱，就靠这微薄的收入把他和哥哥拉扯成人。哥哥工作了，他也参军了，家里的生活开始好转，母亲却在他走进兵营的第二年去世了。他蓦然想到，之所以李桂香包的饺子吃起来这么合口、这么熟悉、这么亲切，是因为他母亲跟李桂香一样，只有当韭菜过季价钱降得跟白送差不多的时候，才舍得买回来给他和哥哥包一顿韭菜饺子吃。他和哥哥那时候还小，不懂事，逮着好吃的了，两个人拼命抢着吃。她妈就用他们吃饺子的醋水蘸着饺子皮煮成的面片吃，还说她就愿意吃那一口。

李桂香看司马达吃饺子吃着吃着眼圈红了起来，惊愕、担心地问他："怎么了？是不是不好吃不想吃了？不想吃就别硬吃了，等下一次我买点芹菜给你包芹菜肉馅的。"

司马达不敢说话，怕一说话眼泪就会忍不住流下来，可是又不能对李桂香关切的询问置之不理，只好埋下头猛吃，嘟囔了一句："好吃，真好吃。"

小燕吃了一阵儿，忽然咯咯笑了起来，李桂香笑骂："你这个孩子，饺子还堵不住你的嘴，不好好吃饭笑什么？"

小燕调侃司马达："司马叔叔刚才说他尝一两个，整整一盘子都让他吃了，应该说尝一两盘还差不多。"

司马达这才发现，自己果然不知不觉中吃了整整一盘饺子。李桂香也忍不住笑了起来，司马达嘿嘿讪笑着解释："大姐你包的饺子跟我妈包的饺子味道太像了，多少年我都没吃到这个味道了，所以一吃就忘了我刚刚吃过饭。”还有一句话司马达在嘴边上咽了下去：穷人家的饭菜味道竟然也都一个样儿。他怕说出来让李桂香和小燕误以为他嘲笑她们家穷。

李桂香非常高兴，给司马达捧过来一碗饺子汤：“喝点汤，原汤化原食。”

司马达再一次心悸，这句话是每一次吃饺子他母亲让他们喝汤的时候都要说一遍的。他端起饺子汤，喝了一大口，很烫，也很香，味道跟他母亲煮的饺子汤一模一样。

李桂香说：“爱吃饺子，今后我包饺子就叫你，你就过来吃。”

司马达爽快地答应了，他知道，答应得越爽快，李桂香和小燕子就越高兴，这也是穷人家的特点，真诚，好客，希望有人常来常往。

今天下班，洪钟华让司马达到铜州宾馆去吃工作餐，吃过饭给洪钟华送两份工作餐到办公室。根据他对洪钟华的了解，他肯定是要找人到办公室谈话，肯定有很重要，很紧急的事情，他便开了车直接到铜州宾馆找汪清清先解决自己的肚子问题，同时请她安排洪钟华两份晚餐。刚才经过路口的时候看到了李桂香，司马达才想起来，车上还扔着给小燕子买的一套《十万个为什么》。李桂香还在住院的时候，司马达领着小燕子去品尝肯德基，肯德基过道有一个小书店，燕子看到这套《十万个为什么》就恋上了，翻来翻去看个没够，上学差点迟到。过后司马达就买了一套，最近比较忙，一直没倒出空到小燕家去，把放在后备箱里的这套书忘了，今天看见了李桂香司马达才想起来，过几天抽空一定给送过去，小燕子一定会高兴得“鼻青脸肿”，这是小燕子喜欢用的形容词。

1

万鲁生按照约定的时间来到了洪钟华的办公室，他知道，肯定有重要事儿，不然洪钟华不会约他在这个时间到这个地点采取这种方式谈话。已经下班了，办公楼里静悄悄的，走廊两侧都是房间，阳光进不来，有点阴森森的。不知道是受到这种阴森森的压抑的感觉影响，还是洪钟华这种约会方式有些神秘莫测的气氛，万鲁生来到洪钟华门前的时候，居然觉得心跳气短。他在洪钟华办公室门前作了几个深呼吸，定了定神，然后才敲门。

洪钟华显然在专门等他，门一敲响便马上开门，热情非凡地把万鲁生迎了进去："来来来，老万很准时啊，进来坐。"

万鲁生迫不及待地连连追问："什么事情？怎么了？"

洪钟华把他让到沙发坐下，然后给他沏茶倒水，活像一个热情周到的服务员。坐定之后，洪钟华便字斟句酌地企图用尽可能轻松的方式向万鲁生提起那个个沉甸甸的话题。尽管事先洪钟华已经打好了腹稿，但是向一个市长宣布要抓他老婆，终究不像给熟人拉纤保媒或者向下级宣布提职加薪那么轻松愉快。

"老万啊，我们在一起搭伙有几年了？"洪钟华先这么问。

万鲁生心里暗骂：共事几年有什么屁用，你也不会主动让位。心里这样想着，嘴上却回答："有三四年了吧？"

洪钟华微微一笑："整整四年四个月了，不管你的感觉怎么样，我觉得大体上还是很满意，很愉快的。"

万鲁生连忙应答："是啊，我也是这个感觉。"心里急着想知道他要说什么，忍不住追问了一声："有啥事你书记赶紧说啊，说了咱们好去吃饭。"

洪钟华说："没事，饭我已经让司马达到铜州宾馆去拿了。"

万鲁生："事情麻烦吗？看样子我得在书记办公室吃晚饭了。"

洪钟华说："也没什么麻烦的，是关于你爱人李芳同志的。"

万鲁生万万没想到洪钟华这么神神秘秘又急匆匆地找他，说的竟然是自己老婆的事情，两只眼睛惊成了一双鹅蛋："李芳？李芳怎么了？"

既然话头已经点破，洪钟华也就不再拐弯抹角，直截了当地对万鲁生说："市纪委单书记今天找我，说他们要对你爱人李芳同志采取一定的组织措施。"

万鲁生坐不住了，站起身惊问："采取什么组织措施？她怎么了？"问过，万鲁生也就反应过来了，所谓的组织措施就是双规。

洪钟华也起身，把他按回了沙发："你别激动嘛，冷静一些。"

万鲁生坐了下来，本能地再一次追问："为什么要对她双规？"

洪钟华说："魏奎杨死了之后，在他家里发现了六百多万现金，这件事情你也清楚……"

万鲁生打断了他："我知道啊，现在铜州市全体人民都知道了，这跟李芳有什么关系？"

洪钟华说："纪委单书记到省上向省纪委汇报这件事情的时候，省纪委指示，要对魏奎杨的问题进行彻查。回来之后，魏奎杨就组织力量对魏奎杨的资金来源进行调查，因为他生前和宏发公司来往比较密切，而他主持的收取城市停车年费又是由宏发公司代办的，所以纪委就组织人员对宏发公司进行了审计，结果发现宏发公司有六百多万的资金去向不明……”洪钟华把单立人追查资金去向的情况一五一十地向万鲁生介绍了一遍。

万鲁生呆了，满脸写着四个字：丧魂落魄。有那么片刻，洪钟华甚至对他产生了一丝同情，这个往日在场面上大捭大阖、高谈阔论、神采飞扬地吹嘘铜州市在他手里将实现新一轮跨越式发展的堂堂市长，在听到自己的老婆被双规，成了纪委的审查对象之后，竟然马上变成了斗败的公鸡，颓头搭脑，委靡不振，活像一个刚刚被诊断患了不治之症的病人。他正想按照惯例在这个时候说一些劝慰、鼓励万鲁生的话，让他正确对待，放下包袱，轻装前进，不要为这件事情烦恼，要相信组织相信党，既不会冤枉一个好人也不会放过一个坏人云云，万鲁生却说出了一句让他大惊失色的话：“看来你们是不想让我当这个市长了。”此话一出，洪钟华才发现，不过瞬间，万鲁生已经恢复了镇定，神色由刚刚听到这个消息时的惊慌、惊讶、惊愕、惊恐搅和成的混乱变成了沉静的阴冷，让人联想到泛起沉渣的浑水沉淀成不见底的深潭。

这是洪钟华最怕见到的结果，哪怕是万鲁生跳起来大吵大闹一顿也比现在这种情况好，因为他把对他老婆采取组织措施跟官场上常见的争权夺利扯在了一起，把对一宗经济案件的审查变质为政治斗争的恶劣手段。洪钟华没有搭话，冷冷地看着万鲁生，既然是最怕见到的结果，洪钟华当然事先也准备好了应付这种场面的预案。万鲁生终究心虚气短，说了那句话之后，下面的就没再接上，反正话已经说到了，看到洪钟华那副冷然严肃的表情，不跟洪钟华正面斗气是上策，再说了，跟他斗也没什么意义。

洪钟华说话了：“老万啊，你刚才说的话让我非常惊讶，这不是一个党的高级干部应该说的话。出了这种事情你心情不好，情绪激动我能理解，但是我希望你要冷静，你应该相信组织，相信纪委的同志会把问题搞清楚的。我要声明的是，办这个案子，不是市委和市纪委背着你搞什么名堂，起码我老洪没有搞什么名堂，我也没必要搞什么名堂，搞你对我没任何好处，这你应该明白。”

万鲁生说：“我不是说你洪书记怎么了，我是说有的人就是在拿我老婆的事情做文章。事情已经查清楚了，宏发公司的资金去向也弄明白了，他们还要双规我老婆，什么意思？怕她逃跑还是怕她串供？逃跑，我作担保行不行？她逃了拿我是问，枪毙我都行。怕她串供，魏奎杨已经死了，难道她还能跟到阎王爷那儿去找魏奎杨串供吗？我的话不太好听，可是事实就是这么回事儿，我当市长，我老婆被双规审查，你说我这个市长还怎么当？这不是逼我辞职吗？”

洪钟华说：“老万，我觉得你考虑问题站在自己的角度想得太多。我相信纪委跟我一样并不愿意对李芳同志采取措施，但是，职责所在，不能不查清问题。反过来说，如果经过审查，李芳同志确实清清白白没有任何问题，那不也是一件好事吗？”

万鲁生暗骂：放你妈的狗臭屁，你怎么不把你老婆抓起来审查一番然后证明她清白呢？心里这么想着，脸上就露出了大大的不以为然的表情。

洪钟华知道他心里不服气，也不指望他服气，但是该说的话作为书记他还是要说透彻：“可能你对这个问题还有些误解，你说问题已经查清了，为什么李芳要把那么大一笔资金打给魏奎杨的个人账户呢？他们之间有没有共同的利益呢？那笔资金的用途、往来的经过和其中可能牵涉到的腐败问题，还要做大量的调查工作。当着你的面我也不隐瞒什么，李芳同志的说法不能自圆其说。此外，宏发公司利用征收城市停车年费的机会，利用人为形成的垄断地位，大肆谋取私利，你们家李芳的工资从开始征收停车年费以来增加了多少，你难道不清楚吗？”

万鲁生愕然：“增加了多少？她没给我说过，我也从来不过问。”

洪钟华告诉他：“从开始征收停车年费以来，宏发公司员工的工资奖金成十倍的增加，你们家李芳年薪五十万。”

万鲁生惊讶了：“不可能，怎么会那么多？我怎么不知道？”

洪钟华：“这件事情你都不知道，那会不会还有别的事情你也不知道呢？李芳为什么要一下子把六百多万的国有资产转到魏奎杨的账户上呢？即便这里面没有经济犯罪，起码也是严重违反国家的政策法令吧？所以啊，我觉得你对这件事情不要有抵触情绪，你也是长期受党和国家培养的高级干部，在这种问题上一定要站稳立场，要有正确的态度，千万不能冲动，一定要积极配合组织上查清李芳同志的问题。”

万鲁生沉默了，垂头丧气。

洪钟华又说：“这件事情还没有开始执行，如果你坚决反对，我也不好处理，一是你直接找单立人同志谈谈你的想法，二是你也可以直接找省纪委、省委谈谈你的意见。我今天的任务就是向你通报一下情况，事先跟你沟通一下，当然，也有征求你个人意见的意思。”

万鲁生听得很明白，洪钟华在告诉他，这件事情是经过省纪委甚至省委点头的，是单立人要坚决执行的，并不是他洪钟华要在里面做什么文章。同时，洪钟华也是在向他下通牒，如果万鲁生对这件事情有不同意见，必须得由省委或者省纪委下指令才行。万鲁生听懂了洪钟华的意思，也就明白了，现在再跟洪钟华说什么都已经没有意义了，要想拯救李芳，更准确地说，要想拯救自己，只有通过省委或者省纪委了。如果李芳真的有严重的经济犯罪行为，很难设想他这个当市长的丈夫能够全身而退，起码，这个市长他是不好再当下去了。

“那好吧，我个人没有什么意见，我服从组织的决定，如果李芳真的有严重的经济问题，大不了我跟她离婚，对，离婚，坚决离婚。”

洪钟华听了万鲁生的话，暗暗觉得好笑。心想，现在的人真有意思，老婆大把大把捞钱的时候，他坐享其成。出了问题，说一声离婚就可以平安无事，就好像炒股做期货，行市不好马上割肉平仓。就拿万鲁生来说，他知不知道他老婆有什么贪污受贿的问题现在还不好下结论，但是，谁会相信他老婆年薪五十万他居然会一点儿也不知情。平常他就跟那个汪清清不清不楚的，现在老婆出事了，正好，顺水推舟一离了之，这边离了那边刚好好跟汪清清接轨，这个万鲁生到真的做到了有备无患。洪钟华心里这么想着，不知不觉脸上就露出了一丝讥笑。

万鲁生从他脸上读到了那一丝笑意，很不高兴地说：“你笑什么？这件事情值得笑吗？”

洪钟华连忙否认：“你太敏感了吧？我笑什么，我哪能笑得出来。不过，李芳的事情刚刚开始调查，你说离婚还为时过早，别说现在还不能确定人家真的有违法犯罪行为，即便有，离婚也不是解决问题的唯一途径嘛。”

万鲁生起身告辞：“不管是不是唯一途径，如果李芳犯了罪，我除了跟她离婚还能有什么出路？好了，谢谢书记提前给我打招呼，你放心，我会正确对待的。”

洪钟华连忙拦住他：“我已经让司马去给你我弄吃的了，马上就来了，你走了怎么办？还是吃了饭再说，我还有话跟你说呢。”

万鲁生停下步子：“看来你是做了充分的准备啊。”

洪钟华说：“你以为我找你谈这个话题轻松啊？当然得做充分的准备了，包括物质上、精神上的准备工作都要做。来来来，今天难得有时间，我们好好谈谈。”

万鲁生坐了下来，洪钟华说：“唉，我真的有些想不通啊，你们怎么就能想得出征收城市停车年费这种主意来，被动啊，实在是被动。”

万鲁生“哼”了一声说：“现在全国哪一个地方政府不是千方百计地增加财政收入？我们铜州还算好的呢，我到东南沿海城市去了一次，那边更缺德，都在征收什么路桥通行年费，不管你走不走路，过不过桥，只要有车，挂本地牌照，就得征收年费，那才叫厉害呢，少的几百块，多的成千上万块，政府每年增加收入几个亿。老百姓气得编了手机短信骂娘：土匪说：此路是我开，此树是我栽，要从此路过，留下买路财。市长说：此路非我开，此树非我栽，不从此路过，也得留下买路财。怎么了？老百姓再骂，人家硬着头皮就是收，你有什么办法？我们这里办点什么事情怎么就这么难呢。”

洪钟华说：“人家那些地方的群众没有告到省委书记那里，我们铜州市的群众不是闹到省委张书记跟前了吗？”

万鲁生长叹一声说：“洪书记，你以为我老万皮贱，爱让老百姓指着脊梁骨骂我啊？俗话说雁过留声，人过留名，别的我不说，起码我离开铜州的时候，不能背着一身骂名吧？可是我有什么办法？不千方百计增收，这么大个家业怎么维持？财政支出越来越大，再多的钱也不够花。那天召开的党政联席会议，会上财政局说的那些情况我心里清清楚楚，话谁都会说，事情可不是谁都会办的，所以我根本不听他们瞎白话。行政费用支出庞大，这谁都知道，可是谁能解决得了？哪一块能压缩下来？由俭入奢易，由奢入俭难，社会已经发展到这个程度了，就拿公车来说吧，谁都知道不合理，可是谁有办法解决呢？只能拼命想办法弄钱维持。”

洪钟华语塞，因为万鲁生说的是实情。

万鲁生又说：“那天开会华三八说，我们铜州市过去的领导，不管是书记还是市长，哪个人有专车？都是用车朝车队现要，安排哪台车坐哪台车。这话没错，可是现在能行吗？我们铜州如果真的还按那一套办，省内各县市的领导不把我们骂死才怪，市内的干部也得把我们骂死。所以说，你洪书记在这方面应该理解我，不当家不知柴米贵，不拼命搂钱，怎么养活这帮高消费的家伙？不把这帮家伙养活好了，谁给我这个市长干活，再说难听点，考核干部的时候谁给我这个市长投赞成票？”

洪钟华不能不承认，万鲁生这会儿说的是实话，这些现象他不是不知道，而且他也是享受高消费待遇的群体之一，平心而论，如果让他像过去一样骑着自行车上下班，遇到事情朝车队要车，有车就坐没车就走路，他肯定很难适应：“老万啊，你说的这些我都同意，也都赞成，今天我也跟你掏心窝子说句话，这些事情不是你我能解决得了的，今天咱们先不谈这些。不管怎么说，李芳的问题你还是要正确对待，千万不要对外面说方才那些气话，别动不动就谁不让你当市长了，跟老婆离婚了，让人听着好像你在闹情绪。别说你是党的高级领导干部，就是一个普通老百姓，遇到这种事情也得要沉住气，拿得起放得下……”

万鲁生打断了他的话：“我就是拿得起放得下才说要离婚啊，好了，书记，我肯定得正确对待，不正确对待也不行啊。刚才我说那么多，话是你引起来的，你老说征收城市停车年费不对，我也知道不对，我是在向你解释为什么明明知道不对还得那么办。至于李芳在这里头到底有没有经济问题，我万鲁生有没有什么经济问题，我接受组织的审查。”

洪钟华听得出来，万鲁生对这件事情还是耿耿于怀，现在事情也只能这样了，谁遇到这种事情都难免有想法，能做到不吵不闹不破坏稳定大局，他这次谈话就算达到目的了，至于李芳的案子查到最后能查出什么结果，现在谁也不敢说死话儿。

这时候有人敲门，洪钟华对万鲁生说：“是司马，肯定是给我们送饭来了，悠悠万事，唯吃唯大，民以食为天，一切事情都等吃过饭以后再说。”边说边应门，“司马吗？进来。”

司马提着两个大大的塑料袋进来：“洪书记，万市长，饭我打来了，现在就吃还是过一会儿？”

万鲁生抬屁股就走：“我不吃了，现在哪儿还有心思吃饭。”

万鲁生扬长而去，司马达愣在了那里，洪钟华苦笑：“算了，他不吃就不吃，你吃了没有？没吃咱俩一块吃。”

司马达说：“我吃过了，这是两个人的份，剩下就糟蹋了。”

洪钟华说：“剩不下，来，分出一半你带回去明天吃。”

2

从洪钟华办公室出来，万鲁生的心里酸甜苦辣五味杂陈，情绪更是波澜起伏百感交集。他给妻子李芳拨了几个电话，家里电话没人接，李芳的手机关机，由此他确认，李芳已经被双规，丧失了人身自由。万鲁生一时间觉得空落落的，满眼他亲自主持建设的夜景工程变成了虚幻的造影，他的精神有些恍惚，甚至希望自己身处梦境，理智却毫不留情地告诉他，这并非梦境。实话实说，混到了万鲁生这个年龄，又有了汪清清的那份情意，李芳对于万鲁生来说，只不过是一起过日子的一种习惯而已，这是万鲁生现如今跟李芳感情性质的写照。然而，正像人们常说的那样，很多东西，你拥有的时候并不觉得它有多么珍贵，甚至有时候还会觉得累赘。可是，一旦失去了，却又让人觉得心里空空荡荡仿佛掉了馅的包子。尽管他跟李芳已经没有爱情可言，但是，感情、亲情却是难以割舍的。李芳出了事，万鲁生还是感到了锥心刺骨的疼痛。

万鲁生没有乘电梯，从楼梯上往下走，楼道里空荡荡的，他的皮鞋踩踏出一阵阵回音。蓦然，万鲁生觉得这回音似乎是一阵阵的钟鼓在耳边震响。如果，万一，李芳真的鬼迷心窍拼了老命去捞钱，那么，即便事后查证落实跟他万鲁生并没有任何关系，即便他真的跟李芳离婚了，造成的政治损害也不是他一个小小的地级市的市长能够承受得了的。起码，他的政治生命会被冷冻，再耀眼的政绩也无法成为他在政治舞台上继续表演的彩装。想到这些，万鲁生的心惊悸不安，感到身上冷飕飕的，活像有一块寒冰直接浸到了他的心脏里。不行，不能这样傻乎乎地坐以待毙，与其到时候狼狈不堪地跟李芳离婚，还不如现在主动一搏。寒冰刺激了他，也冷却了他，他开始能够冷静地审时度势，对目前的局面进行分析判断了。万鲁生坐到了楼梯上，想掏一支烟抽，却掏出来了汪清清送给他的电子香烟。汪清清说抽烟对人身体的损害实在太大，这种电子香烟有助于戒烟，起码可以减少吸烟的数量，每支要一千多块钱。他接受了汪清清送给他的这一支电子香烟，同时也接受了汪清清的一片款款深情。他将电子香烟叼在嘴上，开始思量单立人那个老烟鬼查办李芳案子的来龙去脉。

事情并不复杂，根据洪钟华谈的情况，很快他就总结出来以下几点：

其一，迄今为止他们并没有掌握李芳自己从中非法获利的证据，仅仅是李芳擅自给那个死鬼魏奎杨的账号先后打过去六百多万，起码，目前没有证据能够证明李芳在这个过程中有任何的贪污受贿行为。

其二，李芳年薪五十万，并不能算作是经济犯罪，充其量也仅仅是工资过高。宏发公司是企业，企业有权利根据经营效益决定管理人员的工薪收入。退一万步说，即便这个高薪不合理，那也仅仅是不合理的问题，涉及不到犯罪。

其三，目前问题总的性质不过是违反财经纪律，根本还没有任何证据证明已经涉及经济犯罪，仅仅是因为违反了财经纪律，那个大烟鬼单立人就兴风作浪要把一个市长夫人双规，不是脑子有病就是别有用心，万鲁生宁可相信他是别有用心。

其四，不管最终审查结果如何，对他万鲁生现实的损害是显而易见的，如果就这样把李芳双规了，他万鲁生确实很难继续在市长的位置上发号施令，这一点应该让所有的领导明白。

万鲁生站立起来，给自己的司机拨通电话：“你到前面等我，跟我去一趟省城。”

司机惊愕：“现在就走吗？”

万鲁生明确无误地回答：“现在就走，油够不够？”

司机说：“油倒没问题，路上随时都可以加。”

万鲁生说：“那就好，我现在就下去。”

万鲁生边下楼边拨通了省委张书记的电话：“张书记吗？您好，对对对，我是万鲁生啊，我有点急事想当面向您汇报一下。”

张书记愣了一愣：“什么事情这么急？电话上不能说吗？”

万鲁生肯定地回答：“非常急，电话上不能说。”

张书记想了片刻说：“明天吧，明天上午我安排个时间，你明天有时间过来吗？”

万鲁生说：“我今天晚上就过去，到省城太晚了就不打扰您了，明天我在省城等您的电话。”

张书记说：“那好吧，明天我让小曹跟你联系。”小曹是省委张书记的秘书。

万鲁生下楼来到门前，他的专车已经在楼门前等他了。万鲁生坐进车里问司机：“吃饭了没有？”

司机说吃了，反问万鲁生吃了没有，万鲁生说我也吃过了。

3

司马达把洪钟华送回家之后，没有直接回宿舍，转了一把方向盘，朝李桂香家奔去。他舍不得自己享用万鲁生没吃的那一份晚餐，要送给小燕吃。因为这是给书记、市长准备的晚餐，汪清清格外上心，亲自给铜州宾馆餐饮部下单子，亲自监督厨房制作，真是做到了色香味营养俱佳。主食是米饭和奶油小馒头，分量都不大，重点是副食，红焖对虾、蚝油生菜和百合鲜芹，每份饭还配了一块煎牛排，算是两荤两素，外带一罐花蛤翡翠汤。因为明确是给洪钟华和万鲁生了两人准备的晚餐，汪清清把晚餐分成了两份，每人一份用食盒装着，分量、品种完全一样，免得在两位领导之间造成不和谐。

根据司马达对李桂香母女生活状态的了解，他断定，就这样一份对洪钟华和万鲁生来说很普通的晚餐，不要说吃，可能她们娘俩连见都没有见过。司马达赶到李桂香家的时候，天已经黑透了，司马达看看表，八点钟了，估计李桂香母女肯定已经吃过了，这让他微微有些遗憾。可是，这也是没办法的事情，他并不能左右领导的吃饭问题。

司马达又从汽车后备箱里拿出了那一套《十万个为什么》，想到小燕看到这套书惊喜的样子，司马达自己倒先高兴了起来。来到李桂香家门口，司马达却听到李桂香正在吼叫，吼叫的内容似乎是小燕犯了什么重大的错误。这让他大为吃惊，在他的心目中，李桂香是一个温柔、随和、内向的人，对小燕说话也向来是心平气和，从来没有见过她像有些家长那样，对孩子声色俱厉地呵斥詈骂。司马达连忙敲门，想赶紧进去劝架。

随着敲门声，李桂香的吼声戛然而止，随即又恢复那种和蔼温柔的声音："谁啊？请进，门没锁。"

司马达推门而入，看到的景象又让他大吃一惊，平日里活泼调皮的小燕子，给人的印象是天不怕地不怕，更不可能怕她妈。此刻，却像一只刚刚受了主人惩罚的小狗，老老实实地趴在饭桌上写作业，听到司马达进来，连头都没敢抬。

司马达问道："怎么了？我在外面就听见你们吵架的声音了。"

小燕是孩子心性，还没学会韬光养晦，听到司马达这么问，忍不住张嘴更正："我可没跟我妈吵架，是我妈骂我。"

李桂香反过来质问小燕："你给你司马叔叔说说，我为什么骂你？"

小燕说："我司马叔叔早就知道，用不着我说。"

司马达让她们娘俩给搅得云山雾罩："我知道啥？我啥也不知道啊。"

李桂香告诉司马达："你说说气人不气人，今天我下班，在楼下遇到了退休的老李师傅，他对我说，你这一上班就好了，你们家小燕就轻松了，说完还长长地叹了一口气。我问他怎么了，他刚开始还不说，我追问急了才告诉我，我害病的那几天，他看见小燕在马路边上跪着向过往的行人要钱……"李桂香越说越气，声音在不知不觉中又大了起来，转而向小燕詈骂："你这孩子怎么这么不懂事，啊？俗话说人穷不能穷志气，我是不是一直这么教育你的？想不到你真是这么没出息的东西，居然到马路上去要饭，你说在邻居面前我这张脸还往哪儿放？啊？你让你妈这张脸往哪儿放？"

小燕嘟囔了一句："我没要饭。"

李桂香举起了手要揍小燕："你还学会顶嘴了啊……"小燕看见巴掌要劈下来了，吓得连忙缩脖子捂脑袋，李桂香那一巴掌却没舍得扇下去，一屁股坐到凳子上默默地流起了眼泪："你说你，从小就这么不上进，跑到大街上丢人，就你这个秉性，今后长大了能考公务员，能当国家干部吗？我算是白养活你了……"

司马达连忙插空劝架：“大姐，你别生气了，那天我在街上碰见小燕了，是我把她拉回来的，她当时就承认了错误，保证以后再也不做那种事情了。”

李桂香抹了一把泪水：“这件事情你早就知道啊？那你为什么不告诉我？”口气里有埋怨的味道。

司马达赶紧解释：“不是我有意瞒你，事情已经过去了，小燕已经知道错了，也已经改正了，再给你说白白惹你生气，所以我就没说。其实啊，这件事情要看从什么角度去看，我倒觉得小燕才真的是有志气的孩子，她那么做还不是为了帮你治病吗？虽然方式方法上欠妥，可是目的还是好的。穷人的孩子早当家，小燕这么小就懂得出外挣钱，懂得帮你支撑这个家，你应该高兴才对啊。”

李桂香非常敬重司马达，司马达说出来的话在她心里非常有分量，听到司马达这么说，李桂香迟疑不决地反问：“这么说她做得还对了？”

司马达说：“做法不太好，当时我已经说过她了，挣钱也不是那么个挣法，那不叫挣钱叫要钱，再说了，她还太小，不应该考虑这些问题。小燕当时就答应过我了，对了，小燕你是不是后来又去了？”

小燕连忙否认：“没有，绝对没有，你说过了，我也答应了，我怎么还能再去呢？君子一言驷马难追嘛。”

司马达说：“你看，小燕是个知错就改又懂事的好孩子，你还这么骂她，算了，别生气了，今后小燕不会再做那种事了，小燕一定会专心学习，考重点名牌大学，然后读研究生，当博士，给你妈创造一个美好的晚年。”

小燕：“那当然，我一定要让我妈妈过上好日子，不然我这么辛辛苦苦写作业干吗？”

李桂香让司马达和小燕一唱一和哄得破涕为笑：“你们俩啊，真能说，我说不过你们俩。”

司马达这才倒出空来提及他的晚餐：“这是我们今天晚上的工作餐，挺好的，我就多要了一份，给小燕吃，补补营养。还有这一套书，给小燕补补精神营养。”

小燕跳了起来：“我刚才就闻到香味了，司马叔叔给我的什么好吃的？哈，《十万个为什么》，太棒了。”

李桂香呵斥她：“刚刚吃过饭，闻到味道就流哈喇子，真像个小狗。”说归说，话音里却已经丝毫没了气恼。

司马达说：“你自己来看吧，想吃就吃一点儿，不想吃等一会儿当夜宵也行。”边说边揭开了食盒的盖子。

小燕惊愕了：“这么多好吃的啊，司马叔叔，你们的工作餐就是这样的啊？真高级。”

司马达看到小燕高兴，就对李桂香说：“大姐，你也尝尝，这都是铜州宾馆的招牌菜。”其实，是不是招牌菜他也弄不清楚，反正知道都是好东西，铜州宾馆做出来的，味道肯定也错不了，就这么吹嘘起来，目的还是想让她们娘俩吃。

小燕不客气，用两根指头揪起一只对虾填进了嘴里。李桂香急忙起身到厨房拿了一双筷子递给小燕：“吃吧，简直就是一只馋猫。”

司马达说：“我听人家说，虾含磷高，小孩子多吃一些对大脑好。”

小燕说：“我也听说了，可惜我们家买不起，我妈净拿虾米皮打发我。”

司马达连忙说：“虾米皮包白菜馅包子可好吃了，我小的时候我妈就经常用虾米皮包白菜馅包子，现在想起来都流哈喇子。”

小燕说：“这个愿望很好实现，”嘴里嚼着对虾，扭头对李桂香说：“妈，听见了没有，司马叔叔让你给他包虾米皮白菜馅包子呢。”

李桂香说："胡说八道，司马叔叔也就是那么一说，"说完了，又对司马达说，"你要是真的想吃，星期四我轮休给你包，你下班别吃饭过来吃。"

司马达连连答应："太好了，没问题，我一定来。"

小燕嘻嘻哈哈地打趣司马达："司马叔叔，你真逗，那么多好吃的，你怎么就认准了包子饺子？还净是素馅的。"

司马达郑重其事地解释："我小的时候家里很穷，我妈一个人在街道工厂上班，养活我跟我哥两个，对了，再加上我妈自己就是三口人。那个时候啊，能包一顿饺子、包子就是过节改善生活了。你知道吗？我妈包的白菜馅包子的白菜是哪儿来的？都是在菜市场捡的别人剩下来的菜叶子。就那，我妈掺上点虾米皮，包成包子，我跟我哥俩都抢着吃啊。"

李桂香问："司马师傅听你这么说，你小的时候家里也挺困难的啊。"

司马达说："我跟小燕一样，很小就没父亲了，跟小燕不一样的就是，我妈得照顾我跟我哥两个孩子，小燕有一个妈妈全心全意照顾她一个人，还是比我有福多了。"

小燕点点头："就是，我妈妈全心全意地照顾我，我有福，来，妈妈，我慰劳慰劳你。"说着把剥好的两只虾，送到李桂香嘴边："妈，你也尝尝，其实跟虾米皮都是一个味道，就是这个肉多点。"

李桂香一来是有些不好意思，二来是想让小燕尽量多吃一点儿，连连摆着脑袋避让："你吃，你吃吧，我刚吃过饭不饿，啥也吃不下去。"

小燕硬将两只对虾塞进了李桂香的嘴里，李桂香也只好吃了。小燕吃了对虾，又吃了一个奶油小馒头，就不再吃了，聚精会神地埋头翻阅《十万个为什么》。李桂香把剩下的吃食收拾起来，司马达提醒她："放冰箱里吧，别坏了。"话说出口才想起来，冰箱这种对大部分家庭来说不过是日常器具的装备，对李桂香家来说，却还是可望不可即的奢侈品。

李桂香说："没关系，放在厨房里，下面用水冰上，明天早上就吃了。"

司马达又坐了片刻，和李桂香聊了一阵儿上班以后感觉怎么样啊，最近身体好不好啊之类的家常话儿，看看时间不早，就告辞出来了。

他万万想不到，好心办坏事仿佛是他跟李桂香娘俩之间删改不掉的剧情，今天他送来的这一餐饭，明天却害苦了李桂香。

4

最近一段时间车轱辘的心情极佳。局里围绕配新车而掀起的茶壶风波，以他大获全胜收场。坐上了崭新的奥迪，葫芦继续给他当车夫，看着那几位同僚酸溜溜却又不得不假装坦然的样儿，他心里乐滋滋的。然而，车轱辘并不是一个初出茅庐的莽汉，他深谙官场的人情世态，明白在这个时候他应该怎么做，所以，态度上他对其他同僚格外热情，格外亲切，格外谦虚，千方百计地企图把自己不小心露出来的獠牙再深深掩藏起来。同僚们，尤其是卫骏、李有禄在这次争抢新车的斗争中踢到了石头上，暗地里揉着疼痛难忍的脚丫子，把车轱辘的祖宗八代骂了个遍，表面上却也只能作出从来没有发生任何事情的样儿，照样跟车轱辘满面笑容地打哈哈。

车轱辘心情爽了，对工作也就格外卖力，整天坐了他那台崭新的奥迪东奔西跑，会同市区两级老龄办的工作人员，整顿了铜山区那帮老赌棍，订立了铜山区老年活动中心精神文明建设公约，在老年活动室增设了更多适合老年人的娱乐项目，老年赌风很快被压制下去。

今天，他驱车来到了殡葬管理科，拽着殡葬管理科科长跟他跑到远郊落实陵园改扩建计划。铜州市过去死人住的地方在市区南边的小山上，随着城市的疯狂扩张，活人开始跟死人抢占地盘，地产商的魔爪伸向了这座小山下面的城乡结合部。可是，由于小山上住着死人，在这里开盘的房市卖得并不好。于是，房地产商便软硬兼施地让市政府赶走死人，给房地产商创造更加完善的发财空间。

现在经济的社会普遍形态是：市政府领导对投资商比对自己的亲爹还恭顺。任何一个市委市政府的头头都明白，要拿政绩给上面看，还是要靠这些富商的财力，全市的老百姓都变成活雷锋，也不比不上富商的投资给城市GDP增加一个百分点。

房地产商抱怨死人碍了活人的财路，万鲁生吓得要命，怕人家撤资，在市长办公会上决然拍板，立即找一块地方重新修建陵园，把原来住在小山陵园里的死人统统赶走。赶走死人容易，死人不会到市政府门前集体上访，然而，给死人找块地方却很困难。原因很简单，哪儿的活人都不愿意给死人作邻居，跟大批同自己没有任何关系的死人为邻就更是一件让人毛骨悚然的事情。所以，市长万鲁生的拍板容易，真正落实起来，就跟他拍的大部分板一样，并不像拍板本身那么简单。

车轱辘有了新轿车，便也有了新动力，在殡葬管理科科长的陪同下，驾着新车跑遍了铜州市的山山水水，终于在铜州市边缘的山区里找了一座山头。这里过去是华侨农场，改革开放后，华侨谁也不再安心守着穷山僻壤种地吃粮，大部分华侨都又跑到国外投亲靠友，在外国没有什么可靠关系的华侨也都纷纷进城做生意倒买卖，这个华侨农场就渐渐荒废了。这里偏远，又没有固定居民，想必在这里建陵园不会有活人反对。虽然偏远，但是又有一条现成的公路直达华侨农场，稍加整修完全可以通车。

“这块地方怎么样？”车轱辘兴冲冲中夹杂着几分得意地问科长。

“当然好了，山清水秀，人烟稀少，交通又方便，过去我们怎么就没想到这个地方呢。”

车轱辘半开玩笑地批评人家：“这就叫要想知道梨子的滋味就要亲

口变革梨子，领导干部就是要做到四勤，脑勤、腿勤、手勤、嘴勤，你一勤都没有，也不知道变革梨子，怎么能找到这块好地方。”

科长傻乎乎地问：“梨子怎么了？怎么变革？”

车轱辘哈哈大笑：“你呀你，是真不懂还是装傻逗我玩？这是毛主席他老人家的名言，说俗了，就是你要想知道梨是什么味道，就要亲口尝一尝。”

科长恍然：“这么说我就懂了，不但我懂，我老婆都懂，到市场上买水果，也不光是梨，不管什么水果，想知道好吃不好吃，咬一口不就得了。”

车轱辘嘿嘿一笑，晃晃脑袋，钻进车里，坐到了司机旁边的位置上，葫芦连忙请示：“车局长今天动车不？”

车轱辘当着科长的面还要避嫌，摆摆手说：“不动不动。”

科长也爬上车，装疯卖傻地讨好车轱辘：“车局长，你这个人说话太深奥了，我在理解上真的有点跟不上。你刚才说领导干部要有四勤，我没记住，再给我说一遍，哪四勤啊？”

车轱辘让他变着法儿吹捧得心里舒服，就不厌其烦地给他解释：“脑勤，就是要勤于学习，勤于思考，就像给陵园选址，你光瞎跑不行，得认真动脑筋想办法。既要认真总结选址失败的教训，又要能根据预选地址的要求和时代的进步来确定方针政策。过去失败主要就在于我们选的地方大部分附近都有居民，谁愿意整天看着烧死人的大烟筒冒黑烟，谁愿意邻居都是死人？所以啊，我们就要选那些没人的地方。过去老怕交通不便，现在是什么时代？是汽车时代，远点根本就没关系，大不了修一条路，所以啊，我们就到偏远的地区来找地方，思路对了，问题也就迎刃而解了。腿勤，就是要经常深入基层，掌握了解第一手资料，就像我们这一次选的地方，光在地图上看能行吗？亲自跑到了，才能做到心中有数，心中有数了，啥事情就都好办了。手勤，就是很多工作要亲自动手去做，光发号施令是不行的……”

话说到这儿，科长的手机响了，科长请示车轱辘：“车局长，我接个电话。”

车轱辘正说到兴头上，让电话打断难免扫兴，可是也不能不让人家接电话，只好挥挥手：“你接，你接。”

殡葬科长接通电话，一开始应答就引起了车轱辘注意：来电话的是个女人。

科长：“谁啊，我正和车局长在外面呢。”

对方告诉科长，她是科里的小文，有急事要找科长。听到来电话的女人不过是殡葬管理的办事员，车轱辘便也没多大兴趣了，可是那位小文随后告诉科长的事而又引起了车轱辘的注意。叫小文的女办事员告诉科长，有两个人来找他，自称是市纪委的。一听到是市纪委的人找自己，科长连忙偷觑了车轱辘一眼，车轱辘坐在前座，其实他已经听到是市纪委的人找这位科长，却假装正在关注道路两边的景色，竖直耳朵偷听科长的对话。纪委这种单位的人，无论找谁，都容易引起别人的关注，车轱辘也不例外。

科长：“他们找我干啥？”

小文：“他们没说，就说要找你。”

科长：“人呢？”

小文：“在会客室等着呢。”

科长：“我上午回不去了，要找让他们换个时间再来。”

挂断电话，科长估计车轱辘肯定已经听到了电话内容，便做出纳闷的样子说：“市纪委的找我干吗？”

车轱辘说：“看你刚才说话的口气好像你没啥问题，不然不敢让人家换个时间再来。”

科长：“我能有啥问题？一个小科长，人家行贿也看不上我这样的。”

车轱辘开玩笑：“噢，你的意思是说，人家行贿专门看上我这样的？”

科长：“那也不会，车局长谁不知道，一身正气，清正廉洁，是我们学习的好榜样啊。”

虽然明知他是在开玩笑逗趣子，车轱辘还是高兴得哈哈大笑起来。

越高级的领导越没有具体意见

1

控制铜州市的副热带高压被东南方向压过来的热带风暴驱赶到了更远的北方。铜州市空中浓云滚滚，气温虽然降了下来，可是却又不下雨，空气闷得让人透不过气来。如果说天人合一，那么，现在洪钟华的感觉就是名副其实的天人合一。他的心情也跟这天气一样，闷得他透不过气来。今天一上班，他就正式接到了省委张书记的电话，询问市长万鲁生的老婆、宏发公司总经理李芳的情况。面对省委书记的关切，洪钟华既不敢夸大也不敢缩小，实事求是地把李芳的审查情况给张书记汇报了一遍。张书记说："这样看来万鲁生说得倒还都是真话。"

显然，万鲁生直接找到了省委张书记那里。省委的反应如此快，这倒是洪钟华始料未及的。尽管省委张书记已经明确讲了"万鲁生说得倒还都是真话"，洪钟华还是忍不住又夯实了一遍："万市长找您了吗？"

张书记证实了："是啊，这么大的事情他能不找我吗？找我也没什么不正常嘛。"

洪钟华听出了张书记的话外音，急忙解释："对不起啊张书记，我没那个意思。我只是想知道省委对这件事情有什么指示没有。"

张书记说："省委没有专门研究这个问题，我倒可以说说个人的看法。

我觉得吧，双规是审查的手段，而不是一种惩罚措施，你说是不是？”

洪钟华听到这里，就知道情况有些不妙，嘴里连连应答着：“是啊，是啊……”心脏却开始怦怦狂跳，他已经听懂了张书记的意思，张书记不同意对李芳采取组织措施，如果那样，铜州市委和市纪委就会非常被动，甚至可以说非常狼狈。

果然，张书记开始说了：“从李芳的情况来看，目前还没有充足的证据或者线索证明她本人有什么经济问题，那六百多万的资金，都是以信息咨询费、业务活动费等名义支付到魏奎杨指定的账号上，钱也都从魏奎杨的家里找到了，说明李芳说的都是实话嘛。魏奎杨已经死了，如果要彻底调查他跟李芳之间的问题，又不会存在串供的问题，如果怕李芳逃逸或者有其他问题，可以让万市长负起这方面的责任嘛。”

从省委书记那一级别的高级领导那儿一般不会听到对某一具体问题的具体意见，都是原则话，原则话的准确含意要靠下级去领会。洪钟华是领会上级原则话的高手，况且，张书记的原则话表达的含意已经足够明确，洪钟华连忙表态：“好好好，我马上找纪委的同志传达省委领导的指示精神。”

张书记马上说：“我没什么指示，我仅仅是提醒你们一下，处理班子内部领导同志的问题，一定要谨慎。特别是现在，你们的注意力应该集中在什么方向，你们面临的主要是什么问题，需要解决的最主要的矛盾到底是什么，这些问题都需要你们坐下来冷静地思考，审慎地处理。在这个时候，最重要的就是保持领导班子在思想上、认识上的一致，保持铜州市的稳定大局，保证铜州市的经济社会建设不出现大的动荡，我说的这些仅供你们参考啊。”

书记的话说到这个份儿上，洪钟华无法解释，只能一个劲翻来覆去地说“好好好”。张书记等他说完“好好好”，又郑重其事地加了一句：

“还有，案子不能不查，反腐倡廉、惩治腐败是我们党的重要工作任务，我绝对不是不让你们查谁，而是建议你们查得高明一点儿，懂不懂？高明一点儿。”说完，张书记也不跟洪钟华说一声再见，直接就压了电话。

放下电话，洪钟华坐到椅子上，身上大汗淋漓。他忽然想起来，应该请示张书记一下，怎么做才能算查得高明一些。他抓起了电话，随即又无奈地把电话放了下来。他明白，如果他一本正经地请示张书记怎么样查案才算查得高明一些，张书记肯定会说：你自己去想。如果放在他身上，下面的人请教这样的问题，他也照样会那么回答。洪钟华喝了几口茶水，今天秘书沏的茶茶叶放多了，苦得要命，他把秘书叫了进来：“你昨天是不是把茶叶铺抢了？”

秘书胆怯地笑笑：“是不是茶叶放多了？我重泡。”

洪钟华没想到自己的秘书反应这么灵敏，反而有些不好意思，努力在脸上挤出一缕笑纹：“算了，已经泡上了就这样吧，不花钱的东西也不能浪费，以后注意。”秘书抱歉地笑了笑，关上门溜了。

苦茶醒脑，喝了几口苦涩涩的茶水，洪钟华开始冷静、全面地衡量面临的局面，他不得不承认，张书记讲的话不是没有道理，如果在这个时候强行对万鲁生的老婆采取组织措施，万鲁生很难在铜州市发挥市长的作用，这肯定会在铜州市掀起一场舆论风暴，对铜州市的社会经济稳定到底会造成什么样的影响确实是难以预料的。想到这些，洪钟华反过来就有些抱怨单立人，心里埋怨单立人太能忽悠，太具有煽动性，自己也让他忽悠得头脑发热，结果一脚踢到了铁板上。他却忘了，在听到单立人汇报这件事情的时候，他自己的潜意识里也曾经产生过占据道德制高点，让万鲁生狼狈一下的快感。

无奈，事情到了今天这个地步，也由不得他了。洪钟华拿起电话给单立人拨，一想到单立人身上那股脏兮兮、臭烘烘的烟油子味道，那股倔哼哼咬个屎橛子给根麻花都换不下来的劲头，洪钟华觉得心里发虚，他不知道传达了省委张书记的指示之后，单立人会闹出什么事情来。

2

王副市长今天也差点发生车祸，他的专车又让他老婆坐走了，他只好又坐值班车，而且又是毛毛雨的桑塔纳。毛毛雨现在有点怕王副市长，王副市长也有点烦这个毛毛雨，知道这是一个对领导不满的家伙，所以上车之后，王副市长板了一张油饼脸一声不吭，不给毛毛雨任何发言的机会。毛毛雨知道王副市长不待见他，也苦了一张柿饼脸沉默不语，怕说出来的话王副市长不爱听骂他。

王副市长今天要去他分管的市政管理局听取工作汇报。自从魏奎杨死了之后，市政管理局的工作就出现了一片新气象，仍然活着的副手门疯了一样地拼命工作，很多过去长期得不到解决的问题，比如莲花小区外来人口租用一楼车库和储藏间胡作非为的问题，比如偏远城区的路灯长期不明的问题，比如马屁滩的公路绿化问题……总之一句话，很多魏奎杨活着的时候长期得不到解决的问题，短短一两个月内都解决了。王副市长高兴之余暗暗感叹，如果魏奎杨早点死就好了，魏奎杨早点死了，副手们的积极性早点爆发出来，他也就能少挨点市民的骂。曾经有一段时间，分管市政的副市长简直成了网民们愤怒声讨的公敌，让他在市委市政府里头成了大家怜悯和嘲笑的小丑。

王副市长心知肚明，现在的这几个副手为什么会突然迸发出如此高昂的革命热情，根本原因就是大家都有了现实的既可望也可及的奋斗目标——局长。所以，当组织部门就魏奎杨的继任人选征求他的意见时，他马上表明态度：现在还没有成熟的人选，不急，不急，等忙过年了再说吧！搞得组织部门直犯晕。王副市长算是彻底明白了一个道理，没吃到嘴里的诱惑力最强，他要尽可能地延长这个足以让那几个副局长疯狂的诱惑期。

毛毛雨的车技很好，一路超车，中途要经过一座高架桥，下桥的时候，迎面一台公交车避让路边的行人，半个车身占据了逆行线，毛毛雨发现险情，及时减速刹车，把车停到在了桥边上，给公交车让道。就在这个时候，王副市长看到一个车轱辘顺着下坡的桥面滴溜溜地滚了下去，忍不住哈哈大笑着喊了起来：“这是哪个二百五，车轱辘都飞了。”话音刚落，擦身而过的公交车在他们身边停了下来，公交司机大惊小怪地冲着毛毛雨喊：“嗨，哥们，车轱辘掉了。”

毛毛雨还以为人家逗他玩呢，回嘴骂人家：“你他妈的轱辘才掉了呢。”

公交车过去了，毛毛雨的车也开始起步，刚刚松开离合器，车子晃悠一下，左后部就像陷进了地面一样突然塌了下去。毛毛雨大惊，连忙再一次刹车，跳下汽车一看，顿时懵了，刚才蹦蹦跳跳跑了的那个轮胎果真是自己这台车的后轮。王副市长跟着下来，一看车子没了后轱辘，气哼哼地骂毛毛雨：“你这也算司机，车轱辘都掉了还跑，坐你这车真要命。怎么搞的？”

毛毛雨晕头转向，莫名其妙：“这台车刚刚做完二保啊，怎么会出这种事呢。”

王副市长气急败坏：“什么狗屁二保，把车轱辘都保掉了，多亏刚才刹车了，不然正跑着车轱辘掉了不是你死就是我亡。你们这些司机真操蛋，就知道躲在值班室里传闲话，没事为什么不好好保养车？我看你们那个车队真应该好好整顿整顿了。”

毛毛雨自知犯了大错，不敢吭声，任由王副市长臭骂，埋头苦干抓紧更换备胎。车子不能走了，堵塞了交通，跟在后面的车停了一大溜，急不可耐的司机们纷纷按响喇叭，震耳欲聋的喇叭声吵得人恨不得从桥上跳下去。很快，交通警察来了，一看这种情况也确实没办法，只好拼命摆手制止那些乱鸣喇叭的司机们。一个警察拦住了对面的车辆，轮换着给两方面对开的车放行。

王副市长憋了一肚子气，揪住一个警察吩咐："算了，我等不及了，你把我送到市政管理局去。"

现任的市领导都是当地电视台的电视明星，警察当然认得这是王副市长，便请王副市长坐到摩托车后面，载着王副市长一溜烟地跑了，扔下毛毛雨一个人在马路上汗流浃背地换轮胎。

3

李桂香现在每天早上六点钟就得起床，七点钟一定要到达路口上岗。她起床后简单地洗漱一下，然后给小燕把头天晚上司马达送来的饭菜热上，等着她起床以后当早餐吃。小燕昨天晚上吃多了对虾，有点积食，起床以后洗漱完毕，对了难得的美食却没有胃口，只吃了两个奶油小馒头，又喝了点花蛤汤，便匆匆忙忙上学去了。剩下的吃食如果不赶紧吃完，天气这么热，放到中午肯定就坏了，"贪污和浪费就是犯罪"这句名言，真正的践行者都是穷人，贪污没有那个机会，浪费又浪费不起，李桂香是穷人，根本舍不得浪费哪怕是一个发了霉的馒头，更别说这么多难得一见的丰餐美食了，于是她把剩下的食物都吃了。

李桂香来到了自己工作的路口，七点钟，还没到上班高峰时间，路上的汽车稀稀落落，斑马线如跑道一般清闲自在。天气阴沉沉的活像一张生气的脸，让人有些憋闷。李桂香在岗位上认真地履行自己的职责，即便只有一个行人，她也要保证他遵行红灯停绿灯走的基本规则。七点半钟的时候，上班高峰时间来到了，从现在开始，一直到九点，都是李桂香最为繁忙的时候。汽车明显的多了起来，几乎要排成队才能通过路口，行人焦急不安地被车流堵在马路两旁，一个个跃跃欲试，活像一群站在起跑线上等待枪声的赛马。

正在这最为关键的时候，李桂香闹肚子了。她的肚子里骨碌碌地活像有七八个孙悟空在翻跟斗，肠子一阵阵绞痛，无形的力量一个劲朝下朝后沉坠，李桂香暗暗吃惊，完了，出事了。正在紧急关头，李桂香绝对不能离开岗位，她也根本没有在这个时候离开岗位的念头，这不符合她的观念。她唯一能做的就是忍耐。虽然李桂香已经在生活中学会了忍耐，也适应了忍耐，可是，很多事情是无法忍耐的，比如说闹肚子。李桂香咬着牙坚持履行自己的义务和责任，不时地挥舞着小旗示意过往的车辆减速慢行，不时地吹着哨子制止企图和车辆抢道强行通过马路的行人。可是，肚子里翻江倒海，折腾得她苦不堪言。有几个小学生过马路，李桂香护送他们来到了对面，搭档老刘看见她大惊失色："李师傅，你怎么了？是不是病了？脸色怎么那么难看。"

李桂香说："可能早上吃的东西不干净，肚子难受。"

老刘说："撑不住就赶紧到医院看看，这边我照应着。"

李桂香说："没关系，等这阵高峰期过了再说。"

老刘说："你这个人也真是的，除了身体我们这种人还有什么本钱？你要是连这个本钱都赔了，那就可真没活路了。赶紧去吧，有病就怕拖，小病拖成大病后悔都来不及。你赶紧去，我在这儿守着。"

李桂香真的有点撑不住了，可是她又不敢也不愿意在高峰时间离开岗位，恰好她看到了老刘身后不远处有一家自选商场，灵机一动说到："我也没什么，就是肚子不太好，你帮我稍微照应一下，我去去就来。"

老刘知道“去去就来”是女人告诉异性上厕所的委婉语，连忙说：“你去你去，没事，这有我看着呢。”

李桂香已经顾不上再听老刘啰嗦了，三步并作两步窜进超市问人家要尿不湿，商场售货员见来了生意，迎上前来热情洋溢的开始介绍尿不湿产品，李桂香心急慌忙地说：“我要成人用的，最便宜的就行。”

导购员从货架上抽下来一打尿不湿给她说：“这种最便宜，一包十片装，一包十六块钱。”

李桂香犹豫了，按照一个月一千来块钱算，她每天的工资收入不过三十来块钱，买这一包尿不湿她半天就算白干了。可是，如果不买，她就不能安心地在马路上尽职尽责地干自己那份工作，想到这儿，她咬咬牙说：“我要一包，你们这有厕所没有？”

导购员指指货架后面：“从那个走廊拐进去就是。”

李桂香抢一样地从导购员手里抓过尿不湿就钻进了厕所。从厕所出来，李桂香又有些后悔，方便过后，肚子好像没有刚才那么闹腾了，早知道这样就不买这一包尿不湿了，可是尿不湿已经拆包了，也已经有一张穿在了自己身上，现在后悔已经来不及。李桂香交完钱，赶紧回到了自己的岗位上。刚刚回到岗位上，肚子就又开始折腾起来，李桂香长舒一口气，有点赌气地对自己的肚子说：闹吧，闹吧，这回我可不怕了，我有尿不湿。有了尿不湿，她就可以抵挡到下班时候，下班回到家，吃上一两片痢特灵估计就能彻底解决问题了。

这一天，李桂香凭借着尿不湿一直坚持到下班，下班回到家里她就虚脱地倒在了床上……

4

惊叹号这几天遇到了大麻烦，麻烦是由毛毛雨惹出来的。王副市长坐他的车，把车轱辘都跑掉了，王副市长越想越后怕，如果当时车子正在高速行驶，车轱辘掉了汽车一脑袋从高架桥上倒撞下来，那他就吃嘛嘛不香了。越后怕越生气，回来以后从里到外从上到下把机关事务处和市府车队骂了个底朝天。这件事情的后果虽然不严重，性质却非常恶劣，搞得市领导人人自危，谁都怕自己的车发生类似的问题，谁都怕自己没有王副市长那么好的运道，车子轱辘都掉了，他却一点儿也没有损坏。于是车队的管理和安全就成了市领导们共同关注的严重问题。

在这种形势下，惊叹号犹如被人举着拖鞋追打的蟑螂，惶惶不可终日，随时随地都可能被拍成一摊平面体。惊叹号心情糟透了，连襟车轱辘两次约他去潇洒他都拒绝了。现在他面临的首要问题就是分析事故，从而对上面作出能够自圆其说、让上面相信的说明来，并且彻底杜绝类似问题的再次发生。

过去市里的公车修理都由市里指定的几家拥有一级资质的修理厂包干，据说这样既能够保证维修质量，也能避免修车的不正之风，当时还把这作为改革的新举措在新闻媒体上大吹大擂了好一阵儿。事实却是，毛毛雨的车刚刚经过二保，却在行驶中出了这么大的问题，这就难免让人产生各种各样的猜测和质疑来。机关事务处分管车队的副处长亲自主持，对这次事故进行了严格的分析。开车的谁也不是外行，事故也并不复杂，很快结论就出来了：汽车二保的时候，轮胎卸下来检查刹车片磨损情况，再往回装的时候，后轮螺栓没有按照技术规范上紧，结果汽车跑了一段时间之后，轮胎就脱落了。倒霉的是，轮胎脱落的时间太不地道，恰恰在王副市长乘坐的时候露了丑。

事故的主要责任者无疑是政府汽车定点维修厂，毛毛雨也有不可推卸的责任，作为司机，尤其是政府车队给领导开车的司机，居然不知道经常对涉及车辆行驶安全的重要部位如轮胎、刹车、方向这些部件进行检查。如果他认真检查了，轮胎螺栓松动就能及时发现，不至于发生轮胎逃跑的事故。既然事故确定主要责任者是修理厂，惊叹号便有了难以推卸的责任，因为，汽车的维修保养都是由他统一安排的。于是乎便有了各种各样的传言，有的说惊叹号利用跟定点厂的关系，每修一台车都要拿百分之十的回扣。也有的说这些定点厂都是市里有关领导的亲戚开的，所以才能成为市府车队的定点维修厂，反正出了事说啥的都有。

市长万鲁生也知道了这个情况，把机关事务处的处长叫去训了一通，指示他们立刻查清车轮上的腐败问题。同时指示，不管有没有腐败，今后都不能再在这家修理厂定点了，要改成公开招标，谁家的服务质量好、价格低，就把谁家定为市府车队的定点维修单位。处长在万鲁生那里受了委屈，回头就把委屈转嫁到了副处长和惊叹号头上，让他们马上了清和那家维修厂的合作关系。于是，副处长揪着惊叹号，两个人一起到维修厂兴师问罪。

这家维修厂是市里著名的一级汽车维修厂，很多著名的进口车都在这家修理厂定点维修。俗话说店大欺客，客大欺店，这是规律。市府机关事务处分管车队的副处长和车队队长惊叹号亲自拜访，属于客大，维修厂的厂长连忙亲自迎接。副处长也不跟他多说，让他把市府车队的维修记录拿出来。厂长面带难色，一个劲盯了惊叹号看，把惊叹号盯得毛骨悚然，生怕副处长误会他跟这家修理厂有什么不正当的关系，赶紧摆出公事公办的架势说：“我靠，你盯着我干吗？想必你们也知道，刚刚经过你们二保的车差点没把王副市长给害死，现在这件事情谁想压也压不住了，谁想瞒也瞒不住了，到底是怎么回事，你给我们说个明白话，今天我跟处长来就是彻底跟你们了清这件事情的。”

修理厂长的表情让副处长怀疑惊叹号跟这家修理厂有不正当的关系，可是看看惊叹号那义正词严的样儿，又不太像。惊叹号是经过大场面的主儿，副处长的心里在想什么，根本瞒不了他，他马上做出了进一步的姿态：“我靠，实话告诉你，今天你如果不老老实实把我们车队修车的纪录拿出来，来找你们的可就不是我了，公安局会直接来找你们。今天我们过来并不是我们没事干找你玩来了，我们是受市纪委的委托来找你们的。”

这种事情轮不到市纪委管，惊叹号在机关里头混惯了，知道官员们都怕纪委，所以也拿纪委来吓唬修理厂。修理厂厂长更是稀里糊涂不明白纪委是专门管党员干部的，光知道纪委很厉害，多大的官都敢办，如果要办自己这样一个小小的汽车修理厂长更不在话下了。于是老老实实地把市府车队的维修记录交了出来。

拿到纪录，副处长和车轱辘迫不及待地看了起来。这份记录记得还真够详细，每一台来修过的车，项目、价格都记得清清楚楚。看到很多车的后面还有一组数，副处长追问修理厂厂长：“这组数是什么意思？”

厂长嗫嚅半会儿，才说：“这是给师傅的辛苦费。”

惊叹号气坏了，这个修理厂是他确定的，修车也都是他安排的，回扣都让手底下那帮司机拿了，反过来还得让他顶枪子儿，骂骂咧咧地说：“我靠你妈的，把这本记录带回去慢慢查，查清一个开除一个。”

副处长也觉得问题挺严重，把修车记录收了起来，专门追问毛毛雨那桩事儿：“毛毛雨那台车你们给他了多少回扣？”

修理厂厂长说出来的话让副处长和惊叹号大吃一惊：“那个毛毛雨啊，就他不要回扣，来修车毛病还特别多，不到公里数多换一桶机油都不干，这不，修理工看他难缠，不配合，给他整车的时候就故意坑他，没把螺栓上紧。当时我也不知道，事情出来了之后，修理工们议论我才知道的，我知道坏事了，把那个修理工扇了两个嘴巴子开除了，可是还是没躲过你们这一劫啊。”

惊叹号说：“我靠，算你们这帮王八蛋福大命大造化大，要是王副市长这一次真的有三长两短，你们一个个都得送去啃窝窝头。今天我跟我们处长一起来正式通知你们，从现在开始，我们的定点维修合同作废，今后市府的修理费你们一分钱也别想再挣着。”

从修理厂回到车队，副处长就开始对车队进行整顿，彻底清理从修理厂拿回扣的司机。除了司马达、毛毛雨少数几个人之外，绝大多数司机都或多或少的拿过修理厂的回扣。司马达开的是市委书记的专车，不跟修理厂同流合污，修理厂也不敢胡来，毛毛雨开的是值班车，不肯和修理厂同流合污，修理厂就拿他下手整他。经过这一次调查，本来准备从车队开掉的毛毛雨反而成了正面典型。其他司机惶惶不可终日了几天，好在法不责众，大家都这么干了，如果按照惊叹号的气话一律开除，没办法一下子找那么多合适的司机盯班，领导就没车坐了，所以市里决定，给这些司机一个改过的机会，下不为例，凡是拿过回扣的司机只要主动退赔便不予追究，于是这件事情也就不了了之了。

事后，不知道谁又给市领导写了匿名信，说开公车的司机不少都偷偷卖油，把公车油箱里的汽油抽出来低价卖给开私车的人，然后再到加油站加。市领导又让车队狠抓油耗子，这种事情不像修车拿回扣那么好查，没抓住现行谁也不会承认。惊叹号跟省城的联系多，偶然间得知省级机关车队实行加油卡来控制公车司机偷油，惊叹号便向机关事务管理处打了引进省级机关先进管理模式的报告。报告马上就批了，不是由机关事务管理处批，而是由市委市政府办公室联合发文，让惊叹号美美地露了一把脸。

根据市委市政府办公室的文件规定，铜州市所有公车采取定点使用加油卡加油的办法，任何公车司机不再用现金加油，一律使用加油卡，一车一卡，车卡之间不能互用。于是市里的各种新闻媒体又开始大吹特吹，说这是控制公车消费的重大举措，每年可为纳税人节省多少多少钱云云。其实，公车司机想偷油照样可以偷，因为他们控制的仅仅是加油站，而司机偷油是直接从油箱里面抽。对此，大家也只好睁一只眼闭一只眼，依靠司机自律，除非油耗高得离谱了，惊叹号才狠骂一通，别的也没什么好办法。

惊叹号面临的危机有惊无险地过去了，还摘清了自己跟修理厂之间稀里糊涂令人猜忌的关系，心里轻松了，主动打电话跟车轱辘联系，邀请他潇洒，车轱辘一口拒绝了："我哪有那份心情，你没事了，我的事可麻烦了。"

惊叹号还以为车轱辘是恼火前两次约他潇洒他没去，电话上还嬉皮笑脸地跟车轱辘逗笑："我靠，你怎么跟个娘们似的，前段时间我真的很不顺，差点让修理厂把我给栽到沟里了。"

车轱辘反过来关心他："怎么样？现在没事了吧？"

惊叹号说："我靠，我是谁？我能有什么事？告诉你，整个车队，除了个别人以外，我是最干净的。我早就说过了，黄书记的教导我永远不会忘，我现在是国家干部，虽然不像你们能吃哈拉撒国家全包，可是起码生老病死有国家保着，这就够了，没事再给自己找麻烦，我疯啊？傻啊？"

车轱辘长叹一声："我倒也没贪污受贿，可是该倒霉照样倒霉。"

惊叹号连忙问："我靠，你又怎么了？是不是嫖娼让人抓了？"

车轱辘连连"呸呸"："净胡说，我能干那种事儿？即便干了也不至于傻到让人家抓。还是那件事情，魏奎杨的事儿。"

惊叹号愕然："魏奎杨的事儿你也有份儿？分了多少钱？"

车轱辘："分什么钱，不是钱的问题，就是那场车祸嘛。"

惊叹号奇怪了："不是已经摆平了吗？怎么又出事了？"

车轱辘长叹一声："唉，问题复杂化了，什么时候有空？出来坐坐，喝酒聊天松弛松弛。"

惊叹号只好答应："好吧，时间地点你定。"

车轱辘迟疑了一阵儿，说："还是到大纽约吧，那地方我熟。"

惊叹号掰着手指头盘算了一阵儿说："这两天不行，正在搞汽车油耗定额核对，每天得等到那帮司机全部收车以后才能下班。忙过了这一阵儿我约你。"

车轱辘无奈地答应了。

通过集体意见，表达个人意见

1

洪钟华预料到了，跟单立人的谈话肯定不比跟万鲁生的谈话轻松。他先打听单立人是不是已经把李芳给关起来了，单立人明确地告诉他："已经采取措施了。"洪钟华只好把省委张书记的意见转述给了单立人。果然，他一转达完张书记的意见，单立人的脸色马上僵成了一块发霉的芥菜疙瘩："这不成了官官相护吗？我是按照省纪委的意见办的。"

洪钟华和张书记通过电话以后，冷静下来全面衡量了一番目前的局面，不能不承认，省委张书记说得还是很有道理的。李芳的问题不管最终查出什么结果，双规或不双规她，对查案本身并没有什么重大的影响，还是那句话，双规是审查问题的手段，并不是惩罚措施。尤其是现在这个时候，铜州市在省委张书记面前丢了那么大的脸，迄今为止没能拿出一条可以应付的过去的措施来，再把市长的老婆双规了，整个铜州市还不得再掀起一场舆论风暴。再把万鲁生难以预料的反应考虑进去，局面到底会闹成什么样子，确实无法预料。

反过来，他也非常理解单立人，作为市纪委书记，就应该这样不畏权贵，党纪国法面前人人平等，不管谁犯了党纪国法，都要一查到底，不然还要纪委干什么？现在案子正查的轰轰烈烈，也已经宣布对李芳实行双规，突然让他们不尴不尬地把人家放了，无疑是一件很丢脸、很没面子的事情。李芳如果反过来借题发挥地闹起来，那就更加麻烦。

现在的问题是，他们只能按照张书记的意见办，在这种事情上，没有回旋的余地。洪钟华开始做单立人的思想工作：“老单啊，为了维护我们铜州经济社会发展的稳定大局，也为了保证我们尽快补救在省委书记面前造成的负面影响，这件事情我个人的意见还是要按照省委的意见办，再说了，下级服从上级也是我们党的组织原则嘛。”他有意无意地把张书记的个人意见变成了省委的意见，其实这也没错，一把手往往就能代表党的一级组织，尽管党的章程上规定党实行的是集体领导，实际工作中，一把手一句话的决策方式早已经成了党章外的章程。

单立人说：“下级服从上级没错，可是这个案子涉及的问题确实很深啊。从大道理上来讲，政府除了国家规定的税收之外，任何牟利行为都是非法的，因为，政府掌握着公权力，如果用公权力来牟利，那政府就会处于绝对的垄断地位，古今中外这种状况都是基本法理绝对不允许的。所以，我们国家也是一样，合法税收以外，政府牟利是党和国家严令禁止的。反过来看看我们铜州市，政府参与牟利的项目太多了，现在老百姓买车的多了，政府就把牟利的目标锁定到了私家车上。停车收费应该遵循的基本原则是谁家投资谁家获利，修建了停车场，派专人看车，保证人家车辆安全，这样才能收费。政府的基本任务只能是制定法律法规规范停车秩序，尽可能的为广大市民提供便利的停车条件，政府绝对不允许收费，也没有权利收费。因为政府拥有的是公共资源，是全民共有的财产，老百姓照章纳税，就应该享受使用权。就像公园、公厕，在国外哪有政府收费的？可是我们铜州市呢？不但政府把老百姓的车当成了创收的银行，更可恶的是还收什么年费，人家停不停车，都要按年缴费，这不是瞎胡闹吗？这后面如果没有非法交易，没有巨大的利益驱动，万鲁生那么明白的人会冒天下之大不韪做这种事情吗？”

可以看得出来，单立人真的愤怒了，不然他绝对不会公然点着万鲁生的名字说这些话。在洪钟华印象里，单立人是一个比较木讷、内向的人，行事低调，不好张扬。今天才发现这个人居然也很能讲，而且讲起来振振有词，头头是道。真应了那句话：每个人都是立体的，都有另外的一面，关键是有没有展示另外一面的机会和条件。

洪钟华说：“你现在说的这些还都仅仅是推测，你也并没有掌握实实在在的证据，如果你有证据，我二话不说就支持你，而且是坚决支持，可是你现在没有证据啊。”

单立人说：“办案子难就难在这里，没有证据就无法采取相应的组织和法律措施，反过来，不采取相应的组织和法律措施，又怎么能拿到证据？这是一个两难选择，特别是纪委，没有司法调查权，更没有司法侦查权，很多问题的调查取证困难重重啊。今天我当着书记的面表个态，对省委市委的决定我们坚决执行，但是，即便把李芳放虎归山了，这个案子我们也不能撤，而且要跟检察机关联合起来，成立魏奎杨专案组，把魏奎杨和李芳之间的非法交易关系彻底查个水落石出，不然这口气我实在咽不下，对下面的同志也没办法交代。”

洪钟华连连点头：“谁说让你们撤案了？我说的是让你们解除对李芳的双规，并不是让你们放弃对这个案子的调查取证。好，你刚才的提法很好，就叫“魏奎杨巨额资产来源不明专案”，还是要紧紧咬住魏奎杨，通过魏奎杨这条线来找到突破点。省委张书记也说了，不是不叫我们查案，是叫我们查得高明点。”

单立人冷笑着说：“有些人以为魏奎杨死了，就死无对证了，有那么简单吗？雁过留声，人过留痕，魏奎杨死了，也只不过是死了一个人证，大量的物证还完整地留着，银行资金往来更不可能不留痕迹，我就不相信查不清楚。”

洪钟华表态支持他：“你查案我完全支持，这也是我这个市委书记的职责和义务。就按你说的办，至于李芳，就把她放了，这样说不定反而能起到松懈对方警惕性的作用，更加有利于深挖问题真相呢。”

单立人叹息一声：“什么有利没利的，这也是没办法的事情，但愿事情能朝我们希望的方向发展，现在我最担心的就是李芳一跑了之。”

洪钟华说：“不会，实在不行就暗中加强对她的监控，内紧外松嘛。”

单立人起身告辞：“我建议，由我们牵头，抽调反贪局、公安局经济犯罪侦查科的骨干力量组成魏奎杨专案组，因为在查案的过程中，很多环节需要司法手段的配合，比如说到银行追查资金流向和账号情况，如果没有正规的司法手续，银行很难配合。还有，比方说我们对某个嫌疑人进行监控侦查，没有司法手段也是很难的。”

洪钟华连连点头：“好吧，我没意见，不管最终查的结果怎么样，我要的就是四个字：水落石出。”

单立人说：“我们尽力而为，其实我们也不是非得要把谁弄成贪污腐败分子不可，我们的终极目的也是四个字：搞清事实。是好人，就还她一个清白，是坏人，那也没话讲，该送到哪儿就送到哪儿去。没别的事我就走了，领导一句话，我们的麻烦就很大啊，还不知道那个李芳解除双规会有什么反应呢。”

洪钟华说：“她能怎么反应？总不至于赖着不回家吧？”

单立人烦恼地说：“难说，那个女人霸气十足啊。”

洪钟华说：“她要是不回家，你就陪着她待在屋子里熏她，看她回不回家。”

单立人哈哈大笑，情绪总算缓和下来。

洪钟华说：“没关系，该办的你去办，如果有什么问题，及时跟我通气，不行我就找老万，让他出面。”

单立人边往外走边说：“算了吧，不麻烦万市长了，有什么问题还是我们自己解决，还是给万市长多留点时间，让他多动动脑筋看怎么从老百姓身上刮油水吧。”

2

车轱辘勘察完陵园新址之后，在路上听到殡葬管理科科长接到电话，说是市纪委有人找科长，当时他还没当回事儿，根本没想到这件事情跟自己会有什么关系，所以还跟科长开玩笑，问人家犯什么事了。下午上班在走廊里碰上了纪检组长郭小梅，蓦然想起了市纪委找殡葬管理科科长的事儿，像这种事情，按照组织程序一般都会事先跟民政局党组或者纪检组打个招呼，有时候还会让他们配合调查，车轱辘便随口问郭小梅：“市纪委找殡葬科科长干吗？”

郭小梅愣住了：“你说什么？市纪委找殡葬科科长？我怎么不知道？”

郭小梅的表情、口气告诉车轱辘，市纪委找殡葬科的事儿确实绕过了局纪检组，这就显得有些非同寻常了。难道殡葬管理真的出了什么严重的违法乱纪问题？他是殡葬管理科的主管领导，如果殡葬管理科真的出现了问题，他啥也不知道，即便组织上不追究他的领导责任，他多多少少脱不了干系，起码证明他领导无方。

郭小梅追问他：“你怎么知道的？”

车轱辘含糊其辞地应付：“听别人说的。”然后急匆匆地转身来到办公室，抓起电话就拨殡葬管理科。

车轱辘这时候还根本没有意识到，市纪委找殡葬管理科会跟他有什么关系。他担心的是，殡葬管理科是个很有钱的地方，尽管上面也制定了不少规章制度，什么收支两条线啊，管账不管钱啊，严禁私设小金库啊，其实都不过是自欺欺人而已。国人的一大特色就是表面上特别遵奉权威，实际上最能糊弄权威。改革开放初期从广东流行出来一个口号：绿灯亮时快步走，红灯亮时绕着走，黄灯亮时偷着走。这就是中国人善于欺上瞒下的真实写照。

党中央国务院号召要建设节约型社会，市长万鲁生在大会上喊得比谁都响，夜景工程照样做。殡葬管理科也一样，那些规章制度都是对愿意执行的人制定的，不愿意执行的人总会有办法从规章制度的空隙绕着走甚至偷着走。殡葬管理科是事业单位，下面的陵园、殡仪馆、火葬场等单位又是相对独立的企业性质，这就给殡葬管理科留下了曲里拐弯难以捉摸的资金渠道。不然，车轱辘的消费支出殡葬管理科也不可能替他埋单。

电话拨通了，车轱辘张嘴就找科长，接电话的人一听就知道是主管局长大人，连忙把科长叫了过来。

车轱辘先是问他："纪委的人来了没有？"

科长回答："已经走了。"

车轱辘接着问："什么事？"

科长回答："也没什么事，就是问了问陵园墓穴的销售情况，把今年以来的销售登记拿走了。"

车轱辘追问："你给我说句实话，是不是有什么问题？如果你们那儿发生了问题，现在赶紧老老实实说清楚还为时不晚，让人家追查出来一切就都晚了。"

科长的口气很坦然："我们科里能有啥问题？过路财神，账上根本就不让留钱，当天收入当天就得交到市政府结算中心去。没事，你放心好了。最多就是我们接待费用超点限额，这也不是什么问题，现在哪一家的接待费用不超限额？没事，车局长你放心吧。”

车轱辘放心了，可是嘴上还是唠唠叨叨地叮嘱：“没有什么问题就好，有了问题千万不能瞒着，越瞒问题越大。如果仅仅是违反财经纪律的事情，你早点跟我沟通一下，该承担的我还能为你们承担一些，如果你连我也瞒着，我就无能为力了，到时候你们自己蒸的馒头只能自己往下咽。”

车轱辘说这些话有一个前提：殡葬管理科之所以招来了市纪委，如果是因为哪一个个人贪污了，那不太可能，终究还是有正规的财务体系在那旦卡着。除非是能接触现金的人拼了命发了疯，不管不顾地拿着钱往自己兜里装。那样的话也很快就能被发觉，不可能等着市纪委来调查。最大的可能还是这帮家伙私设了小金库，把不知用什么渠道从什么地方弄来的钱存到小金库里，然后再以发奖金、补贴的方式私分。现在科长信誓旦旦地否认了，那么，即便真的出了什么问题，车轱辘也大可一推六二五，不承担任何责任，因为他根本就不知道。

放下电话，车轱辘估摸，如果科长说的是真话，那么，也有这种可能，就是哪个人对殡葬管理科的工作或者哪个领导心怀不满，写了匿名信告到了市纪委，市纪委接到匿名信觉得言之凿凿，挺像真的，便派了人过来作一般性的调查。车轱辘琢磨了一阵儿，也再懒得在这件事情上动脑子，便叫了葫芦出去飙车。市里新修了一条马路，路面已经铺好了，还没有最后交工，既没警察，也没红绿灯，车辆也极少，是飙车的最佳场所。这是葫芦给他留神到的，说了几次，车轱辘一直忙于工作没有倒出时间来。今天上午跑了一趟陵园选址现场，回来后打电话给主管王副市长汇报了，王副市长挺高兴，说下周也过去看看，同时让他们马上起草陵园选址报告，他到现场看过之后，如果没有问题，下一次市长办公会上就可以确定了。

工作受到了领导的肯定，车轱辘心情颇佳，便有了飙车的兴致。葫芦把车开出车库在楼下开着空调等他，车轱辘坐车向来坐在司机的边座上，这也跟他爱飙车有关系，坐在这个座位上，视野开阔，道路迎面扑来，两旁的树和电杆有如镰刀下的麦捆一样齐刷刷地卧倒，即便没开车，也能享受开车时的动感。葫芦把车开上那条适合飙车的新马路，然后把车靠边停了下来，下车和车轱辘互换位置。车轱辘刚刚在驾驶座上坐定，手机响了，来电话的是交警队的王队长："车局长吗？你在哪儿呢？"

车轱辘用过人家，欠人家的人情，所以回话很客气："王队长啊，你好，我在外面，你今天怎么想起我了？有什么指示尽管说。"

王队长的话却很别扭："我敢有什么指示啊，我是请示，想请示局长大人一个问题呀。"

车轱辘问他："你这个人啊，又不是生人，有话就说，别拐弯抹角的。"

王队长说："那好，我就直截了当地说了啊。我求你买两个墓穴的事情，当初可不是我想占你什么便宜，只不过就是想通过你买个合适的位置，这点小事你怎么把市纪委都给招来了，你什么意思嘛。"

车轱辘大惊，活像屁股底下坐上了蝎子，猛然从坐椅上蹦了起来，蹦起来之后脑袋狠狠撞到了车顶篷，他顾不上安抚撞疼了的脑门子，心急火燎地追问："什么？你说什么？你再说一遍。"车轱辘说这些话的时候，嗓子眼好像突然被谁撒进了一把沙子，干涩、粗硬、痒痒的，几乎发不出声来。

车轱辘敏感地想到，他接到的是一个非常重要且关系到他身家命运的电话，也是一个不能让第三个人听到的电话，他厌烦地剜了一眼坐在旁边的葫芦。葫芦刚才就被车轱辘的举动吓了一跳，看到车轱辘的眼神，马上理解了他剜过来这一眼的意思，连忙下车，远远走开，蹲在路旁的树阴下面乘凉。

车轱辘轻咳几声，竭力让自己的声音镇定下来："王队长，到底是怎么回事？我真的啥也不知道，我发誓这件事情我谁都没告诉，更不可能找什么纪委的人。你就直接说，到底发生什么事了？"

王队长的口气缓和了一些，开始能够平心静气地跟他对话了："今天下午市纪委的人来找我了，查问我从殡葬科买墓穴的事儿，你说说这到底是怎么回事？"

车轱辘马上联想到了纪委找殡葬管理科科长的事，浑身上下的骨头活像被人抽掉了一样，软塌塌地发虚，腿也忍不住瑟瑟发抖："你这一说我也想起来了，这两天市纪委的人也找殡葬管理科了，我问了问情况，以为是调查他们的什么经济问题，没想到是冲这件事来的。"

车轱辘的恐惧和惊惶好像通过电磁波也钻进了王队长的心里，王队长说话也变成了美声唱法，带上了颤音："车局长，这，这，这到底是怎么回事啊？会不会把我们栽进去？"

车轱辘已经惊慌失措了，因为他实在想不通这件事情纪委到底是怎么知道的，纪委又怎么会对这么一件小小的事儿产生这么大的兴趣。还有，如果这件事情彻底查清，可以预见的结果更是让车轱辘丧魂落魄。他的大脑活像被无形的鞭子抽打的陀螺，飞速地、盲目地旋转着，又像一锅滚开的糨糊涨得他脑子疼，却无法对面临的一切进行逻辑性思考。

"喂，喂，车局长，你说话啊，怎么了？说话啊。"王队长看不见车轱辘的表情神态，却能感觉到车轱辘沉默不语背后的慌乱和惊恐，反过来安慰他："你吓着了哈？别光顾害怕，我们商量商量该怎么办才是真的啊。"

王队长的呼唤，让车轱辘像还魂的溺水者，长长呼出一口冷气，喃喃说道："这件事情确实太蹊跷了，你说我们该怎么办？"

王队长说："你敢向我发誓这件事情不是你做出来的？"

车轱辘发誓："我发誓，如果这件事情是我做出来的，让我断手断脚头破血流死无葬身之地。你稍微动脑子想想，我向纪委举报你，不等于举报我自己吗？"

王队长说："这个想法是你自己应该明白的，我就怕你想不明白这一点，觉得为了那么点事花几万块钱给别人买墓穴不值当，又没办法找我的后账，脑袋一热就写匿名信把我给整了。"

车轱辘为了证实自己没有告状，再一次赌咒发誓："我怎么能因为那么俩钱扯闲淡呢？要是我告的，让我开车翻车或者撞死。"

王队长连忙说："你别老说这种血淋淋的话，我没别的意思，就是觉得这件事情怪得很，到底是谁把我们俩捅了呢？"

车轱辘不耐烦了："别瞎胡猜了，猜不着，你给我详细说说，到底怎么回事儿，然后我们才能商量个妥当的办法对付过去。"

王队长说："这种事情在电话上说不明白，这样吧，你约个地方，我们见面再细谈。"

车轱辘也觉得这件事情确实不好在电话里说，他弄不清楚纪委会不会对他的电话采取监听措施。即使纪委没有监听他的电话，想在电话里把这件事情聊明白聊透彻，电池都不够用，便跟王队长约好到市中心美能达大厦的悦来茶馆会面。

3

司马达应约到李桂香家里吃白菜虾米皮包子，经过超市的时候，顺便给小燕买了一些孩子爱吃的零食。到了李桂香家里，小燕应声来开门，见到司马达张口叫了一声舅舅，叫得司马达直发愣，进门之后追问小燕："你怎么突然给我改身份了。"

小燕反问他："你把我妈妈叫什么？"

司马达说："叫大姐啊。"

小燕说："你把我妈妈叫大姐，我就应该把你叫舅舅，你要是把我妈叫嫂子，我才应该把你叫叔叔。"

李桂香正在厨房里忙碌，听到司马达来了便扎撒着两手出来，两只手上沾满了面粉："司马来了，小燕，给司马叔叔倒水，我手占着呢。"

小燕边给司马达倒水，边继续方才的话题："司马舅舅，你说我说得对不对？"

司马达连连点头："对，有道理，那你今后就叫我舅舅好了。"

李桂香让他们俩人弄得直眨巴眼睛："怎么了？改称呼了？"

小燕说："刚才我跟舅舅商量好了，他既然把你叫大姐，我就把他叫舅舅。"

李桂香说："叫什么都成，司马你跟小燕先坐着，我去给你们包包子，不过我包的白菜虾米皮馅的包子可不是捡来的废菜叶子，是我今天一大早专门到早市上买的。"

司马达说："不好意思啊大姐，今天你上了一天班，下了班还得忙。"

李桂香说："没事，你不来我们也得做饭吃，你稍微等一会儿，马上就好。"

司马达便跟小燕有一搭没一搭地聊天，司马达想起那天给小燕带的吃食，就问她："舅舅给你带的东西你吃了没有？还想不想再吃？"

小燕说："还说呢，那天我没吃完，我妈怕浪费，就把剩下的都吃了，结果吃得跑肚拉稀，又是买尿不湿，又是买痢特灵，赔惨了。"

司马达哈哈大笑："你别制造紧张空气啊，跑肚拉稀用尿不湿干吗？"

小燕一本正经地说："我妈得上班，上班时间又不敢离岗脱岗，你说跑肚拉稀不垫个尿不湿怎么办？"

司马达笑不出来了，他难以想象，一个成年人，垫个尿不湿来应付本该如厕解决的问题，那是一种什么感觉，生理上心理上的双重折磨可能比上刑还难忍。小燕跟他聊天的时候，边吃着他带来的零食边看书，感觉到司马达没声了，抬头一看，他的脸色阴沉沉的，以为自己说了什么让他不高兴的话，连忙解释："舅舅，你别不高兴啊，我说的话有什么不对的地方，你明确指出来，我好改正，你别拉个脸，怪吓人的。"

司马达苦笑着对她说："舅舅没有不高兴，就是觉得心里有点难受。"

小燕说："马上就有包子吃了你还难受，大人的事情就是多。"

说话间李桂香端着一个大笼屉进来，热气蒸腾，活像一台微型蒸汽机车开进了房间，包子的香气弥漫在空中："快腾地方，吃饭了。"

小燕和司马达连忙收拾了桌上的东西，李桂香放下笼屉，又端来了醋、酱油、蒜末和辣椒油，还有几只小碗，食物简陋，却也摆满了桌子："小燕，你和舅舅先吃，我再做个鸡蛋汤，给你们填空。"看来，李桂香也非常认可"舅舅"这个称呼，说完，转身去给他们做鸡蛋汤了。

司马达偷偷问小燕："你们家吃饭怎么跟考试答卷一样，还带填空的？"

小燕嘻嘻笑着说："这是我妈的土话，她老说人吃的东西都是干的，在胃里支棱着占了地方还不舒服，喝点汤就把空地方填满了。怎么了，你吃饭不喝汤啊？"

司马达说："喝啊，我妈把这叫原汤化原食，说吃饭的时候喝点汤有助消化。"

小燕熟练地为自己和司马达调好了醋、酱油和成的蘸料，问司马达："舅舅，你要蒜和辣椒不？"

司马达说："当然要了，没有蒜和辣椒怎么吃包子。"

小燕就像个小大人一样，给司马达的小碗里加上了蒜泥和辣椒油：

"咱俩开吃吧，我都馋了。"

司马达说："等等你妈，一起吃。"

小燕说："哼，真成你姐姐了，啥事都向着她。"

司马达说："我有一个哥哥，用处不大，唯一的用处就是别人欺负我的时候可以帮我打架。从小我就羡慕人家有姐姐的孩子，有姐姐就不同了，可以帮着做饭吃，帮着洗衣服，必要的时候也能帮着打架，用处比哥哥大多了。"

小燕嘻嘻哈哈笑着说："舅舅你真有福，想要什么有什么，想要个姐姐吧，现在不就有了吗？不但有了姐姐，还搭了一个聪明美丽善良的外甥女，你赚大了。"

司马达让她给逗笑了，觉得小燕子真是可爱到了极点，忍不住在她的小鼻头上刮了一下说："真能自夸，还聪明美丽善良呢，吃饭都不等你妈，能算善良吗？"

小燕说："不是我不等，我妈根本用不着我们等，你等她了她反过来还得埋怨你……"

正说着李桂香端着汤进来了，看到司马达和小燕还没动筷子开吃，就说："你们怎么不吃啊，趁热吃才好。"

小燕说："我们等你呢。"

李桂香说："等我干吗？我还能落下？快吃，好好的包子放凉了就没有那个热乎香气了。"

小燕笑嘻嘻地对司马达说："怎么样？我没说错吧？"

司马达哈哈大笑起来："没说错，没说错，果然落埋怨了。"

李桂香问司马达："这个小鬼头说什么了？"

司马达说："小鬼头说让我们先吃别等你。"

李桂香说："对啊，你们赶紧吃等我干吗？"

司马达和小燕忍不住又笑了起来，小燕夹了一个包子放到司马达跟前说：“舅舅你先吃。”

司马达问她：“为什么我先吃？”

小燕说：“你不是说很多年没吃到这样的包子了吗？所以应该你先吃，我跟你同时吃。”说着也夹了一个包子放到了自己面前的小碗里。

李桂香从笼屉里抓了两三个包子匆匆忙忙往外走，边走便吩咐小燕：“你陪司马舅舅吃，妈妈该上班了，吃完了锅碗就扔在那儿别动，我回来收拾。”

司马达讶然惊问：“大姐你今天不是已经下班了吗？怎么又要上班去了？”

李桂香说：“我另外还揽了份活，得赶紧走了，去晚了活干不完回来就更晚了。”边说边咬着手里的包子匆匆走了。

司马达问小燕：“你妈又在哪儿找了份什么活？”

小燕说：“在一家物业公司找了份保洁员的工作，就是美能达大厦，你知道吧？每天下午四点到五点，晚上七点到九点，我妈说刚好是交通协管员下班的空隙时间。”

司马达叹息道：“唉，你妈妈这样太辛苦了。”

小燕也长叹一口气说：“有什么办法，要生存啊。”

司马达问：“你妈妈当交通协理员挣的钱不够花吗？”

小燕说：“我妈说要多挣钱，要把她住院欠的账还上，还要给我把上名牌大学的钱攒得足足的，绝对不还我当贫困生。再说了，钱那个东西，多少才够花啊。”

司马达说：“你给你妈说，就说是我说的，她住院的医疗费用不着她管，一共是四千六百多块钱，已经从我跟洪书记的医疗卡上划过去了。”

小燕摇摇头：“我妈不是那种人，她不会让别人替她出医药费的，她说别人出的医药费治不好自己的病。”

司马达只好给小燕解释：“你妈妈的病是因为那天坐我的车才得的，所以应该由我和洪书记承担责任。哪有别人出的医药费治不好自己的病这一说，她的病不是治好了吗？”

小燕说：“这是你们大人之间的事情，我是小孩，我不管，我只管好好学习，快快长大，帮妈妈挣钱，挣多多的钱，再也不让我妈妈吃苦受累了。”

司马达拍拍小燕的脑袋说：“小燕说得对，舅舅支持你，快吃吧，一会凉了用你妈的话说，就是没有热乎乎的香气了。”

两个人吃过饭，小燕要去收拾碗筷，司马达拦住她：“我来，你别动手了，好好复习功课去，你不是要考名牌大学吗？从现在开始就得抓紧分分秒秒的时间才行。可别像舅舅这样，没多少文化，长大了只能给别人当司机。”

小燕是个豁达的孩子，也是一个会偷懒的孩子，看到司马达刷锅洗碗的积极性甚高，不但不跟司马达争，反而积极鼓励他：“舅舅，洗锅刷碗也是一种锻炼，机会难得，我就让给你吧。”说完，自己拿出课本做起练习来。

司马达摇头苦笑，闷着头把厨房收拾干净，离开李桂香家的时候，天已经黑了，李桂香还没有回来。

4

李桂香做保洁员的美能达大厦是一座商居两用的大厦，一共有二十八层。大厦四层以下是商场，五层以上是居家公寓。在“十三亿人十亿商，剩下三亿正商量”的滚滚浪潮里，五层以上很多用来做公寓的家居房屋也都成了经商的场所。比如，悦来茶馆就是由两所公寓住宅装修而成的。

李桂香负责清扫的是公寓楼部分，那些租用公寓住宅做生意的店家，以业主的身份让李桂香这样的保洁工给他们大家打扫卫生，这样可以节省一大笔专为自家雇佣卫生工的费用。这座商居两用的大厦有二十八层，李桂香和另外两个保洁工分工负责，除去四层以下的商业区域，五层以上的二十四层由她们三个人每人负责打扫六层，工作的辛劳和繁重是不言而喻的。而且，做保洁工的收入也非常低，李桂香每个月做保洁工的工资收入才六百块钱，而且人家还不管劳动保险之类的费用。就是这样的工作，竞争也很激烈，如果李桂香稍有不慎，随时都会被炒鱿鱼，后面等着上岗的大有人在。

李桂香的这份工作是跟她一起站马路的老刘给她介绍的，老刘的儿子在美能达大厦当保安队长。在一起干了一段时间的工作之后，老刘对李桂香的印象极佳，觉得她是一个工作认真负责，能吃苦耐劳又没有任何是非的好人。得知李桂香急需增加收入偿还住院欠账，还要供一个女儿上学，老刘就通过他儿子给李桂香介绍了这份工作。

李桂香分配的卫生保洁区域是五到十层，每一层都要把过道、楼梯用拖布擦洗干净，然后把过道里的垃圾桶运到楼下，把垃圾清理完之后再把垃圾筒放回原来的位置。真正的家庭住户不会让李桂香这样的保洁工进入家里清理卫生，倒不是同情她们不忍心加重她们的劳动量，而是怕她们摸清家里的底细偷东西。而那些租了公寓开买卖的商家不怕她们偷窃，因为他们的房间是租用的，值钱的东西绝对不会放在这里。李桂香这样的保洁员就成了他们免费的卫生工，不但要替他们打扫卫生，还要打扫得干干净净，否则他们就会到物业公司投诉，轻则扣奖金，重则炒鱿鱼。不管轻还是重，都是李桂香所不愿意承受的，所以她唯一的选择就是尽心尽力地把每一个需要她打扫的角落都清扫得干干净净。

李桂香逐渐摸清了在这种地方打扫卫生的窍门，那就是要先打扫那些需要她去打扫的商家占用的房间，把房间里的灰尘、垃圾清理到走廊里之后，再清理外部的卫生。这样就可以避免打扫室内的时候对室外造成交叉污染。李桂香提着一只水桶，水桶里浸泡着抹布，另一只手拿着拖把，胳肢窝里夹着一把笤帚。茶馆的客人不多，只有装修成古代风格的那个包间里有两个男人在喝茶聊天。李桂香把茶馆公共区域的地板擦洗干净之后，就又开始打扫包间。没有人的包间当然用不着打扫，她要打扫的是经过客人祸害过的包间。李桂香一踏进那两个男客人正在喝茶聊天的包厢，就认出来其中一个人是那天夜里在大纽约娱乐城喝醉滑倒的局长，就是因为他，李桂香被娱乐城炒了鱿鱼。另一个人她不认识，但是那个架势一看就知道也是一个领导干部。

车轱辘正在和王队长商量对策，两个人已经确认，市纪委已经开始着手调查王队长购买墓穴这件事情。现在他们还不敢肯定的是，市纪委调查这件事情的目的是什么。如果仅仅是要追查王队长利用关系低价买墓穴，那就没有什么大麻烦，到时候车轱辘一口认了，这件事情上他刮了点不正之风，帮王队长买的墓穴太便宜，大不了该补的再补点钱，算不了什么原则问题。如果市纪委已经掌握了王队长收了车轱辘的墓穴之后，轻易撤销了对车轱辘车祸案件的调查，便大大的不妙，问题的性质就有了质的变化，车轱辘就是行贿，王队长就是贪赃枉法，对于这种性质的问题，丢乌纱帽是最轻的处理。

车轱辘和王队长对于李桂香进来打扫卫生根本就没有在意，继续研究对付市纪委的办法。在他们眼里，李桂香这种保洁工跟正在喝的茶、正在用的茶具没有什么不同，存在的合理性在于能够使他们这样的客人更加舒适、惬意而已。所以，他们根本就没有理会正在默默地、静悄悄地擦拭地板、桌椅和各种摆设的李桂香。

李桂香心惊胆战，在她的眼里，车轱辘这位领导就是她的灾星，遇见他说不准就会有什么祸事。所以她百倍地小心翼翼，胆战心惊地做着自己应该做的一切，竭尽全力地避免发出任何声响引起两位领导的注意，就像一只在光天化日之下偷偷觅食的老鼠。

其实，在车轱辘的脑海里，从来就没有过李桂香这个人。他那天在大纽约娱乐城摔了一跤的记忆残片，不过就是摔倒之后，有人把他扶了起来，至于扶起他的人到底是谁，他当时和过后从来就没有去想过。

车轱辘说："那我们俩就说定了，买墓穴的事情肯定瞒不过去，那就干脆别瞒。关键的问题是你给我钱了，我只不过是利用职权让你买的便宜了点。我现在就给你写个收条，就写上收到你购买墓穴的钱三万六千块，到时候你就当证据拿出来。"说着，车轱辘从提包里掏出一个笔记本，写了一张收条，签上名字递给了王队长。实际上当初车轱辘付的是一万两千块，为了让王队长领一个大情，他给王队长说人家只优惠了九折，原价四万块，收了三万六千块。这阵儿，要给人家写收条了，又不好改口，只好按照原来说的数写上了三万六千块。

王队长接过收条，看了又看："车局长，你这个人真细心，连日期都写成两个月前了。"然后把收条仔细折好，小心翼翼地夹进了自己的笔记本里。在把笔记本装进手提包的同时，王队长大大地松了一口气，有了这张收条，就不存在所谓的行贿受贿问题，充其量只能算作走后门买便宜货。

车轱辘接着说："我最担心的还是那件事情，如果那件事情你顶不过去，说啥都没用了。"

王队长说："这件事情的严重性我心里清楚得很，你放心，我一口咬定你跟那场车祸没有任何关系就完了，都过去这么长时间了，现在追查这种事情，没有我的合作根本就查不出任何结果来。”

李桂香在旁边打扫卫生，耳朵里听着这两位领导的谈话，虽然她不明白他们说的到底是什么事情，可是却能分辨得出来，他们说的肯定不是什么好事儿，就是要相互作假证明，欺骗市纪委。李桂香心里有点生气，现在这些当领导的也不知道怎么了，党和国家用那么优厚的条件养活他们，他们反过来净干祸害国家、祸害老百姓的事。李桂香不愿意再听他们偷偷摸摸像特务一样商量对付市纪委，草草打扫完包厢，提着拖把水桶离开了这个让她心惊胆战的包厢。

悦来茶馆在六层楼的公寓房间里，从茶馆出来，李桂香接着把六层的走廊过道和楼梯打扫干净以后，又来到了七层。七楼打扫起来工作量最大，因为整个七楼是永康养生美容会所，等于她要把整个七楼里里外外都清扫一遍。永康养生美容会所里面活动项目非常多，有各种各样的健身器械，有药浴养颜中心，还有足底按摩、全身推拿等各种各样的健身项目。李桂香看到那些客人在这里拼命用各种各样的手段来减少身上的肥肉，用各种各样的器械来增加身上的瘦肉，感到非常不解，既然怕长肥肉，想要瘦肉，少吃点好的，多干点累的，不啥都有了，何必再花钱费时间跑到这儿折腾。当然，这都是她心里的想法，她绝对不会往外说，也没人会听她说。

这阵儿正是下班吃晚饭的时间，永康养生美容会所里没有什么客人，只有贵宾豪华包间里有个别客人在推拿、捏脚。李桂香到卫生间换了一桶干净水，在水里滴了几滴清洁剂，然后拿了抹布、拖布开始工作。在这里打扫卫生，仍然要按照从里到外，从上到下的步骤来进行。李桂香先打扫了健身房，又清理了美容室，接着开始打扫贵宾室。贵宾室的豪华包间里有两个人躺在贵妃榻上休息，一男一女，两个人的脸上糊满了泥巴，据说这能美容养颜。榻旁的综合功能台上放着水果、茶点。李桂香暗暗纳闷，这个时间一般人都在吃饭，这两个人怎么跑到这儿来躺着浪费时间。他估计这是夫妻俩，属于既有钱又有闲的那个品种，这种人一般没有什么固定的吃饭时间，生活过得随心所欲，想做什么就做什么，想在什么时间做就在什么时间做。李桂香对这种人不感兴趣，他们没有活在同一个世界上。她继续悄没声儿地做着自己的工作，她知道，在这种地方打扫卫生，既要打扫干净，还不能有任何举动声响影响客人。

蓦地，那个男的说了一句话，声音非常熟悉："好了，你别多想了，你想的那种事情是不可能的。"

这个声音太熟悉了，李桂香猛然间还没有品出来这个熟悉的声音是哪个熟人的，那个女人却说话了："有什么不可能？凭年龄，凭相貌，凭文化，凭工作能力，我哪一点不如你那个黄脸婆？"

李桂香顿时明白了，这一男一女并不是夫妻。看样子那个女的是那个男的的情人，时髦的称呼叫小蜜、小姘、二奶。

男人没吱声，沉默片刻才说："如果要按照你想的那么做，我跟你都得倒霉。从政干到我这个程度，最忌讳的就是后院起火，如果我离婚了，再娶了你，那我这半辈子努力奋斗的一切都会化为泡影，你到时候也肯定得从现在这个位置上撤下来，到时候你啥也不是，啥也没有。现在这种情况，就更不可能了，纪委已经解除了对她的双规，我即便要跟她离婚也没有理由啊。"

李桂香惊呆了，因为她虽然看不见泥巴后面的人样子，但是那个人的声音她却已经分辨清楚了，这个男人居然是堂堂的市长万鲁生。她认识万鲁生，是从电视上认识的，万鲁生当然不会认识她这样一个小小的下岗工人。万鲁生经常在电视上发表豪言壮语，什么铜州市要在十一五计划期间实现新一轮跨越式发展啊，实践三个代表立党为公执政为民啊，全市大范围建设下岗职工再就业工程，要努力为市民创造更加美好的未来啊。李桂香非常关注市领导的讲话，她希望市领导说的话能够尽快成为现实，市领导的讲话也常常让她的忧愁烦恼中看到了生活的希望，这渺茫的希望往往会成为她过苦日子的调料。可是，她却万万想不到，电视上夸夸其谈、道貌岸然的市领导，居然会是这种样子。一个五十多岁的老男人还跑到这种地方作美容，不但作美容，还带着小蜜，电视屏幕在李桂香心目中树立起来的市领导的正面形象瞬间在她的心里轰然倒塌。

女人娇嗔地说："你想啥呢？谁稀罕给你当老婆，我就是想知道你老婆那件事对你有多大影响。现在满大街议论的都是你老婆，各种传闻满天飞，你那个老婆啊，真够给你长精神的。"

万鲁生呵呵笑着说："看来我的魅力还是不够啊，不然你也不会不想着嫁我是不是？说正经的，我老婆的事儿我懒得管，事实胜于雄辩，真有问题，党纪国法在那摆着，没有问题谁想随便咬人就得把牙崩了。我听我老婆说，单立人这一回可真的踢到铁板上了，让我老婆回家的时候，脸都紫了。"

女人酸溜溜地说："哼，你老婆真是松包蛋，要是我，没那么便宜，想抓就抓，想放就放，干吗？没那么容易。"

万鲁生说："你知道啥，你是没尝过进去的滋味，你要是尝过了，人家说一声放你，你恨不得把人家叫亲爹呢。"

女人酸溜溜地说："啧啧啧，德行样儿，就知道护老婆，说都不能说了啊。"

万鲁生呵呵一笑："我对你这个老婆不好吗？"

女人仄起身子狠狠地在万鲁生的胳膊上拧了一把："谁是你老婆？胡说啥呢。"

万鲁生咯咯笑着说："好好好，你不是我老婆，我也不是你老公，我们是革命同志，纯洁的革命友情。”

女人说：“你是堂堂的大市长，我是小小的接待处处长，高攀不起。”原来，这个女人就是接待处处长汪清清。

万鲁生贱不溜嗖地说：“你小吗？啥地方小？让我看看。”说着把手伸向了汪清清的胸部。

汪清清推开他的手说：“回家看你老婆去，德行，一说你老婆就护着，你可真是家里红旗不倒，外面彩旗飘飘的典型啊。”

万鲁生说：“唉！给你说实话吧，别说我老婆已经是个黄脸婆了，就是一朵鲜花摆在面前天天瞅着，也早就腻歪了。可是有什么办法？俗话说，夫妻一体，什么叫一体？就是利益共同体。如果我老婆真的让人家给拆了，你想想我这个市长还能当得下去吗？即便跟她离婚，也没啥政治前途可言了。对你我也不说假话，其实，保她就是保我自己，不然她妈的，管她上刀山下火海呢。”

汪清清问道：“你老婆到底有没有外面传说的那些事儿？”

万鲁生：“哪些事啊？”

汪清清说：“就是跟魏奎杨勾起来私分城市停车年费的事儿。咳，我怎么这么笨，我明白了，你为什么要那么积极地推行什么停车年费，肯定是为了给你老婆捞钱创造条件。”

万鲁生猛然从床上蹦了起来：“你瞎说什么？根本就不是那么回事，如果当时我能预见会出这种事情，我根本就不可能推行什么停车年费，即便推行了我也不可能让宏发公司参与这件事情。这件事情是魏奎杨那个死王八蛋一手操办的，他们之间到底有什么勾当我根本就不知道。好赖我也从政这么多年了，我能那么傻，睁着眼睛自己给自己下套吗？”

汪清清咯咯笑了：“你看你看，我说你护老婆，你还不承认，怎么样，一说你老婆你就急。”

万鲁生真的有点生气了，三把两把将脸上的泥巴抠了下来，一连声地喊："人呢？人哪儿去了？埋单。"然后对汪清清说："我当然急，你跟我在一起的时候再提我老婆，我就……"

汪清清马上软了，凑过来推搡着万鲁生发贱："好好好，人家不再提了还不成吗？这么点事就生气啊？人家给你认错还不好啊……"

万鲁生扣掉了脸上的泥巴，蓦然看到了李桂香，吓了一跳："你是干吗的？懂不懂规矩？没叫你你怎么进来了？"

汪清清也斜着李桂香对万鲁生说："算了，打扫卫生的，"然后极为轻蔑地驱赶着李桂香："出去啊，这是贵宾包厢，没有客人招呼任何人不准进来，去去去，赶紧走。"

李桂香让他们俩上演的剧目给恶心得浑身起鸡皮疙瘩，如果不是卫生没有清扫完，她早就走了。她也知道，这种人自己招惹不起，如果他们现在把这家会所的老板叫来，好容易找的这个兼职差事就得彻底丢了。她胸腔里装满了气愤和委屈，逃跑一样地匆匆离开了这间肮脏的贵宾室。出来之后，她觉得浑身发软，腿也在颤抖，不得不靠在过道的墙上休息，等着怦怦乱跳的心脏恢复平静，等着几乎接不上气的呼吸恢复正常。如果不是亲眼所见，亲耳所闻，打死她她也难以相信，电视上那么一本正经、能说会道的市长，她的市长，居然是这么一个无赖加流氓。

李桂香这一天的劳动效率很低，过去她干完所有的活大概需要四五个小时，今天她整整干了六个小时。过去完成搬运垃圾这最后一道工序的时候，李桂香还要认真地检查一下垃圾堆里有没有易拉罐、塑料瓶、旧纸箱子之类的物件，可以回收换钱，今天却什么心情都没有了。

下班回家的时候已经是夜里九点多钟了。市长万鲁生的夜景工程把整座城市辉映得五彩缤纷，斑驳陆离，看着这亮如白昼的街道，李桂香觉得实在太浪费了，晚上就是晚上，晚上天就应该是黑的。当然，该有的照明也是要有，比方说路灯。可是浪费那么多电，花那么多钱，就是为了好看，确实太浪费。想到浪费，李桂香突然有了一丝奢望，如果能把这夜景工程浪费的电稍稍分给她一点点，她就一定要买一台冰箱，哪怕是买一台二手货，那样，炎热的夏季她跟小燕就不用担心食物会放坏，更不会因为吃了腐败的食品而跑肚拉稀了。李桂香为自己这突如而来的奢望好笑，她因此也露出了一丝笑纹，在五彩缤纷的夜灯映照下，她的笑脸活像一团被人踩过一脚的旧绢花。

党政一把手之间的矛盾是常态

1

市委书记洪钟华最近几天日子很不好过，其实，说准确一点儿，不光是最近几天，从省委张书记来视察开始，他的日子就再也没有好过过。而最近几天，他的精神更是成了紧绷着的一根弓弦，有时候他自己好像能够看到那根弦，那是一根即将因物理疲劳而绷断的脆弱的弦。忐忑不安的直接原因就是，张书记打过电话之后就再没有音信了，好像压根忘了这件事情，又好像他打电话这件事情本身就是梦中的幻境。洪钟华打听过了，最近期间张书记并没有外出，所以张书记发过话之后就再没有音讯，让他觉得比直截了当地批评他几句更加让人心神不定，惶惶不安。

洪钟华几次想向张书记汇报一下铜州市近期的工作进展情况，借机把已经执行他的指示，解除了对万鲁生老婆李芳双规的事情告知一声，表示他对省委领导的指示执行得非常得力，非常到位。然而，他却不敢贸然打扰省委书记，省委张书记视察期间发生的一系列问题已经成了他挥之不去的梦魇。他敢断定，省委张书记对视察铜州市期间发生问题的表态不可能仅仅就是那个题词，不可能没有任何意见。可怕的是，省委主要领导至今没有透露对铜州市工作的任何倾向性意见。这种闷火烧烤的滋味让洪钟华苦不堪言，却又无计可施。他常常想起那句话：听其言，观其行。他现在的表现连他自己都不满意，他既无言可让领导听听，更无行可让领导看看。

至今他对此没有作出任何可以向上级交代的成果，不论是真成果还是假成果，都没有。这个问题没有可以拿出手的实际效果，向省委领导说什么都等于自找没趣。因为，张书记视察期间发生的问题让铜州市领导大丢其脸的同时，省委张书记自己肯定也会觉得非常没面子，甚至比他们还窝囊。几年前兴致所至写了那么三句话，铜州市无事生非非要大做文章把范家滩改成三顺滩，现在居然让老百姓堂而皇之地把三顺滩改成了马屁滩。铜州市委市政府可以说是自作自受，而张书记则是跟着他们这些下属受牵连，在铜州市闹了个灰头土脸。张书记心里的感受可想而知，压抑着的愤怒也是可想而知，这正是让洪钟华心里惴惴不安的根源。

洪钟华伸手拿起电话，拨通了张书记秘书的号码，随即却又把电话放下了。他实在没有勇气在这个时候找张书记说那些人家根本不想听的虚话，而上级想听的话，他又确实没有可说的。洪钟华想到这些烦心事儿，在比一张双人床还大的办公桌前面坐不住，扔下手头正在看的两份公车改革方案来到了窗前。这两份改革方案，是上一次贯彻落实省委张书记视察铜州市指示精神的党政联席扩大会议上，决定由政策研究室和财政局分别牵头搞的。有趣的是，由华三八他们政策研究室牵头搞的公车改革方案跟他在会上发言表达出来的态度立场恰恰相反。他们提出来的方案，是通过给政府官员发放交通补贴的方式来压缩公车数量，取消公车待遇之后，每个局处级干部每月补贴两千块钱，然后按照每个级次五百元左右的数额上下增减，比如洪钟华，就可以在工资收入之外多拿三千块钱的交通补贴。而市财政局提出来的改革方案，却恰恰是华三八会上发言的版本，没有提任何补贴，大刀阔斧地取消任何专车待遇，其他人均不享受专车待遇，除了执法、救险和其他必需的公务用车之外，各单位配车不再按照职数配，而是按照工作性质和实际需要来配置。

洪钟华担心，第一种方案财政无法支持，老百姓也会破口大骂。第二种方案有些过火，坐惯了公车的官员们一下子没了公车，又没有其他的补偿，肯定也会闹事作祸，最起码也会消极怠工，让市委市政府的各项决策和工作任务如同拍卖会上标价过高的标底物一样流拍。而且，他也不相信财政局这样的方案能在常委会和市委市政府联席会议上通过。

洪钟华在窗口前看着外面的景色，火辣辣的太阳把天空烤得青白，街上车流如潮，行人如蚁，市府大院门口的武警和值班人员躲在凉棚下面，大门紧闭，仅仅留了一道窄窄的可供步行出入的通道。一些零零落落的上访者顶着烈日在街道两旁的树阴下面静坐，洪钟华不知道今天这些人是为了什么事来上访，现在集体上访已经成了市府大院门前经常上演的戏码，有时候上下班能从正面大门畅通无阻的出入，大门前面没有上访者的身影，洪钟华反而会觉得异样，如同过惯了热闹日子的大家族长者，突然看到门庭冷落就会觉得别扭。

洪钟华朝大院西边的侧门看去，西边的侧门敞开着，那扇大门现在成了政府官员躲避上访者的通道。政府官员们的车辆进进出出，络绎不绝，有那么一阵儿不知道为什么还发生了堵塞，从楼上俯瞰，黑色的政府公车活像一团团屎壳郎在西侧大门口挤成一堆。洪钟华联想到扔在办公桌上的两份公车改革计划，觉得喘不上气来，他自己都难以想象，如果把这大批的公车改革掉了，今后还怎么工作、生活。

他心烦意乱地回到了办公桌前，拿起电话拨通了单立人："老单啊，最近省纪委有没有新精神啊？"

单立人回答："没有啊，有事我一定会及时向你汇报。"

洪钟华字斟句酌地询问："那方面的进展情况怎么样？"

单立人回答："我们已经成立了由反贪局和公安局经济侦查大队联合组成的魏奎杨专案组，现在正采取司法手段顺着银行资金渠道追查魏奎杨名下所有资金的往来过程，已经发现的新线索就是魏奎杨实际拿到的资金数额，比在他家里发现的多出了二百多万，这二百多万的资金来源和去向我们正在追查当中，估计很快就能有结果。"

洪钟华说："很好，按照线索一追到底。"这句话他说得很痛快，多多少少有些泄郁闷、发怨气的味道。

过去洪钟华和万鲁生之间，虽然在工作上也有磕磕碰碰，但是双方都能小心翼翼地将其控制在体制的规则范围内，谁也不愿意把矛盾冲突升级到影响正常工作的程度。大家都是明白人，党政一把手之间的矛盾和冲突是天然的，也是正常的。俗话说牙齿还有咬舌头的时候，两个或者几个脾气性格迥异、社会背景不同、人生轨道交叉的实权人物凑合到一起，没有矛盾和冲突反而不正常。在因为各自的权限没有明确的法律界限和清晰的政策界定而经常出现权力重叠、权限越位的情况下，党政一把手发生冲突和矛盾更是官场的常态。关键的问题是冲突和矛盾能不能局限在可控制的范围之内，控制在上级能够容忍的范围之内。

可是，这一次不同，万鲁生太出格了，讲大道理，是严重违反组织原则和政治纪律，讲小道理，他也犯了官场大忌。洪钟华认为，对万鲁生老婆李芳采取组织措施，于情于理于法自己都没有做错什么。万鲁生的正确态度应该是积极配合组织调查李芳的问题，相信组织相信党，最低限度也应该低姿态保持沉默，等待组织审查结果。而万鲁生居然直接找到了省委张书记那里，通过张书记的干预让洪钟华尝到了踢到铁板的痛楚。这等于把洪钟华逼到了墙角，如果就此不了了之，洪钟华在这一回合的斗争中就一败涂地，这种战争没有谁来客观公正的评判孰是孰非，人们关注的只是结果。而且，今后洪钟华在万鲁生和市委市政府广大干部面前也很难挺直腰杆保持市委书记的形象，因为，不了了之就意味着他洪钟华确实错了、输了，而且错得严重、输得很惨。所以，如果说过去洪钟华对李芳案件的审查还抱着一丝宽容，对万鲁生遭遇李芳这种害人老婆还有一丝同情的话，那么，现在彻底查清李芳的问题，就不仅仅是反腐倡廉的问题，还是一个关系到洪钟华个人权威和政治命运的问题，面子和里子都容不得洪钟华有半点宽容之心和慈悲之意。

洪钟华相信，单立人对这件事情更加窝火，所以，在心理上他和单立人现在是统一战线。以至于心情不好的时候，本能地就给单立人挂电话，追问此事的进展情况，有点像被套牢的股民，总希望听到利好消息。跟单立人通过话之后，洪钟华拨了司马达的电话，让司马达把车开到楼下等他，这间宽敞明亮舒适的办公室让他感到气闷，所有声响都被高高在上的距离和密闭的门窗隔离开来，明亮的静谧制造了深深刺进肺腑的孤独感，孤独感搅得他胸腔隐隐作痛。他暗暗担心自己的心脏有了问题，尽管这不太可能，前几天他才作了全身体检，检查结论是各个零件性能正常，但是他还是打定主意要到医院再专门作一次心脏检查。这是一个突如其来的念头，这个突如其来的念头居然让他有了一种如释重负的轻松，不管怎么说，他现在总算有了一个可以躲避心灵孤独感的地方可去，有了一个可以让他暂时摆脱烦恼的具体事情可做了。

车在大楼的门廊下面等他，司马达透过大门看到他从电梯里出来，急忙下车给他打开车门，洪钟华坐了进去，司马达在驾驶座上坐定之后请示他："洪书记，上哪儿？"

洪钟华脱口而出的不是医院，而是："马屁滩。"话一出口，洪钟华不由苦笑，现在三顺滩也罢，范家滩也罢，都比不上"马屁滩"三个字更加深入人心。果然，司马达二话没说开了车就走，洪钟华追问："你知道马屁滩在哪儿吗？"

司马达也笑了：“知道，不就是三顺滩吗？”

洪钟华再次苦笑，看来，他给铜州市留下的最为深入人心的记忆就是“马屁滩”这个新地名了。

2

洪钟华的判断没有错，单立人比他更加窝囊，更加窝火，更加意志坚定地要把李芳查个底朝天。那天宣布解除对李芳双规的时候，他没有出面，让手下负责此案的处长去办。李芳把那个处长骂了个狗血喷头，扬言如果单立人不亲自到场当面给她道歉，就永远不离开看管她的房间。整整相持了半天，处长口干舌燥，李芳越斗越勇，就差把楼拆了。实在无奈之下，单立人只好狼狈不堪地出面，亲临现场调解做工作。李芳坚持要拿出对她的审查结论来，如果审查认定她有罪，该杀该剐该开除党籍她一概没有意见。如果审查认定她没有问题，那么，纪委就要公开登报道歉，还要赔偿她的名誉损失和精神损害。李芳的手指头点到了单立人的鼻尖上，如果不是嫌他身上那股味道，扑上来挠他个满脸开花都是可能的。单立人到了这会儿也无计可施，只好打电话找洪钟华，让洪钟华动员万鲁生过来帮着做做工作，万鲁生却一口拒绝了，说他正在跟马屁滩的拆迁户商谈分期偿付拆迁补偿金的问题，离不开，如果要他去，就请洪钟华亲自过来跟这些拆迁户对话。

洪钟华只好亲自跑到马屁滩拆迁户那里替换万鲁生，让他去把他老婆李芳从纪委双规审查对象的武警招待所领回去。没想到的是，洪钟华赶到马屁滩拆迁户的居住地，根本就没有见到万鲁生的影子，洪钟华向马屁滩的居民打听市长的去向，马屁滩的居民纷纷摇头，谁也没有见过市长的影子。洪钟华知道让万鲁生耍了，正要撤退，马屁滩的居民却把他围了起来，让他明确表态什么时候偿还他们的拆迁补偿金，什么时候能让他们住进安置房。这些问题都不是洪钟华能马上答复的，他不明确表态，马屁滩的人民就不放他走，他又不敢通知公安局过来帮倒忙，怕在这个时候矛盾升级、事态扩大没法向省委交代，只好硬着头皮死扛。

洪钟华一直被围困到凌晨四点多钟，直到马屁滩的人民跟他一样困倦不堪，一个个精神松懈昏昏欲睡的时候，司马达才趁机偷偷把洪钟华从马屁滩解救出来。事后洪钟华才知道，万鲁生那天根本就没去过马屁滩，而是和汪清清在高尔夫球场混了整整一天。洪钟华从那以后直到今天，再也没有和万鲁生通过一次电话，也没有再见过面。

最难过的还是单立人。单立人怎么也没想到市委书记会变成打狗的肉包子，守着李芳焦急地等待万鲁生过来领人，左等右等见不着万鲁生，打电话找洪钟华，回复是该用户没在服务区。直接打电话找万鲁生，万鲁生手机关掉了，显然是故意中断联系。天快黑了，单立人实在没有耐心再跟李芳耗下去了，他打定主意，命令所有人撤离，李芳不愿意回家就让她在这待着，天要下雨娘要嫁人，爱咋地咋地。就在他抬起屁股正要离开房间的时候，李芳狠狠地乜斜了单立人一眼，抬屁股就走，出门的时候把门摔得震天价响，门楣上方的窗户玻璃被震落在地上，摔了个噼里啪啦，玻璃碴子四溅，活像谁突然放了一个大礼花。

单立人愕然，那一瞬间，他感觉就好像攒足了浑身力气准备举起一块巨石，结果那块巨石却是一堆塑料泡沫。单立人看着地上的碎玻璃碴子发愣，暗叹自己猜度女人心事的能力实在太差，李芳说走就走，事先居然连一点儿征兆都没有看出来。单立人呆了片刻，反应过来之后怒气从心底里升腾起来，他实在没有想到李芳会这么嚣张，居然敢对他堂堂纪委书记如此轻蔑，如此无礼，他本能地追出门外，想痛斥李芳几句，外面并没有李芳的影子，他派来的处长正站在那里哧哧傻笑。

单立人迁怒到了处长身上，冲他怒吼："笑什么？有什么可笑的？"

处长吓了一跳，脱口而出："李芳刚才说她不是听了你的话，而是怕被你熏死。"

单立人这才明白，上一次的戏目又重演了：李芳是让自己身上的烟油子味道熏投降的。想明白了这一点，单立人也由不得摇头苦笑，堂堂纪委书记，面对了这位市长夫人，唯一能够奏效的武器居然是自己身上这一股子卷烟油子味道。难道自己跟狐狸黄鼠狼之类的动物成了同类，致命武器就是那么一身味道吗？想到这些，单立人有些惆怅，他决心回家彻底洗涮一回，把身上这股味道清理干净，从今天起，他改抽香烟了，不再抽那种干屎橛子一样的卷烟。他就不相信，没有这股味道，就治不了李芳那个官太太。

看到处长还傻呆呆地站在那里，单立人挥挥手说："回家休息去吧，今天折腾得够累了。"

处长说："回什么家，我还得到交警队去一趟，那件事情有点夹生。"

单立人问："哪件事情？"

处长说："就是民政局车福禄涉嫌行贿掩盖车祸真相的案子，交警队长拿出了车轱辘的收条，说他是托车轱辘买了两个便宜点的墓穴，不存在行贿受贿问题，跟车轱辘的车祸更没任何关系。"

单立人"哼"了一声说："扯淡呢，你信吗？你先别去交警队了，都几点了，交警队早就没人了。明天直接到殡葬管理科去，彻底查清楚那个叫车轱辘的副局长到底给殡葬管理科交了多少钱，要看财务的底账和原始凭据。然后用底账的收款数额跟那个交警队长手里的收条对比一下，看看有什么出入没有。"单立人根本不相信车轱辘在那个时间段给交警队长帮忙买墓穴跟他的车祸没有关系。

上车的时候，单立人又叮嘱处长："你再找找魏奎杨的司机，详细了解一下车祸前后的情况，注重细节，现在不是有一句话叫细节决定成败吗？每一个细节都不要放过。另外，你们也要考虑在适当的时候正面接触民政局那个给车轱辘开车的司机，听听他怎么说，拿他的话跟魏奎杨司机的话对比一下，看看有什么出入没有。”

坐进车里，处长嘟囔了一句什么，单立人没听清：“你说什么？”

处长只好又重复了一遍：“单书记，你说是巧合还是必然？最近查的案子都跟车有关系。魏奎杨的问题是从征收城市停车年费引发的腐败，车轱辘的事情是因为公车车祸引发的涉嫌行贿受贿贪赃枉法案。”

单立人没吭声，心里却在想，今后跟车有关系的案子更多。一方面，公车像张开血盆大嘴的怪兽，难以餍足地吞噬着社会资源，背后的黑洞就像海水深处的暗沟一样让人难以捉摸。另一方面，政府像精明的商人，整天盘算着怎么样从奋斗百年才圆了轿车梦的老百姓身上榨取更多的收入，榨取过程的漏洞隐藏起了各种各样的灰色财富。这种现象恰到好处地集中体现在他们目前正在办理的两个案子上，难怪处长有那种感觉。

3

车轱辘和惊叹号到大纽约娱乐城来的次数多了，跟娱乐城那个油头粉面的冯主管也越来越熟悉。每次来了，车轱辘都要把他叫过来照照面，冯主管善于阿谀奉承，会伺候人，能让车轱辘充分体验到摆谱的舒服感觉。冯主管每次照面的时候都热情洋溢地声称一定给车轱辘大大的优惠，每一次结账的时候实际支付的数额都比心理预期数额高出一大截。尽管每次消费都用不着车轱辘自己掏钱，可是老这个样儿车轱辘心里也不舒服，总觉得这个油头粉面的家伙笑嘻嘻地宰他。所以每次来了都要把这个冯主管叫过来，指手画脚、颐指气使一番，看看他那卑躬屈膝的样儿，图个心理上的平衡。

今天车轱辘照例又让服务员小姐把冯主管叫了过来，冯主管照例点头哈腰装孙子，车轱辘已经不再被他的表面功夫迷惑，再加上心里不爽，就无事生非地刁难他。先是说他们的桌布不干净，让重新给换一条，冯主管要亲自去换，车轱辘拦住他不让他走，冯主管只好让服务员把桌布撤下来换新的。冯主管搓着双手好像手上生了冻疮："车局长二位还有什么需要尽管说，你们就是我们的衣食父母，就是我们的上帝，有任何不周到的地方都请批评指正啊，千万别客气……"

车轱辘厌烦地打断他："不就让你们换了个桌布吗？哪来那么多的说道，还有这杯盘碗碟筷子勺子，哪有客人还没到就摆好了的？谁知道是不是你们用过了，随便涮了涮，根本没消毒就又原封不动地摆了上来？换一副，要有温度的啊。"

冯主管好脾气，马上又让服务员更换两套滚烫的，显然是刚刚消完毒的餐具摆了上来。冯主管是干这种事情的老油条，明知到这里消费的客人图的是什么，也明知到这里的客人一般情况下是招惹不得的，尤其像车轱辘这样的政府官员，招惹不起，说不准什么时候，在什么地方，给你设个绊马索让你跌个头破血流。最好的办法就是把他糊弄得高高兴兴，好赖把钱骗到手是上策，于是殷勤地请示："车局长，你们二位是贵客，我们这儿最近来了几个新加盟的小姐，比刚上市的哈密瓜还新鲜，我叫过来二位品尝品尝。"

惊叹号跃跃欲试，还想再找两个"新加盟"的小姐来潇洒，车轱辘没情没绪，挥挥手赶走了冯主管："算了算了，今天别想宰我们，超过二百块钱我们不埋单啊。赶紧上菜吧，上完菜让你们的小姐一边待着去，我们要说话。"最近一段时间车轱辘的接待费用增长太快，卫骏有意无意地在局务会上提出要压缩接待费用，还要改革接待费用管理体制，车轱辘做贼心虚，觉得这件事情的矛头是指向自己的，却又没办法明目张胆地反对。在殡葬管理科那边连着核销了几次吃喝费，也不好意思再找人家，只好转过来从冯主管这边压缩支出。冯主管呵呵笑着说："没问题，没问题，车局长到我们这儿来消费就是看得起我们，什么钱不钱的，没关系，没关系。"

车轱辘知道这小子说得好听，到时候一分钱也不会少收，"哼"了一声，板了脸不答理他。

冯主管涎皮涎脸地告辞："车局长还有什么吩咐？没有我就安排去了，保证二位满意。"

今天晚上只有车轱辘和惊叹号两个人，放在一般的饭馆，光吃喝消费二百块钱就够奢侈的了，惊叹号也觉得到这里来一趟，如果光是为了吃吃喝喝花二百块钱不值，张口想招两个小姐混一混，看到车轱辘满脸都是忧愁烦恼，一点儿没情绪，就问他："我靠，你今天到底咋了？全国人民有几个活得比你轻松的？还愁眉苦脸的。"

车轱辘长叹一声，咕嘟干掉一杯酒，然后说："危机四伏啊，我现在是朝不保夕。"

惊叹号惊愕："我靠，那么大个局长当着，吃喝嫖赌全报销的舒服日子过着，还说这种话，怎么了？是不是贪污受贿让检察院逮着了？"

车轱辘呲他："呸，胡说什么呢，别的毛病我不敢说没有，贪污受贿我可真的没干过，你干脆说我嫖娼让人逮着了还差不多。"

惊叹号："我靠，像你这种人嫖娼逮着了也没事，我能帮你摆平，就怕你贪污受贿那我可就没办法帮你了。不开玩笑了，到底怎么了？"

车轱辘再一次长叹："还不就是那个破事儿，魏奎杨压死的那件事。"

惊叹号愕然："那件事情怎么了？虽然当时是你开的车，我们不是已经摆平了吗？即便没摆平，魏肉酱也不是你压死的，怕什么？大不了写份检查，你不该开着公家车胡飙，就那么点事儿，谁还能把你给骗了。”

车轱辘说：“事情越闹越复杂了，市纪委都插手了，唉，早知道越闹越麻烦，还不如当初老老实实承认了，就像你说的，大不了写份检查，挨个处分，现在我可真是骑虎难下了。”接下来，把事情的经过原原本本给惊叹号说了一遍，让他帮着给拿主意。

惊叹号听完车轱辘的事情，没说“我靠”，闷着头吃喝。车轱辘见他不吱声，不表态，不由就有些动气：“没吃过还是饿急眼了？光知道吃，撑死你。”

惊叹号嘴里嚼着脆皮大肠嘟嘟囔囔地说：“我靠，你叫我来不就是吃的吗？有什么话吃饱了再说，凉了就不好吃了。”

车轱辘对这位连襟也实在是没招，只好陪了他闷头吃。他不说话了，惊叹号却来了谈兴：“我靠，既然你老兄征求我的意见，根据目前的情况分析，你有两条路可走。”

车轱辘不屑地问他：“哪两条路？”

惊叹号摇头晃脑地咀嚼着嘴里的脆皮大肠说：“我靠，这还用得着问我？明摆着的。一条路，马上到纪委坦白交代，落个好态度，争取从轻发落，我估计这么着你的公务员身份还能保住，说到底不就是违纪开了一次公车吗？压死魏奎杨你又不是直接责任人。搞得好了，你还能保住副局长这个位置，除了撤职以外，还有的是处理办法，警告、记过、通报批评，你随便争取一项就没什么事了。”

车轱辘听他这么说，差点蹦了起来：“我靠，你这是把我往沟里推呢，主动交代，连跟交警队队长的那件事情一块交代？”无意间，他也学着惊叹号把“我靠”当成了说话的导语。

惊叹号：“那你就走第二条路，死扛，我靠，第二条路能不能走到底，你可就说了不算了。这一回可是市纪委插手查办，你认真想想，市纪委怎么可能立案调查一桩车祸案子呢？人家查的不是你的车祸，而是你跟交警队长之间的交易。我真想不通了，你这个人做事怎么这么粗陋，这件事情怎么就办露了。”

车轱辘也明白，市纪委绝对不是查他的车祸，而是要查处车祸背后的经济问题。到现在他也想不通，这件事情到底是谁捅出去的，如果是魏奎杨的司机，他不会知道他帮交警队王队长买墓穴的事情。他也追问过殡葬管理科的科长，科长一口咬定他从来没向任何人说过这件事情。惊叹号看车轱辘心神不定，愁云满面，担心他怀疑到自己身上，放下筷子帮他分析：“我靠，这件事情从我这方面来说，肯定没有任何问题，你仔细想想，当时我也就是给你们之间穿了穿线，后来你们怎么搞的我根本就不知道，你们也没给我说，所以，我这方面肯定没有问题。”

车轱辘说：“我不是怀疑你，你即便知道内情也不会往外捅我。”

惊叹号说：“这就好说，你有这个认识我就可以帮你深入地分析一下了。”说着拿起三个酒杯摆了个品字形：“这是你，这是王队长，这是那个殡葬管理科的科长。其中你和王队长可以彻底排除，你们俩谁也不会把自己办的那点丑事亮出去。剩下的可能还有谁？”

车轱辘：“你是说科长？我问过了，他说绝对没有告诉过别人。”

惊叹号说：“我靠，你傻啊，他说没告诉别人就真的没告诉别人吗？你怎么那么信他？”

车轱辘无奈：“我不信又能怎么样？我一不是纪委的，二不是检察院公安局的，又不能对人家怎么样。”

惊叹号摇头晃脑地说：“这里面有两个可能，一个是他无意中泄露了消息，自己还没有意识到。另外一个可能是他知道是谁捅出去的，因为某种原因不敢告诉你。”

车轱辘怔怔地看他，惊叹号问：“看我干吗？怎么了？”

车轱辘说：“我靠，你咋没说呢？”

惊叹号问：“我没说啥？”

车轱辘说：“你没说我靠。”

惊叹号说：“我靠，让你说了我就忘了。”

车轱辘说：“你说了半天废话，不管有几个可能，我现在最需要知道的就是，怎么样才能摸清这里面的水到底有多深。”

惊叹号喝了一口啤酒，总算没忘了说“我靠”：“我靠，你摸清了又能怎么样？现在是纪委在查案，就算你摸清了是那个科长举报的又能怎么样？”

车轱辘狠狠地说：“要是那个玩意搞的鬼，我不骗了他也得扒了他的皮。”

惊叹号不屑地“我靠”道：“你既骗不了人家，也扒不了人家的皮，除非你不想活了。”

车轱辘急切地问：“那你说我该怎么办？”

惊叹号：“我靠，该怎么办我刚才不是说了吗？赶紧去投案自首啊，争取个好态度。”看到车轱辘又要发火，惊叹号拦住他说：“你先别急，你听我慢慢说。最近我也遇到了一件倒霉事儿，你听说了吗？”

车轱辘这段时间净熬自己那点烦心事了，哪里顾得上管别人的事，听到惊叹号也遇到了麻烦，有了五十步笑百步的机会，心里忽忽悠悠地有了点快意：“你怎么了？贪污、盗窃还是嫖娼了？”

惊叹号说：“我靠，别说那么难听，小小不然随地大小便的事儿谁能没有？可那也不至于笨蛋到让人家抓住。至于贪污盗窃嘛，我还真没有那个本事也没那个胆子。你听我说啊，前段时间，我们车队可是出大事了……”接下来把他们车队出的那些事儿原原本本地给车轱辘讲述了一遍。

车轱辘半开玩笑地说：“怎么回事？你真的没有吃回扣啊？”

惊叹号拍打着干巴巴的鸡胸脯说："我如果吃了回扣，能对得起我的老上司黄书记吗？黄书记在铜州的时候对我说过无数遍，只要进了政府大院，就别老瞅着院外面的百万富翁眼馋，其实进了政府大院比百万富翁更保险，活得更自在，为什么？看着每个月拿那几个有数的工资一把就攥没了，可是安稳、可靠，可以一直拿到死。别看百万富翁吃香的喝辣的，说不准什么时候就成了穷光蛋跳楼自杀。如果想当百万富翁，就别进政府大院，进了政府大院还想着当百万富翁，别说这几个有数的工资拿不了多久，弄不好连命都得搭上。黄书记的谆谆教导我是牢牢记在心里啊。这一回我可品尝到了清廉的滋味，真好啊。事情出了，车队的维修店又是我定的，当时说啥的没有？人人都觉得我肯定从那家修理厂吃了不知道多少好处。那个时候我心里一点儿也不慌，反而希望赶紧调查，为什么？这就叫没吃冷年糕，不怕肚子疼。你想想，如果我真的从那家修理厂吃了好处，我现在是什么结果？现在呢，我说话谁敢不服？干什么事都理直气壮，腰杆挺得比电线杆子还直溜，多爽啊，我靠，真他妈爽透了。"

车轱辘酸溜溜地讥讽他："咋地，市里把你树成廉洁自律的标兵了？"

惊叹号说："那倒没有，不过话说回来，人啊，真的要知道什么事情能干，什么事情不能干。就拿你说吧，我实在想不通，你好好的副局长当着，你老要开那个破车干吗？看看满大街的老百姓，有几个日子能跟你比？真爱开车就当司机去，又要当官又要开车，人家又不让你开，你这不是没事找事嘛。再退一万步说，实在爱车，狠狠心买一台，油啊什么的也用不着你自己掏腰包，谁也说不出什么大毛病来，比那些自己买车养车的老百姓还是强百倍。你看看现在闹的，整天像做噩梦似的，活得多累。"

车轱辘心烦，让他说得更烦，抓起桌上的啤酒瓶子咕嘟嘟灌了一气：

“你真他妈的站着说话要不疼，我这么点事儿算个啥？比起那些狠捞猛捞的贪官污吏来我就够优秀了。算我倒霉，真应了那句话了，点子背的时候放个屁都砸后脚跟，喝口凉水都能塞牙。你要是有主意就帮我一把，没什么高招就回家睡觉去。”

惊叹号叹了一声：“我知道你心情不好，也不跟你一般见识，该做的你自然都会去做，也用不着我教你。既然你不愿意主动交代，那唯一的办法就是赶紧跟交警队王队长穿好，该咋说咋办统一口径，这样也许能顶一阵子，要是纪委没憋劲要查你个底朝天，也不是没有过关的可能。还有，你那个司机也是个薄弱环节，该怎么做你想想，一定要封牢他的嘴，正常情况下人家肯定要维护你，维护你就是维护他自己嘛。可是如果纪委真的动了大干戈，人家能为你当殉葬品？好了，我不跟你再多说了，说多了你还烦，你慢慢喝吧，我家里还有事儿，先走一步。”说完，抓起桌布把油腻腻的嘴擦了又擦，扔下车轱辘扬长而去了。

车轱辘让惊叹号扔在包厢里，呆愣片刻之后觉得大伤自尊，喃喃地骂了起来：“狗屁样儿，什么东西，说到底不就是个车夫吗？装得跟市委书记似的，什么东西嘛，今后他妈的我再答理你我就是你孙子……”边骂边猛灌啤酒，命令服务员小姐去叫冯主管。

服务员小姐把冯主管叫来的时候，车轱辘已经喝成了一摊烂泥，身上让吐出来的污物弄得活像一个公共垃圾桶，包厢里沤烂了的食物和啤酒的味道令人作呕。服务员小姐为难地请示冯主管怎么办，冯主管捂着鼻子厌恶地说：“叫两个保安把他弄到休息室去，酒醒了埋完单再让他走。”说完急匆匆地就要离开，走到门口又想起来，回头吩咐小姐：“他酒醒了要是找我，就说我下班回家了。”

惊叹号虽然在级别上比车轱辘低了许多，可是获得别人尊重和礼遇的精神需求一点儿也不比车轱辘差，甚至比车轱辘更加强烈，因为跟车轱辘相比，他终究不过就是一个车队的队长。车轱辘觉得伤了自尊，惊叹号觉得被他伤得更严重。所以，惊叹号坐进自己车里的时候，也在喃喃地骂他："我靠，狗屁样儿，什么东西，说到底不就是个破局长还是个副的吗？什么东西嘛，今后我他妈的再答理你我就是你孙子……"

1

洪钟华来到了被老百姓称之为马屁滩的三顺滩，让司马达开着车绕着新开发区转了一圈之后，吩咐司马达把车停在了那块刻着“三顺滩”三个大字的花岗岩碑下面。这是一块高地，从这里可以俯瞰整个开发区。洪钟华下车散步，看到石碑上面让他老脸丢尽的“马屁滩”三个大字已经被彻底清除掉了，“三顺滩”三个大字金光熠熠，石碑的下面四周围上了一圈栅栏，栅栏顶端镶上了尖刺，防止有人再攀爬上去搞破坏。洪钟华估计这是公安局的创意，想到自己在铜州市工作了这么多年，到头来最让人津津乐道的“政绩”居然是“马屁滩”三个大字，而且这三个大字已经牢牢刻在了老百姓的心里，成为传世的笑柄，这让洪钟华黯然神伤，又啼笑皆非，还有些后悔莫及，各种情绪、各种感觉、各种念头活像夹带着暴雨的台风，在大脑里呼啸、冲撞，把大脑搅得一片狼藉，无法正常思维。

这种感觉非常不好，洪钟华又感到了那种锥心刺骨的隐痛，灰蒙蒙的心情无法引发登高检阅自己建设成果的潇洒和惬意，尽管那是一片生机勃勃、楼宇林立的新土地，却仍然无法让洪钟华产生哪怕一丝丝的成就感。他回到了车上，司马达马上发动汽车，扭转方向盘，向返回的路疾驶。洪钟华微感诧异，因为他并没有吩咐司马达上哪儿去，司马达的习惯是洪钟华一上车先请示上哪儿，今天这种做法有些不符合常规。蓦然间，洪钟华醒悟，今天上车后司马达自从问过那句“上哪儿”之后，就再也没有说过一句话。司马达是个话少的人，但绝对不是没话的人。

“司马，有心事啊？”洪钟华问道。

司马达说：“没有啊。”

洪钟华长吁一口气说：“司马啊，你知道人跟其他动物最大的不同是什么吗？”

司马达说：“知道，人是直立行走身体无毛的哺乳动物。”

洪钟华说：“这是鲁迅说的，你还挺爱读书啊。”

司马达赧颜，这句话他并不知道是鲁迅说的，只知道是小燕说的，那天跟小燕闲聊的时候，觉得这句话觉得很精辟，就记了下来。

洪钟华接着说：“人跟其他动物最大的不同就是，其他动物依靠本能，人依靠思想。”

对洪钟华这句话，司马达并不认同，他觉得，动物到底有没有思想，只能说人不知道，而不能断定除了人别的动物就都没有思想。另外，人也不见得都有思想，大多数人还是依靠本能活着。当然，司马达绝对不会把这种不认同说出来，当面跟市委书记辩论，司马达还没傻到那个程度，也没有勇武到那个程度。司马达继续保持沉默，而洪钟华这个时候却特别需要有个人能跟他聊聊。如果这个时候司机换上了毛毛雨，洪钟华一定会很快活，可惜司马达不是一个很好的对话伙伴。

车子很快驶进了市区，洪钟华看着窗外的街景，意有所指的继续自己的话题：“因为有了思想，人就有了各种各样的内心活动，内心活动有的能够通过表情神态让别人感觉到，有的就不会让别人感觉到。”洪钟华感觉到了，司马达心里有事，所以才这么说。正说间，车被堵住了，前面不知道发生了什么问题，车流就像遇到了堤坝的洪水，涌在一起，动弹不得。

司马达眼见再往前面挤，很可能会进退不得，连忙扭转方向盘，把车开到了人行道上，跟着其他掉头另寻出路的车辆插进了一条岔道，插进去了才发现这是一条单向行使的路段，自己的车正在逆向行驶。道路很窄，前面的车缓缓行进，后面又有车辆跟了上来，此时想回头已经不可能了，司马达只好硬着头皮跟住前面的汽车往前闯，暗暗祈祷不要碰上警察就好。偏偏怕啥就碰上啥，快要出巷子口了，前面却来了一个警察，骑着摩托车，威风凛凛地把一串汽车按在了狭窄的巷道里。

司马达苦笑："完了。"

洪钟华说："看看这个警察有没有勇气处理你。"

那个警察从摩托车上下来，挨排没收驾驶员的驾照，收一台车开个小票就放行一台车，这些被收了驾照的驾驶员如果想要回驾照，就得到交警队去接受处理，交罚款，扣分，然后才能取回驾照。这是一个很精干的警察，动作规范麻利，前边十几台车的驾照很快就收完了，来到了洪钟华的车前，看到车牌，警察愣了，然后挥挥手，放行了。

洪钟华哧哧窃笑，自我解嘲："唉！知道当市委书记的好处了吧？也可以想通为什么大家都愿意当领导了吧？"

司马达却觉得挺不是滋味的，他说不上应该为警察不敢开罚单而庆幸，还是为警察不敢开罚单而羞耻。

既然洪钟华的车放行了，后面的车警察也就不好意思再接着罚，再罚后面的驾驶员也不会答应，这是一个明智的警察，他转身骑上摩托车跑了。司马达开车上路，洪钟华又一次问他："你今天有什么心事吗？怎么闷闷不乐的。"

司马达又一次回答："没有，没什么事啊。"

其实司马达心里确实有事，而且不是一件事，是两件接踵而来的事，只是他不知道心里的事情能不能对洪钟华说。

前两天，市里著名的民营企业华丰集团的老板华建仁亲自打电话约司马达见面，司马达不知道这位民营老板找自己干吗，抽时间过去跟他会了一面。华丰集团是资产过亿的民营企业，经营范围扩展到了房地产、建材和宾馆酒店，在全省各地都有他们的业务。见面的时候，让司马达吃惊的是，华建仁的个头仅仅能够到司马达的肩膀头那儿，体重如果放在磅秤上称一下，可能还不到司马达的一半。司马达印象中，大富翁应该都是那种脑满肠肥、膘肥体壮的品种，万万想不到这个大名鼎鼎的华丰集团董事长居然是这种瘦小羸弱的黛玉型男人，看着他让人联想起拔光了鸡毛的瘦公鸡。

董事长华建仁没有直接说找他干吗，却东拉西扯地跟他聊起天来，询问了司马达的经历，也介绍了自己的经历。司马达由此得知，他并不是那种利用社会转轨时期出现的种种漏洞，游走于违法合法之间牟取暴利发财的土财主。他是六六年成都地质学院毕业的本科生，毕业后一直在地质勘探部门给国家找矿石，常年的野外艰苦生活把他的身体弄垮了，严重的胃溃疡让他无法继续在野外给国家效力，他曾经多次提出申请要求回到地矿局机关工作，却一直得不到批准。无可奈何，为了多活几年，他只好辞职，这一辞职，等于前半辈子白干了。辞职后，他开始经营石材和建材，积累了原始资本之后，又开始扩展经营范围，资产很快就滚雪球一样膨胀起来，现在成了省内数得着的著名民营企业家，省政协委员，市民营企业协会会长。

司马达当然明白，这位著名大老板找自己来绝对不会是没事聊天，真要聊天他也用不着找自己这样一个司机。找了个话缝儿直截了当地问他找自己有什么事儿。这位民营企业家说出来的话让司马达大吃一惊，他郑重其事地邀请司马达过来给他当“行政助理”，并且承诺如果司马达给他当“助理”，他每个月可以给司马达五千块钱的薪水，退休、医疗、公积“三金”按照处级干部的标准。五千块钱的薪水是司马达现在工资加所有补贴总收入的两倍！

那一瞬间，司马达真想过去在他那瘦骨嶙峋的脑门子上摸一把，看看他是不是在发烧。司马达到底是给洪钟华开车的人，人又天生稳重，天上掉下来的馅饼把他砸得脑袋嗡嗡鸣叫，心里翻江倒海，表面上却装得非常冷静：“我想问问您，为什么要雇我？助理的工作内容是什么？”

华建仁说：“我先回答你第一个问题，为什么要聘请你。因为你是最优秀的……”

司马达愕然：“我怎么敢承担最优秀的称号啊？我可不是。”

华建仁没有在意司马达打断了自己，顺着自己的思路往下说，好像司马达根本就没有插过嘴：“能给市委书记洪钟华开车，而且深得洪钟华的器重，说明你起码在司机这个行当里是最优秀的。我说你优秀，并不是单单指你的驾驶技术，也不是指你当过武警全省格斗第二名，而是指除了这些宝贵资源以外，你还有一个好人品，这才是真正的优秀。”

司马达断定他说的不是真话，起码不是全部真话，因为，驾驶技术好而且人品好的司机远远不止他一个，如果说只有他一个的话，那么，只能说给市委书记当司机的目前只有他一个。想到这儿，司马达醒悟，看来自己真正的价值还是市委书记的司机这个身份：“你是不是让我辞职到你这边干？”

华建仁肯定地点点头：“那当然，我从来不用兼职的。好了，我接着给你说说你这个助理的工作内容。”他口气和神态中表现出来的那份过度的自信让司马达隐隐不快，好像司马达已经答应了他的条件，“助理嘛，还是要发挥你的特长，你的工作有三项：一是做我的专职司机，二是做我的事务助理，就像你们市委书记市长的事务秘书一样，第三就是做一些我随时交办的工作。我保证的一点就是，我让你做的绝对没有违反党纪国法的事情和你不会做的事情。对了，我再补充一句，刚才我说的报酬仅仅是你来第一年的标准，如果干得好，还有提职加薪和拿年终奖的机会。”

好事来得太突然了，诱惑力确实太强了，司马达有些发懵。他在市委市政府当专职司机，每个月连出车费、加班费和种种补贴加在一起，收入不过两千块钱。而且，责任重大，得处处小心谨慎，稍不留意就有可能下课换班。然而，司马达心里却有一个大大的疙瘩解不开，这个疙瘩解不开，他就不敢轻易答应到这边来，这个疙瘩就是：华建仁为什么要撬市委书记洪钟华的行。司马达谨慎地问道：“华老板，具备你那种条件的人有的是，你为什么偏偏要找我呢？”

华建仁没有直接回答他的话，却撩起了自己的衣襟给他看：“看看这是什么？”

司马达看到，华建仁瘦骨嶙峋的搓衣板一样的肋条骨下面，有一条长长的刀疤，刀疤两旁有缝针的痕迹，活像他的腹部装了一条质量粗劣的拉链。

华建仁说：“看到了吧？我的胃因为癌变被割去了四分之三。过去我长期在野外工作，体质不好，胃常年有病，多次申请调回物探局机关工作都没有批准，为什么？就是因为我没有关系没有后台没有后门，后来，我辞职了，目的就是为了有个好一点儿的工作环境，可是已经晚了，这就是代价。”

司马达迷惑不解地看着他，不知道他说这段话和聘用他当司机有什么关系。

华建仁放下衣襟，接着说：“现在我什么都有了，却没了胃。我什么都有了，却仍然没有待遇，官方待遇，我前几十年的辛苦都白扔了。明白了吗？我就是要让你，市委书记的专车司机到我这儿来给我开车，也许这就是没有啥想啥的一种心理吧。当然，如果你的人品不好，或者驾驶技术不好，即便你是市委书记的司机我也不会聘你。”

司马达彻底听明白了，华建仁之所以要聘用他，不惜撬洪忠华的行，价值就在于要显示他的社会存在价值高于市委书记，就是要让市委书记低他一头。这是一种很微妙的心理状态，也是一种只能意会难以言传的灰色幽默。所以，连华建仁本人也不好直截了当地说明白，司马达却听明白了。他跟了洪钟华很久，尽管工资不高，待遇也跟其他司机没有不同，但是洪忠华在他心目里是一个值得尊敬的市委书记，也是一个很好的良师益友，如果他答应了华建仁，无疑是对洪钟华的背叛。

司马达口气非常谦和，但是态度非常坚决的回绝了华建仁：“谢谢华老板对我的信任，可是我不能辞职，洪书记是个好人，是个廉洁勤政的好领导，而且对我也很好，我不能做这种见利忘义的事情，如果那样我不就成了小人吗？对不起了华老板。”

华建仁愣了，他没有想到那么优厚的待遇竟然遭到了拒绝。司马达见他的脸板得活像一块生锈的烂铁皮，心里也有些不忍，不管怎么说，人家这也是看得起他，便带了歉意起身告辞：“对不起啊华老板，您别生气，我绝对没有别的意思，就是不好意思把洪书记闪了。没有别的事我就不打扰您了，今后你有别的需要我做的事情，只要我能做的，我一定尽心尽力。”

华建仁起身送他，用鸡爪子一样的手拍打着司马达的后背，摇头叹息：“小伙子，我怎么会生你的气呢？说实话，如果你马上答应我，你在我心里的分量可能反而会变轻，你这么做，我能理解，如果放在几千年前，你不就是关云长吗？好吧，这样，我的大门随时为你开着，条件不变，你只要想通了，愿意来，电话都不用打，直接来上班就行了。”

这件事情对司马达来说当然不可能像过耳清风一样过去了就无影无踪。过后，他的心里偶尔也会起一丝波澜，如果自己真的去给华建仁当“助理”，每个月拿五千块钱工资，那日子过得该是什么感觉？这件事情他实在把握不准能不能给洪钟华说。他却给李桂香说了。在司马达的心目里，李桂香真的成了可以和她说说家长里短的姐姐，也许他在这座城市里社会关系和人情往来太少了，所以一旦结识了李桂香和小燕，就本能地有了一种家庭的归属感，有什么话不能给同事、领导说，却可以到这里来说。因为，潜意识里，司马达把自己和李桂香母女归类为同一个阶层，同一个阶层的人们在一起交流沟通不需要那么多的顾忌和戒备，也不需要有太多的掩饰和伪装。

李桂香听了司马达经历的事情之后，第一个反应就是这件事情绝对不能告诉洪钟华：“你想一想，既然你已经拒绝了那个老板，再给洪书记说有什么意思呢？弄不好洪书记反而会怀疑你故意想要什么。再说了，那个华老板对你也没什么恶意，你一给洪书记说了，那不等于挑拨他们的关系吗？”李桂香的话让司马达彻底打消了把此事告诉洪钟华的冲动。

闲聊中，李桂香讲述了她在美能达大厦遇到车局长和万市长的事情。同样，李桂香也把司马达认作了可以互相倾诉的亲人，虽然她有小燕，但是小燕却不适合倾诉，她还太小。司马达被李桂香讲述的事实惊呆了，如果不是李桂香亲眼所见又亲口所说，司马达根本不会相信堂堂市长万鲁生竟然有那么一副恶心嘴脸。他也实在难以想象，堂堂的局级领导干部也会躲在阴暗角落里订立攻守同盟对付市纪委。虽然深信李桂香绝对不会杜撰和造谣，他还是忍不住追问了一句：“真的？”

李桂香说：“这种事情我编也编不出来，碰到这种事情真倒霉。”

司马达受到的教育和简单的人生经历，让他对人生存在着的另外一个层面，尤其是丑恶的层面很难坦然接受。他本能的反应就是要把市长万鲁生和车轱辘等人的那些丑事告诉洪钟华。然而，真的和洪钟华在一起的时候，他又迟疑不决，不知道该怎么样张口把这些话说出来。纯朴的灵魂本能地抗拒“打小报告”这种行为的玷污，而他跟洪钟华的距离感也让他怯于向洪钟华谈这种涉及政治层面的问题，司机尽管跟领导挨得很近，心理上、精神上的落差并不比普通人小。

几天来连续发生的两件事情，成了生活内容非常单纯的司马达心里头沉甸甸的冰块，冰块梗在胸腔里的滋味很不好受，整得司马达整天委靡不振，连话都懒得说。

“洪书记还回机关吗？”

洪钟华回答：“算了，快到点了，直接回家吧。”

司马达扫了一眼仪表盘上的时间，十一点三十分，正常情况下这个时间洪钟华是不会回家的。司马达从后视镜上看了洪钟华一眼，洪忠华脸色阴沉沉的，显得心事重重。司马达忽然想起了在老家看的《铡美案》里的一句戏词儿，包拯受到皇太后的压制，无奈欲放陈世美一马的时候，嘱咐秦香莲：“给你白银三百两，教你儿女把书念，读书千万莫做官。”看样子，老包深知当官并不好玩，想当好官就更不好玩，弄不好连自己都得玩进去。

2

最近几天风平浪静，纪委再没有什么新动作，仿佛一阵微风吹过，池塘泛起一阵涟漪，风过后，一切照旧。但是，车轱辘却不敢掉以轻心，整天忧心忡忡，心神不定，削尖脑袋千方百计地到处刺探情报，四处打探消息，就像一个没有拿到最后诊断的病人，想知道自己到底是不是彻底摆脱了危险。要想打探消息，就得有消息渠道，车轱辘现在最头痛的就是自己没有畅通可靠的信息来源。

车轱辘在办公室里坐不住，就想出去转转，便给葫芦打电话要车，葫芦的电话却不通，他只好亲自到司机值班室找葫芦。

“车副局长，你这几天怎么了？是不是身体不舒服？脸色不好，好像也瘦了。”纪检组长郭晓梅在走廊里碰到他，关心地询问着。

车轱辘嘿嘿一笑：“没什么，天热，害夏。”

郭晓梅愕然：“还害夏，都什么时间了，秋天了，你真逗。”说完，扬长而去，高跟皮鞋在走廊里敲击出一串悦耳的鼓点。

车轱辘看着郭晓梅婀娜多姿的背影，心里有些遗憾。郭晓梅作为纪检组长，跟市纪委的联系密切，不管是工作往来还是私人交往，优势都是显而易见的。他就碰到过市纪委的副书记和处长没事干的时候跑到郭晓梅这儿泡茶聊天，也有市纪委的官员约郭晓梅晚上出去吃饭的。女人，尤其是漂亮女人，在社交上有天然的优势，如果能通过她打探消息，甚至疏通说情，都应该有能用的关系。可惜，他跟她没有那份交情，即便有那份交情，也不敢轻易把自己面临的困境透露出去。这种事情，只能靠自己偷偷摸摸地运作，如果让同僚知道了，那就祸福难料，更加麻烦，即便最终啥事没有，也非得让人的口水淹个半死。车轱辘暗暗感叹，在政府机关里，人和人好像就是影子对影子，谁也别想看透对方的真面目。

来到司机值班室，值班室里却没有葫芦的胖影子，也没有一个司机。车轱辘又给葫芦挂了电话，电话里还是那个软绵绵、娇滴滴的声音告诉他该用户不在服务区，或者手机已经关机。车轱辘无奈，来到办公室找卫骏：“车呢？怎么一个司机都不见。”

卫骏正在跟一个女文书脑袋抵着脑袋瞅网上的新闻，车轱辘把他吓了一跳："你说啥？"

车轱辘又问了一遍，卫骏才明白过来："噢，司机都出车了。"

车轱辘又问："葫芦呢？"

卫骏笑眯眯地说："葫芦我没派啊，他到哪儿去了没跟你说吗？"

车轱辘张口结舌，卫骏的言外之意就是：你的司机你都不知道干吗去了，我怎么知道。专车司机名义上归办公室管，实际上办公室根本管不了。领导要去哪儿，直接找司机，领导的司机到哪儿去了，也只有领导知道。所以卫骏这么说，车轱辘就无言以对。这种状态造成的直接结果就是，真正公务需要用车了，反而往往没车用，因为公车配置不可能做到机关干部每人一台，每个领导占用一台专车，剩下的公用车辆只有三四台，现在的干部又娇气，办屁大点事都要派车，于是车经常不够用。一方面公车不够用，一方面领导专车别人不能用，也就是说，即便领导的车在库里趴着，别人有事也不能用，不然就不是专车而成普通意义上的公车了。所以，如果公车派光了，要出外办事的干部们只有两个办法，或者打的，回来找领导签字报销，或者干脆不办了，什么时候有车什么时候办。

葫芦没了，车轱辘找卫骏也没有用，卫骏笑眯眯的，一句话就把他给顶了回去。车轱辘憋了一肚子气，恨不得马上把葫芦找回来狠狠地臭骂一通。外出办事，不事先请假，不单是葫芦从来没有做过的事情，就是其他公车司机也不会、不敢这么干。车轱辘好在没什么急事，不过就是待在办公室郁闷，想出去飙车散散心，既然找不到葫芦，只好回办公室。

坐在办公桌前，车轱辘百无聊赖地啜了几口茶水，越待越纳闷，实在琢磨不透葫芦这是上演哪一出戏法，不管他干吗去了，总应该事先打个招呼吧？除非……车轱辘蓦地想到了纪委，浑身一激灵，葫芦会不会让纪委给弄去了？这个念头一出现，车轱辘浑身的血液都冲到了脑门子上，心脏也开始怦怦乱跳，腿却软软地变成了面条。

他试着站起身，还好，真的站起来两条腿倒还能撑得住身子，就是脚底下发飘，整个人好像行走在棉花上。车轱辘到了这个时候就又想起了惊叹号，目前看起来，唯一能指望的还是那颗惊叹号了，他当时喝醉了，早已经忘了得罪惊叹号的事儿，这会儿心里惊慌，抓起电话就给惊叹号拨。刚刚接通，刚刚听到惊叹号的口头语“我靠”，葫芦却从门外踅了进来：“车局长，你找我？”

车轱辘顾不上回应惊叹号，随手压了电话，怒火冲天地问葫芦：“你干吗去了？为什么不接电话？”

葫芦莫名其妙：“我没干吗去啊，就是上了趟厕所。”听到说他不接电话，连忙掏出手机看了又看：“没电了。”

车轱辘刚才被自己的想法吓着了，这会还没缓过劲来，追问葫芦：“真的没有人找你问什么事吗？”

葫芦的神态让车轱辘彻底放心了：“没有啊，刚刚上了趟厕所，连去带回还没不到十分钟，除了你谁能找我？车局长找我干吗？出车吗？”

车轱辘摆摆手：“没什么事，刚才想出去一趟，找你你不在，还以为你怎么了呢，算了，先不去了，改日再说吧。”

葫芦极为诚恳地说：“您叫我就打我手机，如果我要出去办什么事，怎么可能不给您打招呼呢。今天是寸劲儿，刚好手机没电了，要是手机有电，我在厕所里也能接你的电话，就不会耽误你的事了。”

车轱辘扔给葫芦一盒烟，叹息着说：“一朝被蛇咬，十年怕井绳，我现在老替你担心，开车这个活，过去老司机说得好，那就是手把生死盘，脚踩鬼门关的买卖，稍不留神就出大错，出个大错半辈子就搭进去了。”顿了顿又说：“刚刚接了新车，最近局里还要调整你们这些聘用人员的工资，我已经跟其他几个领导通气了，这一次一定不能落下你。在这个时候尤其要小心谨慎，不敢出任何娄子啊。”

葫芦感动了，也激动了，圆胖光滑的脑袋好像突然间被谁涂抹上了一层红油漆，亮光光红润润的，说话嗓子颤抖，声音断断续续，活像没有练好功夫的美声歌手：“车、车局长，我……我……你……你……一定……一定……”

难怪葫芦感动，虽然他是车轱辘的专职司机，也难得受到车轱辘如此推心置腹地关爱。难怪葫芦激动，像葫芦这样的聘用人员，基本上是一聘定终身，很难有涨工资的机会。葫芦平时说话虽然不能归进伶牙俐齿的种类，却也没有笨嘴拙舌的样子，今天这种表现反而把车轱辘弄得莫名其妙：“你怎么了？到底要说什么啊？”

葫芦吭哧一阵儿总算说明白了：“车局长，你对我太好了，我、我、我的意思是，我绝对不会做任何对不起你的事……”

车轱辘哈哈一笑：“别这么说，在局里，我们是上下级关系，出了民政局的大门，我们不就是哥们嘛。”车轱辘这个时候才算恢复了正常，理智告诉他，现在绝对不能得罪葫芦，即便他做错了什么也不能得罪他，所以就尽量拣好听的说。小人物只有掌握了大人物的把柄之后，才能让大人物当个人看，这个千古不破的定理再一次在车轱辘和葫芦的身上得到了验证。

可惜的是，葫芦自己并没有充分地意识到这一点儿，所以，当他出门的时候，还是战战兢兢，深为自己刚才那一泡大便而懊悔，正是那一泡来得不是时候的大便，不但耽误了车局长用车，还让车局长为他操心劳神了。

葫芦出去之后，车轱辘给交警队王队长挂了电话，问他纪委最近有没有什么动静，王队长说，他主动把车轱辘给他写的收条交给纪委了，过后纪委就再也没有什么动静了。估计是他们这边准备充分，应对得当，纪委看看没什么缝隙也就不再查了。

车轱辘放下电话，认真分析了一下这件事情的前景，觉得王队长说得确实有道理，说到底不过就是一个小小不然的走后门的事儿，纪委不会对这种事情有多大兴趣的，查这种事情出力不讨好，谁也不会那么傻，把精力放在这种整人不利己的小事情上。车轱辘的心彻底踏实了，情绪也好了很多。

3

惊叹号这几天的心情不太爽，不爽是他的那位当民政局副局长的连襟造成的。那天晚上两个人在大纽约娱乐城闹了个不欢而散，回家的路上惊叹号痛下决心再也不答理那个车轱辘了。然而，惊叹号并不是那种真正能狠得下心来的人，虽然决心下了，过后一连几天没有听到车轱辘的消息，心里又暗暗担忧。根据他对车轱辘的了解，根据他对车轱辘闯下大祸的那件事情的了解，他预感事情很不好。不管怎么说，车轱辘不是坏人，既不贪财也不好色，对工作也算是尽心尽力，充其量能算个犯了点错误的好人。可是，由于第一步错了，原来并不十分严重的错误就变成了从山坡上朝下面滚的雪球，越滚越大，最终弄不好就整个把他给毁了。作为亲戚，惊叹号实在不忍心眼看着他毁了自己的前程，可是现在这种冷战状态下，他又没办法进一步的劝说他，即便劝说估计车轱辘也听不进去。惊叹号憋得没招，只好在心里没完没了地把车轱辘叫“我靠”。

今天专车司机们好像约好了似的都不在，只剩下几个值班车司机和通勤车司机百无聊赖地下棋、玩电脑。毛毛雨轮番审阅报纸，把报纸翻得哗啦啦乱响，惊叹号烦透了，又不好骂他，上一次那场有惊无险的车祸证明了毛毛雨确实是个廉洁的好司机，人品的正面效应膨胀了他的形象。心理上，在惊叹号和很多人眼里，毛毛雨已经不是过去那个牢骚满腹、喋喋不休、乱喷唾沫星子的末等司机了，所以惊叹号没有像过去那样骂他，而是心平气和地对毛毛雨说："我靠，你看报纸至于弄那么大动静吗？知道的是你在看报纸，不知道的还以为你在发情呢。"

毛毛雨嘿嘿笑了："啥玩意发情会这样？"

惊叹号张口结舌："我靠，你们说啥玩意发情会这样？"

另外几个司机各忙各的事儿，没人顾得上答理他们，只有一个正在用电脑玩游戏的司机回了一声："耗子，耗子发情就那个样儿。"

毛毛雨拍打着报纸连连赞叹："好，说得好，你们听听啊。掩盖一个谎言需要更多更大的谎言，然而，谎言积累起来的并不是坚固的碉堡，而是沙滩上的空中楼阁，当谎言搭建的空中楼阁轰然坍塌的时候，谎言的主人必然会跟谎言一道毁灭。"

惊叹号没听明白他在说什么，追问了一句："我靠，你刚才说的什么？"

毛毛雨说："报纸，报纸上这篇文章说的。给，你自己去看。"说着，把报纸扔给了惊叹号，自己又拽了一沓新报看了起来。

惊叹号接过报纸一看标题心就惊了，这篇文章的标题是《谎言制造者在制造什么——政协处长制造车祸蓄谋杀人背后的故事》。这篇报道讲的是某市政协一个处长酒后驾驶公车撞死一人之后，为了掩盖事实真相，逃避法律追究，居然把当时也在车上的司机灌醉，然后连同汽车一起推下山崖，然后再嫁祸给这个司机。案件侦破之后，这个处长被以故意杀人判处死刑。刚才毛毛雨念的那段话，就是这篇文章结尾时候记者发出的感慨。惊叹号把这篇文章认真读了一遍，暗暗心凉，车轱辘做的事情不正像这报纸上说的，用更大的谎言掩盖小谎言，越描越黑，最终把自己给玩完了吗？虽然车轱辘没有蓄谋杀人掩盖事故真相，可是他通过行贿掩盖事实真相，性质也够恶劣的了，事情一旦调查清楚，他所受的处理肯定要比车祸本身更加严重。想到种种可能的后果，惊叹号觉得自己不能再和他置气了，该说的话还是要说，听不听由他。看着他整天就这么靠谎言过日子，不要说最终怎么闭幕，就整天这样提心吊胆，一听到纪委两个字就心惊肉跳，不等人家处理他，他自己就把自己给处理了，不全面崩溃也得患上神经病。想到这里，惊叹号从值班室出来，找到走廊拐弯的僻静地方给车轱辘挂了电话。

车轱辘接了电话，听到是惊叹号，马上开始讨伐他：“你小子真不够意思。那天喝酒，我喝多了你把我扔下自己跑了，不就三百块钱个事嘛，至于那样吗？”

惊叹号让他给说愣了，惊叹号并不知道，那天在大纽约娱乐城他走了之后，车轱辘酩酊大醉，醒来后根本就不记得他和惊叹号之间发生了什么。车轱辘喝醉之后，被大纽约娱乐城的服务员们转移到了休息室里，醒来之后，面对的是账单，惊叹号却不知去向，所以车轱辘以为惊叹号怕埋单自己跑了，把他扔下顶账，所以接了电话之后才有那么一番说词。

惊叹号一直处于清醒之中，稍微一想就明白车轱辘那天晚上肯定喝多了，至于后来发生了什么惊叹号也懒得去想：“我靠，我再穷也不至于舍不得三百块钱吧，今天我找你不是说那天晚上的事，今天我看了报纸上一篇文章，想起了你，你有没有兴趣看看这份报纸？”

车轱辘刚刚把葫芦那头夯实了，心里安稳了很多，情绪也好了许多，嘻嘻哈哈地问惊叹号：“怎么了？总不会是我有什么先进事迹上报了吧？”

惊叹号说：“我靠，你还能有什么先进事迹上报？你要是上报，肯定就是反面典型。算了，不跟你啰嗦了，这篇报纸我看对你很有教育意义，你看不看？要看我就派人给你送过去，或者我亲自给你送过去。”

车轱辘说:“什么报?你告诉我就行了。你要是没事想跟我会会面,那就过来。”

惊叹号想了想,终究不忍心眼看着这个副局级连襟车轱辘因为这件事爆胎,只好说:“那你等着,我到你办公室去。”

车轱辘还要赶时髦:“到茶馆吧,美能达大厦上有一家悦来茶馆,还不错。”

惊叹号否决了他的建议:“我靠,你以为我们是拍电视剧啊?一有什么事就到茶馆胡扯,组织上给你配备那么高级的办公室是干吗用的?你有时间泡茶馆我还没时间陪你呢,就几句话我说完就走,你等着。”

挂了电话,惊叹号回到值班室对在场的司机们吩咐:“我出去一趟,出车别乱抢,挨排来。有谁找我,让他打我手机。”惊叹号之所以这么说,是因为值班司机出车的积极性非常高,出一趟车就有一趟车的出车补贴,所以司机们恨不得整天驾了车在外面跑,这方面有点像出租车司机。有的司机轮不着出车就向认识的官员们求援,请人家要车出去转转。除了领导的专车,其他值班车司机出车都由惊叹号排班,如果没有惊叹号控制,弄不好就会为了争着出车打起来。惊叹号还有点不放心,把权力移交给了毛毛雨:“你替我派车,你的车我用一下。”

这样一来毛毛雨就失去了出车机会,毛毛雨无奈,只好把车钥匙扔给了他。惊叹号用车向来就这样临时乱抓,现在的人说,一等男人家外有家,二等男人家外有花,三等男人临时乱抓,四等男人下班回家,用这个标准考量,惊叹号在用车问题上属于三等男人。

惊叹号驾驶着毛毛雨的桑塔纳2000来到了民政局,车轱辘已经泡好茶水等着他了。惊叹号还记得那天两个人不欢而散的事情,车轱辘却根本不记得两个人之间发生过不快,所以在情绪上两个人就有点落差,惊叹号多多少少有点不自然,进了门手里捏着那张报纸,表情讪讪的。

车轱辘则一如既往地作出那种亲友间嘻嘻哈哈的亲热劲儿："唉，你今天怎么回事？非急着见我，是不是又想让我出血你快活了？"

惊叹号坐到了沙发上，嗅到茶杯里冒出来的茶香，先端起茶杯喝了两口才说："我哪儿还有心思让你出血我快活？再说了，我快活哪一次是你出血了？还不都是公款。"

车轱辘辩解："公款也得经过我张罗啊，你以为公款就那么好花？你这人啊，让我怎么说你，真是吃了白吃，喝了白喝，玩了白玩，一点儿也不领情，下回不带你了。"

惊叹号把那张报纸扔到车轱辘怀里："我靠，但愿还能有下一回，看看吧，能不能让你长点见识。"

车轱辘认真阅读着那篇文章，脸色越来越难看，看完了，把报纸扔回惊叹号的怀里："你让我看这玩意干吗？跟我有什么相干？"

惊叹号说："我真的怕你也像这里面那个伙计，弄来弄去弄个悲剧出来。"惊叹号在车轱辘面前难得这样郑重其事，结果连口头语"我靠"都忘了。

车轱辘反倒成了他的学生，捡起了他的口头语："我靠，按你的意思我该怎么做？"

惊叹号说："赶紧找纪委说清楚啊，现在还来得及，不然让人家查出来就晚了。要是你在一时想不开，闹出点别的事情就更不值当了。"

车轱辘今天没有喝酒，脑子比较清醒，所以对惊叹号的劝说没有像那天在大纽约那么强烈反感，但是态度却非常坚定："我靠，过去没看得出来，你倒是个好同志啊。我也知道你是好心，如果不是好心直接找纪委揭发我就行了，何必到我这里来磨嘴皮子。不过我自己评估，我也绝对不是坏人。虽然有不少毛病，可那也不过是逢场作戏，跟你这样的亲戚朋友在一起放肆一番轻松一下而已。我这件事你说说，算什么事？

充其量不过就是一场交通事故，充其量就是我开车有点超速而已，魏奎杨变成了魏肉酱，那怪得着我吗？跟那些贪官污吏相比，我就够优秀了。对了，最近你没听说万鲁生的老婆，跟魏肉酱联手贪污了五六百万，纪委给双规了，结果人家万鲁生到省城跑了一趟，啥事没有，纪委还不得乖乖地把人家给放了，那个单立人一脑袋扎进了炉膛里，整了一个灰头土脸。这说明什么？说明现在这个世道就是这样，饿死胆小的，撑死胆大的，坦白从严，抗拒从宽，老实交代判你十年，死不交代回家过年。就我这点事儿，主动跑到纪委交代，那不得让人家骂死。”

惊叹号：“骂你什么？”

车轱辘说了一句粗话：“我靠，骂我傻X。”

惊叹号总算在车轱辘的提醒下想起了自己的口头语：“我靠，你说的有道理，你这件事从一开始真的算不上什么大问题，不就是因为你这件事情不是什么大问题，这才让你主动交代争取个好态度吗？如果你真的贪污受贿了几百上千万，或者杀人放火了，我还劝你干吗？旁观者清，你现在的路子跟报纸上说得越来越像了，如果继续这么往下走，别说你自己脑袋发热出什么事儿，就是让人家查出来，你都没办法下台。”

车轱辘有点不耐烦了：“你这是怎么了？盼着我出点什么事不是？你也不是外人，告诉你吧，这件事情我已经摆平了，如果纪委能查处点毛病来，我甘愿接受任何处理。好了，你别再操这闲心了，这件事情已经过去了，你别提了，我也不提，今后一切照旧。”

惊叹号长长叹息一声：“我靠啊！你这么多年的官白当了，你也不想一想，人家真要查，有什么事情查不清楚？万鲁生老婆放了，这我知道，可是你没听说的是，人是放了，事情根本就没放，反而抓得更紧了。什么叫欲擒故纵？这就叫欲擒故纵。你开了一把车，出了点事故，确实不是什么大事，其实都轮不着人家纪委查你，应该归公安局查，可是人家纪委为什么插手呢？你仔细想想，纪委是查你出事故的事吗？就你跟王队长高的那点破勾当，漏洞百出，人家要查立马就能查清。”

车轱辘说：“查什么查？纪委哪有那么大的精神在这种事情上耗费精力？多少大案要案他们都跑不过来，还顾得上我这种鸡毛蒜皮的小事？告诉你吧，我已经问过了，纪委确实接到举报，说我通过行贿掩盖车祸真相，查了一下，没什么结果，现在已经扔下了。好了，你别担心了，再担心你就不是惊叹号，该改成大问号了。走走走，快下班了，我请你喝酒去。”

惊叹号说：“我不喝了，我得赶紧回去，我没你那么潇洒。”

车轱辘也不挽留他，送他下了楼。

坐进车里，惊叹号暗暗叹息，直觉让他感到这位连襟的处境非常不妙，就好像一只已经进入猎手瞄准镜中的野物，自己还毫无察觉地逍遥自在，却不知他的命已经挂到了猎手的食指上。这种感觉并不是因为惊叹号有什么特异功能，而是他跟车轱辘所处的地位、接触的人群不同而产生的。政府车队可以说是全市消息最为灵通的部位之一，在那儿待久了甚至可能患上信息麻痹症。惊叹号虽然仅仅是一个汽车司机出身的车队队长，却身居领导机关要害部位，过去又长期在老官僚黄书记身边接受熏陶，政治敏感确实比车轱辘这样的小官僚强得多。想到车轱辘可能遇到的危险和下场，惊叹号还是不忍心，坐在车里没有发动车，掏出手机给车轱辘拨电话，电话通了，惊叹号说：“你不听我的话我也没办法，既然你要按自己路子走，那我就奉劝你一句，千万不要放过那个殡葬管理科的科长，一定要把他拿住了，还有你身边那个司机，也一定要拿住了，只要他们俩随便哪个人一松口，你就说啥也没用了。”

车轱辘知道惊叹号确实是在为他担心，也挺感动的，拍着胸膛对惊叹号吹牛：“这些事我都安排好了，你放心吧，再说了，我也托人问过了，直接找纪委的朋友问的，我的事情纪委确实已经扔下不管了。真的，你别急着回去，我们一起吃饭。”

惊叹号推辞了：“我开别人的车，得给人送回去，时间长了不好，你好自为之吧。”说完，起步挂挡，驶离了民政局。他万万想不到，这是他最后一次见到车轱辘。

车轱辘也万万想不到，就在他对惊叹号拍着胸脯打包票自己可以轻松过关的时候，民政局纪检组长郭晓梅正在跟市纪委专案组一起向单立人汇报手中已经掌握的证据。经过他们初步查证，基本上可以认定车轱辘隐瞒了车祸真相，并且是通过行贿受手段掩盖事故真相。郭晓梅和专案组的共同意见是，现在就应该正面接触交警队的王队长，要求他交代自己接受贿赂，徇私枉法的严重错误。单立人听完了他们的汇报之后，同意了他们的意见。

4

纪委查办车轱辘的案子，当然不可能绕过民政局纪检组长郭晓梅，而且，郭晓梅实际上就是市纪委针对车轱辘行贿掩盖车祸真相成立的专案调查组的成员之一。按照干部管理权限，这个案子由市纪委直接办，但是也要向民政局党组、纪检组打个招呼，这是组织原则。为了增强专案组的调查力量，纪委要求郭晓梅参与案件的调查工作，这也是郭晓梅作为纪检组长的职责。这方面，车轱辘失算了，他没有从郭晓梅的表情和行动上察觉到一点儿点的蛛丝马迹，根本不知道郭晓梅从一开始就知道市纪委调查他的事儿，并且已经参与了这个问题的调查。女人骗男人比男人骗女人容易得多。男人靠理性，理性是人类自己发明的玩意儿；女人靠感觉，感觉是上帝送给人类的礼物。所以，感觉往往比理性更加敏锐更加直接。所以，女人蒙男人很容易，男人蒙女人就得费心思还往往不成功。

对于市纪委调查组来说，车轱辘的事情确实不算什么大案要案，但是案子的性质非常恶劣，违规驾车发生事故，还采取行贿手段掩盖事故真相，作为一个正地级城市的副局级干部，这是不能宽容的错误，甚至是犯罪。对于市纪委调查组来说，查清这件事情也不是什么难事，一开始他们就绝对控制了殡葬管理科科长，从殡葬管理科拿到了当时车轱辘购买墓穴的收款收据，并且对殡葬管理科科长提出了严格的保密要求，如果发生泄密，一切后果由这位科长负责。这种后果科长是负不起责任的，所以每当车轱辘问起这方面的情况时，得到的都是虚假信息。也正是这些虚假信息，导致车轱辘沿着自己主观臆想的逃生之路越走越远。而交警队的王队长把车轱辘临时给他写的收条主动交给纪委的时候，纪委的工作人员笑了，差点说出一句成语：欲盖弥彰。这句没说出来，又想到了第二句：做贼心虚。他的收条上写的是三万六千块钱，而纪委从殡葬管理科拿到的原始凭证上记载的却是一万两千块钱。纪委专案组要找王队长谈的第一件事情，就是向他请教，买墓穴他到底给了车轱辘多少钱，如果是三万六，那么，这三万六和殡葬管理科实际收到的一万二中间的差额哪儿去了，是他作假，还是让车轱辘给贪污了。纪委专案组的人都相信，这个问题他肯定很难回答圆满。

批准了专案组要求直接接触交警队王队长的申请之后，单立人已经看到了这个案子的最终结果，这是一起领导干部利用职权，互相勾结，狼狈为奸，进行权钱交易，掩盖恶性交通事故的丑恶罪行。这个案子的性质让他愤怒，也让他懊恼，他真的有些难以置信，这些当领导的一个个好像疯了。好好的局长当着，非要去开车，既然那么爱开车，为什么不干脆去当司机？纪委明确规定除了公安、检察司法和执法机关执行公务以外，其他部门处级以上干部不管什么原因，都不能私自驾驶公车，这既是为了避免领导干部利用职权公车私用，也是爱护干部，怕他们不是专职司机容易发生交通事故。可是这个车轱辘，对纪委的规定置若罔闻，结果出了交通事故，出了交通事故也罢，老老实实接受调查处理，大不了给个纪律处分，并不会伤筋动骨，可是他却千方百计地隐瞒事故真相，甚至不惜通过行贿掩盖事故真相，逃避党纪国法制裁，到了这个地步，他的问题的性质已经彻底变了，不伤筋动骨也不可能了。

单立人在往市委书记洪钟华办公室走的路上，脑子里一直转悠着车轱辘的事情，痛惜、恼火，还多多少少有一点儿案件调查取得突破性进展的释然。这复杂的精神活动降低了他的反应能力，以至于他即将迈进市委大楼的时候，差点被一辆急匆匆驶来的轿车撞到。好在驾车人技术娴熟，在钢铁和人肉即将接触的刹那间，及时打了一把方向，车身擦着单立人的屁股停了下来。

司机蹦下车抱怨：“我靠，干吗呢？走路不看路，不想活了？你不想活我还想活呢。”

单立人也吓了一跳，如果发生车祸，他肯定要承担主要责任，他不知道什么时候已经从人行道走到了车道上，而且，在临近市委大楼的时候，又突然转弯朝大楼的大门走，后面来的汽车没撞到他算他命大。尽管不怪司机，可是受到这种惊吓，又受到这种辱骂，而且是在堂堂铜州市委市政府的大院里，这个司机真有点太嚣张了。单立人回过身来回骂：“你浑蛋，差点把人压了，还骂人，什么东西。”

骂人的单立人和骂人的司机一照面，俩人都愣了，随即又都笑了，司机是惊叹号，对于单立人来说，当然属于老熟人。惊叹号连忙道歉：“我……单书记，对不起啊，刚才没看明白是您老人家，惊着您了吧？”惊叹号及时把“我”后面的“靠”字咽了回去。

单立人继续骂他："你这浑蛋玩意到底要干吗？即便我走错路了，这么大个人，大白天明晃晃地杵在这儿，你看不见啊？在市府大院里你这么横冲直撞，给谁耍威风呢？"

单立人到底是纪委书记，一张嘴就抓住了问题的要害，让他这么一说，他反倒有理了。确实，尽管单立人走上了车行道，更不该突然急转弯，可是光天化日之下，这么大个一活人杵在光秃秃的路面上，司机在这种情况下撞人只有两种可能：第一，司机是瞎子；第二，司机是故意的。

当然，惊叹号既不是瞎子也不敢故意撞单立人，他的思想也在跑锚。离开了车轱辘之后，他脑子一直在车轱辘身上转悠，这位连襟他还是比较了解的，属于那种大坏事不敢干，小坏事不会干的主儿，虽然偶尔喝多了会在小姐身上花一花，可是真正去嫖，他是有贼心也没贼胆。可是也不知道怎么了，在这场车祸上就怎么也过不去了，从旁观者的角度看，车轱辘这是遇到坎了，惊叹号自以为给车轱辘找到了一条跨过这道坎的路子，虽然按照他这条路跨，可能多多少少会有点损失，那也总比把本钱赔光了强。可惜，车轱辘一根筋拗到死，一条路跑到黑，就是不听他劝。如果车轱辘真的因为这件事情输个一干二净，按照他的年纪，再想翻身这辈子就不可能了。作为亲戚朋友，惊叹号也只能把话说到这个份儿上，再深说了，恐怕适得其反。不管怎么说，从车轱辘那里出来之后，惊叹号心情非常不好，脑子里乱七八糟的，再加上急着给毛毛雨还车，车驶进了市府大院以后，并没有像以往那样把车速减到二十五公里以下慢行，他觉得车速不快，实际上车速还在四十公里以上，如果不是他车技过关，紧要时刻措施得当，今天弄不好真得把单立人撞了。让单立人骂了一通，惊叹号暗暗后怕，在市府大院里不要说撞了单立人，就是撞了不相干的普通干部，这碗饭他也就吃到头了，这种事情估计黄书记也不会帮他埋单。

单立人看见惊叹号站在那儿发愣，以为自己把他骂懵了，反过来关心他："唉，你没事吧？算了，没关系，反正也没撞着我，今后注意点就行了。"

惊叹号让单立人安慰清醒了，面对这位纪委书记，怦然心动，冲口说了一句："我……我刚从车轱辘，就是民政局车副局长那边过来，快下班了，着急给毛毛雨还车，就跑得快了，对不起啊单书记。"

单立人反问："你到车福禄那儿去了？上班时间跑他那儿干吗？"

这正是惊叹号想要的结果，如果单立人反过来追问这么一句，他就有了帮车轱辘打探消息，甚至说说情的机会。如果单立人对他的话没有反应，那也就只好道歉走人，车轱辘也只好听天由命了。

惊叹号连忙说："前段时间他不是遇上了一起车祸嘛，就是把魏奎杨压死的那一起，最近听说了不少事儿，他的心情不好，打电话过来，我就过去看看他，劝劝他。"

单立人听他这么说，淡淡地说了一声："好了，你忙你的去吧，今后开车一定要小心啊，你是车队队长，在市府大院里这么开车，给其他司机做什么榜样？对车队的影响也不好。"说完，单立人转身走了。

惊叹号看着走进市府大门的单立人，给黄书记跟班多年磨炼出来的那点政治敏感告诉他，车轱辘这一回真的完了。车轱辘这一级干部，纪委立案调查他，单立人不可能不知道，惊叹号的话都说到这个程度了，单立人不但没有顺着话头往下说哪怕一句关于车轱辘的话，反而马上掉头离开，这预示着什么，惊叹号清清楚楚。他暗暗叹息，然后无精打采地爬上毛毛雨那辆桑塔纳两千以每小时十公里的超低速把车开回了车队停车场。

单立人来到洪钟华的办公室外面，敲门，洪忠华在里面喊了一声"请进"。单立人推门进来，看到洪忠华的样子他愣了。洪忠华头发蓬乱，脸色灰暗，正坐在沙发上抽烟，在单立人的印象里，洪钟华从来不抽烟，今天他遇上了什么事情，居然要靠香烟来排忧解闷呢？他当然不会知道，在他来之前，洪钟华给自己出了一道大大的难题，他当着省委张书记给自己垫起了一道无法下脚的台阶。

嘴上念叨下头，心里想着上头

1

洪忠华多次想给省委张书记挂电话，汇报一下铜州市近期的工作情况，顺便把按照张书记指示已经解除万鲁生老婆李芳双规的事情报告一下。可是他却一直没有勇气给张书记打这个电话。省委张书记在铜州市期间发生的那些事儿，等于老百姓当着省委张书记的面给他出了一道大大的难题。省委张书记离开铜州已经两个多月了，破解难题的答案连影子都没有，他不知道该怎么向省委说，也没有办法说。尽管张书记至今没有直接催促他们，洪忠华却相信，这决不意味着张书记把这件事情忘掉了，他最怕张书记当面向他提起这个问题，那样他就非常被动，非常狼狈，因为他手里没有任何可以应付过去的成果，哪怕是预期的成果都没有。

他还在这里迟疑不决，张书记却主动找他了，张书记打过来电话的时候他正在办公室里再一次研读那两份公车改革方案。让他看来，这两份方案没有一份是可以操作的。红色电话一响，洪忠华的心就不由自主地颤抖了起来，这部电话是直通省委的，除了省委领导，一般人不会拨打这个号码，而且，这个电话是跟他的手机连通的，如果他不在办公室里，拨打这部电话不管他走到哪里，都能接通。果然，电话是省委张书记打过来的，问好寒暄之后，张书记开门见山地问起了他在铜州市视察调研期间遇到的问题，铜州市采取了什么措施，老百姓的困难是不是解决了，铜州市委市政府对树立科学发展观，创建社会主义和谐社会有没有新的思路和新的举措等。

洪钟华让张书记问得发懵，懵归懵，洪钟华听明白了，张书记说了那么多，实际上就是一句话：他在铜州市视察调研时候，发生的那些事儿，铜州市不能就这样不了了之。

张书记看不见洪钟华的尴尬，却听到了洪钟华紧张粗重的呼吸，这让张书记觉得洪钟华像一个面对老师提问的劣等生。张书记只好把自己当成一个优秀教师进一步提示他："最近省委调研室两个同志到你们三顺滩开发区做了些调研工作，回来我问了问情况，你们对三顺滩拆迁户的补偿还没有落实啊。"

洪钟华心头大震，他明白，所谓两个同志到三顺滩开发区做调研工作，绝对不是省委调研室没事干忽然想起来派两个人过来搞什么调研。而且，如果是正常的调研工作，省上的干部到铜州市来肯定会给铜州市打招呼，让铜州市安排接待。省委调研室不声不响地派两个人过来搞调研，可以看成是省委对铜州市的情况进行暗访。省委张书记对在铜州市视察期间发生的问题并没有不闻不问，而是一直在密切关注铜州市委市政府的工作进展情况，用最流行的话说，省委这是听其言观其行，省委是在等待，等待他们主动采取措施解决出现的问题。然而，由于他们几个月来既无言也无行，就像一个劣等差生既完不成作业，又交不出答卷，省委终于有些按捺不住了。

事情很明白，老百姓当着省委张书记的面扇了铜州市委市政府几记响亮的耳光，而且也让陪同视察的省委张书记颜面全失、丢脸败兴，张书记肚子里肯定憋足了气，一直隐忍不发，希望铜州市委市政府能够主动做出点像模像样的事情来，结果铜州市却一直没有动静，看样子，今天张书记是正面向他们要答案了，为难的是洪钟华手里并没有可以交得出去的答卷。洪钟华狼狈透了，不知不觉间身上冒出的汗水沾湿了他的衬衣，脑袋上出汗痒痒的，洪钟华还不敢挠，这个时候一挠脑袋显得更加愚蠢。

听到洪钟华这边没动静，张书记在电话那边“喂、喂”地喊了两声，洪钟华蓦地醒悟过来现在怎么挠张书记也看不见，便抓紧时间在脑袋上一阵儿猛抓解痒痒。洪钟华能够担任一座正地级城市的市委书记，当然不会是等闲之辈，面对省委书记的追问，他一眼瞥见了桌上放着的两份公车改革方案，马上有了灵感，回答张书记：“张书记，您说，我听着呢。”

张书记说：“我没什么说的，我想听你说。”

洪钟华只好开始汇报：“张书记到我们铜州市视察调研工作，是对我们铜州市工作的巨大支持和激励。张书记回去以后，我们党政领导班子召开扩大会议，传达贯彻了张书记的指示精神，落实省委领导的指示。会上经过大家畅所欲言的讨论，责成财政局立刻从今年的财政安排里调剂部分资金，优先解决三顺滩拆迁户的补偿金问题，现在这项工作正在抓紧进行，很快就会有部分资金到位。另外，为了贯彻张书记的指示精神，市委市政府联席会议责成市委调研室和财政局分别拟定公车改革计划，市委市政府下决心从整治公车着手，压缩财政支出，改进干部工作作风，再从其他方面调剂一些资金，明年争取三顺滩拆迁户的安置房全面开工建设，彻底解除三顺滩拆迁户的后顾之忧。现在，市委调研室和财政局的两份公车改革方案已经报上来了，我们正在研究准备上会讨论。市委市政府还有一个设想，今后要从制度上彻底解决问题，对以往的一些财政支出项目进行彻底的清理，建立更加严格科学的财政预决算体系……”

张书记打断了：“等等，你刚才说什么？你们要对公车管理体制进行改革？”

洪钟华有点紧张，不知道张书记为什么专门挑出这个问题询问，不过话说到这儿，只能硬着头皮往下说：“是啊，财政局在我们贯彻落实省委张书记视察指示的会议上算了一笔账，如果公车数量能够减少三分之一，行政性费用支出就可以减少百分之二十，所以我们准备把公车改革作为落实省委张书记指示精神的突破口，通过改革公车，减少公车数量，具体落实立党为公、执政为民的精神，认真践行三个代表重要思想……”

希特勒的枪手戈培尔有句名言：谎言重复多遍就成了真理。其实，谎言重复多遍，不但会成为真理，就连谎言的制造者自己都会觉得那就是真理。洪钟华此刻面对省委张书记的催逼，随手拈来案头扔着的所谓的公车改革方案作为由头，应付书记的追问，说着说着连他自己也觉得这些事儿都是真的了。事实却是，在几分钟之前，他还对这两份所谓的公车改革方案都保持着彻底的否定态度，后来的事实证明，他的否定是正确的。

省委张书记却对他的公车改革充满了希望，连连追问公车改革方案的细节，洪钟华便信手拈来一些听着好像挺有道理的细节讲给张书记听。现如今，举国上下对改革两个字都有天真的信赖甚至敬畏，似乎只要改革就一定是好东西，就一定能够带来经济社会发展的新成果。于是乎，教育改革改得老百姓上不起学，医疗改革改得老百姓看不起病，国企改革改得职工下岗肥了厂长，住房改革改得房价飞涨百姓骂娘……在中国，哪个领导只要混得不顺了，祭起改革的大旗，往往就会“杀”出一条活路来。当然，“杀”出来的到底是谁的活路，没有人会去认真计较。利用改革这个词儿牟取方方面面的利益，已经成了很多领导的本能。例如万鲁生收取老百姓的停车年费，打的旗号就是解决城市停车难问题的改革。再例如现在的洪钟华，他并不是真的要改革公车制度，也不是真的想懵领导，可是现在他被挤到了独木桥上，省委急着要成果，百姓满肚子怨气，本来想抓一两个大案要案振作一下，却又一脚踢到了市长万鲁生这块铁板上，搞得非常被动。如今，万鲁生活像甘地对付英国人，采取不合作、不接触、不抵抗的三不政策，对洪钟华软磨硬泡。作为一把手，洪钟华的日子确实很不好混。今天让张书记逼到这个份儿上了，他也只好依靠长期当官养成的本能，现炒现卖，拿出公车改革方案来应付。

洪钟华跟张书记扯了半会儿，把张书记忽悠得云山雾罩，兴高采烈，支持、大胆、放手之类的话说了一箩筐，张书记的话反过来又把洪钟华激励得热血沸腾信心百倍，好像公车改革已经大获成功，官员们都已经开始骑着自行车、挤着公共汽车恢复了公仆的本来面目，市财政账上的钱就像洪水期的河水，涨得财库活像即将临盆的女人。

放下电话，洪钟华却又开始发愁，吹牛放炮的兴头过了，冷静下来，他不能不发愁，因为他心里明明知道，这两份思路和方式截然不同的公车改革方案都不可能实现。而且推动起来就铜州市现在这种局面也是非常困难的。再把道理放大一点儿看看，不要说铜州市，就是全省、全国，公车腐败已经成了名副其实的“豪华车祸”，这里的“祸”是祸国殃民的祸，也是中国独有的每年要烧三四千亿人民币的“国祸”。可是谁又有那个本事，能真正消除这个让全国人民痛恨，让全世界人民笑话的国祸呢？他蓦然醒悟，刚才兴之所至对张书记承诺的那一套，很可能会变成套在自己脖子上无法摆脱的绳子，让自己窒息而死，而且可能会死相难看。

洪钟华后悔莫及，如果不是怕疼，他就会在自己的嘴上狠狠掴一巴掌，他实在恼火自己接到张书记的电话之后就乱了阵脚，心里发虚，脑子发热，结果胡诌八扯给自己惹出了更大的麻烦。

其实，洪钟华的这种反应是官员的通病：嘴上念叨下头，心里想着上头。嘴上时时刻刻喊着老百姓，心里时时刻刻想着逗领导开心，洪钟华身在官场当然不可能免俗。

洪钟华正在办公室里独自郁闷、焦躁、苦恼，纪委书记单立人来了。

单立人看到洪钟华躲在办公室里抽烟，而且满脸官司，错愕不已。因为据他所知，洪钟华向来是禁烟派，不要说自己抽烟，就是别人当着他的面抽烟他也常常露出不愉。整得市委干部不抽烟的暗暗庆幸，抽烟的集体戒烟，戒不了的就像患上了恶心人的隐疾并且被暴露到了光天化日之下。没办法，楚王好细腰，宫人多饿死，古往今来都是这样儿。单立人是特例，一来他脸皮厚，明明看到洪钟华对他在禁烟区吞云吐雾非常厌烦，却能厚着老脸假装没看见，洪钟华当然不好意思像对待别的下级那样当众指责市委副书记、纪委书记。二来单立人的命运由省委组织部掌握，洪钟华对他的命运没有直接支配权，所以他就能够嚣张一些。三来单立人满身的那种烟油子味道已经成了他的身份标签，以至于让人觉得，如果没了那身烟油子味道，他就不是他了。他叼着粗黑的卷烟的形象似乎已经成了他本身的长相，往往让人忽略他正在违反规定在禁烟区抽烟。

洪钟华则大大的不同，正因为他反对吸烟，所以当他自己也吸烟的时候，就让人觉得异乎寻常，尤其是配上他那一幅愁眉不展的神情，就更让人觉得非同小可。因为，市委书记是一座城市的老大，颐指气使、胸有成竹、一本正经、豪情勃发这一类词才是市委书记的形象标签，除非是那些被绑上法庭接受审判的“前”市委书记，谁会看到一个反烟派的现任市委书记愁眉苦脸地作践自己一样躲在办公室里闷头抽烟呢？

“洪书记，你怎么了？出什么事了？”单立人看到洪钟华那副德行，本能的这样问道，声音中透露出了慌乱和紧张。

洪钟华强打精神微微一笑，从中华烟盒里抽出一支烟扔给单立人：“没什么啊，我正在看着两份车改方案，有点累。”

单立人谢绝了洪钟华扔过来的中华烟，拿出打火机点燃了叼在嘴上的卷烟：“我还是来这个，纸烟没劲，对身体也不好。”

洪钟华说：“什么烟对身体都不好。”

单立人说：“卷烟不同，卷烟从里到外都是烟叶，不像纸烟外面裹着一层纸，表面上是抽烟，实际上是抽纸，卷烟化痰止咳，清肺利嗓，书记也来一支试试？”单立人刚刚说完，就拼命咳嗽起来，然后咳出一大泡黏痰，跑到办公室门口墙根下面的痰桶那儿吐了出去。

洪钟华咧咧嘴，觉得挺恶心：“行了，刚刚还说什么化痰止咳，清肺利嗓呢，你看你咳的，烟还是要少抽，不说别的，起码为了自己的身体，该节制的还是要节制啊。”

单立人振振有词地辩解：“我没说错啊，这不就是化痰止咳吗？把痰化出来，不就止咳了。”

洪钟华没心思跟他研究这个问题，换了个话题问他：“你找我有事吗？”

单立人坐到了沙发上：“案子突破了，我来申请把他老婆的案子直接移交给检察院，通过司法程序办理。”

洪钟华听到这个消息，腾地坐直了身子：“真的？有把握吗？”他不用问，就知道单立人说的那个“他”是市长万鲁生，“他”老婆自然就是宏发建设开发总公司董事长兼总经理法人代表李芳。

单立人肯定地点点头：“当然有把握。”

洪钟华说：“你把情况详细地说说。”

单立人便开始一五一十地汇报他们破案的经过……

2

民政局纪检组长郭晓梅接到市纪委的指令，要求她先跟车轱辘接触，争取让车轱辘主动向组织上交代问题，这让她非常犯难。她知道，这是一个无法完成的任务。根据对车轱辘秉性的了解，她估计车轱辘不会把跟她的谈话放在眼里，更不会因为跟她谈一次话就幡然醒悟，主动交代自己的问题。因为，如果把问题揭开了，那也就意味着车轱辘的政治生命结束了。有政治生命的人，往往把政治生命看得比生命本身还重要，因为这种人如果没了所谓的政治生命，就不知道该怎么活了。

郭晓梅本来想跟党组书记、局长何茂泰一起找车轱辘谈话，何茂泰一口拒绝，他的理由很简单也很充分：这个问题是市纪委查的，还是由市纪委直接找车轱辘谈话比较合适。车轱辘是党组成员，副局长，按照干部管理权限，他和郭晓梅找车轱辘谈话都不太合适。

他这一说倒让郭晓梅更加为难了，明明知道何茂泰是不愿意招惹麻烦，不愿意得罪人，却没有足以说服他的理由。这也难怪，如果何茂泰是那种听了郭晓梅的话，就陪着她去找车轱辘谈话让车轱辘交代问题的人，那他根本就不可能当上局长。反过来，何茂泰倒也提醒了她，如果没有纪委出面，她自己找人家车轱辘确实有点不太合适。何茂泰一句话，不但摘脱了自己，也彻底打消了郭晓梅找车轱辘谈话的积极性。郭晓梅连忙给纪委打电话，按照局长何茂泰的口径向纪委作了说明，要求纪委派人找车轱辘，她可以配合做记录。

纪委负责这个案子的处长听了郭晓梅的话呵呵笑了，说：“我们哪敢劳驾郭组长给我们做记录啊，之所以让郭组长先找车轱辘谈谈，主要原因还是纪委现在有几个案子脱不开手，既然郭组长有困难，那就先不要谈了，等到纪委腾出手抓这件事情的时候，再请郭组长继续配合。”

有了市纪委这个态度，郭晓梅彻底松了一口气，也就把车轱辘这件事情放到了一边。车轱辘当然不知道这些内幕，见最近一个时间他那件揪心事儿没了动静，心里没底，就跟交警队王队长联络，问王队长最近有没有什么动静，王队长知道他说的是什么意思，马上告诉他，没有任何动静，好像那件事情已经过去了。

他们俩的攻守同盟是早就订好了的，车轱辘听到王队长传过来平安无事的消息，心情有如云开雾散的晴空，想马上给惊叹号打个电话，告诉他已经彻底没事了，转念又怕惊叹号说出什么倒霉败兴的话，破坏好容易得到的好心情，就没有再跟惊叹号联系，叫上葫芦到郊外散心去了。

车轱辘和大多数长期在官场上厮混的领导一样，绝对不会像草根百姓郊游一样带家携口、专心致志地去游山玩水。他们旅游就是公务，比如公款出国，明明是免费旅游，没有一个官员会说自己是去旅游的。车轱辘为了让自己到郊外游山逛水散心更像一次名正言顺的公出，打电话把自己属下的殡葬管理科科长叫上陪同。殡葬管理科长暗暗厌烦，以为车轱辘又要带他去那个即将成为火葬场的华侨农场。虽然他是管这个事情的，对给死人开发房地产却并没有那么高的兴趣。没想到上车之后，车轱辘却让葫芦把车朝龙山植物园开。

殡葬管理科长大惑不解，请教车轱辘："车局长，是不是新陵园的地址又变了？"

车轱辘不屑地咧咧嘴："市长办公会定的事情就是板上钉钉了？还不是市长拍拍脑袋一句话的事儿。说不准市长睡一觉做个什么梦，醒过来就又变了。再说了，市长也不是老大，老大是书记，书记拍脑袋拍出来的结果要是跟市长不一样，市长还不是得听书记的。别那么当真，有些事情，能办的就办，不能办的拖一拖说不准哪天就又变了，我见得多了。”

科长惊讶：“陵园地址又变了？变到哪儿了？”

车轱辘：“这一次倒还没有变，最终变不变，什么时候变谁也说不清楚，所以啊，我们要抓紧办，只要一开工想变就不那么容易了。”

科长松了一口气：“这就好，我看来看去，想来想去，还是车局长你带我们找的那块地方最合适，如果再变，我还真觉得可惜。”

车轱辘哈哈一笑：“你这个家伙，也学会拐着弯表扬领导了。告诉你吧，这件事情我心里有数，再变也变不出这一块了，市领导恨不得明天我们就把新陵园建好，后天就把老陵园的住户全都搬迁过去，好给房地产投资商创造良好的发财条件，市领导比你我更着急。”

科长说：“那也没钱啊，我也想抓紧搞起来，没钱怎么搞？”

车轱辘：“市财政都是这个样儿，干正经事没钱，过节放焰火一烧就是几百万，就是为了粉饰一下太平。马屁滩的拆迁户都闹到省委张书记那里了，到现在还不是一分钱都没有见到。可是那个夜景工程，不照样上的热火朝天。”

一直默不作声老老实实开车的葫芦这时候插了一句嘴：“车局，你开一会儿不？”

龙山植物园是铜州市著名的风景旅游区，距离市区有二十公里的路程，为了开发旅游，方便游客往来，前几年市里修了一条专线高等级公路，渴望通过开发龙山旅游创收。公路一修好，龙山植物园就急急忙忙涨价，原来十块钱一张的门票一下涨到了五十块，本地老百姓气得骂娘，谁也不来。旅行社也纷纷打退堂鼓，因为接团成本增加了。这样一来，龙山植物园倒真的成了世外桃源，风景秀美，游人稀少，只有一些政府官员坐着公车免费入园检查指导工作，或者是一些有钱人高兴了驾着私家车，带着亲朋友好来散散心。所以这条花大价钱修好的高等级公路上人车稀少，最适合飙车，所以上了这条通往龙山植物园的大道之后，葫芦就请示车轱辘飙不飙车。

车轱辘表现很好，连连摆手："不了，不了，戒了，今后再也不开车了。等到今后有钱了，咱也买一台车，想开就开，纪委、市委谁也管不着。"

车轱辘说的是真心话，飙车出了事故，终究不是他直接压死了人，而是间接做祸，所以对他的触动并不是很大。真正触动他的是，这件事情市纪委居然立案调查，这才让他不寒而栗，有了惊心动魄的感觉。他设想，如果市纪委真的查清楚那天是他驾车导致了严重车祸，别的不说，仅仅因他违规驾驶公车，处分就是躲不掉的。如果再把他隐瞒事故，贿赂交警队王队长的事情揭出来，不但他的仕途走到头了，说不定还会把他送进牢里吃牢饭。虽然他没有勇气去主动交代问题，为了保住脑袋上的乌纱帽盼望能够蒙混过关，可是却也下决心从此戒飙，不再动车了。

葫芦没吱声，心里却想：你要是早点戒了，我们大家现在都太太平平过日子呢。

殡葬管理科科长却开始忐忑不安起来，他觉得车轱辘是在指桑骂槐，对纪委找他调查车轱辘买陵园两个穴位的事情不满。殡葬管理科科长连忙向他解释："车局长，纪委是找过我问你买穴位的事儿，不过你放心啊，我可不是那种背后捅刀子的小人，我实事求是，把你交款的收据都交给他们看了，证明你确实交钱了，绝对没有假公济私啊。再说了，纪委来调查，我能不配合，我敢胡说八道吗？"

车轱辘哈哈一笑："你看你这个人，怎么突然提起这件事情了？我可没多想啊，刚才话不是说到这了吗？没事，我能理解，纪委调查也是对的，既然有人反映情况，纪委来调查一下，把情况调查清楚了，也是还我一个清白嘛。"

科长又哆嗦了一下，更紧张了，连忙解释："车局长，我对天发誓，我绝对没有告状，如果是我告的，天打五雷劈……"

车轱辘暗暗好笑，又有点厌烦："你看你这个人，我连话都不能说了。最近跑新陵园的事情，大家都挺辛苦，也做了大量的工作，今天想叫上你到龙山植物园考察一下园林建设，为新陵园的建设方案提供点思路，顺便也散散心，你怎么这么多小心眼？我再说一遍，我既不相信是你告了我，也不相信你在纪委调查组面前会说我什么坏话。你可别整天想这些事情，我也不是那种人，从今天开始，你把全部心思都放到新陵园建设上去。过去还没看出来，你这个人这么小心眼。"

殡葬管理科长不好再说什么了，强装个笑脸："不是我心眼小，我在车局长手下干了这么多年，你是什么样的人我还能不了解？我可不愿意在我敬佩的领导心里留下坏印象。"

车轱辘让他逗得哈哈大笑："你啊你，你这个人还真有意思，过去我怎么没发现你这么活泛呢？"

科长有点不好意思："我这不是怕领导误会嘛。"

车轱辘恍然，他今天把这位科长叫出来，没去那个未来的火葬场，却来到了龙山植物园风景区，这位科长心中惴惴，以为车轱辘找他跟纪委调查有关，结果他随意说的每一句话，听到这位科长耳朵里，都成了裹挟着沙砾的狂风，真应了那句古语：说者无意听者有心。也应了那句时髦话儿：领导随便放个屁，下属耳边响惊雷。

明白了这一层，车轱辘没了跟这位科长聊天的兴致，甚至登高望远、饱览秀丽风光的兴趣也淡了许多。看到车轱辘沉默，葫芦和科长也都跟着沉默，谁都不敢乱挑话头，生怕哪一句话说得不合车轱辘心意挨呲。

到了龙山植物园，葫芦请示车轱辘是坐车上山还是步行爬山。车轱辘原来打算步行爬山，既锻炼身体，也能更好的领略沿途风光，结果让胆战心惊的科长闹得没了爬山的精神头，到了不上去看看又让人有点白跑一趟的失落，便吩咐葫芦开车上山。

葫芦直接把车开到了景区大门口，景区规定不准机动车辆入内，游人只能步行，葫芦口气硬硬地告诉景区门卫，这是民政局车副局长来搞调研。守门的看到车轱辘的坐车确实是政府公车，既不敢拦截他们的车辆，更不敢让他们买门票，老老实实地打开了电动栅栏，请车轱辘的座驾开进了景区。葫芦一路把车开到了半山腰的停车坪，停车坪周围修建了一些亭台楼阁，可以供游人乘凉歇脚。这里是汽车可以到达的最高点，再想往上就得徒步爬山。

车轱辘和科长爬出汽车，走了几步来到了山坡上，此时已近黄昏，斜阳夕照，云霞翩翩，漫山遍野的花草树木姹紫嫣红，让金黄色的霞光渲染得一片辉煌。放眼望去，远方的铜州市若隐若现，暮霭犹如一层彩色的薄纱覆盖着市区，让人觉得市区好像虚无缥缈的海市蜃楼。风景如画，车轱辘心旷神怡，让殡葬管理科科长招惹起来的不快烟消云散，于是和颜悦色地对科长说："如果新陵园能建成这个样儿，那我们也就对得起铜州市老百姓了。"

科长刚才在车上说话不当招惹车轱辘不高兴，这阵不敢乱搭茬儿，怕哪句话说得不对车轱辘的胃口，再度惹领导生气，只好用"嗯"、"哦"、"就是"这些含义不特别明显的表肯定的词句来回应车轱辘的感慨。心里却在反驳车轱辘：活着的才是老百姓，陵园是给死人住的，跟铜州市老百姓关系不大，死人住风景优美的陵园和住荒丘野冢没有什么区别，即便不给死人安排住宅，死人也不会到市委市政府门前集体上访，活人都没房子住，哪有钱盖这么漂亮的陵园给死人住。但是这话却不敢说出口来，怕不对车轱辘的胃口。

车轱辘面对良辰美景，心里一阵阵地往上涌感慨，想到这个世界这么美好，当领导干部能够活得这么惬意，由不得胸中豪兴勃发，可惜既不会唱歌又不会吟诗，只好放开喉咙啊呜呜地号叫起来，不知道的人此刻听到这个动静肯定会吓一跳，以为植物园放养了发情期找不到配偶的狼豸虎豹。喊声中，一个滚瓜溜圆的胖子皮球一样蹦蹦跳跳地从山坡下面跑到了车轱辘面前，一把握住车轱辘的双手使劲摇着："车局长，放出来了？没事了？祝贺，祝贺你啊。"

车轱辘让他给弄愣了，注目一看，人倒认识，就是人称狗不理的植物园风景区管委会主任。这个人的脸胖成了包子，脸上的折子也跟包子一样多，据说有人专门数过，横折子六道，竖折子六道，斜折子六道，加起来一共十八道，跟正宗狗不理包子上的折数相符，于是恼火他涨价的老百姓就都把他叫狗不理。车轱辘甩开他的手，莫名其妙地问他："祝贺啥啊？什么放出来了，没事了，怎么回事？"

狗不理也莫名其妙："您不是让纪委抓起来了吗？刚才我听门卫说你来视察，还以为他们瞎胡扯呢，赶过来一看原来真是您放出来了，放出来就说明没事了，祝贺，祝贺，值得祝贺啊。"

车轱辘差点没气死，横眉怒目地追问："你听谁说我被抓起来了？啊？谁说的？"

狗不理傻乎乎认死理，车轱辘的反应他好像没有任何感觉，还一个劲说："现在大家都这么说，铜州市都传遍了，您就别保密了，没关系，放出来就说明你没事。"

车轱辘气得发懵，刚刚孕育出来的一点儿好心情全都让狗不理给破坏了，脸色僵得活像棺材板，扭头便走。

狗不理还不识趣，追在他屁股后面请示："车局长，您难得来一趟，对我们的工作提点意见建议嘛。"

车轱辘钻进车里，吩咐葫芦："开车。"

葫芦还在等落在后面的科长，车轱辘却已经等不及了，连连催促葫芦：“开车啊。”

葫芦只好对着车窗外面叫：“快点啊，走了。”

科长连滚带爬地钻进汽车，狗不理却又追了过来：“车局长，怎么说走就走啊？晚上一起吃顿便饭吧，算是给您压惊接风。”这个糊涂蛋竟然至今还认为车轱辘是刚刚放出来的。

车轱辘恨不得扇他一记大耳光，可是，人家虽然级别比他低，却不是他的部下，不好拿他撒气，即便是他的部下，他也不能随便扇人家耳光解气，火闷在肚子里撒不出来，就把火气朝葫芦身上发：“走啊，等着吃屎啊。”

葫芦因为狗不理这个糊涂蛋受到车轱辘的训斥，也自然把车轱辘的怒气转发给他：“行了，别啰唆了，车局长专门过来看看，要在你们这儿建火葬场呢。”说完，一脚油门，一溜烟地跑了。

狗不理看着转眼在山脚处消失的汽车懵了，待了一阵儿连忙朝山下办公室跑，他要赶紧向主管植物园的市政园林局领导汇报：民政局车局长要在龙山植物园风景区建火葬场。

车轱辘一路沉默不语，狗不理的话让他生气，也让他心惊，他不敢想象，如果他被抓起来的传闻变成真的，那他将会怎么办。他心里清楚，这种可能性并不是不存在。

3

万鲁生老婆李芳的问题其实并不难查，这个案子和很多同类的案子一样，关键问题是有没有决心查，有没有手段查。纪委的办案手段比起检察院、公安局那些司法机关很弱，那就是缺失法律程序和司法手段的支持。所以，当他们开始调查李芳的问题时，万鲁生和上级一句“有证据吗？”就把纪委给难住了。没有证据就不能立案调查，不立案调查又哪来的证据？这是纪委办案常常要面临的悖论逻辑。立案调查没有侦察手段配合，单单靠查账、谈话、政策攻心、双规这些手段吓唬是远远不够的。好在洪钟华和单立人让他们惹恼了，下了决心要查个底朝天，表面上放了李芳，暗地里组织了纪检监察公安三方联合调查组，采取了一系列的侦察手段，对宏发开发建设总公司所有银行账户进行了秘密调查，根据账上资金走向再进一步地展开搜证工作，甚至把每一次提取现金的监控录像都全部调了出来。在这种拾荒者捡破烂翻腾垃圾箱式的彻底调查下，出来的结果让联合调查组大吃一惊：所谓的城市停车年费进入宏发公司以后，有三千多万居然通过不同的渠道，分别汇入了七十多个账户，然后又通过不同的人、不同的账户把这些钱消化得一干二净，死鬼魏奎杨的账户过手的也不仅仅是六百万，而是八百多万，另外二百多万也有人直接提走了现金。

专案组工作做得很扎实，凡是从录像上能够调出来的从上述账户套取现金的人，都分别采取技术手段从户籍资料里调出了身份情况，然后再一个一个核对、掌控，很快就查明，这些钱最终通过不同的渠道汇到了香港一个叫鸿运国际贸易发展公司的账户上。这个所谓的鸿运国际贸易发展公司其实是一个空壳公司，根本没有什么业务，往来资金数额却很大，关键的问题是：这家公司银行账户上留存的印鉴是李芳的。内地汇到这家公司账户上的资金很快又兑换成外币转汇到了美国，而万鲁生的儿子就在美国留学。

洪钟华听万鲁生介绍完案情，几乎有点兴高采烈了：“好，很好，你们对这个案子的调查非常深入扎实，关键问题是，钱你们控制了没有？”

单立人遗憾地摇头：“大部分都被转走了，我们仅仅截住了一小部分，大概有五六百万。”

洪钟华拍板了：“这就足够了，这个案子立刻移交给反贪局，由他们采取司法措施，马上控制李芳，防止外逃。”

单立人提醒他：“他那儿怎么办？”

洪钟华想了想说：“不答理他，只要证据确凿，我相信上级会支持我们的。现在通过司法机关处理这个案子，一切都按法律办事，我想谁也不敢给反贪局下命令不准他们反贪吧？”

单立人得到了洪钟华的全力支持，信心倍增，说了声：“我马上去部署一下。”说完起身就走。

洪钟华却把他拦住了：“别急啊，既然来了，刚好替我参谋参谋，看看这两份车改方案怎么样。”

单立人急着要去办他的事，市委书记让他当参谋审查车改方案，他也只好耐着性子接过洪钟华递过来的两沓纸，一目十行地浏览了一遍。

洪钟华追问：“你看哪一种比较可行？”

单立人没有回答，却反问了洪钟华一个问题：“你觉得公车成祸的根源是什么？”

洪钟华一时回答不出来，这个看似简单的问题如果真的要去深究一下的话，还真不是一句话两句话能够说的清楚的。洪钟华只好反问单立人：“你说是什么根源？”

单立人说：“很简单啊，坐公车省钱、舒服，还能显示身份，谁不想坐？这就是公车成祸的根源嘛。”

洪钟华没有吭声，单立人的回答在表面上实在有些简单化，仔细想想，倒也说出了公车成祸最基本也最直接的原因。洪钟华需要的答案是：怎样才能消除这个祸患。最直接现实的目标是：怎么样能向省委张书记做个交代。

洪钟华又追问单立人："好，就算这就是公车为祸的根源，你觉得这两份车改方案哪一个比较具有操作价值？"

单立人哈哈大笑："书记啊，你这可是为难我了。我觉得这好像不是我们这个层面上能解决的问题。无偿占用公车，从法律层面上说是违法的，因为这实际上是对国有资源的个人侵占，等于对老百姓整体侵权。从党的宗旨这个层面上看，党员干部无偿占用公车，特别是配备专车，也是违反党纪和党的宗旨的，全心全意为人民服务是我们党的宗旨，为人民服务人民就先得给你配专车吗？从社会和谐的角度来说，公车为祸已经远远超出了经济范畴，这是一个关系到社会稳定的大问题啊。老百姓深恶痛绝的三大国祸，一个是贪污受贿的官员腐败，一个是公款消费的腐化堕落，一个就是公车私用、芝麻大个官都要配专车的公车泛滥。想一想啊，什么叫国祸？就是国家之祸，国家的祸患，我算个啥？一个小小地级市的纪委书记，哪有那么大的本事消除国祸？充其量我也就是处理一下李芳这种小鱼小虾，还得硬着头皮冒着风险去干。这个问题我可真的帮不上什么忙。"

说着，单立人抬屁股就走，洪钟华让他说得从心底往上冒冷气，一时居然觉得僵僵的。他感觉到了，给省委张书记夸下的海口八成又要成为一个连点味道都没有的空屁。放在平时，放个空屁倒也不至于引起多大的灾难，可是在这个非常时期，在省委张书记明确拿"立党为公、执政为民"跟他们共勉的时候，再放空屁，而且是对省委张书记放空屁，政治后果可能会很严重。也难怪，公车为祸已经成了全国人民深恶痛绝的恶劣问题，连全国政协委员、人大代表都不断声讨、批评。如果好解决，早就解决了，还至于拖到今天？他充其量不过是一个小小地级市的市委书记，真能有本事消除这个让全国人民愤怒不已的国祸？瞬间，洪钟华脑海里转了无数个圈子，结论是：这一回自己把自己套进圈子了。

单立人走到门口了，却又回过身来汇报："对了，洪书记，还有一件事我顺便给您汇报一下，民政局那个车轱辘的事情也基本上查清楚了，发生车祸的时候是他开的车，也就是说车祸是由他超速飙车引起的。事后，为了推卸责任，他的司机替他把事情揽了下来。市交警队调查这件事情的时候，为了隐瞒事故真相，他又给交警队的队长送了两个墓穴……"

洪钟华惊讶地问道："你说送什么？"

单立人："送墓穴，就是埋骨灰的墓穴。"

洪钟华真的啼笑皆非了："那个交警队长要墓穴干吗？现在行贿受贿真是花样百出了。过去是送彩电冰箱，金银首饰，后来直接送钱送卡，现在除了钱还有色，色情贿赂。我们铜州市的干部可是更有创意，居然把埋死人骨灰的墓穴也拿来行贿，这倒也算是搞腐败的创新意识啊。"

单立人往回走了两步，想坐下来再跟洪钟华详细地说说这件事情，可是又怕一旦坐下了洪钟华再拉着他研究什么车改方案，就站在那儿汇报："这个问题具有特殊性，那个交警队长不知道听谁说了，有两个墓穴的风水特别好，就想买下来，刚好车福禄，就是那个副局长，人们都叫他车轱辘，托人找他游说销案，结果他就反过来让车轱辘帮他买那两个墓穴，车轱辘顺手推舟就花低价买了两个墓穴送给了他，结果他就把那起车祸销案了。"

洪钟华问："你们直接跟那个车轱辘还有那个交警队长接触了吗？"

单立人："还没有，证据已经完整了，暂时还顾不上。这件事情的性质虽然比较恶劣，但是从车祸本身来看，还是带有一定的偶然性，那个车轱辘自己也有驾驶执照，到底是不是构成了犯罪还有待于公安机关认定。行贿问题我们还是想给他一个机会，争取让他主动交代，那样在处理上可以适当的轻一些。"

洪钟华不理解："这件事情的性质很恶劣啊，身为国家公务人员，开了公家的车飙车玩，还对另一个国家公务人员行贿，这种人还能继续留在公务员队伍里吗？"

单立人说："根据民政局纪检组长郭晓梅同志的介绍，这个人平常还没有什么别的劣迹，工作也挺努力负责的，就是有那么个爱开飞车的毛病。我们想给他一个机会，并不是要保他，职务肯定是保留不住了，如果能够主动交代问题，免除刑责还是可能的。"

洪钟华听明白了，也就对这件事情没了兴趣，他现在最头疼的事情就是如何硬着头皮把公车改革推动起来，不管将来效果怎么样，起码对省委张书记那边有个交代。所以就对单立人说了一句："这件事情你们按照政策去处理吧，涉及党纪政纪处分的问题，按照干部管理权限办就行了。"

单立人说："那好，我们现在暂时也没精力顾他这档子事，等到把李芳的问题处理清楚了，再处理他的问题。我们打算先让民政局纪检监察组配合一下，正面接触一下他，施加点压力，最好能逼得他主动向组织上交代问题，争取宽大处理。"

洪钟华摇头叹息："唉！这个人怎么爱上飙车了呢？如果没有这个毛病，也不至于落这么个下场啊。"

单立人说："车、油都是公家的，怎么飙也不心疼。如果是老百姓家的私车，油价飞涨，哪舍得耗油耗车干那种事情。"

洪钟华说："公车为祸啊，这才是名副其实的公车为祸，如果车轱辘没有配公车，也就不会有这场大祸了。其实，取消干部配公车，从一定意义上说，也是对干部的爱护，你说是不是？"

单立人没有回答，告辞走了，他心里想的是：有专车坐的人，谁也不会认可取消公车是组织上对自己的爱护。

单立人从洪钟华办公室一出来，顾不上回自己的办公室，路上就用手机通知专案组，立刻拘押万鲁生的老婆。现在纪委和检察机关都让贪官污吏们教育聪明了，深知像这种把大笔资金转移到境外的经济犯罪分子一有风吹草动比兔子跑得还快，说不准一眨眼的工夫就跑到了美国、加拿大那些喜欢保护中国贪官的国家藏起来，然后让中国的反贪人员望洋兴叹，悔恨得捶胸顿足。所以，一旦发现这种案子的线索，聪明点的纪检监察部门首先就是控制这些犯罪嫌疑人的行动。

已经憋了一肚子气的纪委和检察院、公安局联合调查组的人接到单立人的电话，马上行动，毫不留情地拘押了万鲁生的老婆，拘押的理由是李芳涉嫌非法侵占巨额国有资产。

4

李芳被拘押的消息飞快地传到了万鲁生的耳中，这一次洪钟华没有事先找他沟通，这是一个迹象，说明洪钟华对这个案子的态度非常坚决，所以他既没有找洪钟华交涉此事，也没有再找省委张书记。万鲁生知道，这一次找谁可能都没用了，如果不是拿到了确凿证据，洪钟华、单立人还有检察机关绝对不敢采取正规的司法手段刑拘李。此时再找省委张书记，不但无济于事，反而会在省委领导心里留下恶劣印象。他现在面临的首要问题是怎么自保。这也不是难题，生物界的爬行动物蜥蜴和水产品墨鱼都给万鲁生这样的官员作出了榜样，那就是断尾或者断肢求生。经济界也给万鲁生这样的官员提供了借鉴，那就是股市的割肉和期货的平仓，无论断尾截肢还是割肉平仓，都是摆脱困境谋求生存既无奈又果断的有效措施，这种措施由万鲁生实践起来很简单，只有两个字：离婚。和李芳这样一个贪财犯法，给老公带来无尽麻烦和羞辱的老婆离婚，更可以理直气壮，不但能显得万鲁生本人干净，还具有大义灭亲的道德力量。

万鲁生焦躁、气恼了一阵儿，回过头来换位思考，心里居然有了一丝暗暗的窃喜。中国人中比较缺德、尖刻的那一伙里，总结男人的三大喜事是：升官、发财、死老婆。升官发财好理解，这放在谁身上都是好事儿。死老婆对于升了官发了财的男人来说尤其是好事儿，旧的不去新的不来，而且再怎么胡来都没有了羁绊和道义压力，把死老婆列为事业有成的男人三大喜事之一，虽然缺德、尖刻，却也不无道理。万鲁生没有死老婆，却可以名正言顺地提出离婚，离婚和死老婆相同的一点就是都没老婆了，都有了重新选择的资格和机会。万鲁生郁闷了一两天之后，想通了这个道理，心里自然会暗暗窃喜。于是他打电话联络汪清清，汪清清跟他约好在铜州宾馆贵宾房里相见，万鲁生说那个地方太显眼，他这个市长一去不知道有多少眼睛在盯着，没事也让人觉得有事。汪清清便问他到什么地方，万鲁生想了想说：“那就到永康健身俱乐部贵宾房吧。”汪清清答应了，两人说好不见不散。

俗话说女为悦己者容，实际上男人也一样要为悦己者容。万鲁生相貌虽然尚且端正，但终究是过了五十岁的男人，就像开久了的汽车，经历了风吹，日晒、雨淋，用得再仔细，漆面也难免老化陈旧，那张老男人的脸粗糙有如废弃的砂纸，上面还不时出现一些斑点、黑头之类的杂质。跟汪清清好上之后，万鲁生便也开始关注起自己的那张老脸来，经过汪清清的推介，成了永康健身美容俱乐部的贵宾级成员，时不时地要去让人家给他那张老脸做磨砂、抹泥、保湿之类的维护保养，千方百计地想要把那张老脸装修得光堂、青春一些，以适应汪清清那张年方三十保养精细的嫩脸。永康贵宾室由此也成了他们常常幽会的场所。之所以选择这里，一来是这里的设施完备，装修不亚于五星级酒店的豪华套间。

二来这里奉行的是现实意义上的自由主义，一切以客人的喜好为服务标准，像万鲁生、汪清清这类的客人如果不需要外人打扰，这里可以做到出入往来没有任何人能够知道。

跟万鲁生约好之后，汪清清照例给永康健身美容会所打了招呼，她要用贵宾房，不让任何人打扰她。

万鲁生不能说喜气洋洋，起码也是兴致勃勃地来到了永康健身美容会所的贵宾房，敲敲门，汪清清知道是他，在里面娇声娇气地问道："谁啊？"

万鲁生明明知道门是开着的，却故意不推门进去，仍然在外面敲。他今天跟汪清清约会有两个目的：第一个目的当然是散心找乐子，这个时候，汪清清就是他最好的心理生理补品；第二个目的就是要跟汪清清商量一下他们今后的日子，到底是维持现在这种明来暗往的暧昧关系，还是名正言顺地结婚成家，重打鼓另开张，过他们的好日子。所以，今天万鲁生本能地做出了情人的姿态，跟汪清清逗乐子，等着她来开门，下一步做什么他都想好了……

汪清清说了一声："敲什么，门开着呢。"

她已经脱去外套，换上了宽松的睡袍，所以懒得再下地开门。片刻仍然不见万鲁生进来，汪清清有些奇怪，只好下地开门，门一拉开，万鲁生便扑将过来，一把将她拦腰抱了起来，用胡子拉碴的臭嘴狗闻干屎一样在她脸上亲个不停，嘴里念叨着："好香香，让我一口咬死你……"汪清清咯咯娇笑着躲闪着万鲁生的胡茬子："痒痒，别闹，痒痒……

万鲁生抱着汪清清挤进了门，然后把汪清清抡起来朝床上扔了过去……

万鲁生一把汪清清扔出去就傻眼了：记忆中的床不知道什么时候让人给挪了位置，过去摆床的地方现在是空荡荡光可鉴人的地板……汪清清没有按照万鲁生的预期飞到软绵绵的席梦思上，却"扑通"一声硬生生地摔到了地板上，动静很沉闷，活像肉联厂的力工搬运整扇冷冻猪肉时摔出来的声响。汪清清实实在在地摔到了地板上，痛苦的号叫一声之后没了声息。万鲁生吓坏了，连忙俯身过去察看，汪清清昏了过去，一场乐极生悲的事故发生了。

万鲁生只好打电话召唤120急救车。听到是市长亲自召唤，120来得格外及时，医生护士谁也不敢问发生了什么，一拥而上对汪清清开展抢救。片刻，汪清清总算呻吟一声苏醒过来，医生护士们便抬着汪清清上了救护车朝医院奔去。万鲁生没有跟着去，满肚子寻欢作乐的坏念头此刻烟消云散，他颓然坐到了那张可恶的床上，满肚子怒火却不知该朝谁发泄，怒气冲冲地离开了这间贵宾室，出门的时候把贵宾室的门摔得震天价响，活像谁往大楼里扔了一颗手榴弹，把正在打扫卫生的李桂香吓得目瞪口呆。

5

万鲁生赶到医院的时候，汪清清已经被送进急救室，医生告诉万鲁生，汪清清没有生命危险，就怕大脑受到伤害，现在正在做全面的体检。万鲁生此时已经镇定下来，又有了表演市长角色的能力，一本正经地指示医生一定要全力以赴进行抢救，用最好的药物，用最好的手段，有什么困难及时提出来，市委市政府一定会全力支持医院救治病人。作完指示，万鲁生再无事可做，就离开医院，回到办公室睡了一夜。

第二天万鲁生一大早要去医院看看心上人，却被市委书记洪钟华堵到了办公室。市委、市政府同在一座大楼，两位党政一把手相互之间却极少到对方的办公室去拜访，尤其极少没有事先约定就贸然到对方办公室拜访。所以，洪钟华主动登门拜访就有些异乎寻常。万鲁生断定他是要来跟他谈李芳的问题，既然他已经下定决心顺水推舟地跟李芳一刀两断，也就没有必要再帮李芳说什么话了，反而争取主动，不等洪钟华开口，抢先表态："洪书记，李芳的事情我已经知道了，你放心我会正确对待的。上一次我有意见主要还是感觉在证据不足的情况下，对李芳采取组织措施有点轻率，也是怕因此对我们班子造成负面影响。现在既然司法机关已经介入，通过司法调查确定她为犯罪嫌疑人，我也无话可说，只有百分之百的支持司法机关秉公执法，一切等待司法机关的最终裁定。"

洪钟华主动找万鲁生并不是为了谈李芳的问题，对李芳的事情他已经打定主意，只要万鲁生不提他也就不提，如果万鲁生提及此事，他也很好对付，就请他去问检察院反贪局。这样既可以继续维护自己超脱和正义的形象，也可以委婉表明自己的态度：一切由司法机关裁决，市委绝对不干预司法机关独立办案。

他来找万鲁生是谈公车改革的问题。自从向张书记夸口要对公车进行改革之后，这件事情就成了他的心病。不做，对张书记没法交代，铜州市委市政府在省委张书记心里留下的负面印象不但没法改变，还会加上放空炮忽悠领导的恶感。现在洪钟华面临的局面是：顾不上改革能不能成功，起码得先改起来再说。要想先改起来就得取得市长的支持和配合，起码在相关会议上不能唱反调。他现在真真切切地感受到了被挤进墙角的滋味。要想从墙角脱身，当务之急就是跟万鲁生重建合作关系。经过几天的犹豫、盘算、斟酌，他最终认定，在如何应对目前面临的困境上，万鲁生和自己具有共同利益，具体到公车改革的问题上，应该会跟他达成共识。因为，说到底，如何向上面就省委张书记视察期间发生的问题作出交代，交出让上级满意的答卷，是他们俩共同面对的问题。所以，洪钟华今天一上班便主动登门拜访万鲁生，采取主动跟万鲁生沟通交流推进公车改革的问题。

既然万鲁生主动提到了李芳的事情，洪钟华也就正面跟万鲁生谈起了这个问题：“老万啊，领导干部的家属发生问题也不是你一个人，这种事情一是要正确对待，二是要相信组织，相信法律。说实话，进入司法程序之后，一切人家都是按照法律程序走的，事先我也不知道要拘押李芳同……等我知道了以后，人家已经采取措施了。我再多说什么，难免有以权干预司法的嫌疑。本来我也应该找你谈谈，交换一下思想，后来想一想，你受党的培养这么多年，一定会正确对待这件事情。我也相信你跟李芳的问题没有什么牵连，所以就没有主动找你谈这件事情。”洪钟华差点说出“李芳同志”这个词组，话到嘴边又把同志的志字咽了回去。

万鲁生在官场上混了这么多年，而且是长期担任领导职务的政坛老手，对党政机构运作基本形态的了解一点儿也不比洪钟华差，对市委书记在一座城市的支配地位和决定性分量看得比洪钟华自己还清楚，洪钟华说检察院对市长的老婆李芳拘押之前没有请示市委书记，打死他他也不会相信。万鲁生明明看到洪钟华没有诚意也没有心情跟他谈李芳的事儿，可是还得跟洪钟华谈李芳，为他即将作出的重大决策作点铺垫、埋点伏笔。

“洪书记，感谢你的信任，但是我还是要当着你的面郑重说明，我个人在经济上没有一点儿问题，这个也欢迎组织上认真调查。”

其实，关于万鲁生在经济上跟李芳的重大贪污罪行有没有牵连，谁也不敢打包票，只能说目前调查还没有证据证明他跟此事有关系而已。到底有没有问题，还要看李芳的供述，万鲁生不可能亲自在转移资金的书面凭证上签字画押，所以，只要李芳不咬他，他就可以说他啥也不知道，李芳的事情跟他一点儿关系也没有。

他这么说，洪钟华只好顺着万鲁生的口径安慰他：“你放心，这方面组织上是了解情况的。我建议你还是主动给省委写一个情况，李芳是你爱人，领导干部的亲属出了这样的问题，我们起码应该承担对亲属教育管理不严的责任啊。”

洪钟华说的给省委写一个情况，其实就是让万鲁生给省委写一份检查的委婉说法，作为市委书记，对亲属出了严重经济问题的市长提这样的建议，既是正常的，也是应该的。对此万鲁生没有任何反感，马上说：“我应该向省委检讨，也应该向市委检讨，我也正打算向省委、市委作出书面检查。李芳这个人过去还可以，自从我担任了领导职务以后，她的脾气性格就随着我的职务变化不断变化，有时候想想她以前的样子，我都觉得现在的她是假的。这个女人，真不是个好东西，不管将来组织上、法律上要怎么处理她，我都不能和她再过了。”

他这么一说反倒让洪钟华惊讶了：“你要跟李芳离了？”

万鲁生作出义愤填膺的样儿说：“她给国家造成了那么大的损失，给组织造成了那么恶劣的影响，给我们家庭造成了那么大的麻烦，这种女人你说我还能要吗？还能再跟她在同一间屋子相处吗？”

洪钟华有那么一刻几乎被他义正词严的愤怒样儿迷惑了，随即却差点笑出来。“升官、发财、死老婆”的损话他也听到过，想到整治腐败，整来整去倒给万鲁生办了好事儿，洪钟华啼笑皆非，忍不住拐着弯儿刺了他一句：“听说汪清清摔坏了，你没到医院看看，不要紧吧？”

他这么一问，万鲁生脸皮再厚也忍不住老脸微红，硬挺着故作镇静：“书记，我跟你说正经事呢，你提汪清清干吗？我正式向你声明啊，我跟汪清清啥事没有，充其量也就是在高尔夫球场上遭遇过几回，你可别听那些无聊的人的没事嚼舌头啊，这可是关系到我老万的名誉问题，你当书记的可不能跟着起哄啊。”话说完了不由得暗暗心惊，汪清清让他扔到地上摔伤了的事情是昨天晚上才刚刚发生的，今天一大早洪钟华就知道了，足以证明洪钟华耳聪目明，掌控官员动态的能力大大超出了万鲁生的想象。万鲁生断定，汪清清到底是怎么摔伤的，这位书记肯定也心知肚明，想到这里，心里不由怦怦乱跳。

洪钟华半真半假地逗万鲁生：“汪清清是政府接待处处长，你这个做市长的可要关心啊，我们谈完事儿，你赶紧去看看吧。领导关怀下级是正当的，我可没往歪里邪里想啊。”

万鲁生此时无论从心理上，还是从道义上，都占了绝对下风，不敢再跟洪钟华半真半假地谈论汪清清，忽然想起还没有给洪钟华沏茶，连忙张罗着给洪钟华沏茶，借机变换话题：“书记，喝什么茶？我们边喝边谈，到时候可别让你出去了说到我办公室我连杯茶都不给你喝。我这可有今年刚刚采摘下来的新茶西湖龙井，正宗的，我给沏一杯品尝一下。”

洪钟华来的目的是要在推进公车改革这件事情上取得他的支持配合，万一出了什么漏洞，也多一个人承担责任，所以也就不再跟他半真半假地斗法比高低，接过他沏好的茶嗅了一嗅，然后轻啜一口，连连赞叹：“好茶，好茶，味道清香，入口唇齿生津，哪儿搞来的？”

其实洪钟华喝茶跟喝水没有什么区别，只要有茶叶味道就行，根本辨别不出来好茶和孬茶的区别，这么说也不过就是凑趣活跃个气氛。

万鲁生从抽屉里掏出一个茶叶盒：“洪书记一看就是雅士，俗话说酒鬼烟鬼茶神仙，只有茶是真正有品位有雅兴的人才能够享受的，这罐茶送你了，这可不是贿赂啊。”

见洪钟华接过茶叶翻过来倒过去地看了又看，万鲁生奇怪地问他：“看什么？”

洪钟华说：“看样子这罐茶叶来路还算正当，如果不正当，上面肯定得把价钱标上，茶叶喝不出价钱来，不标明价钱，这礼不就白送了。”

万鲁生哈哈大笑：“刚刚说你是懂得喝茶的雅士，这怎么就又露出俗套来了？真正懂茶叶的人，你还别说，沏上茶，闻一闻，就能把价钱说出个八九不离十来。”

洪钟华也哈哈一笑：“恭敬不如从命，那我就不客气了。”

如果此时有外人进来，看到洪钟华和万鲁生两个人你来我往地聊天说笑，做梦也不会想到这俩人之间其实存在着比台湾海峡还深的鸿沟。说来也没有什么可奇怪的，官场如商场，既没有永远的敌人，也没有永远的朋友，利益决定一切，利益一致的时候就是同志、朋友，利益冲突的时候，就是敌人、对手。现在洪钟华和万鲁生同样面临着巨大的危机，如何尽快挽回省委张书记视察期间留下来的负面影响，确保政治前途的平坦、顺畅，这是他们利益的交汇点，一旦认清了两人之间的利益共同点，书记和市长组成的这盘大磨，尽管免不了损耗，却还是能够把小麦磨成面粉的，虽然磨出来的面粉有可能存在质量问题，却也终究是面粉，不是沙子。

洪钟华啜吸了两口西湖龙井之后，先开始讲大道理：“老万啊，省委张书记视察期间出现的问题，还有张书记临走之前给我们留下的赠言，是对我们铜州的工作沉重的鞭策啊。前几天省委张书记打过来电话，正面向我们提出了这个问题，压力大啊。”

万鲁生说：“张书记留下的赠言其实是在批评我们，这谁心里都有数，省委肯定比我们更清楚，我跟你一样，也觉得压力大啊，再加上李芳这一档子事，简直就没办法说了。上一次联席会议上确定的几件事情现在正在推进，很难啊，东拼西凑大概弄了四百万块钱，先给马屁……三顺滩的拆迁户补偿一些，先把眼前的事情应付一下，明年再说明年的话吧。”

洪钟华心里暗想：也不知道你是傻还是呆，就这个样子，不抓紧办几件像模像样的人事儿，明年铜州市还有没有你我的发言权都难说。心里这么想着，嘴上就把话头朝公车改革上引："三顺滩的问题再不能拖了，你说得对，先凑一些资金把眼前的事情应付一下，可是要想办法彻底解决问题，明年的财政预算一定要给三顺滩留下足够的一块来。开源节流，具体地说，就是要一条一条地落实具体措施，不然我们老是处于被动挨打的地位，不要说经济社会的发展，就是要保住现在的经济社会发展成果都难。对了，最近两个部门报上来的车改方案，你看了没有？"

万鲁生说："看了，一左一右两个极端，很难啊。"

洪钟华开始掀牌："改革嘛，都是摸着石头过河，没有改之前，哪一件不是很难的？真的改了，也就改了，成果怎么样要靠实践来检验了。"

万鲁生反问洪钟华："你的意见是先改起来？"

洪钟华说："我们总得找到一个突破口啊，不然就这样死死不了，活活不旺，再拖下去，省委那边我们都没办法交代了。"

万鲁生明白了洪钟华的意思，同是官场人，每个人说出来的话背后代表了什么意思，只要设身处地，基本上都能够猜个八九不离十："省委是不是催了？省委对我们的车改方案是不是有什么指示？"

洪钟华也不再藏着掖着，直截了当地把省委张书记打来电话追问进展情况的事情说了，然后说："张书记对我们搞车改的事情非常感兴趣，也表态积极支持，认为这是一项利国利民，有利于建设和谐社会的好举措，也希望我们能在这个既困扰政府，也让百姓深恶痛绝的焦点问题上有点突破，给全省各区市开展这方面的改革积累一些经验。"

万鲁生彻底明白了，肯定是洪钟华在省委张书记面前夸下了海口，起码是作出了明确的承诺，不然他不会对这件事情这么着急。万鲁生早就拿定了主意，现在的局面对铜州市委市政府很不利，对他自己尤其不利，完全可以用"内外交困"四个字来形容。现在最佳选择就是跟这位市委书记同心协力，共渡难关，这个时候如果两个人闹起来，没人会来认真评判谁是谁非，最终结果只能是两败俱伤，而自己肯定是最大的输家。洪钟华还有可能换个地方继续当他的官，而他万鲁生最好的出路可能就是被发配到哪个长年累月都没人想得起来的单位冷冻起来，甚至丢官去职被打回原点也不是不可能，终究他的后院还有李芳那么一大摊臭狗屎。想通了这一点，万鲁生对洪钟华的态度来了个一百八十度的大转弯，再也没了半点与洪钟华争强斗狠的勇气，唯唯诺诺谦卑得如同一个战败的俘虏："洪书记，你的经验比我丰富，工作能力也比我强，你说怎么干就怎么干，我保证政府这边全力以赴地支持配合。"

洪钟华听了他这个态度，微微颔首，庆幸自己对万鲁生的判断完全正确。万鲁生为了表示对洪钟华的支持、配合、服从，在表完态之后又进一步提出了自己的建议："你看这样好不好，我们抓紧召开一个常委会，统一常委们的思想，确定采用哪个方案，然后毫不犹豫地全面铺开。做这种事情，既不能迟疑，更不能听那些没名堂的议论，看准了就下决心干，干错了再改嘛。"

洪钟华明白，这是万鲁生真心实意地向他示好，放在过去，这种事情他一定要嚷嚷着要经过市长办公会议、四套班子联席会议等可有可无的程序，因为在那些会议上他作为市长有着相当的影响力和决策权。而常委会上，洪钟华是绝对的主导力量，即便他万鲁生不同意的事情，常委们也不会看他万鲁生的态度，眼睛盯着的都是洪钟华。现在他提出在常委会上讨论车改方案，而且一旦决定了就全力推开，就是要摆出与洪钟华全方位合作的姿态。洪钟华当然希望那样，可是又不能那样，这种关系到重大改革的问题，他还是愿意有尽可能坚实的班子基础和尽可能广泛的民意基础，这样做，出了问题还可以说是经过广泛讨论广泛征求意见的结果，起码能够抵挡拍脑袋决策、个人独断专行、小圈子改革的诟病。

“这样吧，”洪钟华对万鲁生说，“还是先广泛征求一下干部和班子其他成员的意见，在大家意见趋于统一的基础上再由常委会最终拍板，你看呢？”

万鲁生现在是洪钟华说啥都行，马上连连赞同：“还是书记考虑得更加周到一些，这样也好，能够有更加广泛的群众基础，领导干部思想统一了也有利于改革的推进和顺畅。”

铜州市两大巨头在对公车改革的问题上达成了空前的一致，正话说完了，也没有更多的闲话可说，洪钟华告辞，万鲁生一直把洪钟华送到了电梯口。送走了洪钟华，万鲁生这才倒出空来，匆匆忙忙地朝医院跑，去看望被他摔伤了的心上人汪清清。

千万别把把柄落在下级手里

1

车轱辘最近一段时间把全部精力投入到了新陵园的规划建设工作当中，这倒不是他真的对给死人盖房子有多么大的兴趣。这其中有两个原因：

其一，他主持提出来的把过去的华侨农场改为新陵园的报告得到了市长办公会的赞赏，万鲁生不但表扬了他，还信誓旦旦地声称，一定要把新陵园建设成一个风景优美、富有游览价值的风景区。尽管谁都知道，如果有人真的跑到死人国度去度假旅游，那他不是疯子就是傻子。但是仍然要按照万鲁生的意图去张罗着把新陵园朝风景旅游区的方向规划，因为这是市长的指示。万鲁生的赞许和肯定，让车轱辘活像打了一针鸡血，这是他全力以赴埋头搞陵园规划的主要原因。

其二，那天他到龙山风景区散心的时候，管委会主任二百五狗不理冒失的问候对他的刺激极大，心理后遗症像浓厚的阴影笼罩在他的心头。车轱辘甚至宿命般地想到，也许，狗不理听信谣言口无遮拦脱口而出的话，就是能够预见未来的魔咒，预示了他不久的将来会遭遇的结果，揭开了他无法躲避的命运。他把注意力集中到经过市长办公会议批准的陵园项目上，绞尽脑汁、力争完美地推进死者住宅区的建设规划，企图用忙碌的工作来摆脱这令他烦恼不堪的阴影。然而，忙碌过了，清静下来之后，狗不理的话却像一根无形的绳索缠绕在他的心头，照样勒得他寝食难安。

“葫芦，这几天有什么情况没有?”现在，这成了他坐在车上动辄就要询问的问题。

“没有啊，一切正常。”这也是他每次询问葫芦的时候，葫芦的回答。

只有经过这样一道程序之后，车轱辘的心才能稍微安稳片刻。他自己也知道这个问题实在重复太多次，已经成了祥林嫂式的呓语，却无论如何控制不住自己，如同患上了帕金森综合征的病人，想不让手颤抖也做不到。

为了把新陵园的规划作得尽善尽美，得到市领导的认可，车轱辘彻底改变了坐在办公室听汇报、瞎指示的做派，几次三番地亲临华侨农场实地勘察。今天已经是他第八次跑华侨农场了，跑得次数多了，葫芦都暗暗心烦．一路上默不作声地开车，连习惯性的请示车轱辘是不是开一段过过瘾的老话都没有提起。回来的路上，当车轱辘再一次问他最近有没有什么情况的时候，葫芦实在忍受不了他这不屈不挠、不厌其烦的话语骚扰，没有搭腔。车轱辘立刻像遭遇冰雹的家禽惶惶然恨不得从车上马上跳下去：“怎么回事？有人找你了吗?”

葫芦无奈地回答：“没人找我，有人找我我还能不给你说吗?”

车轱辘不高兴了：“那我问你话你怎么不吱声?”

葫芦回答：“我想事儿呢，没听见。”

车轱辘问：“想啥呢?”

葫芦说：“忘了。”

车轱辘很不高兴：“我问你你怎么就忘了？刚刚还在想的事儿这一

阵儿就忘了？”

葫芦说：“车局，我长的是人脑，不是电脑，正想的事儿你一打搅可不就忘了。”

葫芦对车轱辘历来是百依百顺，唯恐服务不周招惹车轱辘，像今天这样明显的流露出抵触情绪，让车轱辘错愕，难以接受。放在过去，车轱辘马上会把他臭训个底朝天，可是如今车轱辘前途攸关的把柄落在葫芦的手上，也只好不跟他一般见识，自己跟自己生闷气，在心里暗暗发狠：等自己平安过关了，一定要找机会把这个葫芦给开了，留在身边就像一颗难以排除的定时炸弹，时时刻刻让人心惊胆战。葫芦在车轱辘面前表现出来的不驯，再一次证明了一个朴素的真理：领导千万别让自己的把柄落在下级手里。

两个人情绪不佳，谁也没话，葫芦沉闷地开车，车轱辘沉闷地坐车，各自想着心事，活像正在走向街道办事处登记离婚的夫妻。不知不觉间车就来到了市区，经过市区中心地带东街口的时候，已经是中午十二点钟了。正是下班高峰时间，汽车组成的铁流跟行人组成的肉流在路口汇集成交叉竞争的旋涡。路口的交通协管员拼了老命想维护交通秩序，哨子吹得比足球的黑哨还频繁、还响亮，小旗挥动得比领导检阅时还起劲，勉强维持着路口的交通秩序。

葫芦把车开到了路口，正碰上红灯，一辆轿车插空在红绿灯转换的间隙冲进了斑马线，却被协管员拦住，协管员用自己的身体护卫着正在通过斑马线的一群学生。

葫芦嘟囔了一句：“这娘们找死啊……”

车轱辘马上反驳他：“你说那叫啥话？人家这叫恪尽职守、认真负责。”

车轱辘上下班都要经过这个路口，每天都能看到这个头上围着一条红围巾的女交通协管员。这个协管员的负责精神让他钦佩，他从来没有见到这个协管员像有的协管员那样，只要有机会就躲到一旁偷懒。每次经过这个路口，不管车多车少、人多人少，这个交通协管员都坚守在自己的岗位上，严格按照红灯停、绿灯行的规矩维护交通秩序，并且多次用自己的身躯拦住企图闯红灯的车辆，保护过往行人安全通过路口。他反驳葫芦的话是出于真心，真心实意地赞扬这个交通协管员。

葫芦当然不会因为这小小不然的事情跟车轱辘顶撞，尽管他心里对这个交通协管员不以为然。沉默在发生口角时往往是表达不满、不屑、不以为然的方式，葫芦选择沉默，对车轱辘的反驳不置可否。车轱辘当然明白葫芦的沉默绝对不是对自己的观点默认，所以当车再次启动穿过路口斑马线的时候，他摇下车窗朝交通协管员打了个招呼："谢谢你了，辛苦了啊。"

围着红色围巾的女交通协管员诧异地看了他一眼，那一眼流露出来的惊恐、惶惑活像恐怖电影里的惊悚镜头，深深地刻在了车轱辘的心里，他不明白，那个交通协管员为什么会用那种眼神看他。

经过了路口之后，车轱辘的手机响了，来电话的是局党组成员、纪检组组长郭晓梅，非常客气地询问他下午有没有时间。车轱辘本来已经在下午安排了一个小会，邀请市政园林局的园林设计人员和殡葬管理科一起商量新陵园设计图的修改。俗话说做贼心虚，何况车轱辘身上担的事情远远比做个小贼更大，听到郭晓梅这么问他，车轱辘便知道郭晓梅肯定有事情要找他，连忙说自己下午可以抽出时间，又反问郭晓梅有没有什么事情。郭晓梅告诉车轱辘，她没什么事情，是市纪委找车轱辘有事情，如果车轱辘下午有时间，请他上班以后到局里来，市纪委的同志想找他了解一点儿情况。

车轱辘使出了吃奶的力气强迫自己保持冷静，但是他回答的声音仍然控制不住的颤抖起来："我下午一定去，一定去……"

他还想再问一下郭晓梅知不知道市纪委找他干吗，郭晓梅却说了一声："那就好，下午见。"随即挂了电话。

车轱辘坐在轿车柔软舒适的座位上，却仍然感到腿发软，心跳气促，他断定自己的事情终于发作了，而且估摸着这一次发作就像癌症晚期，一旦发作，要想救治就已经成了徒劳。

葫芦在车轱辘接听电话的时候，马上竖起耳朵竭力想听到通话内容，可惜通话时间太短，加上没有及时关闭车内音响，通话内容他一点儿也没有听到。但是从车轱辘接过电话后的神情他却能够感到，这个电话绝对不是报喜。葫芦跟车轱辘现在是利益攸关方，车轱辘的荣辱祸福紧紧跟葫芦的身家命运联系在一起。所以，尽管刚刚正在和车轱辘发生冷战，他仍然忍不住追问了一句："车局，有事吗？"

车轱辘长叹一声："有没有事我现在都无所谓了。"

2

汪清清已经彻底清醒过来，见到万鲁生撒娇使气地不答理他。万鲁生涎皮涎脸地坐到了汪清清身边，在医院里，尽管是单人病房，医生护士随时都有可能进来，万鲁生倒也不敢做出过于亲密的动作，只是声音极度轻柔地问候汪清清："好一点儿了吗？"

汪清清哼了一声："好得很，没让你摔死算我命大。"

万鲁生诚恳地检讨："唉，实在对不起，经验主义害死人，怎么好好的床就换了地方呢。"

汪清清听到万鲁生"经验主义害死人"这句话忍不住扑哧一声笑了出来，娇嗔地说："你干吗？那天晚上疯了一样。"

万鲁生看到汪清清不生气了，也就更加涎皮涎脸了，腻声说道："心里高兴，想你又想得急，也没认真看看房间有什么变化，就把我的老婆摔成这样了，保证今后绝对不能再犯经验主义了。”

汪清清“呸”了一声：“谁是你老婆？”

万鲁生说：“现在还不是，很快就是了。”

汪清清不屑：“别那么说啊，好像谁稀罕当你老婆似的。”

万鲁生一本正经地说：“不跟你开玩笑，我已经下决心了，跟李芳离婚，不离也不行了，今天我已经给洪书记打招呼了，他支持我离婚。”

汪清清好奇地问：“怎么突然想起跟你老婆离婚了？离个婚还得市委书记批准吗？”

万鲁生这才想到，汪清清还不知道李芳被拘押的事情，便告诉她说：“李芳的事情堵不住了，上一次双规她的时候，我出面干预，把洪钟华和单立人惹恼了，人家表面上服了个软，把她放了出来。实际上一不做二不休，干脆成立一个由检察院、公安局经济队组成的，直接受纪委领导的联合调查组。就李芳那点事，人家只要想查，还有查不清楚的？前天人家就把她正式刑拘了。没有确凿的证据人家不会对她那样的，她算是把自己玩完了。不跟她离婚，我就得替她背黑锅，这种情况下，你说我能怎么办？”

汪清清听到这话，马上从床上坐了起来：“你们男人啊，真的寡情薄义，为了保你头上的乌纱帽，就连一起过了几十年的结发妻子都不要了？她犯罪有法律制裁，可是你当丈夫的也不能在这个时候就这样把人家像扔破鞋烂袜子一样地扔了啊。可怕，真可怕，你们这些官员的心真的比石头还硬啊。”

万鲁生连忙替自己辩解：“离婚不是我造成的，你怎么不反过来想一想，如果她顾念我这个丈夫，怎么会那么大胆地贪污受贿呢？这种女人真的要不得，是官员杀手。”

汪清清追问他："你真的一点儿都不知道？我不相信。"

万鲁生一本正经地说："隐隐约约有点感觉，详细情况真的不知道。实话实说，我对这些事情看得很透，干到我这个级别，啥问题都有国家包了，要说有钱，谁能比国家有钱？我想要的东西完全可以合理合法的得到，何必再贪污受贿？真不值当，万一被发现了，成本太高承担不起。"

汪清清笑眯眯地问："你说的想要的东西完全可以合理合法地得到，是不是也包括我？"

万鲁生半真半假地回答："是啊，我这不就要跟李芳离婚，跟你结婚嘛。"

汪清清说："你还忘了问我，我愿意不愿意啊。"

万鲁生自信地说："肯定愿意，不愿意你跟我在一起做啥呢？"

汪清清若有所思地轻声说："跟你在一起是一回事，跟你结婚过日子是另一回事。这件事情也不是你我说了就算的，别忘了，我还有丈夫、孩子，你总不会把我丈夫和孩子都一起接受了吧？"

万鲁生惊愕不已："听你的意思，你不愿意跟我结婚了？"

汪清清说："这件事情我现在没办法答应你，我得认真想一想。"

万鲁生有点撞墙的感觉，也尝到了伤自尊的味道。在他的观念里，一个女人能够和他这样的高级干部结缡，那是天大的幸事，理应对命运的眷顾和领导的恩惠感激不尽。尤其是像汪清清这种已经跟自己有了一腿的女人，如果能够堂而皇之地登堂入室，由在野党升格为执政党，更应该欢欣雀跃，激动万分，迫不及待地扑到他的怀抱里才对。万万没想到汪清清居然摆出了这副不冷不热、半推半就的矜持样儿，这让万鲁生活像从蒸气浴室突然浸到了冰水坑里，浑身上下从里到外都不适应。身为一市之长，万鲁生看惯了奉迎的笑脸，听惯了谄媚的谀词，也习惯了汪清清顺从、主动和热情。汪清清现在的表现让万鲁生的心里冷冷的，脸上讪讪的，如果不是顾念到汪清清是他给摔到医院里来的，万鲁生早就拂袖而去了。

察言观色是汪清清当接待处处长的看家本领，加之对万鲁生秉性的了解，汪清清不但马上看出了万鲁生的不愉，而且活像用超声波观察胎儿性别一样对他的心理活动掌握得一清二楚。汪清清淡淡一笑：“万市长，你看你这个人，稍微听一点儿不顺耳的就拉脸子。人家也不是拒绝你，人家就是觉得突然要跟你这样一位成功男士正式成家过日子，有点突然，有点……怎么说呢，反正你得给我一点儿时间考虑嘛……”

到底是接待处处长，而且是女接待处处长，汪清清软如丝锻、柔若温水的一段话，顿时消除了万鲁生心里的不快，只是脸上一时还有些堆不出笑来，万鲁生暗想：你要考虑一下，我还要考虑一下呢。心里这样想着，站起身告辞：“你好好休息，需要什么尽管吱声，下午、晚上我们要开会，明天我再抽时间来看你。”

看到汪清清苍白的面容和娇俏的五官，万鲁生忍不住想偷空吻她一下，可惜电话响了。电话是洪钟华打过来的，万鲁生连忙接听，一边接听一边朝汪清清挥手告别，朝病房外头走。洪钟华告诉他，明天下午要召开常委扩大会议，会议的主要内容就是讨论公车管理改革方案，请他无论如何一定要参加。此外，两份公车改革方案他已经叫市委秘书处送到了市政府办公室，请万鲁生在开会之前再看一下。

万鲁生连连答应着，心里却暗暗诧异，过去开会常委会都是由市委秘书长或者市委办公室主任通知他，洪钟华绝对不会亲自打电话请他参加常委会。转念一想，万鲁生也就释然了，今天洪钟华亲自打电话通知他参加常委会，背后的潜台词就是：一定要在会上跟他洪钟华保持一致，两个人联手尽快把公车改革方案推动起来。想想也是，洪钟华当着省委张书记的面作出的承诺，如果不能尽快开花结果拿到场面上展示一番，等于再一次放空炮忽悠省委书记，省委张书记的反应和随之而来的后果是可想而知却又令人不敢想象的。

万鲁生坐进了车里，司机请示他上哪儿，万鲁生一时半会儿居然想不出来自己应该去哪儿。按说，他应该按照洪钟华的要求回去再看看那两份车改方案，以便在会上讨论的时候拿出自己的意见来。可是，他根本就没心情再去审阅那两份已经看过并且早就扔到了废纸篓里的公车改革方案。因为，作为一个大学本科毕业又有多年领导工作经验的现任市长，他非常清楚这种改革方案或者根本行不通，或者适得其反。他深知，即使把公车泛滥列入特权和腐化的范畴，这种特权和腐化也是有制度保障的，如果不从制度上着手解决问题，单单想消除公车腐败，无异于缘木求鱼，最终不但抓不到鱼，弄不好还会摔个半死。他相信，如果没有上级的压力和老百姓的紧逼，洪钟华也会清醒地看到这个问题和试图解决这个问题的前景，但是，洪钟华现在已经让上下左右的挤压逼疯了，基本上没有了冷静。人不但会利令智昏，逼急了更会发昏，洪钟华就是最现实的例子。

至于他自己更是内外交困，根本没有本钱跟洪钟华计较任何问题，在洪钟华面前已经丧失了市长的话语权，所以不管洪钟华想做什么，他都抱着附和、顺从的态度，反正天塌下来有大个顶着。这个世界的基本规则就是：所有事情都具备两面性甚至多面性，正如中国人总结的“福兮祸所倚，祸兮福所伏”，前面有个一把手，不得劲的地方是不能随心所欲，说了就算数。得劲的地方是一旦出了什么问题，是一把手难辞其咎。这就是天塌下来有大个顶着的道理。万鲁生想通了这一点，便一通百通，所以他也根本就不在乎那个狗屁公车改革方案了，主动投降，随他洪钟华折腾去，折腾成了，万鲁生是市长，功不可没。折腾不成，洪钟华是一把手，责任应该和权利相对等，这是不言而喻的。

“回市政府。”万鲁生吩咐司机，司机加速，汽车冲出了医院，朝市政府驶去。本能告诉万鲁生，越是在这种情况下，他越是要坚守在市长的岗位上，哪怕是形式上的，他也不能脱岗，他的岗位说透了，就是市长办公室那几十平方米的房子。

市政府外面照例又有一群人在集体上访，照例又有身着便衣和身着警服的人正在柔性拦截。司机照例熟练地绕开了上访的人群，从政府大院的侧门进入，停在市政府办公大楼的正门前面。万鲁生心里有事，下了车朝大楼里走的时候，蓦然觉得有一个熟悉的身影从身旁擦肩而过，熟悉而又难闻的烟油子味道提醒他，刚才过去的是单立人。他因为脑子里乱哄哄地想着国事、家事、麻烦事，所以没有注意，难道单立人见了自己也竟然置之不理吗？万鲁生回过身来，果然看见单立人正朝他自己那辆丰田越野车走，万鲁生喊了他一声：“单书记、老单……”

单立人站住了，回过头来冷冷地看着他，其实刚才单立人朝万鲁生打招呼了，看到万鲁生迎面走来，不得不在极为僵硬的黑脸上勉强挤出一个笑模样，并且朝万鲁生点了点头。万鲁生埋头走路心里想事儿，根本就没有注意他。热脸贴了个冷屁股，让单立人很尴尬，很不高兴，心里嘀咕：就算你不理我，对我恨之入骨，你老婆的事情我也得一查到底。万鲁生突然回过身来叫他，倒叫单立人猝不及防，莫名其妙地回过身来。

万鲁生笑眯眯地走过来：“单书记，谢谢你了。”说着抓住单立人的手用力摇了又摇，其行其状好像省委张书记慰问部下。

单立人真的懵了，搞不懂他这是干什么，以为他这是嘲弄讥讽，正要反唇相讥，万鲁生却转身走了，临进政府大门，还回过身来朝单立人挥挥手：“真的谢谢你了，单书记。”

单立人从来没有听说过“升官、发财、死老婆”这句损话，所以他不明白万鲁生的意思。他懵怔了片刻，钻进车里，越想越气恼，越想越窝囊，站在他的角度看，万鲁生刚才的所作所为不但是嘲讽，还是挑衅。

“这人脑子有病……”单立人嘟囔了一句，司机没听清，连忙问道：“单书记您说啥？”

单立人：“没说啥，去看守所。”

3

市民李桂香今天心里一直隐隐不安，却又想不明白到底有什么事情让人不安，就好像身上某个地方痒痒，挠哪儿也不解痒。这让她心里很不舒服，很不安宁。当交通协理员，上班时间和全市人民的下班时间重合，别人下班，他们上班，因为别人下班的时间正是交通高峰时间。李桂香早上七点钟上岗，到九点半下班；十点半上班，一点半下班；下午四点半上班，七点半下班。中途休息的时候，李桂香并不能休息，她要抽这休息的时间给小燕准备饭，还要到美能达大厦上班。

下午一点半下班以后，李桂香急匆匆地跑回家，给小燕做了晚饭，然后就跑到美能达大厦打扫卫生。当她给悦来茶馆打扫卫生的时候，忽然想起了那天在这里碰见的那个让她丢了大纽约保洁员工作的局长，恍然醒悟，今天之所以觉得心里不安，就是因为中午在路上碰到了那个姓车的局长，而且那个局长还从车里探出脑袋跟她说话，说的什么话因为马路上太吵没有听清楚，但是从那个局长的表情来看，不像是什么坏话，大概是打个招呼？李桂香百思不得其解的是，那个局长跟她打什么招呼？原来正是这个困惑让李桂香整整一天惴惴不安。想到这些，李桂香释然，情绪顿佳，就像病人找到了病根，挠痒痒挠到了痒处，困扰李桂香一天的心结打开了，李桂香的心情豁然开朗，原来并没有什么大不了的事情。

李桂香很快打扫完三层楼，剩下的另外三层楼她只能在晚上七点半下班以后再赶过来打扫。她还要匆匆忙忙地把清扫出来的垃圾搬运到楼下的垃圾箱。垃圾箱是水泥砌起来的，开着一个铁门，铁门上有锁，钥匙由李桂香保管一把，她管这把钥匙是因为要负责把大楼里的垃圾倒进垃圾箱，另外一把钥匙由运垃圾的环卫工人管，环卫工人负责把垃圾箱里的垃圾运走，垃圾箱就是中转站。在李桂香清理的垃圾和倾倒垃圾的那个大铁箱子里，经常会有一些塑料瓶、易拉罐或者包装用的废纸盒等，李桂香可以就手把这些能变钱的东西收集起来，用随身携带的编织袋子背回家里，积攒多了送到废品收购站去，也是一笔小小的收入。每天从清扫的垃圾里回收的财富大概有四五块钱，运气好的时候能回收十来块钱。今天李桂香很失望，不论她清扫的垃圾里还是她管理的那个垃圾站的大铁箱子里，居然没有一件可以让她收集起来变钱的东西。这种情况是李桂香担任美能达大厦保洁员以来从来没有遇到过的，所以失望之余李桂香再一次宿命地把这个责任归罪到了那个车局长身上。更进一步认定，那个车局长就是她命里的克星，今天她的兼职拾荒业务之所以一点儿没有收获，八成就是因为今天不但又一次碰到了他，而且还看见他张口跟自己打了招呼。

锁好垃圾箱的铁门，李桂香这个时段的卫生清扫工作告一段落，她收拾好打扫卫生的工具，脱下物业公司保洁工的工作服，把工具和工作服锁进更衣室，急匆匆地又朝东街口赶，她还要去上下午四点半到晚上七点半的那个班。

李桂香四点过一刻就赶到了东街口，从路口交警队专门设置的小铁柜子里拿了自己的袖标、小旗和哨子，装备上了小燕送给她的红头巾。李桂香正要上岗，兜里的小灵通却响了起来。来电显示的号码是李桂香从来没有见到过的陌生数字，这让李桂香大为惊愕。李桂香装备小灵通的目的完全是为了接电话，为了省话费，她一般情况下绝对不会用自己的小灵通拨打主叫电话。有她电话号码的人也极为有限，掰着手指头数一巴掌就数够了：女儿小燕、小燕的班主任老师、同行老刘和最近新加入进来的司马达，这个电话会是谁来的呢？好在小灵通是单向收费，接电话不用花钱，所以虽然这个号码估计八成是拨错了，李桂香还是接听了："你好，请问找谁啊？"

对方是一个陌生男人，声音粗糙："请问你是李桂香同志吗？"

李桂香连忙答应："我就是，请问你是哪一位？"

对方："我是市公安局交管科，我姓张。"

李桂香开始紧张，交管科是管她们的上级单位，她们的直属管理单位是市交警队东街口支队，交管科是管支队的。交管科会有什么事情直接找她这一个小小的交通协理员呢？会不会有谁投诉了她，上级要处理甚至炒她鱿鱼呢？想到这个可能性，李桂香更加紧张了，以至于说出来的话带上了颤音："噢，您找我、找我有什么事吗？"

对方说："你现在就到我们科里来一趟……"

李桂香为难地说："我正在班上，你能不能先告诉我找我有啥事啊？"

对方："我已经安排人过去替班了，你现在就过来，有急事，快点啊，赶下班以前一定要过来啊。"说完这句话，对方把电话挂了。

李桂香发晕发懵，她想回拨个电话问清楚到底是什么事，转念又想，回拨电话还得花电话费，实在舍不得。想到对方说已经安排了替班的人，李桂香更加认定自己肯定是再一次被炒鱿鱼了，只是不知道这一次是为什么要炒她。同班的老刘看到李桂香木头一样呆呆地杵在那里，满脸都是丧魂落魄，关心地问她怎么了。李桂香回过神来，无奈地摇头叹息："刚才接到公安局交管科一个姓张的来电话，叫我马上过去一趟，还说已经安排了替班的人，不知道是啥事。"

老刘也纳闷："交管科跟咱们隔着好几层啊，他怎么会直接找你？他怎么有你的电话？"

李桂香："我报名的时候给他们留的电话就是这个。老刘，你说会不会是他们要辞退我？"

老刘想了想："不会吧？辞退你也用不着交管科出面啊，让支队给你说一声就行了。再说了，你干得挺好的，凭啥辞退你啊？行了，别胡思乱想了，再想也没用，赶紧去吧。"

正说着，替班的人也来了，李桂香匆匆忙忙地给替班的人交代了两句，骑上自行车急匆匆地朝市公安局交管车赶。路上，李桂香又想起了那个姓车的局长，看样子那个人真是自己命里的灾星，碰到他一次自己就要倒霉一次。今天中午碰上了他，下午不但没捡到塑料瓶、易拉罐、废纸板那些可以换钱的东西，交管科都找上门来了，看样子今天凶多吉少啊……

4

车轱辘如约到了局里，纪委的一个处长和一个科长已经在小会议室等他了。郭晓梅张罗着沏茶倒水，活像一个尽职尽责的服务员。给每人面前都送上一杯洋溢着芳香的热茶之后，郭晓梅坐到了自己的位置上，那是一个位于谈话方和被谈话方侧后方的位置，还掏出出了一摞稿纸放到了面前，好像她要做记录。其实这次谈话用不着她做记录，纪委的科长已经接好了手提电脑，用手提电脑记录比用笔书写快捷得多。郭晓梅用这一整套行为语言暗示：今天找车轱辘的是市纪委，她仅仅是为市纪委的工作提供服务。

车轱辘中午没有睡着，接到纪委通知下午谈话的干部，中午如果还能睡得着觉，只有两种可能：一种是脑子缺弦，一种是真的没有任何毛病。车轱辘脑子不缺弦，又浑身毛病，所以他接到郭晓梅的电话以后，不但中午睡不着，连饭都吃不下。来到会议室的时候，他非常紧张，却还得硬着头皮装出泰然自若。做到这一点非常困难，车轱辘演技不行，所以他的神态看上去非常怪，既有点像深山老林里的农民初次进城，而且一下就进到了北京、上海那样的大都市，又有点像倒假货、跑走私挣了大钱的暴发户宴请政府官员，动作拘谨，却又要表现出夸张的热情。

车轱辘这种揣着明白装糊涂的样儿，让已经掌握了他问题的纪委干部很不以为然，所以纪委的处长和科长跟他不冷不热地握手寒暄过后，也不跟车轱辘啰唆废话，请他在桌子对面坐下之后，一开口就进入了谈话程序："姓名、年龄、性别、职业……"

车轱辘知道这是程序性要求，不在意，也不敢在意处长谈话时的口气活像审讯，一一回答了处长的问话。处长在这里问话，科长在那里噼里啪啦地敲着键盘记录，郭晓梅在后面悄没声儿地旁听。处长接下来请车轱辘完整、细致地把他发生车祸时候的情况叙述一遍。车轱辘做出纳闷的样子反问处长："这个问题好像该交警队管啊，纪委怎么也开始管交通事故了？"

处长回答得很妙："一般性的交通事故当然归交警队管，特殊的交通事故我们该调查的也得调查。比方说，车副局长的交通事故我们就得关心一下啊。"

车轱辘连忙说："我们可得把话说清楚啊，我从来没有出过交通事故，如果你指的是魏奎杨压死的那个事故的话，我仅仅是一个乘客，不能说是我的交通事故吧。"

处长不跟他在这个问题上计较："我们大家的时间都很宝贵，车局长的工作可能比我们更忙，你还是把那天发生事故的情况说一下吧。"

车轱辘便开始回忆叙述那天发生事故的经过，他说的都是事实，关键的一点：谁开的车，他没有提及。

处长追问到了这一点：“当时是谁在开车？”

车轱辘犯了一个错误，放过了最后的坦白交代争取主动的机会：“司机啊。”

处长追问了一句：“你确定是司机开的车吗？”

到了这个时候，不管怎么样车轱辘也只能硬着头皮往下顶了：“是啊，不是司机还能是谁？”

这个时候处长冒出来一句话：“我们能不能现在就把你的司机请来，当面证实一下当初到底是谁在开车？”

车轱辘有些犹豫，尽管他已经跟葫芦多次商量过对策，订立了坚硬的攻守同盟，可是当着纪委和郭晓梅的面，葫芦是不是还能坚持得住，他心里没数。他迟疑间，郭晓梅说话了：“我看还是请车局长再仔细回忆一下，是不是车祸发生的时候太紧张了，有些情况记不清楚了。”

郭晓梅完全是好心，因为根据他们的调查取证，已经查清了车轱辘在车祸发生以后行贿收买交警队王队长的问题。那个王队长，当纪委宣布对他实行双规之后，马上就怂了，因为，面对一万两千块的原始凭据和三万六千块的收条，他没办法说清楚其中的差价到底是怎么回事儿。当他弄清楚两个墓穴一共只花了一万两千块，而车轱辘却向他报账三万六千块的事后，觉得自己受了车轱辘的愚弄，被车轱辘耍了，马上原原本本地交代了和车轱辘之间的非法交易。但是他却忘了，不管是一万两千块还是三万六千块，他自己一分钱都没有花。

弄清了这个问题之后，其他事儿也就迎刃而解了，事情很简单：如果车轱辘没有违章驾驶公车飙车的话，那么他根本就没必要队王队长行贿。所以，纪委处长才提出来要葫芦当面对质。郭晓梅阻拦是好心，既想给车轱辘一个坦白交代的机会，也担心葫芦一口咬定当时就是他开的车，车轱辘没有动车，纪委把案子办夹生了。

车轱辘如果这个时候能够软下来及时交代问题，也还能够得上个好态度，可是他认了死理：如果这件事情自己承认了，最低限度脑袋顶上的乌纱帽也得丢。

在官场上混久了的人，如果没了乌纱帽，就跟商人破产、农民失地、工人下岗一样，都是要命的事儿。保住乌纱帽，已经成了这些人的生存本能，因为他们的世界观已经固化为：失去了乌纱帽，就等于失去了整个人生。本能支配下的行为往往是错误的，因为本能缺乏理性和良知。车轱辘就犯了这个错误，保住乌纱帽成了他现在最大、最为迫切的也最为盲目的目标。所以，当郭晓梅再一次给他制造机会的时候，他又错过了，还强作镇定地跟纪委办案人员叫板："好啊，葫芦就在值班室，叫过来问问不就啥都明白了吗？"

处长摇头叹息："其实我们也知道现在把那个叫葫芦的司机叫过来他会怎么说，作为一个处级领导干部，你应该懂得对组织诚实的重要性。一个人不怕犯错误，就怕犯了错误不改。一个人不怕说谎，就怕圆谎，因为圆谎需要编造更多的谎话，谎话越多，破绽越多。我们今天直接找你谈这个问题，你应该明白我们的工作已经做到了什么程度，其实，即便你的司机再一次证明当时是他开的车，对这个案子也没有什么实质上的证明意义了，我们真正要查的并不是这个交通事故本身，而是超出了交通事故以外的问题。好，既然你同意叫司机当面作证，我们就把他叫过来问一下，算是考查一下你对这件事情的态度吧。"纪委的处长对郭晓梅吩咐："郭组长，请你去叫一下车副局长的司机。"

郭晓梅无奈地离去，片刻领着忐忑不安的葫芦来到了会议室。葫芦进来看了车轱辘一眼，又看了看纪委的处长和那个守着笔记本电脑的科长，神情惶惑，战战兢兢，蹑手蹑脚，既像刚从洞里出来的老鼠，又像正要捕鼠的老猫。

车轱辘给他介绍：“这是市纪委……”

市纪委的处长打断了他：“你好，我是市纪委的，今天找你来证明一点儿事情。”话语客气，口气冷硬，明摆着警示车轱辘不让他插嘴。

葫芦已经有点语无伦次了：“噢，我好，不对，你好，找我啊？”

处长说：“刚才你们车副局长说，导致魏奎杨死亡的那次车祸发生的时候，是你在开车。现在我们找你就是请你确认一下，当时究竟是不是你在开车。”

葫芦扫了车轱辘一眼，支支吾吾：“当时、当时……”

处长打断了他：“你先别急着回答我，我先告诉你一件事。我们调查的重点并不是这起车祸，车祸由交警队调查，你在这件事情里的责任你应该清楚，你的责任并不大，即便当时你把车交给了车副局长，他有驾照，又是你的领导，用交通法规来考量，你甚至连肇事责任都没有。但是，如果你当着我们的面伪造事实作假证的话，作假证的后果比这起车祸更加恶劣，更加严重。好了，我给你三分钟的时间考虑，当时到底是怎么回事，希望你如实回答，这是你的一次机会。”

葫芦彻底垮了，一个普通司机，过去光听说过纪委两个字，连纪委的人长什么样都没见过，现在纪委的领导亲自出场，而且态度严肃，每一句话说出来都让人胆战心惊，葫芦面临的精神压力和心理考验远远不是他那个层次的人所能承受的。况且，这位处长说的话，跟魏奎杨的司机说过的话意思基本上一样，他不能不承认人家说的是真话、实话。这件事情从根本上说他的确没有任何责任，当时碍于车轱辘的面子和车轱辘局长身份的压力，替车轱辘顶缸，在交警队面前说了假话、作了假证，结果闹得事情越来越复杂，越来越麻烦，越来越严重，现在把市纪委都惊动了。人家如果没有掌握确凿的证据，也不会跑来找车轱辘和自己。如果自己继续扛着，怎么处置自己还不是人家的一句话，现在这个时候再想靠车轱辘保自己，那更是痴人说梦，车轱辘连自己都保不了了。再退一万步说，自己也真的没有什么值得车轱辘保的，反而是自己一直在保他，到了这个时候，爹死娘嫁人，只好个人顾个人了……

表面上看葫芦在那里呆呆地坐着好像傻了，实际上他的大脑却像高速运转的最先进的电脑中央处理器，各种念头犹如输入的数据，瞬间便得出了最终结果：老实交代，争取宽大处理，只要保住自己的驾驶执照，到哪儿都有一碗饭吃。如果继续跟着车轱辘一条道跑到黑，惹恼了市纪委，人家一句话，自己就别想在铜州这块地面上混饭吃了。

处长给他的三分钟时间葫芦没有用完，仅仅用了两分钟，就主动发言："我向组织说老实话，坦白交代，那天确实不是我开的车，是车局长开的车……"

葫芦此话一出，车轱辘就觉得好像脑子爆炸了，轰的一声，葫芦后面的话他都没有听见，大脑里只剩下了两个字：完了。

葫芦讲完了之后，纪委的处长表扬了他两句，说他能够对组织老实说明问题，有觉悟，在这起车祸的处理上，市纪委会给交警队发处理建议函，从轻处理他隐瞒事故真相的错误，然后就叫他离开了。葫芦走了以后，处长直截了当地对车轱辘提出了新的要求："下面你还是谈谈给交警队王队长行贿的问题吧。"

车轱辘的脑子被"完了"两个字缠住解脱不了，以至于处长说了些什么他根本就没听明白，看着处长直眨巴眼睛，处长不得不重新说了一遍，车轱辘才算听明白了，他一张口先把脑子里那两个让人苦不堪言的字吐了出来："完了……"

5

李桂香接到公安局交管科姓张的打来的电话，真的吓坏了，她不知道人家找她要干吗，最大的可能性就是人家要炒了她。像她这种人，别人炒她的鱿鱼就跟吐一口痰那么方便，那么简单。这是下岗几年以来生活教会她的最基本的常识，也是她下岗以来数不清经历过多少次的惨痛经历。想到再一次失业的可能性，李桂香蹬自行车的腿都变得软绵绵使不出力气，身上也一阵阵地冒虚汗、冷汗。有那么一会儿，她真想下车就近找个背人的地方痛哭一场，她不知道自己的神经还能经受得起多少次失业的刺激和四处找工作的痛苦煎熬，背着人哭一场，是她疏解压力缓解痛苦的止痛药。

那个姓张的在电话里让她赶六点钟下班之前到，所以李桂香只能揣着忐忑不安的沉重心情，拖着面条一样发软的疲惫双腿，拼命地朝市公安局奔。到了公安局，查验完身份证，又在会客登记本上登记了自己的姓名住址，人让进，自行车却不让进，李桂香只好按照门岗的指点，把自行车停在了公安局大门外边的停车场里。

李桂香在公安局打听了一圈，在办公大楼后面的一排平房里找到车管科的时候已经五点半钟了。车管科占了整整一栋平房，李桂香找到一扇敞开门的办公室，怯生生地问里边的警察："同志，请问这里是交管科吗？"

警察抬头看看她："是啊，你找谁？"

李桂香说："我找一个姓张的同志，他打电话叫我过来一趟。"

警察打量着她说："我们科只有一个姓张的，是我们科长，他找你啊？来，我带你去。"

可能听到是科长召唤来的人，警察的态度热络了一些，带着李桂香来到最靠里手的一间门楣上挂着“科长”牌子的办公室。办公室的门虚掩着，警察敲敲门：“报告！”

里面有人应声：“进来！”

李桂香没想到警察们还这么讲规矩，都是一个单位的，进门还得喊报告，犹豫不决自己进门的时候是不是也应该喊一声报告。迟疑间，带她来的那个警察已经向办公室里的人汇报了：“张科长，有一个女同志找你，说是你叫他过来的。”

办公室里的人问警察：“是啊，人呢？”

警察说：“在这呢，”扭头对李桂香说，“进来吧。”

李桂香进门的时候紧张得气都接不上茬儿了，心脏也活像受惊的兔子跳得飞快。

那个张科长的长相倒是挺流行，戴了一副那种能让人长得像螳螂的方框眼镜，不像警察倒像唱“两只蝴蝶”的那个歌手。见到李桂香，张科长热情洋溢地迎了过来：“你好，你在东街口上班吧？来得真快。”

李桂香怯生生地跟他握了握手，不知道该说什么。那个领她进来的警察毕恭毕敬地请示科长：“张科长，没别的事我先走了。”

张科长留下了他：“怎么没别的事了？给李桂香同志沏茶。”

听到李桂香三个字，那个警察上上下下地打量李桂香，嘴里还喃喃唠叨了一句：“你就是李桂香啊？”然后急急忙忙地洗茶杯，捏茶叶，倒开水。把水送到李桂香手上之后，认真反复地上下打量李桂香，李桂香让这个警察看得直发毛。

张科长看到李桂香不自在，把那个警察赶跑了：“没事了忙你的去，看什么看，没见过好人啊？”

那个警察给李桂香打了个招呼：“好，您坐，我去忙了。”然后一溜烟地跑了。

李桂香万万想不到自己在公安局居然也有点知名度，可是实在想不出自己犯了啥事能让警察知道自己的名字，一边点头承认自己就是李桂香，一边上气不接下气地向张科长打听："同志，我是不是做错了什么事儿？"

张科长哈哈笑着说："你别紧张啊李桂香同志，我怕赶下班你赶不过来，奖金放到我这儿我不好办，就急着催你赶紧过来把奖金先拿回去，我这没保险柜，也不好揣到兜里带回家，电话上就没说清楚，怎么，紧张了？"

李桂香听到叫她来跟辞退无关，大大地松了一口气，别的都顾不上听了，只会连连的道谢，感谢人家没有辞退她。她在这个时间点上道谢，刚好跟张科长要给他发奖金的话对上茬儿了，张科长也根本想不到李桂香这样的人，突然听到领导机关召见会有什么样的本能感应，以为李桂香是谢谢发奖金的事儿，便从抽屉里掏出一叠钱："这是两千块钱奖金，你先领了。"

李桂香错愕："给我发两千块钱奖金？为啥啊？"

张科长："你先把钱领了，我慢慢给你说。"说着把一张表推到李桂香面前，"在领款人这一栏签个名。"同时把一支笔塞到了李桂香的手里，那架势不像请人领奖金，倒像开发商强迫老百姓在房屋拆迁合同上签字画押。

两千块钱对于李桂香来说，等于她一个半月的工资收入，虽然不多，但也算是天上掉下来的一块小饼干，就是这块饼干跌落的速度太快，砸得她头晕："为啥啊？为啥要给我发奖金啊？是每个人都有，还是光给我一个人啊？"

张科长："就给你一个人的，你别管了，我也不会给你行贿，先签字吧。"

到公安局领奖金应该没有什么风险，可是张科长迫不及待的样儿让李桂香心里没底，她却不知道，张科长天生惧内，又是一个胆小谨慎的人，跟老婆约好了六点整集合去给老丈人过寿，生怕迟到了挨老婆收拾，奖金放到办公室怕丢，带在身上也怕丢，所以迫不及待地要赶在下班前把这笔钱脱手。

李桂香疑惑不解地在收款人一栏签上了自己的名字，张科长把钱塞到她手里："数一数，两千块。"

李桂香数钱的当儿，张科长告诉她，最近市里组织了一次市民评选最佳交警和最佳交通协理员的活动，采取网上投票和手机短信投票的方式，按照警号和交通协理员的工号投票，票数最多的就是最佳交警和最佳交通协理员，票选结果，最佳交通协理员就是李桂香，最佳交通协理员发奖金两千块，还要由电视台作专题报道。

李桂香万万想不到自己竟然被市民们选上了最佳交通协理员，激动得手指头发抖，二十张百元钞票怎么也数不明白，后来索性也不数了，告诉张科长数过了，没问题，一张也不少，一张也不多。张科长笑眯眯地说："不怕多，就怕少。对了，这几天电视台要过去采访你，你思想上有个准备，说说你认真热情做好交通协理员工作的体会。"

李桂香惶惑："我哪知道怎么说啊？"

张科长看看表，已经五点五十了，急匆匆地收拾东西："对不起，我有点急事，得赶紧走了，我们边走边说吧。"李桂香只好跟着他朝外面走。张科长边走边说："没关系，他们现场采访你想怎么说就怎么说，过后我们写个稿子，你照着念，到时候由电视台后期配音的时候对口型给你配上声音就行了。"

李桂香还是不放心："你确定就是我，没弄错吧？"

张科长肯定地说："这怎么会错？都是按照工号投票，完全是公开、公平、公正的，一两个人投错了，也不会所有的人都投错啊。再说了，我们也知道你的工作做得确实不错，科里派人明察暗访的时候，回来对你的反映也很不错。你放心吧，这种事情我们也不敢错，错了市民不会轻饶我们，领导也不会轻饶我们，你的得票数比第二名整整多出了九百多，怎么会错？”

两个人边说边走，到了公安局大门口，张科长说他要去取自行车，李桂香这才看到，公安局大门里边也有一个自行车棚，可是门岗却不让她的自行车进大门，她只好把自行车放到了大门外面的停车场上。

跟张科长分手后，李桂香出了公安局大门，到停车场去自行车，却无论如何也找不到自己的自行车，李桂香急坏了，自行车对于她来说，不仅仅是一个代步工具，还是一件家产，尽管那是一辆非常破旧的自行车，对于李桂香来说丢了却也是极为肉疼的巨大损失。李桂香找管停车场的人问，停车场的人说：我们只管汽车，不管自行车，刚才要不是看你到公安局院里办事，连你的自行车都不准在这儿停。

李桂香非常沮丧，刚刚拿到奖金受到表彰的兴奋活像烈日下的水滴消散得无影无踪。本来她还想返回岗位再接着上班，可是宝贵的交通工具丢失了，如果步行走到东街口，起码得一个小时，现在是六点钟，走到那儿也就该下班了，便没有再去上班，直接回家。路上经过菜市场，她买了两斤排骨，两颗萝卜，准备回家给炖点排骨萝卜汤，给小燕增加点营养。买菜掏钱的时候，接触到了刚刚领到的两千块钱，李桂香心情又好了起来，转念想想，现在买一台好一点儿的自行车也就是三四百块钱，那台车丢了就丢了，俗话说旧的不去，新的不来，就当刚刚领的奖金是一千五百块，旧车换一台新车也很不错。心情爽了，李桂香又买了两斤苹果，想到小燕喝了排骨汤啃着苹果写作业的样子，李桂香的心里又充满了阳光。

无论好赖，有办法总比没办法强

1

市委常委扩大会议如期召开，重点讨论公车改革方案问题。参加会议的除了市委常委以外，人大、政协、纪委的一把手，方案的设计者，调研室和政府秘书处，财政局和机关事务管理处的头头均列席会议。

会议由市委书记及洪钟华主持，洪钟华内心里对这两个改革方案都不满意，认为一个太左，一个太右，思来想去却又找不到一个折中的、行之有效的办法来，只好端着这两个体现了公车改革方案两个极端的方案到会上讨论。他心里的底线是：不管哪个方案，总得通过一个方案，通过了，对上面就好交代，具体执行过程中，有什么问题再随时调整、修正。正像老百姓俗话说的：有了总比没有强。

会议首先由财政局局长向常委会说明他们的改革方案和思路，事先，这两套方案都已经印发给了与会人员审阅，所以财政局长没有再重复方案内容，主要是针对方案里涉及的公车改革以后官员们上下班、公务外出的乘车规定作了一些补充性的解释。财政局长和机关事务管理处拿出来的方案比较彻底，就是今后所有领导干部一律不再配置专车，车辆配置也不按照职数设置，除市一级的领导上下班可派车接送以外，其他领导干部上下班交通工具一律自己解决。凡是出市区的公差一律不得乘坐专车，都要乘坐公共交通工具。现有的各机关单位的公车一律压缩三分之一，压缩下来的公车封存，从现在开始，三年内铜州市的公车更新一律停止，确因工作需要更新的车辆，从封存的公车里面调剂，彻底改变干部把使用公车当成一种待遇的习惯，让公车真正成为公务用车……

调研室和秘书处提交的公车改革方案的基本原则也是压缩现有公车数量，改变干部们把公车当成待遇的习惯，不同的是要给所有公务员包括财政全额拨款的事业单位工作人员，按照职务级别发放交通补贴。交通补贴最多的三千元，比如洪钟华、万鲁生和其他市级领导班子的一把手，市五套班子副职两千五百块，正处级两千块，副处级一千五百块，正科级一千块，副科级八百块，普通工作人员五百块。华三八的说法是：公车虽然不应该成为待遇，但是乘坐公车还是公务需要，现在公车压缩了，过去很多应该乘坐公车办理的事情不能乘坐公车了，需要干部自行解决交通问题，这个负担不应该由干部自己承担，所以应该发放交通补贴。

两个方案说明完了以后，照例会有一个沉静时间，这个时候谁也不会打头炮表态支持哪个方案，大家都在等，等着看洪钟华的态度，然后再根据自己的实际利益确定对洪钟华的态度积极跟进还是采取尽可能合适的方式表达不同意见。

洪钟华主持召开常委会的次数太多了，这种状况他也心知肚明，今天这个会议，如果让他表态，他肯定支持财政局的方案，仅仅是冲着每个月要给他三千块钱的交通补贴他也不敢拿。如果表态支持了华三八他们的方案，不管自己有没有那个想法，人们心里肯定想得是：洪钟华又在变相给自己加薪捞钱了。洪钟华希望大家能跟他一样，支持财政局提出的改革方案，因为，说到底，公车的准确称呼应该是公务用车，而不是干部的待遇。如果真的给干部们发放车改交通费，老百姓一定会痛骂不说，财政是不是能够支撑也是一个大大的未知数。

会场闷着，闷得让人尴尬，闷得让人心烦。洪钟华受不了了，只好委婉地把自己的看法说了出来："我个人认为，公车改革不仅仅是一个遏制公车泛滥、压缩公车费用开支的经济问题，而是一个涉及整治公车腐败、消除干部特权的政治问题。所以在公车改革的问题上，我们既要态度坚决，又要慎之又慎，要从政治制高点来看待这个问题。如果我们这边压缩公车，那边给干部们发钱，而且一发就那么多，设身处地地想想，如果我们是人民群众，我们心里会怎么想……"

他话还没说完，万鲁生就马上表态支持："就是，我同意洪书记的意见，交通补贴太高了，太高了，老百姓知道了肯定得骂娘，就拿我说吧，公车改革了，我就不敢保证我不用公车了，其实公车还得用，反过来一下子每个月给我发三千多块，等于我一下子工资翻了一番，难以服人，难以服人啊……"

其他一些领导也纷纷表态："就是，补贴太高了，不好给老百姓交代。"

这样的表态让洪钟华哭笑不得，明摆着，这些领导都比较倾向于华三八他们提出来的公车改革方案，公车可以压缩，但是要发钱。唯一的差别就是，补贴太高了，不好意思。

财政局长板着脸嘟囔了一声："财政局没钱。"

但是他的话根本就没人听，人大主任首先表态："我看还是调研室和秘书处的那个方案比较合理，大家坐车干私事的不能说没有，但是绝大多数还是为了工作嘛，即便上下班坐了公车，上下班是干什么？不就是干工作吗？干工作发生的交通费用，总不能让干部自己负担吧？如果那样，今后谁还会干工作呢？"

人大主任的意见得到了与会者的纷纷支持，洪钟华恍然想到，与会的人都是公车拥有者，如果公车改革了，发了补贴，与会者也都是最大的受益者，叫他们讨论公车改革方案，其结果不言而喻。政协主席半开玩笑地问万鲁生："万市长，你说补贴高了，我同意，可以压一压，你觉得压多少比较合理，压多少你市长的腰包能掏得出来？"

万鲁生嘻嘻哈哈地说："见一面分一半，华三八他们的方案是漫天要价，我就来个就地还钱，拦腰砍一半，拦腰砍一半怎么样？"

大家纷纷赞同："可以，可以，砍一半对干部和老百姓都能交代得过去。"

万鲁生问洪钟华："洪书记，你的意见呢？"

洪钟华只好说："这样吧，大家还是表决一下，这是一个很严肃的问题，希望大家能够认真一点儿。"

人大主任别别扭扭地顶撞："我们都很认真啊，常委扩大会议谁敢不认真？"

洪钟华没有答理他，这个人年龄到杠了，再干半年就要换届回家等死去了，对于他这样的人来说，下一块人生的路标就是火葬场的大烟囱，所以难免有些日暮途穷的失落和沮丧，从今年开始已经不再干工作了，把主要精力放在了旅游、玩乐上。即便干工作也会经常做一些别扭事儿，说一些放肆话儿，好像他年纪到杠遇到的一切问题都是党和政府造成的，动辄摆出我快退了我怕谁的架势，恨不得跟所有的人都掐起来才舒服。

洪钟华连人大主任看都没看，径直按照自己的思路说："下面大家举手表决一下，今天是常委扩大会议，不是常委的领导同志也一起表示个态度。同意财政局和机关事务管理处改革方案的请举手……"

没有一个人举手同意这个方案，大家都是圈里人，利益一致，谁要是赞同这个方案，谁就成了官员的公敌，谁也不会犯傻，做这种损人害己的事情。

“同意政策研究室和秘书处公车改革方案的请举手……”

大家的手齐刷刷地举了起来，万鲁生举着手嘴也没闲着：“我坚持我的意见，补贴数额要砍一半啊，不然我不同意这个方案。”

大家也都学着他的样儿说：“对对对，补贴数额太高了，砍一半，砍一半。”

公车改革方案最终得到这个结果，也是预料之中的事情，在座讨论改革的人，哪个都会在改革方案实行以后，继续乘坐公车，而且还能额外增加一笔收入，何乐而不为呢？

只有财政局长两次都没有举手，既没有反对，也没有赞成。洪钟华专门问他：“你是什么意见呢？”

财政局长说：“我的意见就是我们提出的那个改革方案，除了那个方案，没有别的意见。”

洪钟华对这个结果并不满意，尽管他事先也估计到财政局那个改革方案在会上通过的可能性不大，但是以这种方式顺利地通过了华三八他们调研室的改革方案，又让他有些遗憾，这个方案实际上肯定了一个方案之外的命题：乘坐公车就是干部应该享有的特权，取消这个特权就得国家花钱补偿干部的特权损失。唯一能够聊以自慰的是，不管即将推行的方案是不是让人满意，总比没有强，总是可以向省委张书记交代的一个事儿。尽管可以向省委张书记作出交代了，但是洪钟华心里却一点儿也高兴不起来，心里沉甸甸的，好像胸腔里装的不是心肝肺而是一堆生锈的铁屑。

下班的路上，洪钟华一直郁郁寡欢，司马达每到这个时候就不敢说话了，用沉默陪伴市委书记的沉默。洪钟华看着窗外滚滚的车流，经过公交车站的时候，蓦然想起了李桂香母女，便问司马达：“那天我们送到医院的女同志你后来见了没有？”

司马达回答：“见了。”

洪钟华问：“情况怎么样？”

司马达回答：“好着呢，没事了，我帮她找了一份工作，当交通协理员呢。”

洪钟华：“嗯，很好。”

司马达说：“就在我们天天经过的那个东街口，你可能没有注意。”

洪钟华：“嗯，可能我没有注意。”

司马达小心翼翼地试探着问洪钟华：“洪书记，我看你今天好像不太高兴。”

洪钟华叹息一声：“没有不高兴，就是有点无奈，觉得力不从心，就好像人掉进旋涡里，浑身力气不知道该怎么使，怎么扑腾都出不来。”

司马达没吭声，洪钟华反过来追问他：“你怎么了？也不高兴？”

司马达咧嘴笑笑：“没有啊，我在想，洪书记您是一把手啊，怎么还会无奈呢。”

洪钟华又有了发感慨的机会：“过去常说啊，我们要做螺丝钉，可是，既然做了螺丝钉，就只能当螺丝钉，随着机器的转动而转动而已，如果还是一颗质量不过关的螺丝钉，那就更难以发挥什么作用了。”

司马达对洪钟华的话半懂不懂，也没办法插话，只好啥话不说，专心致志地开车。经过东街口的时候，红灯亮了，司马达把车停了下来，司马达看见了李桂香，李桂香正带着一队小学生过马路，司马想给洪钟华说一声那就是李桂香，可是从倒车镜朝后面扫了一眼，洪钟华的脸色阴沉沉的，司马达就咽下了那句话。

2

车轱辘陷入了丧魂落魄的状态，那天市纪委的人找他谈话，三下两下人家就把他给搞了个底朝天。谈话结束的时候，纪委并没有让他履行在谈话记录上签字的程序，为了表现个好态度，车轱辘主动提出要求在记录上签字，纪委那位一直没有发言的科长告诉他，不用签字了，现在在记录的同时都有录音，而且这也不是司法调查。纪委专案组三拳两脚就令车轱辘缴械投降了，便也不再为难他，既没有滞留他，更没有像对那位交警队的王队长一样直接双规，而是让他回去后写一份书面的“情况说明”材料交给郭晓梅，由郭晓梅转呈市纪委。所谓的“情况说明”材料，是人家客气的说法，实际上就是让他写一份交代材料交给郭晓梅。

车轱辘来到自己的办公室，万念俱灰，丧魂落魄。他不知道自己今天算不算态度好，如果算态度好，纪委在处理这件事情的时候会不会宽大一些，处理是肯定的，但是如果能好赖保留个职务，让他给纪委领导磕一百个响头他都干，遗憾的是纪委领导大概不会接受他这一百个响头。

车轱辘强迫自己冷静一些，找出纸笔，准备写交代材料。可是他却一个字也写不出来，脑子活像一口正在熬沥青的大锅，黑乎乎黏乎乎乱哄哄的，根本没办法思考。同样一个事实，采用不同的叙述方式，给人产生的印象和得出的结论往往会大相径庭。现在车轱辘唯一能做的就是尽量在不违背事实的情况下，让人觉得自己并没有什么责任，发生的一些错误仅仅是一时糊涂，进而让人家对他的错误理解、谅解、宽容一些，最终在处理的时候能够轻一些、宽一些。如果能够保留职务级别，给一些行政警告、记过、通报批评之类的处理那他就谢天谢地了。基于以上目标，撰写这类交代材料时，需要有清醒的头脑和智慧的分析判断，还要有过硬的文墨功夫才行。车轱辘现在一脑子糨糊，哪里能够做得到那些，光是“关于我发生车祸和发生车祸后的一些事实经过”这一个标题，他就连写连撕了十几遍，揉成一团的废稿子活像满地的白花，把他的办公室装扮得好像刚刚开完追悼会的现场。

下班时间早过了，电话响了，车轱辘的老婆催问他回不回家吃饭，车轱辘的心情非常恶劣，说了一声：“有事，不回了。”就压了电话。他老婆的电话随即又拨了过来，车轱辘看看电话显示的是他老婆的号码，干脆拔掉了电话线，又关掉了手机。车轱辘看看手表，已经七点半钟了，过了下班时间一个多小时了，难怪他老婆会打电话过来找他。

突然，办公室的门被敲得震天价响，车轱辘吓了一跳，脑子里甚至瞬间掠过一个念头：不会是公安局把他作为交通肇事罪嫌疑人来抓他吧？这个念头让车轱辘的腿再一次发软：“谁、谁呀……”

“我靠，你干吗呢？闭门思过还是准备自杀？”

车轱辘一听到“我靠”两个字，松了一口气，随即气恼地骂了一声：“我靠，你也凑热闹来欺负我了。”说着，过去拉开了门，门外露出了惊叹号那张窄条脸和脸上的那两个惊叹号。

“你怎么跑来了？”车轱辘问道。

惊叹号进门看到满地的纸团，嘻嘻哈哈地表扬他：“我靠，不错嘛，态度很认真嘛，写了这么多，怎么都扔了？”说着弯腰捡起一张，拆开看看：“我靠，怎么就一句话？”

车轱辘正在心烦，口气生硬地再一次追问：“你怎么跑来了？”

惊叹号不答理他，掏出手机打电话：“喂，没事儿，我靠，在办公室呢，写材料，怕打搅，没事儿，他还能咋地？过了四十奔五十的人了，还能丢了？你也真是的，没事。”

惊叹号放了电话，车轱辘也明白了他怎么会在这个时间跑到办公室里来找他。电话那头的声音是车轱辘的老婆，肯定是老婆担心车轱辘，找到了妹夫惊叹号，委托惊叹号跑过来侦查的。

车轱辘回到了自己的座位上，惊叹号凑过来看他面前的纸，纸上面仍然还是那个标题：关于我发生车祸和发生车祸后的一些事实经过。

惊叹号说："我靠，你也真行，闷了半晚上就写了这么几个字？"

车轱辘叹息着说："不行了，脑子乱哄哄的，啥也想不出来。"

惊叹号落实自己的判断："纪委正式找你了？我靠，麻烦了。"

车轱辘垂头丧气："嗯，下午找了。"

惊叹号问："你都承认了？我靠，完了。"

车轱辘说："不承认能行吗？人家都搞清楚了，把葫芦叫过来，两句话葫芦就当着我的面把我给卖了，连给我个主动交代问题的机会都没留下来。"

惊叹号倒吸一口冷气："我靠，这可怎么是好？那天我碰见单立人了，转着弯打听你的事儿，结果人家避而不谈，我就觉得这件事情可能不能善了，没想到这么快。"

车轱辘问："你咋早不告诉我？"

惊叹号说："我靠，我告诉你你也得听啊，现在我再说这话就是马后炮了，当初我怎么劝你的？让你主动找纪委说清楚，主动坦白交代，你不但不听，还烦我，好像我要害你似的，真是忠言逆耳，良药苦口。"

听到惊叹号说他碰到单立人打听过自己的事情的时候，车轱辘心里忽悠一下活像突然开了一扇窗户，对呀，守着这个交际广泛，上头有人的连襟，自己应该还有一点儿生还的希望，那个黑脸烟鬼单立人可以不答理惊叹号，总不会不答理惊叹号背后的省委黄副书记吧？想到这儿，车轱辘活像落水的人突然抓住了一根自以为能够救命的稻草，一把揪住惊叹号的肩膀头说："快快快，现在还来得及，赶紧想办法，还来得及。"

惊叹号让他这突如其来的神经质搞得发蒙："我靠，你要干吗？有话好好说，别动手动脚的，吓人。”

车轱辘三下两下拾掇好桌上的纸，拽着惊叹号朝外面走：“走，千难万难不能耽搁吃饭，有路没路不能耽误喝酒，边吃边说去。”

惊叹号看到他情绪突然来了个一百八十度的大转弯，惊诧之余也觉得，不管怎么说，晴天总比沙尘暴强，这个时候一般的事情最好是随他，便也不再多说，跟着车轱辘离开了办公室。

早已经过了下班时间，楼道里静悄悄的，两个人的脚步在走廊里踏出空旷的回声，昏黄的灯光在过道里映出幢幢黑影，尽管是他们两个人，惊叹号还是觉得有点忐忑：“我靠，你们这楼里怎么让人觉得阴森森……”惊叹号的话还没说完，从楼道口悄没声儿地窜出来一个人，横在了他们两人中间。惊叹号吓了一跳，本能地躲到了车轱辘的身后：“我靠……”

车轱辘倒比他镇静，冷冷地对来者说：“你干吗？”

惊叹号这时候也认出来，堵在他们前面的是车轱辘的专车司机葫芦。

葫芦嗫嚅道：“我等车局呢，车局，你上哪儿？我送你吧。”

现在已经八点多钟了，车轱辘没有想到的是葫芦居然还一直在等着他。葫芦当着纪委的面交代事故真相让车轱辘陷入了当面撒谎的难堪境地，迫使他不得不老实交代了自己的问题，车轱辘当时恨不得狠狠咬葫芦一口。可是，过后冷静地想一想，即便当时葫芦不老实交代，根据纪委的态度，这道门槛自己也肯定迈不过去，此刻看着葫芦那可怜巴巴的样儿，车轱辘忽然之间对他一点儿恨意也没有了。换位思考，作为一个普通劳动者的汽车司机，在那种情况下又能怎么做呢？千不该、万不该，真正不该的就是自己不应该在出了车祸以后逼着葫芦替自己顶缸，结果把事情闹得越发不可收拾。想通了这一点，车轱辘的态度也就缓和了下来：“你吃饭了没有？”

葫芦说："还没有呢，等把你送回去了我再吃，没关系，我不饿。"

惊叹号抓紧机会在中间和稀泥："没吃就一起吃吧，我作陪。"

车轱辘拉着惊叹号吃饭是要跟他说事儿的，可是惊叹号这话说出来了，又不好当着葫芦的面拒绝，只好说："你也没吃，我也没吃，我们一起吃吧。"

葫芦当了那么多年领导司机，察言观色看眼神的功夫丝毫不比当接待处处长的汪清清差，看到车轱辘跟惊叹号在一起，便知道他们有话要说，连忙推辞："不了，我老婆做好饭了，我回去吃吧。"

葫芦客气，车轱辘也就顺水推舟："那也好，你回家吧。"

惊叹号说："把车钥匙给我，吃过饭我把他送回去。"

葫芦刚刚因为把车交给车轱辘倒了大霉，此刻惊叹号向他要车钥匙，便迟疑不决："这、这……"

惊叹号："别'这这这'了，刚才我是骑自行车来的，今儿晚上自行车就扔这儿了，明天早上送他上班再取自行车，就便把车还给你。咋了？我开车你不放心？"

葫芦蓦然想到，眼前这位惊叹号是市府司机的总头领，别说他这小小民政局的车，就是市长书记的车该开的时候也照样开，便掏出车钥匙，把车钥匙递给了惊叹号。

三个人一起朝楼下走，途中葫芦嘟嘟囔囔地给车轱辘道歉："车局，实在对不起你，今天我真的吓坏了，结果把你给出卖了，我真不是好东西，你能不能原谅我啊？"

车轱辘说："算了，别提这件事了，大家相互理解吧，没事，已经这样了，别想那么多了，只要我没撤职，你就照样给我开车，我要是撤职了，那就没办法了。"

惊叹号也说："葫芦，别想这些了，过去虽然认识，可是我跟你接触不多，说到头我们都是车夫，属于劳动人民，领导叫我们干啥就干啥，这件事情从根子上不怨你，怨我这位连襟，该干吗干吗去。纪委啊，多少高官贵人都怕，别说你一个小小的司机了。没事，我这位连襟从根本上说倒也是个好人，好人犯错误，能够理解，能够理解。”

葫芦越走越慢，忽然坐在楼梯上抱着脑袋抽泣起来，车轱辘看他这样有点不忍，还要劝劝他。惊叹号为人处事比他老到，拉着他就走：“别管了，让葫芦哭一阵儿他的心里就好受了。”

这天晚上，车轱辘没有和惊叹号再跑到大纽约娱乐城潇洒，他们俩都没有那份心思潇洒了。从民政局出来，惊叹号一路把车开到了江边，找了一家渔民排档。惊叹号吃过饭了，给车轱辘要了一份当地特产红烧江鱼，一份炒米饭，两瓶啤酒，给自己要了一份盐花生，喝着啤酒陪车轱辘。

饭间，车轱辘扭扭捏捏地请惊叹号再利用人脉广的条件，帮他穿穿关系，现在这个时候，还有机会争取从轻处理，如果能够保留个职务，给个行政处分，比如记过、警告之类的，那他这一辈子都忘不了惊叹号的好处。

“我这一辈子，干工作辛辛苦苦、踏踏实实，从来既不贪财，又不好色，万万想不到在这件事上跌这么大个跟头，如果你不在这个时候帮我一把，我这一辈子就白干了，弄不好，说不定，我连公职都保不住，直接进局子也不是不可能的事儿。唉，晚了，现在说啥都晚了，你能不能帮帮我？”

惊叹号看他说得凄凉，在这种情况下哪里还能说不帮他？只好应承着：“你放心，我不帮你谁帮你？实在不行就跑跑上面，请上面的递递话。你自己也要好好的，该写检讨就写检讨，这个时候了，再不能硬挺了。”

车轱辘听到惊叹号满口答应帮自己，想到财政局那个张副局长的哥哥有了惊叹号帮忙，说当局长就当上了，自己这件事情，放在自己身上是天大的事儿，放在省委黄副书记那里不过就是一句话的事儿，如果惊叹号真的能利用跟黄副书记的老关系，帮自己打个招呼，从轻处理，这个坎儿还不轻轻松松就迈过去了。

想到这些，连忙又把事情往实里夯了夯："这一两天你能不能抽个时间带我到省里看看黄书记，我当面向他汇报一下我的情况，该怎么做我明白，你只要给我带个路就行。"

惊叹号心里觉着这件事情黄书记不见得会管，哪有一个省委副书记替下面的人说这种人情话的？除非车轱辘是他的儿子、女婿或者是其他连着筋带着肉的关系。可是看着车轱辘急切的样子，否定词怎么也说不出口，只好答应了他。

车轱辘听到惊叹号答应带他找黄书记说情，心里顿时松快了很多，刚才还觉得胸口堵得慌，啥也不想吃，这一阵儿顿时胃口大开，把饭菜一扫而光，还陪着惊叹号喝了一瓶啤酒。

3

三顺滩附近有一个江鱼养殖基地，江面上满是渔民养殖江鱼的鱼排。根据三顺滩开发区的建设规划，这些江鱼养殖户的鱼排都要拆除，建设运输码头，以满足在开发区立足的企业的运输需求。拆鱼排，就得给渔民赔偿，渔民趁机向市政府要高价，市政府算了算账，按照渔民的高价也不过就是几十万块钱，便答应了渔民的要求，由政府出面收购这些养殖的江鱼。收购价比市场价格高出了一倍，江鱼不可能拿到市场上销售，市政府就采取政府补贴，公务员吃鱼的办法，全市行政和事业单位的工作人员，都要分鱼，然后按照市场价格的百分之六十从工资里扣钱，亏欠部分由政府财政给渔民补贴。这样一来，既满足了渔民的补偿要求，政府少花了很大一笔补偿费用，政府行政事业单位的工作人员也吃到了比市场价格便宜了百分之四十的新鲜江鱼。

这个一举三得的好办法是财政局长出的，虽然少数干部对政府搞开发逼着公务员埋单吃鱼有点意见，可是意见不大，也不敢提到台面上说，于是最近几天铜州市各级政府机关、事业单位都成了鱼市，家家户户都分鱼，进了铜州市机关，到处都弥漫着一股鱼腥味儿，有人开玩笑说，这个阶段铜州市公务员和事业单位机关干部实现了空前的统一，打的嗝，放的屁，拉的屎，都是一个味儿：江鱼味儿。

司马达虽然不是公务员，但是却是市委市政府的公勤人员，按照规定，也分了十来斤江鱼。过去分福利，司马达是单身汉，得做熟了吃的东西没办法做，没办法吃，转手就送给了车队那些拖家带口的人。可以直接吃的东西，司马达自己留点，多的也都转手给了别人。现在有了李桂香和小燕，司马达分了福利就不再给别人，直接送到李桂香那里，李桂香做好了，叫他过去一起吃。江鱼都用泡沫塑料箱子装好的，用冰镇着，可天气热，也放不住，所以司马达把洪钟华送回家之后，就直接到李桂香家里送江鱼。

路上司马达还在替李桂香发愁，她们家没有冰箱，十多斤鱼肯定一次吃不完，剩下的该怎么办呢？

司马达抱着冰镇的江鱼塑料泡沫箱子来到李桂香家，小燕正在写着作业等开饭，李桂香在厨房里忙碌。

小燕看到司马达，放下手里的笔问道：“舅舅，你给我们家送鱼来了？你怎么知道我们家有电冰箱了？”

司马达反问小燕：“你怎么知道我是送鱼来了？”

小燕抽抽鼻子：“问着味道了。”

司马达打哈哈：“你长的是狗鼻子还是猫鼻子？怎么一下就闻出味

道来了。"

小燕说："还用得着猫鼻子、狗鼻子那么灵敏？有鼻子就能闻着。这么大的味道，多亏我们家买冰箱了，不然吃不完马上就得坏。"

司马达听到她们家买冰箱了，很高兴："你们家买冰箱了？刚好，把鱼放进去。"

小燕得意地告诉司马达："我妈新买了一台旧冰箱，不过制冷还不错，你过来看看。"

这时候司马达也看到，果真在墙边靠着一台墨绿色的冰箱，还挺大，此时正在嗡嗡响着降温呢。司马达打开冰箱的门，一股冷气扑面而来，果然制冷效果还不错。司马达就手把带来的鱼给放到了冷冻室里。

李桂香听到司马达来了，从厨房出来喜气洋洋地打招呼："司马来了？看看这台冰箱怎么样？"

司马达说："挺不错的，我看过了，制冷还不错，就是动静大了点。我们单位分鱼，我这个单身汉也没地方做，就给你们拿过来了。大姐，看样子你最近收入不错啊，买冰箱了，这冰箱看上去还挺新的。"

小燕抢着说话："我妈最近发财了，挣了两千块钱奖金，不但新买了一台旧冰箱，还新买了一台旧自行车呢。"

司马达问李桂香："大姐，你不是有自行车吗？怎么又买了一台？给小燕买的？"

李桂香懊恼地说："说起来真倒霉，那天公安局交管科说我评上了最佳交通协理员，给我发了两千块钱奖金，领了奖金出来一看自行车没了，上了一肚子火。我们班上的老刘说有一个市里办的二手货交易市场，东西都经过正规鉴定，比较保险，还便宜，叫我去看看。我就跑到二手货交易市场看了看，东西果然便宜，买了一台比我过去那台自行车还新的旧自行车才一百多块钱，后来又看市场上旧冰箱摆得跟山一样，有的还挺新的，我看中了这台，一问才五百块钱，懂行的人帮我看了看出厂日期，才用了不到三年，你说现在的人是不是都疯了，好好的东西才用了三年就不要了，多可惜，我就狠了狠心给买回来了，还挺好用的。”

司马达说：“你们家早就该有一台冰箱了，不然东西吃不完，夏天天气热容易坏，扔了又浪费。”

小燕又插嘴：“我妈上一次就是吃坏了肚子，迫不得已带着尿不湿顶班，这才痛定思痛下决心买了这一台冰箱，当然了，也多亏人家给她发了那么一笔奖金，如果没有那笔奖金，我妈再拉几次肚子也舍不得买冰箱。”

李桂香心里高兴，对小燕油嘴滑舌的调侃打趣也不介意，问司马达：“吃饭了没有？”

司马达跟这娘俩已经熟悉，一点儿也不拘束，说：“还没有吃。”

李桂香就从冰箱里掏出两条江鱼对司马达说：“那刚好，我现在就做姜丝鱼，你们等着。”说着跑回厨房做鱼去了。

司马达跟到厨房里说：“你一会儿不是还要上班吗？我来吧。”

李桂香说：“你哪会做鱼，上班不耽误，美能达大厦保洁的活基本上是包干的，早点去晚点去没关系，只要把活干完就成了。”李桂香边收拾鱼边赶司马达：“你出去歇着，看电视去，厨房地方小，又热，我马上就好。”

司马达便从厨房退出来，见小燕朝他招手，便凑过去问她：“啥事？”

小燕悄声说：“你把电视机打开，放到中央台的少儿节目。”

司马达不受她的指使：“好好写作业，别想着看电视呢。”

小燕：“边写作业边看电视开阔思路，你不懂。对了，我妈最近可火了，电视台还要采访她呢，我妈上了电视就成了明星人物了，就是不知道对增加收入有没有什么帮助。”

司马达特别喜欢小燕说话时候那股大人气，对小燕说："怎么能没帮助？人家不是已经发了两千块钱奖金了吗？"

小燕说："那是一次性的，要是每个月都能发两千块钱奖金多好。"

司马达哈哈笑了起来，冲厨房喊："李大姐，小燕想让你每个月都能发两千块钱奖金呢。"

李桂香在厨房里说："白日做梦。"

小燕嘟囔了一句："有梦总比没梦好。"

司马达怕开电视影响小燕写作业，就没开，拿了本给小燕买的《十万个为什么》看了起来。

李桂香做好了鱼，又增加了一盘大头菜炒肉丝，便喊着司马达和小燕开饭。今天的饭菜比较丰盛，有姜丝鱼，土豆丝，还有大头菜炒肉，非常下饭，小燕也兴致勃勃地帮着端菜盛饭。吃饭的时候，司马达问李桂香："我听小燕说电视台要采访你？"

李桂香给司马达夹了一筷子鱼："我也不知道咋回事儿，闹得我晕头转向，稀里糊涂就被选了个最佳交通协理员，还说是市民不记名投票选的，我一点儿都不知道。今天交管科的张科长给我打电话，说已经确定了，这几天电视台要到班上采访我，还要拍我在班上的工作情况，哎，你说我到时候该说啥？"

司马达还没顾上说，小燕抢着说："你就说你是下岗工人，既要吃饭又要供女儿读书上学，家庭生活非常困难，感谢政府感谢党，让你有了这样一个为人民服务的机会，也给了你一个谋生的机会，你一定要继续努力做好工作，不辜负党和政府对你的关心帮助。这些话还不会说？"

司马达笑着说："小燕说的好，就照小燕教你的说。"

李桂香马上给小燕布置任务："那好，就照小燕的说，小燕写完作业给我把刚才那些话写下来，我抽空背下来，省得到时候磕磕巴巴，丢人现眼。”

小燕受到鼓励，情绪极佳，满口答应着：“没问题，我给你写下来，写得比说得更好，你就等着上电视吧。”

这顿饭吃得非常高兴，李桂香吃过饭扔下饭碗就跑了，她还要到美能达打扫卫生。小燕说她要给她妈写采访讲话稿，意思很明确：洗锅刷碗的任务交给司马达了。

小燕母女俩的心情也感染了司马达，司马达也觉得今天特别高兴，他边刷碗边想，可能穷人更容易得到满足，所以也就更容易获得幸福感。就像李桂香娘俩，不过就是得到了两千块钱的奖金，又新买了一台旧电冰箱。在许多人眼里，这根本就是不值得一提的小事儿，肯定也激不起任何兴奋点。可是小燕母女俩的生活却好像一下子就变得生动活泛了很多，家里的充满了幸福、和谐的气氛。司马达相信，就凭李桂香的吃苦耐劳，凭小燕的聪明努力，只要不出意外，这母女俩一定会有更加光明幸福的生活。

碗洗好了，小燕替李桂香写的采访稿也写好了，拿给司马达看，司马达看了看，果然比刚才小燕口头说得更加精彩，司马达表扬了小燕：“好，真得不错，记着啊，电视台什么时候播，一定要提前告诉我，亲眼看看你妈在电视上表现怎么样，够不够明星的标准。”

他们俩此时谁都绝对没有想到，他们永远也看不到李桂香接受电视台采访时候的样子了，电视台后来的确播放了关于李桂香的新闻，却不是采访最佳交通协理员李桂香，而是一幕惨剧的主角李桂香……

4

万鲁生老婆李芳的案子侦查进展突破了瓶颈之后，进展变得非常顺利，检察机关已经开始准备公诉材料，相关部门也开始想方设法追缴流向国外的赃款。这个案子至此已经基本结束，就等着检察机关向法院提起公诉。

万鲁生最近的主要精力放到了摆脱李芳的拖累上，好在经过侦查，没有任何证据可以证明万鲁生牵涉进了这桩案子，李芳倒也够意思，尽管万鲁生已经向她提出了协议离婚的要求，她也没有乱扯乱咬，一口咬定万鲁生根本不知情。根据有关法律规定，李芳羁押案件审理期间，犯罪嫌疑人是不准许会客的。万鲁生要跟她离婚，委托的律师就必须跟她会面，由她在离婚协议书上签字才行。为此，万鲁生不得不硬着头皮找了洪钟华，洪钟华又找了单立人，单立人又找了公安局长，绕了这么大一个弯子之后，公安局长特批，看守所才允许万鲁生委托的律师跟李芳见了面。其实作为市长他完全可以直接让公安局长安排他的律师跟李芳会面，之所以要绕这么大一个弯子，一来是向别人表示，自己对李芳的问题做到了公事公办、秉公守法；二来做出一个明确的姿态，他确实下了决心要跟腐败分子李芳一刀两断；三来是向别人通告，自己与李芳的事情确实毫无瓜葛。

李芳倒也干脆，见到万鲁生委托的律师之后，二话不说就在离婚协议书上签了字，于是万鲁生顺利实现了自己跟李芳划清界限的目标，重新回到了未婚原生态。

办清楚了这件事情，万鲁生大大松了一口气，正在这个时候，市财政局使出了吃奶的力气，拆东墙补西墙成功，东拼西凑了五百万偿还三顺滩拆迁户的补偿金，虽然还差了一大块，可是终究算是有个起码的交代了。于是万鲁生会同洪钟华，一起到三顺滩拆迁户的住地，举行了轰轰烈烈的拆迁户补偿金发放仪式，电视、报纸、广播一起大吹特吹了一番。洪钟华迫不及待的向省委张书记报告好消息，张书记肯定了他们的成绩，同时也要求他们竭尽全力彻底解决三顺滩拆迁户的补偿金和安置房建设问题，还要周密考虑三顺滩农业户的就业安置问题，不能让三顺滩的群众为经济建设作出了牺牲、付出了代价之后，却居无定所、失地失业，生活陷于困境。对于张书记的指示，洪钟华只能连连答应。

其实，三顺滩居民的工作安置问题，铜州市委市政府当初就已经充分考虑了，明确规定进驻三顺滩的各家企业在享受各种优惠政策的同时，也要承担一项社会责任：招工的时候，优先招聘三顺滩拆迁户的劳动力。平心而论，铜州市委市政府绝对不是有意罔顾三顺滩居民的切身利益，而是心有余而力不足，财政开销太大了，入不敷出没办法。

张书记顺便问了一下公车改革的进展情况，鼓励他们大胆试验，成功了推广，失败了也不要紧，改革本身就是摸着石头过河的事儿，谁也不是算命先生，即便是算命先生，也算不准每一项改革措施是不是能够圆满地实现预定目标。有了张书记的鼓励和鞭策，洪钟华对铜州市的现实和未来又有了一份信心，心情也好了许多，甚至让司马达拉着他到即将改建成死人小区的华侨农场看了一趟，对车轱辘选择的这片地方非常满意，向司马达发感慨：“民政局那个车副局长，如果没有出那个问题，倒还真是一个干工作的人。”

5

就在洪钟华对车轱辘表达惋惜之意的同时，车轱辘在继续犯错误，惊叹号带着他跑到省城找省委黄副书记。黄副书记那一级的干部住的宅子都在高干大院里，门口有武警站岗，进门既要登记又要向主人通报，非常麻烦。现在很多有钱人买了高级住宅区之后，也可以享受到类似待遇，不同的是，没有武警替他们站岗，他们得自己掏钱雇保安。

黄副书记家住在大院新盖成的高层建筑里，楼中楼，大概有个二百来平方米。高层建筑四周散落着一些老式别墅，那些老式别墅已经破旧，再装修瓤子也糠了，现任领导也不屑于住那种经历了不知道多少代人的老房子。于是黄副书记这样的现任领导就自己给自己垒窝，在有限的地盘上盖起了高层建筑，安装了电梯，每人一层楼，住得集中却又互不干扰，高高在上却又上下方便，大楼门口还可以再安一道岗哨，双保险，更安全。

惊叹号对黄副书记家熟门熟路，到了黄副书记家按响门铃，连保姆都认识他，亲热地跟他打招呼，惊叹号把手里拎的两盒铜州特产龙山酥饼递给保姆："回家的时候带上，给孩子尝尝。"保姆欢欢喜喜地接了过去，连忙给他们俩找拖鞋。刚才路上车轱辘看到惊叹号带了两盒酥饼就觉得奇怪，以为黄副书记好这一口，没想到他是给黄副书记的保姆送的。车轱辘不由得暗暗赞叹，惊叹号表面上看着粗粗拉拉，办起事来的却有板有眼，连黄副书记家的保姆都不落份，难怪黄副书记喜欢他。

两个人换上拖鞋，把自己的鞋扔在门外，走进了对于车轱辘来说多多少少有点神秘的省委副书记家。车轱辘不是没有接触过这个级别的领导，但是却从来没有到过这个级别领导的家里，进了门由不得就有些露怯，蹑手蹑脚似乎在冰面上行走，又像窃贼入室行窃。保姆把他们让进客厅，张罗着要沏茶倒水，惊叹号接过她手里的茶壶茶杯："你忙你的，我自己来，我也不是生人。"

保姆便让惊叹号自己沏茶，自己跑上楼向黄副书记通报去了。

车轱辘趁机东张西望地查看省委大领导的客厅。客厅确实够大，足有四十平方米，摆设跟生活条件好的普通老百姓家里也没什么区别，不外乎平板大彩电、组合音响、沙发茶几等。让车轱辘好笑的是，黄副书记在书法问题上确实像惊叹号说的，太自以为是，完全可以说是自恋狂。

满墙上挂的都是他自己的涂鸦，其他人的字画居然一幅也没有。车轱辘正在心里暗暗好笑，黄副书记从楼上书房下来了。

黄副书记年届六十，头发染得乌黑发亮，手里捏着他的老花眼镜，打着哈哈跟惊叹号招呼："你怎么跑来了？这位是谁？"

惊叹号连忙迎上去向黄副书记介绍车轱辘："这是我的连襟，在铜州市当民政局副局长，黄书记在铜州当市委书记的时候，他还在基层当科长呢，可能黄书记没有印象了。"

黄副书记的记性却非常好："你是不是叫车轱辘？对，真正的名字叫车福禄，大家都开玩笑叫你车轱辘，记得记得，有一次，市里召开创建卫生城市动员大会的时候，你还代表你们单位到大会上发言了呢。"

黄副书记竟然对自己这个小小的科长还有印象，让车轱辘受宠若惊，联想到自己目前的处境，又有些惭愧，忐忑不安地握住黄副书记伸过来的手摇了又摇："谢谢黄副书记，想不到您还记得我。"

黄副书记发感慨："我最好的一段时光就是在铜州市度过的，铜州市也真是个催人干事的地方。人年纪大了，念旧得很，最近老想找抽空回去看看，事务缠身一直没倒出空来。"

惊叹号接过黄副书记的话头按照既定方针开始忽悠："我这个连襟啊，那天在我家看到了黄书记一幅字，就跟中邪了一样，日思夜想……"千穿万穿，马屁不穿，惊叹号和车轱辘两个人你一言我一语，拼命赞美黄副书记的书法，把黄副书记忽悠得乐滋滋的。按照两个人事先设计好的计划，瞅准火候，车轱辘做出小心翼翼、忐忑不安的样子张口向黄副书记求一幅字。黄副书记看在他既是惊叹号连襟，又是铜州市的老部下的分儿上，让保姆取来纸张笔墨，拿茶几当了书桌，就地挥毫，给他提了"无私无忧"四个大字。

车轱辘在场面上混了这么久，拍马屁的功夫已经练得炉火纯青，一边一连声地啧啧称奇，不停叫好，一边拿出自己花了一万多块钱买的一方洮砚、两块苏墨和一套徽州大狼毫送给了黄副书记。黄副书记当然不能收他这份礼，车轱辘极为诚恳地说："说实话，这些东西也不是我买的，是一个我的同学送给我的，我平时也爱写写画画，在我连襟家里看到过黄书记的字，从那天开始，我就不再好意思动笔墨了，心里也就存了把这套笔砚送给黄书记的念头，专门求我的连襟带着我来求黄书记的字。我也知道黄书记清正廉洁，从来不收受礼物，就算我拿着一幅笔墨换黄书记一幅字总可以吧？我知道黄书记的一幅字的价值，说句俗气话，拿到书画行就这一幅字，就地就能换四五万块钱。"

惊叹号更在旁边敲边鼓："过去常说宝剑赠壮士，红粉送佳人，让我说啊，这套笔墨砚台就得黄书记这样的书法家才有资格用，让我这个连襟用，纯粹是浪费。我们中国有风俗，偷书不算偷，文房四宝不算礼，这是高雅的事儿，可不是俗套子能够衡量的。"

话说到这儿，车轱辘赖皮赖脸地把笔墨砚台放到黄副书记的桌上，拿了黄副书记那幅字转身就跑，留下惊叹号帮他说正事儿。黄副书记没想到车轱辘会扔下笔墨砚台就跑，反倒愣了，问惊叹号："他怎么跑了？"

惊叹号说："我这个连襟啊，就是那么个厚道本分人，让你刚才说的不收礼的话给臊着了。这个人就知道干工作，从来不会溜须拍马巴结领导那一套，他确实是佩服黄书记的这一笔字，那天在我家看了黄书记的字以后，当时就要抢，我哪舍得给他？跟他差点翻脸，后来我答应他替他向黄书记求一幅字，他非要亲眼看看黄书记挥笔动墨，我这不才把他领来了。"

惊叹号这么一说，黄副书记顿时觉得车轱辘这个人确实厚道老实，换了任何一个人，也不至于这样当场跑掉。他却不知道，惊叹号知道他喜欢厚道老实人，事先跟车轱辘设计好了这样一场表演。车轱辘和惊叹号连吹带捧带表演，让黄书记心里对车轱辘的印象好极了。惊叹号趁机长叹一声，摇头不语。黄副书记好奇地问：“你怎么了？”

惊叹号于是接下来把车轱辘最近遇到的倒霉事拈轻避重地给黄副书记述说了一遍，其中车轱辘飙车造成车祸一节，在惊叹号嘴里变成了司机葫芦那天不舒服，车轱辘关心司机的健康，也是为了安全才帮车轱辘开车的，结果出了那么一场不属于他的责任的车祸。由于车轱辘老实厚道，出了车祸以后非常害怕，就找交警队的同志做工作，想争取处理得轻一点儿。刚好交警队一个队长要给父母买墓穴，车轱辘分管殡葬管理科，就帮他买了两个便宜的墓穴，结果纪委就认为这里面有行贿嫌疑，揪住车轱辘不放，把车轱辘弄得恨不得自杀去。惊叹号半真半假的叙述让黄副书记心里非常不忍，黄副书记是一个心软的人，对车轱辘的印象又非常好，再加上对自己的老下级惊叹号非常信任，所以当惊叹号请黄书记过问一下这件事情，帮帮车轱辘这个老实人的时候，黄副书记脑子一热，就拨通了洪钟华的电话……

车轱辘实际上没有离开，就在省委家属大院外面的车里等着惊叹号，惊叹号告别黄副书记坐进车里，把黄副书记给洪钟华亲自打电话的经过给车轱辘复述了一遍。车轱辘高兴极了，在他的想象中，有省委黄副书记亲自关照，就凭他的这么点事儿，保留职务应该是一点儿问题也没有的。事情办妥了，惊叹号在他的心目中顿时高大起来，当场声称一定要重重地答谢惊叹号。

惊叹号说：“我靠，你答谢我干吗？能让我满足的你弄不起，你能弄得起的我也看不上，算了，谁让我们是亲戚呢，今后喝酒你多埋几次单就行了。”

事情如果到此为止，说不定洪钟华在处理车轱辘的时候多多少少会看在黄副书记的面子上，从轻从宽给车轱辘留条后路。世上万事做起来，最高级的境界就是四个字：恰到好处。最低级的错误也是四个字：画蛇添足。从哲学角度讲，万事万物就是一个掌握度的问题。车轱辘最终吃亏就吃到了画蛇添足上，他的劲使过度了。

回铜州的路上，惊叹号提醒车轱辘，县官不如现管，如果车轱辘在铜州市穿一个能跟纪委说上话的人，当面跟办案的工作人员做做工作，他们汇报的时候如果能够避重就轻，提出的处理意见如果能从轻从宽，那车轱辘的事儿才算万事大吉了。车轱辘在官场上混的时间不短，对这一套一点儿都不含糊，甚至比惊叹号更加门清，当时也不说话，心里却琢磨了一路，该找谁穿一下纪委的工作人员，最好是能直接把那个办案的处长穿起来，那样就真的万事大吉了。想来想去，车子快进铜州的时候，车轱辘想到了纪检组长郭晓梅。

过问与不过问，那是一种态度

1

民政局党组成员、纪检组长郭晓梅是那种比较正统的女人，虽然适应时代潮流，在穿着上也比较讲究了，也知道有了闲钱要到美容店装修装修脸面，可是脑子里的原则性却一点儿也不比过去穿着列宁服的马列主义老太太差。纪委找车轱辘谈话的情况她连党组书记、局长何茂泰都没给说。因为这是纪委直接主办的案子，没有纪委的授权她当然不能到处乱说。同时，郭晓梅又是一个心地善良的女人，那天看到车轱辘在纪委的同志面前丢人现眼、狼狈不堪，她心里既为车轱辘感到羞愧，又多多少少有点同情。平心而论，这本来是一件根本轮不到纪委出面的交通事故，结果车轱辘不能正确对待正确处理，瞎折腾，折腾来折腾去闹得下不来台，实在让人有些惋惜。

所以，当车轱辘登门拜访的时候，郭晓梅比过去更加热情、客气，当车轱辘坐定之后，郭晓梅搬了一把椅子坐到了他的对面，而不是坐在自己的办公桌后面，这也是一种姿态，一种平等、友好、亲近的姿态。郭晓梅想到他可能要谈案子的事儿，还善解人意地问了车轱辘一句："用不用关门？"

虽然同在一个局里担任领导职务，车轱辘到郭晓梅的办公室里来的并不多，即便来了，也是坐都不坐，站着把话说完就走。倒不是他们之间有什么芥蒂，而是就这么个习惯，这种习惯也是大多数政府官员里领导者的通病：一般不会坐在同级干部屋里聊天，尤其是不会坐在独自拥有一间办公室的同僚屋里聊天。车轱辘面对了郭晓梅这个亲眼目睹他在纪委专案组面前狼狈难堪的异性同僚，脸上还有点拉不开，举止失措，郭晓梅请教他用不用关门的时候，车轱辘居然听成了“你没有关门”，以为自己的裤裆拉链没有拉，郭晓梅在委婉的提醒自己，连忙站起来低头看看，还本能的用手试了试，好像他刚刚从厕所出来，搞得郭晓梅莫名其妙。

郭晓梅看出了他肯定有事要说，却又不好直截了当地问他，那样显得不太近人情，于是给他沏了一杯茶，没话找话地安慰他：“这两天还好吧？事情已经出了，就应该想开点，也别太跟自己较劲了。”

车轱辘找郭晓梅之前已经把该说的话打好了腹稿，进了郭晓梅的办公室，当了郭晓梅的面却不知道该如何提起话头，郭晓梅这么一说，他也就好接茬儿了：“你这阵没事吧？我想跟你谈谈。”

郭晓梅连忙说：“没事没事，谈谈是应该的，我也想找你谈谈。”

车轱辘放下手里的杯子，整理一下思路开始说话：“这几天我认真想了想，觉得这件事情从发生到现在，主要原因还在于我太胆小怕事了，如果当时勇敢面对，说到头来不就是一场车祸吗？而且主要责任还不在我们，而在那台大拖挂车。那天纪委的同志找我的时候，我确实心存侥幸，思想上的弯子一时没转过来，事后想一想，挺后悔的。”

郭晓梅连连点头：“就是，就是，当时我在一边看着都挺难受的。”

车轱辘顺着自己的思路接着往下说：“过去我们不是常说，对犯了错误的干部，要治病救人，重在教育吗？我犯的错误性质跟那些贪污受贿、乱搞男女关系的人根本就不一样，所以我今天找你，就是想请你帮我联系一下纪委办案的同志，再深入地跟他们谈谈我的心里话。”

郭晓梅听了他的话，心里暗想：就凭你现在这个认识，跟纪委办案组的同志谈了，效果可能反而更不好。心里这么想着，嘴上委婉地问车轱辘：“你怎么不直接找他们谈谈？都在一个市里工作，这有什么。”

车轱辘：“我不认识他们，再说了，我贸然找人家，人家要是一口回绝了，我也挺下不台来的，面子上也不好意思。我们在一起共事五六年了，过去相处的还是不错的，就算你帮我一个忙行不行？”

郭晓梅想一想，车轱辘说的也是实情，尤其是经过了那次谈话之后，再让车轱辘直接巴巴地上赶着找纪委那个处长，确实有点为难。就像车轱辘说的，不管怎么说，两个人在一个局共事几年，这个时候，郭晓梅也就只能帮上这么点忙了。如果郭晓梅拒绝了车轱辘的要求，肯定会造成对车轱辘的新一轮伤害，郭晓梅不忍心，也不好意思拒绝他，于是当着车轱辘的面拨通了纪委处长的电话。

纪委处长听郭晓梅说车轱辘想找他进一步谈谈，一口答应，一般情况下，如果不是有什么特殊原因，正处于调查当中的干部要求纪委办案人员谈谈，纪委办案人员都不会拒绝的。郭晓梅问他什么时候有时间，什么时候方便，纪委的处长说只要能帮助纪委尽快结案，帮助车轱辘提高思想认识，正确接受组织的处理，什么时候他都有时间，什么时候他都方便。

郭晓梅捂着话筒征求车轱辘的意见，车轱辘说：“选时不如撞时，你要是能抽出时间我们现在就去。”

郭晓梅点点头，对电话那头说：“如果你现在有空，我现在就带他过去。”

纪委处长答应在办公室等他们，郭晓梅便陪着车轱辘坐着池的车去纪委找那个处长。路上车轱辘又犯难地说：“纪委那么多人，也不知道处长是自己一个房间还是跟别人一起办公，如果在一起办公，说话会不会不方便？”

郭晓梅反问他：“那你说怎么办？”

车轱辘说：“能不能找个僻静的茶馆，我找他也不是正式的交代问题，就是想跟他谈谈心里的想法，不知道合适不合适？”

郭晓梅说：“合适不合适得由他来定，我给你问问。”说着打电话把车轱辘的顾虑说了，处长说他还真的没有单独的办公室，如果车轱辘真的有什么话不愿意别人听到，那就到茶馆也行，但是得有郭晓梅陪着。郭晓梅又捂着电话征求车轱辘的意见，车轱辘说：“那就到美能达大厦的悦来茶馆吧。”

郭晓梅又把话传了过去，处长答应了，说他马上从办公室朝悦来茶馆走，谁先到了谁就等着，双方不见不散。

车轱辘和郭晓梅来到了悦来茶馆，跟纪委的处长会面之后，三个人坐了下来，处长问车轱辘还有没有什么新的事实需要说明或者澄清的。车轱辘说他倒没有什么新的事实，就是这件事情出了以后心里难受得很，想找组织上谈谈自己的心里话。

处长说：“你有什么想法尽管说，我能答复的就答复，答复不了的还可以向上级汇报。”

车轱辘就又把给郭晓梅说过的那些话对着处长说了一遍，无非这桩车祸从本质上讲他的责任并不大，他的错误就是问题发生以后没有正确处理，不但害了自己，也害了交警队那个王队长，所以组织上调查他、处理他，他都没有意见，就是希望组织上看在他工作一向勤勤恳恳，任劳任怨，为铜州市作了许多贡献，在处理他的时候应该从轻云云。

处长问他啥样算从轻，车轱辘支支吾吾又说不出口。

郭晓梅这时候站了起来，说：“你们俩先聊着，我出去一下。”女同志说她出去一下，往往是如厕的委婉说法，男人自然不好意思追问，打过招呼，郭晓梅便离开了茶室。

郭晓梅从茶室出来以后觉得挺别扭，她陪车轱辘找处长谈话，纯粹是一时心软，对车轱辘有点同情，也是念在一个机关里相处了这么多年的同志情谊，可是听了车轱辘在处长面前继续开脱自己，为自己犯下的严重错误找借口，她就觉得很不是味道。冷静、理智地思考之后，郭晓梅才发现自己做了一桩蠢事，其实她给车轱辘联络好了之后，尽可以让车轱辘直接找处长谈，到哪儿谈、谈什么都跟她没关系，现在倒好，好像她把车轱辘带过来跟组织讨价还价似的，也不知道人家处长对她在一旁当陪客有什么看法、想法。郭晓梅脑子越转越觉得别扭、窝囊，便起身含糊其辞地说了一声“出去一下”，然后直接下楼，想着干脆坐车回民政局，自己该做的已经做了，没必要再留在这里尴尬。

郭晓梅走了以后，车轱辘抓紧时间开始实施自己的行动方案，从兜里掏出一个厚厚实实的大信封给处长塞：“处长，这是一点儿小意思，没有别的意思，就是很不好意思……”

处长刚开始让他吓了一跳，本能地推辞，转念也就明白了他的意思，把那个厚实的信封扔还给车轱辘：“你这是干什么？你这是在继续犯错误，赶紧收回去还来得及。”

车轱辘哀求道：“处长，过去我们不熟悉，这一次是我这一辈子遇到的最大的坎了，你帮帮我，帮帮我，我知道，只要你在报处理意见的时候，高抬贵手，好赖给我保留个职务，我一辈子都忘不了你。”说着把厚墩墩的信封拼命往处长的兜里塞。

与此同时，已经坐上汽车的郭晓梅却突然发现自己的手提包落在了茶座，手提包里不但有钱包，还有女同志特殊时期随身携带最怕男同志看到的东西，万一处长或者车轱辘发现了提包，好奇一下……郭晓梅想象着那令人尴尬难堪的可能，飞一样地从车里蹿了下来，被贼撵一样地朝楼上冲去……

处长还在茶座里对付死缠烂打的车轱辘，两个人一个死活要把钱塞到对方兜里，一个死活不要拼命推辞，此时几乎扭到了一起，不知道的人此时进来，肯定会以为他们俩中的一个正要强暴另一个。他们俩虽然激烈地推拉争执着，可是大脑里还有一块最敏感的感知区域留给了郭晓梅，两个人都怕郭晓梅突然进来，那就非常尴尬，两个人都说不清了。走廊里传来了郭晓梅的高跟鞋敲打地面的清脆响声，车轱辘和处长两个人同时撒手，车轱辘比处长动作快了半拍，就在郭晓梅推门进来前的瞬间，把那个显然装着人民币的信封塞进了处长的兜里。

郭晓梅匆匆忙忙进来，对两个人极不自然的神态举动根本就没有注意，匆匆忙忙拿了自己的包对处长和车轱辘说："局里有点急事，我得马上回去，你们慢慢谈啊。"

车轱辘再一次使出了在省委黄副书记家使过的伎俩，跟着郭晓梅就走，边走边对处长说："我也有急事，我先走了，还得搭郭组长的车。"

郭晓梅和车轱辘一起消失，扔下处长一个人在屋子里呆若木鸡，片刻，处长回过神来，苦笑一声："你这是欺负我还是污辱我啊？把我当什么东西了？"

车轱辘坐上了郭晓梅的车，心里还满是又办成了一件事情后的轻松感。他认定处长对那包钱的推辞是正常反应，谁好意思直截了当地接受别人的贿赂呢？总得假意推辞一番，实在推辞不过，也就笑纳了。不然，处长为什么在郭晓梅在的时候不公开把钱退给他呢？他也认定处长在接受了那笔钱之后，肯定能在对他的处理上高抬贵手。俗话说得好，吃了人家的嘴软，拿了人家的手短嘛。如果他现在就知道处长回到纪委以后做了些什么，车轱辘肯定会后悔得狠狠抽自己两个大耳光。

2

洪钟华接到省委黄副书记的电话之后，倒也不敢怠慢。虽然黄副书记并没有明确要求铜州市在处理车轱辘的问题时从轻从宽，可是哪个领导说这种事情的时候能够明确表态，赤裸裸地替犯了错误的人说情呢？打招呼，过问，本身就是一种态度。洪钟华对车轱辘那件事情原本就没有放在心上，再加上最近一段时间跑了一趟华侨农场，对车轱辘选择的那片死人小区非常满意，想来想去，觉得车轱辘这个人倒也真的没有什么大毛病，错就错在不应该有爱飙车那个嗜好。其实那也算不上什么大毛病，不就是爱开汽车吗？算他倒霉，出了那么一件事，如果不是出了那件事情，车轱辘还真是一个好干部。洪钟华打算抽空跟单立人通通气，听听他的看法，如果能够从轻处理，还是从轻处理好，退一万步说，车轱辘这件事的性质，跟那些贪污受贿、乱搞男女关系的干部相比，还是要轻得多。车轱辘的分量在洪钟华的秤盘上的确很轻，从重还是从轻，都不是值得深思熟虑的事儿。从轻发落，既挽救了一个干部，也给了省委黄副书记一个顺水人情，这种事情何乐而不为呢？

洪钟华还没顾得上为车轱辘的事情找单立人，单立人却主动找他来谈车轱辘的问题了。一进办公室，单立人就把一个厚厚的信封扔到了洪钟华的办公桌上：“书记，看看这是什么东西。”

洪钟华好奇地打开信封看了看，里面是两摞人百元票面的人民币，两万块钱。洪钟华打趣道：“你这是干吗？发奖金还是贿赂我？”

单立人说：“这就是我们的干部，你看看，堕落到什么地步了，我们在查他的问题，他居然不思悔改，反过来向我们纪委干部进攻了，这种干部要不得。”

洪钟华说："从一进门你就嘟嘟囔囔又是扔钱，又是发狠，到底怎么回事？"

单立人气狠狠地说："那个车轱辘，就是民政局的那个副局长，胆大包天，出了车祸隐瞒事故真相，拉人家交警队的王队长下水帮他销案。我们调查他的问题，他居然拿了这两万块钱贿赂我们的专案组工作人员。"

洪钟华一听是这件事情，心里咯噔一下，暗想黄副书记交办的事情难办了，车轱辘犯到了单立人这个黑脸手里，而且是犯了公然策反纪委专案组工作人员的大忌，难怪单立人生气。本来想帮车轱辘说情的话，还没等说出来，就让单立人，从根本上说是让车轱辘自己给堵回去了。洪钟华只好问："你准备怎么处理？"

单立人说："还能怎么处理？这种干部留不得，我建议市委常委马上讨论他的问题，我们纪委的处理意见是开除党籍，免除行政职务，这是我们的处理报告。"

洪钟华试探着说："能不能把职务保留下来？"

单立人反问："书记你自己说呢？"

洪钟华当然说不出反对的话来，只好答应了单立人："那就在下一次常委会上把这件事情议一下吧。"

下一次常委会就在第二天，车轱辘哪里知道，第二天他的命运就要发生让他难以承受的转折了。

这件事情里最窝囊的还是郭晓梅，那天刚刚回到办公室，她就接到了纪委那位处长的电话，电话里处长没头没脑地问她："今天的事情是不是你跟车轱辘设好的套儿？"

郭晓梅让他问得发懵："你说什么套啊？我能跟他设什么套？"

处长又说了一句："我也希望不是你跟他设好的套，也希望你作为纪检干部能够站稳立场。”然后就扔了电话。

郭晓梅莫名其妙地挨了处长一顿呲，越想越窝火，在级别上她比处长低了半级，可是在工作上他们却是同行，处长这么呲打她，她哪里能忍下去？郭晓梅没做亏心事，连半夜鬼敲门都不怕，更不会怕纪委的处长白天来敲门，一怒之下跑到纪委，揪住那个处长质问道：“你给我说清楚，我到底设什么套了？我怎么就没站稳立场了？你不说清楚，我跟你直接找单书记当面说清楚去。”

郭晓梅理直气、壮义正词严的讨伐闹得处长下不来台，当然更不敢跑到单立人那里上演真假美猴王，心里也立刻明白自己八成误会郭晓梅、冤枉郭晓梅了，顿时后悔不迭，连忙关上办公室的门，阻断了同事好奇的目光和聪明的耳朵，背着人给郭晓梅道歉：“你别生气，怪我，当时把我气坏了，我正式向郭组长赔礼道歉。”

郭晓梅倒奇怪了：“什么事把你气坏了？我怎么气你了？”

处长便把车轱辘给他行贿的事儿说了一遍，郭晓梅难以置信：“真的？东西呢？”

处长说：“我已经交给领导了，这件事情多窝囊人，他把我看成什么东西了？你替他约我，在那个时候你又躲了出去，要是你你会怎么想？不管我怎么想，话直接说给你总比藏在肚子里或者背着你给领导说好吧？谅解，谅解，多多谅解。”

郭晓梅也气坏了：“他这个人怎么能这样？这不是拿我当傻瓜耍吗？不行，我饶不了他。”

处长劝慰她：“算了，用不着你收拾他，单书记也肯定饶不了他。来，握个手，好朋友。”

郭晓梅甩开了他：“去，谁跟你是好朋友，你再敢对我那样吼，我真的饶不了你，把你送到黑脸书记那儿接受再教育去。”

两个好人的茶壶风波平息了，车轱辘的风波却越掀越大了。

3

李桂香今天一大早就接到张科长的电话，说电视台下午要过来采访她，让她心里有个准备。李桂香整整一天心里惴惴不安，意识中，她这一辈子属于看电视的群体，上电视是她从来没有想到过的事情，想到自己也会在电视里出现，让全市上百万人眼睁睁地看自己，还没怎么样，光想想这件事情李桂香就腿发软、口发干。为了对得起全市人民，李桂香下午上班的时候专门修饰打扮了一下，洗了脸，在脸上抹上了厚厚一层雪花膏，想描描嘴唇，家里没有唇膏，李桂香就学着古人的办法，找了一张红纸，洇湿了，嘴唇在红纸上抿了一抿，照照镜子觉得效果还不错。

她又换了一身衣服，当交通协理员没有交警那样的制服，都穿自己的衣服，然后在胳膊上套个红袖标就行了。所以李桂香找出了自己平时舍不得穿的那件紫罗兰色的蝴蝶衫，这件衣服虽然有些过时，但是宽松凉爽，穿在身上人显得飘逸、挺拔。出门的时候，她围上了小燕给她买的那条红头巾，别人都说这条红头巾特别好看，对指挥交通也特别有用，戴在头上本身就是警示信号。李桂香围红头巾还有一个最实在的作用，那就是可以遮阳。

不知道是张科长弄错了，还是电视台有什么新的变化，一直到快下班了，也没见电视台的人过来。李桂香一边忙着维护很难维护的交通，一边在心里嘀咕：怎么回事？还不来，再不来就该下班了。其实她不知道，电视台对做这个节目非常重视，她刚刚上班人家就已经来了，她上班期间的整个工作情况都采取隐蔽拍摄的方式记录了下来。对她的采访，电视台的计划是等到她下班以后。如果在上班时间采访，势必要干扰李桂香的工作，影响到交通秩序。原定采访时间是五分钟，可是拍摄过程中，电视台的工作人员看到了李桂香认真负责、热情助人的情形，深为感动，临时决定把采访时间增加到十五分钟，同时还要对她的生活情况进行跟踪报道，把原来的新闻报道扩展成一个完整的专题片，片子的名称记者都想好了，就叫《女交通协理员的一天》。

李桂香被电视台蒙在鼓里，下班高峰时间到了，她已经没有心思再想电视台的事儿。蜂拥如潮的汽车和蜂拥如潮的行人交会而成的超级大旋涡，让李桂香仿佛旋涡中心的一叶孤舟，在钢铁和人肉组成的波涛之中拼命挣扎着。在一旁看着这一情景的电视台摄像问记者："还拍不拍了？"

记者说："拍啊，后期按十比一的比例剪裁。"

摄像摇头叹息："就这个情景，我看着都累，气短。"

李桂香却既没有感到累，也没有气短，旁人看来头晕脑涨心慌意乱的混乱局面，她已经非常适应，应付自如。她眼观六路，耳听八方，注意力随时在红绿灯和路面上跳跃转换，利用手里的小旗和口中的哨子，有时候还得用自己的身体庇护不听话的行人，指挥不听话的汽车。真正让她难受的是马路上汽车喷出来的尾气和搅起来的粉尘，尾气和粉尘呛得她嗓子疼痛，胸口疼痛，她还不能戴口罩，戴了口罩就不能吹哨子。

一群散乱的小学生正在过马路，红灯车都应该停下来，可是一辆车刹车的时候冲过了停车线，如果就那么停着，十字路口的摄像头就能稳稳地拍下那台车违章，按照闯红灯处罚，司机得扣两分，罚款二百块。所以那台车的司机就想将错就错，借用人群的遮挡，偷偷摸摸把直行车改成右转弯，逃避交通处罚，于是就驾着车在人群里硬挤。李桂香一向特别心疼小学生，因为她的女儿小燕就是小学生，虽然那台车的车速很慢，即便蹭到人身上，也不会伤害到人，李桂香仍然挺生气，肉做的人怎么能挤得过铁做的车呢？这台车也太不讲理了。于是李桂香出面干预，母鸡护雏似的张开双臂护着小学生们过马路，用自己的身子拦住了那台企图偷偷摸摸躲避交通处罚的汽车。

电视台的记者连忙指挥摄像："快拍，抓近景，最好能给个脸部特写。"

摄像很优秀，立刻拉近镜头，屏幕上显示出了李桂香紧张、担忧却又执拗的表情……

绿灯亮了，行人止步，车辆放行，李桂香已经把小学生们送过了马路，正要回身阻拦企图在红绿灯转换的间隙插空抢行的行人，让人意想不到的一幕发生了……

4

市府车队的司机们都是消息灵通人士，常委会通过的关于开除车轱辘党籍、免去车轱辘副局长职务的决定刚刚通过，惊叹号就知道了。噩耗是给王副市长开车的司机偷偷告诉惊叹号的，王副市长分管民政局，坐在车上的时候，王副市长接到了组织部长的电话，通报市委常委会关于对民政局副局长车轱辘的处理决定。

王副市长接听电话的时候，司机竖起耳朵偷听，把电话内容听了个一清二楚。挂了电话，王副市长还叹息了一声："这个车福禄，没事开什么车啊，这下可好，把自己开到沟里去了，他这半辈子算白干了。"

王副市长自言自语式的叹息，更加印证了司机从电话里听到的消息确切无疑。这位司机跟惊叹号的关系不错，也知道惊叹号和车轱辘的亲戚关系，回到车队，抽个空把惊叹号拉到没人处，原封不动地把常委会的决议告诉了惊叹号。惊叹号大吃一惊，他亲耳听到省委黄副书记给洪钟华打招呼，原想车轱辘的事情肯定得处理，但是大不了就是给个警告、记过，却万万没有想到处理居然这么重，而且来得这么快。

“我靠，真的？你没听错？”话问出口的同时，惊叹号也明白自己多此一问，作为领导的司机，传播的消息八九不离十。

果然，王副市长的司机赌咒发誓：“当然是真的，我亲耳听到的，我要是瞎说，今天晚上我老婆从床上摔下来。”

放在过去，司机发这种誓，惊叹号会笑个半死，可是这会儿他根本就笑不出来了。现在让他最为难的是，这个消息该不该马上通知车轱辘。犹豫片刻，惊叹号还是给车轱辘挂了电话，他觉得，作为亲戚，提前给车轱辘透个信，让他心理上有个准备，这也是他的一份情意和责任。

车轱辘听到这个消息傻了，在电话里半晌没有吭声。惊叹号还以为他昏过去了，对着话筒“喂喂喂”地喊了好一阵儿，正准备放下电话亲自过去看看，车轱辘有气无力地回了一声：“消息可靠吗？”

惊叹号听到他又有了回音，松了一口气：“我靠，你咋了？消息是可靠的，可是你也别太在乎了，好赖还有个公务员的身份，吃穿用不着愁，好好干，挽回影响，说不定哪一天就又起来了。人这一辈子啊，啥事都可能遇到，遇到了腰杆子挺一挺也就过去了……”

车轱辘“唔唔”地答应着，早已经丧魂落魄，惊叹号后面的话他根本就没有听到。对于车轱辘来说，这是个名副其实的噩耗，放下电话，他一屁股坐到了椅子上，一时间各种各样的念头纷至沓来，搅合在一起，搞得他头晕脑涨，与此同时，却又好像脑子里空空如也，什么东西也没有，心也跟着空落落的，有如被吊在半空般难受。

待在这间办公室让车轱辘觉得难受，任何一个物件都像是在默默地嘲讽着他：你占用我们的日子到头了。在这里他一分钟也待不下去了，他从办公室里走了出来。葫芦正好迎面过来，见车轱辘要出去，连忙抢先下楼，习惯性地把车停在了门口等着车轱辘。车轱辘没有上车，对这台他心爱的黑色奥迪车视而不见，绕过汽车朝前面走去。

葫芦看到他这个样儿，从车上下来，追上去问他："车局，你去哪儿？我送你。"

车轱辘被葫芦从恍惚状态中惊醒，他看看葫芦，又看看葫芦身后的车，一阵悲凉从心底涌起，从今往后，他再也享受不到专车待遇了，这台车还有这个葫芦，今后将属于他人。蓦然一股愤然之气操控了他，令他有了那种穷途末路破罐子破摔，索性彻底放纵自己的肆意。

"车钥匙呢？"车轱辘问葫芦。

葫芦说："我没熄火，在车上呢。"

车轱辘扭头就朝车子走去，对葫芦扔下了一句话："我自己出去转转，你休班回家吧。"

葫芦对此已经习惯，也没有多想，看着车轱辘驾车离开，便到车棚骑上自行车回家了。他万万想不到，这是车轱辘留给他的最后一句话。

车轱辘驾车来到了江边，找了一间排档，点了几个小菜，要了一瓶当地产的铜州高粱，看着江里污浊的水流和江边稀稀落落的沙蒿，自斟自酌起来。这一瓶酒他整整喝了一个下午，直到夕阳西下，车轱辘才摇摇晃晃地离开排档，开着车朝市区返回。

坐在那儿老老实实地喝酒，车轱辘倒还没觉得自己有多大的酒意，到了车上一颠一摇，酒劲扑了上来，车轱辘脑子晕乎乎的，身子轻飘飘的，车窗外面的世界显得那么亲近，却又遥远，周围的一切让人觉得有点虚无缥缈，又觉得格外现实，这两种截然相反的体验混合起来，感觉奇妙无比。车轱辘的心情在这种晕乎乎、飘忽忽的状态里居然也畅快起来，他自以为娴熟地驾驶着车辆穿行在下班的人流、车流中，奇迹般的一路平安，一路顺畅，一直把车开到了东街口……

5

就在车轱辘开着车来到了东街口的同时，司马达也开着车送下班的洪钟华来到了东街口。红灯亮了，司马达在最靠外手的车道停下车，排在长蛇一般的车队里等绿灯。右边，就是右转弯车道。司马达看到了李桂香，李桂香刚刚把一队小学生送过马路，转回身来，司马达按下车窗，想等经过李桂香身边的时候跟她打声招呼。

洪钟华也看到了李桂香：“司马达，那个女交通协理员是不是我们上一次送到医院的那个女同志？”

司马达告诉他：“就是，市公安局交通管理科最近搞了一次市民评选最佳交警和最佳交通协理员的评选活动，她被评上最佳交通协理员了。”

洪钟华很高兴：“是吗？这可是好事啊。”

司马达也很高兴：“是啊，那天她领了两千块钱奖金，出来自行车却丢了，一狠心，跑到旧货市场，新买了一台旧自行车，又新买了一台旧电冰箱……”

洪钟华听到司马达这种表述方法哈哈大笑起来：“你也真行，新买一台旧自行车，新买一台旧电冰箱，哈哈哈，说得真准确。”

司马达说：“这不是我说的，是她女儿小燕说的。”

洪钟华说：“一会过路口的时候你慢点，我跟她打个招呼。”

司马达点点头：“嗯，我慢点。”

就在这个时候，一台黑色的奥迪轿车疯了一样地从司马达身边掠过，撞向了站在路边举起小旗正准备放行车辆的李桂香。

李桂香的身体像一片轻盈的羽毛，高高飞了起来，然后从那台汽车的车顶跌落下来……小燕送给她用来遮阳挡风的红头巾却还轻飘飘地在空中上下盘旋飞舞，夕阳的余晖把头巾映得血红，恍若天边飘下一块晚霞。

司马达惊呆了，所有的人都惊呆了，而那台肇事的车丝毫没有减速，冲过十字路口，他占的是右转弯车道，却没有右转弯，笔直地朝前面飞驰而去。

司马达跳下汽车，扑到躺在地上不省人事的李桂香身边，声嘶力竭的喊着："大姐、大姐、大姐……"

洪钟华也跳下了汽车，立刻给公安局和急救中心打电话……

正在一旁隐蔽摄像的电视台摄像被吓懵了，麻木了一样地喃喃自语："怎么会这样？怎么会这样？到底是怎么搞的啊……"女记者则已经蹲在地上哭了起来。

司马达知道，正是下班交通拥挤的高峰时段，即便急救中心接到电话，120急救车也很难在这个时候及时赶到，于是当机立断把李桂香抱上了自己那台车，疯了一样地朝医院驶去。

他并不知道，李桂香此时已经永远离开了这个给过她许多苦难，也给过她许多欢乐的世界……

很多明白过来的司机们驾着车纷纷去追赶那台肇事车辆，出租车、私家车、公驾车，各种汽车组成了声势浩大的车队，一齐鸣响喇叭，紧紧跟在那台逃逸的黑色轿车后面穷追不舍。公安局接到洪钟华亲自打过来的电话，也立刻出动警车，拉响警笛，朝肇事车逃逸的方向追赶过去。

撞到李桂香的是车轱辘和他心爱的黑色奥迪A4，车轱辘并不知道他做了什么，只觉得自己飘过那个路口的时候，好像有一团彩色的光团从挡风玻璃前面飞了过去。他继续肆意驰骋，没有思想，没有羁绊，没有感觉，一心一意地飘飞，这让车轱辘陷入了一种精神沸腾的状态，甚至后面有那么多车在紧紧追赶他，他都毫不知情。天已黑了，追赶他的车都开亮了大灯，车轱辘却还摸黑疾驶着，此时的他已经用不着灯了，他觉得自己的眼前一片光明，视力超级，什么事情都看得清清楚楚，他甚至看到了路面上一粒一粒的沥青和沥青上沾染的灰尘……

汽车早已经驶出了市区，前面是一个弯道，弯道的下面是几丈高的江堤，车轱辘沿着他自己看见的光明路面继续笔直前进，车子冲过了路边的水泥栏杆，滚下了高高的江堤，车还没有落地，车轱辘就已经被甩出了车箱。他死得挺惨，脑袋撞碎了，活像一个被人扔到地上又踩了一脚的西瓜。他的血流在地上流成一条弯弯曲曲的小河，仿佛谁在地上用红油漆画了一个巨大的暗红色问号……

结局

1

铜州市公车改革的结果可想而知，官员们睡了一觉醒来每个人的工资袋里都增加了一笔交通补贴，广大干部弹冠相庆，喜笑颜开。统计局的数据上显示，铜州市人民的购买力在短短的几天内提高了两个百分点。老百姓却嫉妒坏了，气坏了，网友们在网络上把市委市政府骂了个底朝天，铺天盖地的帖子都是骂声，还有一位大学教授专门写了一篇论文，发表在铜州导航网站上，被网友转贴到了国家级新闻报刊的网络版上，论文的标题是《公车变成待遇是特权和腐化的混合体》。文章强烈抨击了公车改革给官员们发交通补贴的做法，认为公车的含义应该是公务用车，而不是特权车、待遇车，不是公家掏钱给干部买的私家车。公车改革不应该成为官员增加额外收入的借口。因为，公车本就不是官员们应该享受的特权和待遇。

不知道哪个有点创意的老百姓还专门编了短信四处传播：铜州官员不要脸，公车改革就发钱，公车照坐钱也拿，百姓血汗都榨干。这条短信非常受欢迎，传遍了整个铜州，后来不知道怎么就传到了省委张书记那里，张书记把这条短信发给了市委书记洪钟华。洪钟华大为紧张，连忙给张书记挂电话汇报，说他们也觉得这种做法有问题，交通补贴发了两个月就已经停了。交通补贴刚刚发了两个月就停了是事实，但是却不仅是因为他们感到这种做法有问题，而是财政没钱支持这项改革了。财政局长冲到常委会上撂挑子，说这样下去不要说三顺滩拆迁户的补偿金和安置房的建设资金没办法落实，就是党政机关公务人员的工资都没办法保障。无奈之下，市委常委只好决定，暂停交通补贴的发放。既然交通补贴不发了，各单位便也名正言顺地把封存的所有公车都重新投入了使用。这样一来，公车改革的效果是一点儿也没见着。

2

市长万鲁生摘清了自己，摆脱了婚姻羁绊，正准备跟汪清清进一步协商婚嫁事宜，再度焕发一次青春的时候，组织部门一纸调令，把他调离了铜州市，到省人大担任了一个专业委员会的主委。表面上看来属于平级调动，权力却跟当市长不可同日而语了，虽然也算个正地级的领导干部，不过谁都清楚，按照他的年龄，担任那个职务，等于把他给冷藏了，如果不出现意外，可以预见的结果就是平平安安熬到年头退休回家。

汪清清多么精明的女人，看到这个情况，自然明白万鲁生今后的出路是什么，年轻漂亮的正处级女干部肯定不会嫁给他一个五十郎当岁就已经被冷藏的失意官员。汪清清笑眯眯地以自己的老公不同意离婚，自己也舍不得儿子为理由，婉言谢绝了万鲁生想请她当正地级领导夫人的美意。这让万鲁生非常失望，丧权失恋接踵而至，令万鲁生万念俱灰，他不再精心照料那一脑袋头发，既不炬油也不染发，也不再精心照料他那张老脸，几个月后人们就看到万鲁生变成了一个满头白发的老者，其实他的年龄才五十四岁。

3

李桂香去世一个月后，司马达给惊叹号扔了一封辞职信，就再也不来上班了，人也搬出了市府单身宿舍。

司马达现在跟小燕住在一起，自觉承担起了小燕的监护人责任。李桂香头周年的时候，司马达带着小燕来看望李桂香。那是一个阴沉沉的日子，天上的乌云沉甸甸的，活像慢吞吞行走的牛群，让人担心沉重的云层随时会从天上掉下来砸在人的脑袋上。由于不是祭日，陵园里基本上没有人，只有司马达和小燕。司马达从骨灰存放处领出李桂香的骨灰盒，让小燕抱着来到了专门用于祭奠亡者的小松林里。把李桂香的骨灰盒安放在祭奠用的水泥台上之后，司马达让小燕给李桂香跪下，然后让小燕发誓：一定要考上重点大学，长大一定要有出息。

小燕发过誓，司马达也向李桂香盟誓："大姐你放心吧，我就是小燕的亲舅舅，只要小燕自己争气，我一定负责把她带大供出来，能上本科就供本科，能当硕士就供硕士，能当博士就供博士……"

小燕在旁边说："我要考公务员，当干部。"

司马达没有为小燕的理想喝彩，他保持了沉默。

小燕郑重其事地说："我妈妈希望我长大能当公务员、当干部，她说了，当了公务员，就是国家干部，就有了一辈子的铁饭碗，收入也高、待遇也好。"

司马达说："考公务员当干部，可不能光想着收入高、待遇好、铁饭碗，更应该懂得公务员就是人民的仆人，是人民花钱雇你来干活的，不是请你来享福当老爷的。"

小燕嘻嘻笑了："那当然。"

图书在版编目（CIP）数据

中堂 / 高和著. —北京：线装书局， 2012.11
ISBN 978-7-5120-0749-9

Ⅰ. ①中… Ⅱ. ①高… Ⅲ. ①长篇小说－中国－当代
Ⅳ. ①I247.5

中国版本图书馆CIP数据核字(2012)第264665号

中堂

著　　者：高　和
责任编辑：杜　语　孙嘉镇
排版设计：李　萌
出版发行：线装书局
　　　地　址：北京市西城区鼓楼西大街41号（100009）
　　　电　话：010-64045283　64041012
　　　网　址：www.xzhbc.com
经　　销：新华书店
印　　制：北京慧美印刷有限公司
开　　本：787mm×1092mm　1/16
印　　张：27
字　　数：324千字
版　　次：2013年2月北京第1版　2013年2月第1次印刷
印　　数：10000册

定　　价：39.80元